AF525801

Pia Hepke wurde 1992 in Oldenburg i.O. geboren. Sie hat ihr erstes Buch mit 15 Jahren geschrieben und als ihr Debüt veröffentlicht. Seitdem hat sie nicht mehr aufgehört zu schreiben. In der Fantasywelt fühlt sie sich am wohlsten, erkundet aber langsam auch andere Bereich und stellt sich immer neuen Herausforderungen. Ganz neu hat sie Gay Romance für sich entdeckt. Weil ihr neben dem Schreiben nur noch wenig Zeit zum Malen bleibt, zeichnet sie immer öfter für ihre Bücher. Jede Widmung ziert eine Zeichnung von ihr. In ihrer restlichen Freizeit beschäftigt sie sich mit ihren Hunden und ihren Pferden.

PIA HEPKE

EIN DÄMON
ZUM
VERLIEBEN

Erstausgabe Oktober 2023

ASTERIOS

ISBN 978-3-98778-747-8
E-Book-ISBN 978-3-98778-255-8

Covergestaltung: Jasmin Kreilmann
Umschlaggestaltung: ARTC.ore Design
Unter Verwendung von Abbildungen von
depositphotos.com: © remotevfx, © xamtiw, © Studiotan,
© Simeon.VD, © Kesu01
shutterstock.com: © Net Vector
Freepik.com: © starline
Lektorat: Mareike Westphal
Satz: dp DIGITAL PUBLISHERS GmbH
Druck und Bindung: Books on Demand GmbH, Norderstedt

Sämtliche Personen und Ereignisse dieses Werks sind frei erfunden. Etwaige Ähnlichkeiten mit real existierenden Personen, ob lebend oder tot, wären rein zufällig.

PROLOG

Asterios starrte durch flackernde hellrote Flammen hinab auf die Erde. All diese Menschen, die kleinen Wesen. Einfältig, wie sie waren, wussten sie doch nichts von der Existenz der Hölle.

Menschen waren wie Ameisen, und dennoch brauchten die Dämonen sie, um zu überleben.

„Na, kleiner Bruder? Zieht es dich schon wieder dorthin?“ Eine Hand mit langen, bedrohlichen Krallen legte sich auf Asterios' Schulter. Er hätte sich inzwischen daran gewöhnen sollen, wie Irial ihn Bruder nannte. Aber diese herablassende, fast verspottende Betonung ließ ihn innerlich nach wie vor jedes Mal zusammenzucken. Es tat weh.

„Tja, als Halbblut gehörst du nun mal weder richtig in diese Welt noch in jene.“ Irial streckte eine Hand aus und zeigte mit seiner schwarzen Kralle hinunter auf die Erde. Er beugte sich näher zu Asterios und flüsterte ihm mit düsterer, verführerischer Stimme ins Ohr: „Du wirst es nicht los, das Verlangen, welches deine dämonische Seite in dir weckt. Nicht einmal hier. Es brennt immerfort in dir, und das wird dein Leben lang so bleiben. Wobei niemand so genau sagen kann, wie lang das sein wird, denn irgendwann wird der dämonische Teil dich umbringen."

„Was willst du?" Asterios schlug Irials Hand genervt weg, weil er seine Worte nicht hören wollte, und erhob sich.

Irials Körper erinnerte an Flammen, die von Dunkelheit verschluckt wurden. Blutrote Muster, die in schwarze übergingen, ineinanderliefen, miteinander rangen. Er hatte nur entfernt Ähnlichkeit mit einem Menschen. Die humanoide Gestalt wurde verzerrt von den großen Schwingen, dem Schwanz, den Krallen an Zehen und Fingern. Die Haut war dick und widerstandsfähig, weswegen er keine Kleidung trug.

„Rede nicht so respektlos mit mir." Irials Hand schoss schneller vor, als Asterios hätte ausweichen können, und packte ihn an der Kehle. Mühelos hob er ihn in die Luft und ließ ihn am ausgestreckten Arm einige Meter über dem Boden baumeln. In seinen feuerroten Augen blitzte Wut.

Asterios bekam nicht mehr als ein Röcheln zustande. Scheiße, er hatte ihn unbeabsichtigt provoziert, obwohl er das normalerweise stets vermied.

Sein Kiefer schmerzte unter dem unerbittlichen Griff seines „Bruders" und sein Hals brannte, weil an ihm sein gesamtes Körpergewicht hing. Die Schmerzen trieben Asterios die Tränen in die Augen.

Irial hielt ihn noch für einige Augenblicke so fest, dann seufzte er schließlich und setzte ihn mit einem Knurren ab. Asterios' Beine konnten sein Gewicht jedoch nicht tragen und so sackte er röchelnd auf die glühend heiße Erde. Der aufsteigende Rauch brannte zusätzlich in seinen Augen und seinem Hals und er hustete.

„Unser Vater hat entschieden, deiner schandhaften Existenz ein Ende zu setzen", verkündete Irial süffisant und Asterios blieb das Herz stehen.

Was?

„Er erträgt es scheinbar nicht länger, ein Halbblut in der Familie zu haben. Und ich bin hier, um seinen Willen umzusetzen."

Asterios sah zu ihm hoch. Er musste den Kopf dafür weit in den Nacken legen, weil Irial sich mithilfe seiner mächtigen schwarzroten Schwingen erhob und bedrohlich über ihm schwebte. Hinter ihm peitschte sein Schwanz durch die Luft. Sein schwarzes Haar fiel ihm lang über den Rücken und teils nach vorn über die Schultern. Geteilt wurde es von zwei gedrehten Hörnern in einem Scharlachrot, die sich ein paar Zentimeter vor seiner Stirn beinahe berührten.

Als Irial ihn angrinste, entblößte er weiße Zähne, die gefährlich spitz zuliefen. Sein Herz setzte einen Moment aus. Eine ganz und gar bedrohliche Erscheinung, die es auf sein Leben abgesehen hatte.

Asterios krallte seine Hände in die glühende Erde. Alles in ihm zog sich schmerzhaft zusammen und Übelkeit stieg seine Kehle hinauf. Diese unterdrückte er ebenso wie das Zittern seines Körpers.

Im Kampf hätte er keine Chance gegen Irial, also blieb ihm nur der Versuch, zu fliehen.

Er drehte sich um und wollte durch das Flammenloch auf die Erde flüchten, doch noch ehe er zum Sprung ansetzen konnte, versperrte Irial ihm bereits den Weg.

„Nicht so schnell, mein Kleiner." Er lachte gehässig.

Asterios wich zurück. Verdammt, das war sein einziger Fluchtweg gewesen.

„Du brauchst doch keine Angst zu haben." Als Irial mit seiner Hand ausholte, hob Asterios instinktiv die Arme.

Etwas klatschte vor seine Füße. Irritiert spähte Asterios auf den Boden.

„Was ist das?" Er musterte Irial verwirrt, doch der zuckte lediglich mit den Schultern.

„Vater hat es mir gegeben. Angeblich ist es möglich, dass du durch dieses Ritual zu einem vollwertigen Dämon wirst."

Wie? Hatte er das etwa damit gemeint, seinem schandhaften Leben ein Ende zu setzen?

Zögernd griff Asterios nach dem hellen Stück Haut, welches vor ihm auf dem Boden lag. Er besah es sich genauer. Darauf standen Zutaten und Anweisungen für ein sehr altes Ritual. Ihr Vater akzeptierte ihn nicht länger als Halbblut, also würde er hiermit ...?

„Und mit diesem Ritual werde ich ein vollwertiger Dämon?" Asterios konnte es nicht glauben. Das würde es ihm möglich machen, endlich etwas Ganzes zu werden, irgendwo dazuzugehören.

Irial trat vor und nahm ihm das Rezept mit einem süffisanten Ausdruck im Gesicht wieder weg.

„Aber, aber, kleiner Bruder. Ganz so einfach ist es dann doch nicht."

Natürlich nicht. Resigniert blickte Asterios in das dämonische Gesicht vor ihm. Er war ihm jetzt so nahe, dass Irials Hörner fast seine Stirn berührten.

„Dieses Ritual muss an Halloween ausgeführt werden und einer der wichtigsten Bestandteile ist eine

Jungfrau. Die bereits volljährig ist." Asterios wartete geduldig, denn er war sich sicher, dass das noch nicht alles war. „Eine solche zu finden und zu verführen, dürfte für dich ja kein Problem sein. Wie wäre es also, wenn wir daraus eine kleine Herausforderung machen würden? Sagen wir, eine Wette, nur zwischen uns zwei."

„Und was habe ich davon, wenn ich mich darauf einlasse?" Irial musste es ihm unbedingt noch schwerer machen, was? Wenn er das richtig gesehen hatte, würde es ohnehin eine Herausforderung werden, alle Zutaten zusammenzubekommen.

„Was du davon hast?" Er kniff die Augen zusammen.

„Ja, was wäre dein Wetteinsatz?" Asterios versuchte, selbstbewusst aufzutreten, obwohl er rein gar nichts gegen ihn in der Hand hatte. Und Irial ihm sicherlich keine andere Wahl ließ, als mitzuspielen.

„Lass mich überlegen. Du meinst, abgesehen davon, dass du am Ende ein vollwertiger Dämon wärst?" Irial spielte mit seinen langen Fingern, die er ans Kinn legte, als müsste er ernsthaft darüber nachdenken.

Asterios schnaubte. „Das will unser Vater sowieso. Wenn mir das nicht gelingt, wird er nicht sonderlich erfreut sein. Also, was habe ich davon, wenn ich mich auf deine Wette einlasse?"

„Was hättest du denn gern?" Irial richtete sich auf und sah auf ihn herab. Er war mehr als einen Kopf größer, maß insgesamt an die zwei Meter, doch nicht allein aufgrund seiner Größe war er eine einschüchternde Erscheinung.

„Ich will, dass du mir versprichst, dass ich vor dir in Sicherheit bin. Du wirst mich nie wieder verletzen, einschüchtern oder versuchen, mich zu töten."

In Irials roten Augen leuchtete kurz etwas auf. „Einverstanden“, sagte er so leise und mit derart bedrohlicher Stimme, dass Asterios sich beinahe wünschte, er hätte diese Forderung nicht gestellt.

„Und wenn ich es nicht schaffe?“ Asterios fürchtete sich vor der Antwort. Was würde Irial im Gegenzug von ihm fordern?

„Dann wirst du ein weiteres Jahr dein Dasein als Halbdämon fristen müssen und ich kann meinen Spaß mit dir haben, das ist mir Belohnung genug.“ Irial grinste gemein. „Nachdem der Wetteinsatz steht, müssen wir ja nur noch die genauen Bedingungen festlegen.“

KAPITEL 1

Asterios

Asterios verlor langsam die Geduld. Er streifte bereits den sechsten oder siebten Tag über das schier unendliche Gelände der Universität. Seine Nase juckte fürchterlich, und er hätte sie gern in eine frische Brise gehalten, um sie von all den Gerüchen zu befreien, die ihm inzwischen starke Kopfschmerzen bereiteten.

Es war dämlich gewesen, sich auf diese Wette einzulassen. Aber im Grunde hatte er keine andere Wahl gehabt.

Um es ihm noch schwerer zu machen, hatte Irial darauf bestanden, bestimmen zu dürfen, wo Asterios nach seiner Jungfrau suchen durfte. Und seine Wahl war auf diesen Ort gefallen. Als Asterios deswegen nachgefragt hatte, hatte Irial bloß wieder einmal gegrinst und gemeint, er habe da seine Gründe.

Ob es hier auch nur eine einzige Jungfrau gab? In der heutigen Zeit einen Studenten zu finden, der noch unberührt war, dürfte schon in ganz Amerika kein leichtes Unterfangen darstellen.

Asterios biss die Zähne aufeinander und musste sich zusammenreißen, um nicht wütend seine Faust gegen eine der imposanten Steinmauern zu rammen. Das würde bloß ihm wehtun und dem über zweihundert

Jahre alten Gemäuer nicht einmal ein müdes Lächeln entlocken.

Es war bereits Oktober, bis Halloween blieb ihm nicht mal mehr ein Monat. Das wäre an sich genug Zeit, solange die Dämonen sich rasch finden und die restlichen Zutaten sich schnell beschaffen ließen.

Während er also wie ein Idiot über das Unigelände streifte, schmiedete er bereits Pläne für den späteren Ablauf. Es war klar, dass er bei fast allen Zutaten auf die Mithilfe seiner menschlichen Jungfrau angewiesen war. Zum Glück sollte er die meisten Dämonen hier in der näheren Umgebung finden können. Die Banshee machte ihm am meisten Sorgen. Für das Problem hatte er noch keine Lösung gefunden.

Asterios hatte die Zutatenliste in den vergangenen Tagen immer wieder studiert und kannte sie bereits auswendig. Wenn er sich nicht irrte, sollten zwei der Zutaten im Autumn Hill zu finden sein – und war der *Tartarus* nicht auch ganz hier in der Nähe?

Doch selbst wenn er all die anderen Zutaten zusammenbekäme, fehlte ihm nach wie vor diese Jungfrau.

Asterios hörte auf, sich selbst zu bemitleiden, atmete tief durch und konzentrierte sich wieder auf seine Umgebung. Es nützte nichts, er würde so lange durchhalten, bis er sich sicher war, dass er jeden einzelnen Menschen auf diesem Campus überprüft hatte, was bei über achttausend Studenten durchaus einige Zeit in Anspruch nehmen dürfte. Wenigstens musste die Person nicht zwangsläufig hier studieren. Es reichte, wenn jemand Passendes an ihm vorbeilief, der Hintergrund interessierte ihn nicht.

Er hatte bereits eine Woche an verschiedenen Orten auf dem weitläufigen Gelände verbracht und war dabei nicht umhingekommen, die meist neugotische Architektur der Gebäude zu bestaunen. Kein Wunder, dass Princeton oft mit Hogwarts aus *Harry Potter* verglichen wurde. Selbst er musste neidvoll anerkennen, dass es ihm durchaus gefallen würde, hier zu leben und diese Gebäude täglich um sich zu haben.

Gerade hatte er jedoch andere Sorgen. Jeder Tag, den er für die Suche nach der Jungfrau opferte, war ein Tag weniger, den er für die restlichen Zutaten zur Verfügung haben würde. Aber ohne sie wären die anderen Beigaben nutzlos.

Gerade schweifte sein Blick hoch zu der Uhr zwischen den beiden beeindruckenden Türmen der Blair Hall. Es war bereits Nachmittag und es blieben ihm nur noch ein paar Stunden, bis es dunkel werden würde, dann wäre ein weiterer Tag vergangen, den er erfolglos hinter sich gebracht hatte.

Als Asterios den Kopf wieder senkte, entdeckte er eine Katze, die am Fuße der Treppenstufen saß und sich putzte. Katzen waren auf diesem großen Gelände ein eher seltener Anblick, dennoch liefen die Studenten direkt an ihr vorbei die Stufen hinauf und herunter, ohne ihr auch nur einen Blick zuzuwerfen.

Asterios schlich vorsichtig näher. Er hatte sich nicht geirrt. Als ihm der erdige, leicht modrige Geruch in die Nase stieg, war er sich sicher. Das hier war keine lebende Katze; es war eine dämonische.

Ihre zwei Schwänze zuckten nervös, als er sich näherte. Sie hob den Blick und fixierte ihn mit ihren gelben Augen, die Pupillen zogen sich zu einer feinen Linie zusammen. Auch sie musste ihn als das erkannt haben, was er war.

„Hey.“ Er grüßte sie freundlich, während sie ihn weiterhin anstarrte und nicht aus den Augen ließ. Grundsätzlich waren diese verstorbenen Katzen recht umgänglich. Manch einer nutzte sie sogar als Boten oder Spione. Man durfte sie bloß nicht gegen sich aufbringen.

Er hatte aber genau das vor, denn sie stand auf seiner Zutatenliste und diese Gelegenheit würde er sich definitiv nicht entgehen lassen. So wäre der heutige Tag zumindest nicht ganz verschwendet.

***

Traurig betrachtete Asterios die Kratzer auf seinem Arm. Der Ärmel hing in Fetzen herunter. Er musste sich wohl oder übel etwas Neues zum Anziehen besorgen. Die Wunde würde bald wieder verheilt sein. Nicht so schnell wie bei einem vollwertigen Dämon, doch frisch genährt würde es nicht länger als eine Stunde dauern. Allerdings hatte er gerade keine Zeit, sich auf Nahrungssuche zu begeben.

Wenigstens hatte er bekommen, was er brauchte. Was den Tag schon um einiges erfolgreicher erscheinen ließ als alle vorherigen. Allerdings brachte ihm das nach wie vor nichts, wenn er es nicht schaffte, die Hauptzutat für das Ritual aufzutreiben.

Dafür erspähte er in diesem Moment noch eine weitere Zutat. Eventuell war es gar nicht mal so schlecht, dass er ausgerechnet hier nach der Jungfrau suchen musste. Diese Wesen fühlten sich von alten Gebäuden angezogen. Asterios überlegte gerade, wie er ungesehen an dem Gebäude bis zu der steinernen Figur hochklettern sollte, als es ihn wie ein Blitz traf.

Ein schwerer, süßlicher Geruch drang in seine Nase. Wie elektrisiert durchfuhr ihn ein gewaltiges Zittern, sobald die Erregung ihn einer Welle gleich durchflutete. Sein Kopf schoss hoch. Die zweite Zutat konnte warten, er durfte diese Spur nicht verlieren. Sie war es, wonach er die letzten Tage gesucht hatte.

Scharf sog er die Luft ein, seine Lunge weitete sich und filterte den Geruch heraus. Er konnte die Pheromone riechen, welche die Menschen verströmten.

Noch einmal atmete er tief ein. Über die Jahre hatte er gelernt, welche Bedeutung hinter den Gerüchen steckte, denn nur selten konnte er sie intuitiv zuordnen. Diese Note stellte jedoch eine Ausnahme dar, denn sie war derart verführerisch, dass es nur eines bedeuten konnte. Die sexuelle Unerfahrenheit einer Jungfrau, die noch lernen und erleben musste, in welche Ekstase ihr Körper geraten konnte.

„Gefunden", flüsterte er siegessicher und machte sich auf, der Spur zu folgen. Sie führte ihn ein ganzes Stück über den Campus. Das Objekt seiner Begierde musste gerade eben erst hier entlanggegangen sein. Er musste sich beeilen, denn so intensiv der Geruch auch war, verflog er recht schnell wieder.

Asterios merkte bereits, wie er verblasste, was bedeutete, dass er eindeutig langsamer war als sein Verursacher. Er rannte los und erntete dadurch den ein oder anderen verwirrten Blick.

Nach kurzer Zeit nahm er die Menschen um sich herum kaum noch wahr, alles, was ihn erfüllte, war dieser Geruch. Unter gar keinen Umständen durfte er ihn verlieren.

Wieder wurde er stärker. Sogar so stark, dass er sich sicher war, sein Ziel direkt vor sich zu haben.

„Hab ich dich." Siegessicher hastete er um die nächste Ecke und stieß lautstark mit jemandem zusammen, dabei fiel etwas klappernd zu Boden.

„Aua! Mann, was soll das denn? Pass doch auf."

Asterios stolperte zurück und rieb sich die Nase. Er war direkt in jemanden hineingelaufen. Derjenige drehte sich verärgert zu ihm um und funkelte ihn böse an. Dunkelbraune Augen blitzten ihn durch einen fransigen Pony an, der Rest des Kopfes war unter einer Mütze verborgen. Breite Schultern und etwa einen halben Kopf kleiner als Asterios, sodass er ein Stück zu ihm hinabblicken musste.

Ja, genau. Zu ihm!

Vor ihm stand ein verdammter Kerl!

Zunächst glaubte Asterios noch, bloß aus Versehen in ihn hineingelaufen zu sein und dass die Spur weiterführte. Aber seine Nase erzählte ihm etwas anderes. Der verführerische Geruch, dem er die ganze Zeit hinterhergelaufen war, raubte ihm in diesem Moment regelrecht den Atem und ließ sein Denken komplett aussetzen.

„Ey, kannst dich wenigstens mal entschuldigen, wenn du so in jemanden hineinbretterst", beschwerte sich sein Gegenüber bei ihm und rieb sich demonstrativ den Hinterkopf. Das erklärte dann wohl das leise Pulsieren an Asterios' Kinn, das er wie durch einen Nebel nur entfernt wahrnahm.

Asterios wusste, dass er sich entschuldigen musste. Er war kein unhöflicher Mensch – oder Dämon. Aber er war immer noch derart verdutzt, dass er einen jungen Mann anstelle einer süßen Studentin vor sich hatte, dass er nach wie vor außerstande war, etwas zu sagen.

„Du verstehst aber schon, was ich sage, oder? Bist du irgendwie etwas ... na ja, egal. Siehst jedenfalls nicht so aus. Austauschstudent? Nein? Pass beim nächsten Mal auf jeden Fall besser auf und lern mal, dich vernünftig zu entschuldigen." Der junge Mann beugte sich hinunter und hob sein Skateboard hoch, welches bei dem Zusammenstoß zu Boden gefallen sein musste. Mit seinem Board in der Hand drehte er sich um und ging weiter.

In Asterios' Kopf rastete etwas ein. Aha! Das Skateboard erklärte, wieso er als Verfolger langsamer gewesen war und die Geruchsspur beinahe verloren hatte.

Bei dem Gedanken daran schaffte er es zumindest, sich endlich wieder zu bewegen. Seine Nase, die bis eben noch vollkommen erfüllt von dem betörenden Duft gewesen war, ließ nun wieder Gedanken bis zu seinem Gehirn durch.

„Sorry, ja? Es tut mir total leid, war alles meine Schuld. Ich war irgendwie kurz weggetreten." Asterios ergriff ihn am Arm, um zu verhindern, dass er durch die hölzerne Tür vor ihnen ins Gebäude ging. Daraufhin drehte er sich zwar zu ihm herum, hob aber missbilligend die linke Augenbraue und sah dabei auf seinen Arm. Sofort ließ er ihn los und machte zusätzlich ein paar Schritte zurück.

„'tschuldige." Er hob beide Hände. Trotz seines körperlichen Vorteils hatte er es definitiv nicht auf eine

Schlägerei abgesehen. Wenn irgend möglich, wollte er gern eine halbwegs freiwillige Mitarbeit seines jungfräulichen Partners erreichen. Schließlich brauchte er ihn für die Beschaffung der restlichen Zutaten.

Ursprünglich hatte er geplant, seinen umwerfenden Charme einzusetzen, um seine auserkorene Jungfrau zu bezirzen. Betonung lag dabei auf *Frau*. Seine Art suchte sich seine Opfer normalerweise im anderen Geschlecht. Natürlich gab es immer auch die Ausnahme von der Regel. Allerdings hatte Asterios sich bisher stets an „die Regel“ gehalten. Tja, dann wurde es wohl Zeit für „die Ausnahme“.

Auch wenn der Start für dieses Unterfangen nicht gerade gut gelaufen war.

„Erst gar nicht sprechen und dann gleich so viele Entschuldigungen auf einmal.“

Asterios bemühte sich, sein gewinnbringendstes Lächeln aufzusetzen, normalerweise funktionierte das. „Du hast mich einfach kurz ausgeknockt.“

„Und dabei warst du doch derjenige, der in mich reingerannt ist“, erwiderte er grummelnd, anscheinend vollkommen immun gegen Asterios’ Charme. „Wie auch immer, ich hab’s eilig. Pass einfach auf, wo du hinläufst, ja? Tschau.“ Damit wandte er sich abermals ab.

„Äh, da wäre noch etwas“, hielt Asterios ihn hastig auf.

„Was denn noch? Willst du mich jetzt auf Schmerzensgeld verklagen, oder was?“ Die Stimmung zwischen ihnen befand sich mittlerweile an einem Tiefpunkt. Schlimmer konnte es definitiv nicht mehr werden. Aber Asterios durfte unter gar keinen Umständen zulassen, dass er einfach so ging. Womöglich brauchte er Tage, um ihn wiederzufinden.

„Ich brauche deine Jungfräulichkeit." Asterios bemerkte erst, was er in seiner Verzweiflung so direkt herausposaunt hatte, als er in das erstarrte Gesicht seines Gegenübers blickte. Das war wohl das Dümmste, was er hätte sagen können. Und jetzt fiel ihm nicht mal etwas ein, womit die Situation noch zu retten gewesen wäre. Er öffnete den Mund, doch weiter kam er nicht.

„Alter, wenn das deine Anmache sein soll, dann feil lieber noch ein bisschen dran." Der junge Student bedachte ihn mit einem wütenden Blick und Asterios bereute es, dass er so unvorbereitet in diese Situation geschlittert war. Mit einem Mädchen hätte er sich auf vertrautem Terrain befunden und sicherlich leichtes Spiel gehabt. Jetzt stand er hier, seine Sinne benebelt von diesem speziellen Geruch, und seine Jungfrau stellte sich als schlechtgelaunter Mann heraus. Na, super. Besser hätte es wirklich nicht laufen können.

Hatte Irial das womöglich alles von Anfang an so geplant?

„Das ist keine Anmache, ich ..."

„Interessiert mich nicht!", unterbrach er ihn und öffnete die Tür mittels einer Schlüsselkarte, wodurch das kleine Lämpchen von Rot auf Grün umsprang.

„Jetzt warte doch mal. Ich brauche wirklich dringend deine Hilfe."

„Und ich bin nicht daran interessiert, ich habe eigene Probleme." Ohne ein weiteres Wort betrat er das Gebäude und schloss demonstrativ die Tür hinter sich.

Asterios rüttelte zwar daran, aber die rote Lampe bedeutete ihm unmissverständlich, dass er hier keinen Zutritt hatte.

„Verdammte Scheiße!", fluchte er laut und schlug mit der flachen Hand gegen das Mauerwerk. Hätte er die Tür damit getroffen, hätte sie ihren Widerstand womöglich aufgegeben, aber erreicht hätte er damit nichts. Zumindest nicht, wenn er sein Opfer nicht mit Gewalt entführen wollte, und das war für ihn nach wie vor keine richtige Option. Es musste doch auch anders gehen.

Asterios wandte sich ab und hob den Blick nachdenklich zum wolkenverhangenen Himmel. Was für ein Tag. Und bis vor wenigen Minuten hatte er noch geglaubt, eine Jungfrau zu finden, wäre sein größtes Problem.

KAPITEL 2

Caleb

Caleb hielt die Keycard vor das Schloss seiner Zimmertür und gab seine PIN in das Nummernfeld ein.

Er war heilfroh, dass er sein Zimmer nicht mit einem Mitbewohner teilen musste. Da er ohnehin kein geselliger Mensch war, hätte ihm diese erzwungene Zweisamkeit das Leben um einiges schwerer gemacht. Ganz ohne richtigen Rückzugsort wäre er höchstwahrscheinlich verrückt geworden.

So aber konnte er, sobald er die Tür hinter sich schloss, tief durchatmen. Beinahe jedes Mal fühlte er, wie eine gewisse Anspannung seinen Körper verließ und seine Schultern ein ganzes Stück hinabsanken. Heute war es besonders schlimm.

Ungläubig schüttelte er den Kopf. Der Kerl eben hatte doch den totalen Knall. Seine Jungfräulichkeit? Hatte er das ernst gemeint?

Ein Schauer durchlief ihn, weil er sich nicht erklären konnte, ob der Fremde sein Geheimnis kannte oder wirklich bloß einen dämlichen Spruch hatte loswerden wollen.

Eigentlich sollte der das gar nicht nötig haben, nicht mit seinem Aussehen. Seine tiefschwarze Haut, dazu ein umwerfendes Lächeln mit strahlend weißen

Zähnen, tiefschwarze Augen, in denen man sich verlieren konnte, und eine auffällige Frisur. Seine Haare waren an den Seiten kurz geschnitten und nur oben auf seinem Kopf länger, wo sie wenige Zentimeter lange Rastalocken bildeten, die nach oben oder leicht zur Seite abstanden. Mit Bart hätte er bestimmt auch nicht schlecht ausgesehen.

Irgendwie hatte sein Ärmel etwas zerfetzt gewirkt, weswegen Caleb bei ihrem Zusammenstoß zunächst davon ausgegangen war, es wäre jemand hinter ihm her. Das war aber wohl nicht der Fall gewesen.

Eventuell eine verlorene Wette?

Caleb schüttelte den Kopf und rechnete damit, dass der seltsame Kerl ihm später irgendwo auflauern würde. Doch er begegnete ihm kein weiteres Mal, obwohl er sich heimlich nach ihm umsah. Als er ihn auch nach zwei Tagen nirgends entdeckte, ging sein Leben wieder den gewohnten Gang.

***

Caleb war tief in Gedanken versunken, als er das Gemeinschaftshaus des Whitman Colleges verließ. Er schloss die verschnörkelte Holztür hinter sich, welche ein reichverzierter Torbogen schmückte, was im krassen Gegensatz zu der schlichten Kalksteinmauer des Gebäudes stand.

„Hey, ich hätte da immer noch ein Anliegen!"

Erschrocken fuhr Caleb herum, als er die Stimme neben sich in den Schatten hörte. Dort stand der seltsame Kerl von neulich unter einem der steinernen Bögen, die einen Teil des Gehwegs mit den breiten Steinplatten entlang zur North Hall säumten und einen wahren Blickfang darstellten. Diese Kalksteinbögen, welche aneinandergereiht standen und so eine Arkade bildeten, waren bekannt als Wright Cloister.

Bei seiner Reaktion verkniff sich der Kerl offensichtlich ein Grinsen und sah ihn ruhig an. Er war sich seiner Wirkung ganz offensichtlich bewusst. Verdammt!

Andererseits, wie sollte er das auch nicht sein? Calebs geschockter Blick wanderte ungewollt seine Erscheinung hoch und runter.

Eine Goldkette um den Hals, die auf seine nackte schwarze Brust herunterhing. Von dem roten Hemd waren lediglich die untersten beiden Knöpfe geschlossen und so weit, wie es auseinanderklaffte, musste es mindestens drei Nummern zu groß sein. Dazu die enge schwarze Lederhose und der diamantene Stecker in seinem rechten Ohr. Die schwarzen Augen, nur eine kleine Nuance dunkler als seine Haut und genauso dunkel wie seine Haare.

Doch es war nicht nur dieses verruchte Outfit, das hier überhaupt nicht hergehörte. Sogar seine Ausstrahlung hatte sich vollkommen verändert. Hatte er beim letzten Mal noch gehetzt und nervös gewirkt, war er dieses Mal die Ruhe selbst und strotzte nur so vor Selbstbewusstsein.

Caleb war wie vor den Kopf gestoßen. Aber gleichzeitig faszinierte ihn irgendetwas an diesem Kerl. Wie konnte man nur mit einem solchen Selbstbewusstsein so zwischen all den Studenten herumlaufen? Heute war zwar ein eher trüber Oktobertag und die Studenten, die hier entlangliefen, beeilten sich alle, schnell ins Warme zu kommen, aber ...

„Du stehst also eher auf Männer, was?“ Lässig lehnte der Kerl sich an die kalte Steinmauer. Der musste sich bei den Temperaturen doch den Tod holen. Doch vielmehr als das schockierte Caleb seine Aussage. Er warf einen Blick über die Schulter und war froh, dass niemand sie zu beobachten schien oder zugehört hatte.

„Woher willst du das wissen?“, fuhr Caleb ihn scharf an. Im selben Moment fürchtete er, damit zu viel gesagt zu haben. Besonders angesichts des Grinsens auf dem Gesicht seines Gegenübers, das ein klein wenig zu selbstgefällig ausfiel.

Calebs Herz machte einen Satz. Er sollte sich eigentlich abwenden und gehen, anstatt sich weiter auf dieses Gespräch einzulassen. Aber er konnte nicht. Sein Gesprächspartner hatte irgendetwas an sich, das ihn faszinierte und fesselte.

„Nun, ich habe dich jetzt eine ganze Weile beobachtet und bin eigentlich ein ziemlich guter Menschenkenner. Daher habe ich so meine Rückschlüsse gezogen.“

„Ein Stalker also? Alter, du wirst mir immer unheimlicher. Lass mich bloß in Ruhe, sonst melde ich dich bei der Polizei. Verstanden?“ Er musste sich nun echt nicht alles gefallen lassen. Zeit, sich zu verdrücken. Mit einem entschiedenen Schritt setzte er dazu an, weiterzulaufen.

Der Stalker ließ sich jedoch nicht so leicht abschütteln. Er duckte sich hinter der Steinsäule des Bogens hinweg und ergriff auf der anderen Seite Calebs Arm.

„Nicht so schnell.“ Mit einem Ruck zog er ihn zu sich und drückte ihn mit dem Rücken gegen die Säule.

„Alter, spinnst du?“, fuhr Caleb ihn wütend an, sein vor Aufregung schneller schlagendes Herz ignorierend.

„Aber nicht doch. Letztens hatte ich bloß keine Gelegenheit, mich richtig vorzustellen." Das breite Grinsen wirkte nicht wirklich echt, und Caleb blieb auf der Hut, zumal der Typ echt Kraft zu besitzen schien.

„Hallo, mein Name ist Asterios." Er streckte ihm zur Begrüßung eine Hand hin. Caleb verzichtete jedoch darauf, sie zu ergreifen. Dieser „Asterios" war ihm nicht ganz geheuer.

„Und wie heißt du?"

Er zögerte einen Augenblick und musterte ihn noch einmal von oben bis unten. Da er sich vorbeugte und mit der linken Hand neben Caleb an der Steinwand abstützte, klaffte das Hemd sogar noch weiter auf und Caleb konnte bis zu seinem Hosenbund alles sehen. Hastig lenkte er den Blick wieder nach oben. Dort begegnete ihm jedoch bloß ein selbstgefälliges Grinsen.

Er würde ihn sicherlich nicht gehen lassen, ohne zumindest seinen Namen zu wissen. Also würde er ihn sagen und dann so schnell wie möglich verschwinden.

„Caleb." Der Vorname musste reichen, schließlich hatte dieser Asterios sich auch nicht weiter vorgestellt. Das war übrigens ein wirklich seltsamer Name.

„Ein schöner Name, Caleb." Asterios schenkte ihm ein strahlendes Lächeln.

„Mhm", brummte der nur. „Fein. Schön, dich kennengelernt zu haben, aber ich muss jetzt los."

Caleb wollte sich an ihm vorbeischieben, wurde jedoch ein weiteres Mal gegen die Mauer gepresst.

„Nicht so schnell", zischte Asterios in sein Ohr.

„Was willst du denn noch von mir?", wollte Caleb wissen. In seinem Inneren rumorte es. Er war es nicht gewohnt, jemandem so wehrlos ausgeliefert zu sein. Doch dieser Asterios schien ungewöhnlich stark, er hielt ihn mühelos an Ort und Stelle und das beunruhigte Caleb.

„Wie bereits erwähnt, benötige ich deine Jungfräulichkeit. Momentan bist du leider der einzige Kandidat."

Caleb spürte, wie ihm bei diesen Worten das Blut aus dem Gesicht wich. Also war das letztens kein blöder Anmachspruch gewesen? Er wäre am liebsten einige Schritte zurückgewichen, doch die Mauer in seinem Rücken hielt ihn davon ab. Seine Fersen schrammten lediglich einige Male nutzlos über das Gestein.

„Wie kommst du denn bitte darauf?", wollte er zischend wissen, um seine vorherige Reaktion zu überspielen.

Asterios grinste gemein. „Ich kann es riechen. Also spiel mir nichts vor und streite es nicht ab, dein Körper spricht da eine sehr deutliche Sprache." Er streckte eine Hand aus und berührte Caleb kurz am Arm. Der zuckte zurück, als hätte er sich verbrannt. Was war nur los mit ihm? Warum ließ er den Arsch nicht einfach links liegen und ging? Der schien sich doch ganz offensichtlich nach wie vor über ihn lustig zu machen. Oder er hatte total einen an der Waffel!

Doch es war ihm nicht möglich, sich aus dem Griff zu befreien. Als würde er gegen eiserne Fesseln kämpfen.

„So ein Schwachsinn. Als ob man so etwas riechen könnte!" Wütend funkelte er Asterios an. Der wollte ihn doch bloß verunsichern. Was für ein Arsch! Was sollte das hier werden? Filmte das irgendjemand?

Calebs Blick huschte an Asterios vorbei, doch er sah hinter ihm bloß die mehrfarbige Blausteinmauer und zu beiden Seiten die Kalksteinbögen. Hier war sonst niemand.

„Wir Dämonen schon." Asterios änderte die Position seiner linken Hand an der Mauer und beugte sich ein Stück zu Caleb vor, senkte den Kopf und kam seinem Hals verräterisch nahe.

Calebs Atmung beschleunigte sich ungewollt, genauso wie sein Herzschlag. Das Ganze wurde ihm langsam echt unheimlich. Der Möchtegerndämon zog übertrieben laut die Luft ein. Als er ausatmete, traf sein Atem auf Calebs Hals, kurz unterhalb seines Ohrs. Sein Körper erbebte.

Verdammt! Was war nur los mit ihm? Er spürte ein Zittern in seinen Gliedern. Er wollte nicht so reagieren, doch er konnte nichts dagegen tun. Gar nichts. Und er konnte sich nach wie vor nicht befreien.

Sein Magen zog sich unangenehm zusammen.

„Ich kann das Verlangen aller riechen", flüsterte Asterios ihm ins Ohr und richtete sich danach wieder auf. „Ebenso wie ihre Sünden. Sex verändert einen, und du riechst eindeutig noch sehr ... unschuldig." Er grinste und Caleb wusste nicht, was er darauf erwidern sollte.

Eines war klar: Der Mistkerl machte sich entweder auf höchst perfide Weise über ihn lustig oder er hatte sie echt nicht mehr alle.

„Jetzt reicht es aber. Lass mich sofort los!", wurde Caleb laut, um so auf sich aufmerksam zu machen. Er wehrte sich heftig, doch Asterios blieb unnachgiebig wie eine steinerne Statue.

„Was zum Teufel ...", setzte Caleb an, konnte den Satz jedoch nicht beenden, weil sich eine Hand über seinen Mund legte.

„Nicht ganz. Aber wenn du mir nicht glaubst, beweise ich es dir eben. Sieh genau hin."

Caleb runzelte genervt die Stirn und griff nach der Hand über seinem Mund, doch als sich die schwarzen Augen vor ihm plötzlich rot verfärbten, wären ihm beinahe die Augen aus dem Kopf gefallen.

Er riss an der Hand, die seinen Mund verschloss, doch die bewegte sich kein Stück.

„Ich nehme sie erst weg, wenn du mir versprichst, leise zu bleiben." Das Rot wurde intensiver und Caleb wusste einfach nicht, was er von all dem hier halten sollte. Er war für einen Moment wie erstarrt, was Asterios offenbar als Zustimmung auffasste, denn die Hand von seinem Mund verschwand.

Auch der Griff, mit dem er Caleb gegen die Steinmauer presste, lockerte sich etwas.

Caleb atmete erleichtert auf, als Asterios zusätzlich auch noch einen Schritt von ihm wegmachte. Doch sein Atem stockte bereits im nächsten Moment wieder, als dem Kerl ein ... Schwanz wuchs! Ähnlich einer Schlange schoss er in die Höhe, ein Stück in Calebs Richtung, der sich nun ängstlich an die Steinmauer in seinem Rücken drückte.

Das kann nicht sein. Das kann nicht sein. Was geht denn hier gerade bitteschön ab?!

Argwöhnisch beobachtete er das seltsame Ding. Die pfeilförmige Spitze am Ende war golden und es wirkte nicht so, als würde sich dahinter ein Trick oder Ähnliches verstecken.

Aber es konnte auch unmöglich echt sein. Und wieso sagte der Kerl nichts dazu? Caleb verstand überhaupt nichts mehr. Sein Blick huschte von rechts nach links und er überlegte gerade, wie er am besten entkommen könnte, als er an einem weiteren seltsamen Detail hängen blieb.

Gedrehte Hörner schoben sich in eben diesem Moment durch das lockige schwarze Haar. Sie waren wie der Schwanz von schwarzer Farbe und mit goldenen Elementen verziert. Allerdings sah es so aus, als blätterte die goldene Farbe ab, sodass das Schwarz darunter zum Vorschein kam.

„Wer ... oder besser ... was bist du?“, stieß Caleb mühsam hervor, dem das alles hier zu viel wurde. Mit jedem flachen Atemzug fiel es ihm schwerer, genug Luft in seine Lunge zu pumpen. Wenn das so weiterging, würde er umkippen. Oder hyperventilieren und danach umkippen.

„Ist das denn nicht offensichtlich? Ich bin ein Dämon und ich brauche etwas von dir“, verkündete das Monster vor ihm mit unheilvoller Stimme, ehe es seinen Schwanz gleichzeitig mit seinen Hörnern wieder verschwinden ließ und seine Augen die unauffällig schwarze Farbe zurückerlangten.

Calebs Hirn kämpfte noch mit der Tatsache, dass diese seltsamen Erscheinungen mit einem Mal wieder verschwunden waren, sodass es ein wenig brauchte, bis das Gesagte zu ihm durchdrang.

„D-du bist also ein D-dämon?“, brachte er schließlich stotternd heraus.

„Richtig, oder zumindest zur Hälfte.“

Caleb sah ihn verständnislos an. Aber ohne diese seltsamen Auswüchse direkt vor sich, fiel es ihm wenigstens allmählich wieder leichter, zu atmen.

„Ich bin ein Mischwesen. Zur Hälfte Dämon und zur Hälfte Mensch. Ich gehöre nirgends richtig hin und fühle mich in keiner Welt wirklich zu Hause. In der Welt der Dämonen halte ich es nicht lange aus, aber auch unter den Menschen fühle ich mich ständig wie ein Fremdkörper. Ich will diesen Zustand ändern", offenbarte er ihm. Caleb kam trotzdem nicht mehr mit.

„Ein Halbdämon?", wiederholte er also erst einmal das Gesagte. Und dann? „Du willst also ein richtiger Mensch werden?"

Asterios zögerte kurz. „So könnte man es sagen. Und zu diesem Zwecke brauche ich dich. Wenn ich nicht an Halloween ein besonderes Ritual durchführe, wird mein dämonisches Wesen mich früher oder später zerstören."

Caleb nickte, als würde er verstehen, worum es ging. Dann schüttelte er den Kopf.

Dämon? Halbdämon? Ritual? Der Kerl hatte echt einen an der Waffel, oder?

Er straffte die Schultern. „Und wenn schon. Such dir doch einfach jemand anderes. Ich habe jedenfalls kein Interesse daran, einem Dämon zu helfen."

Caleb tauchte unter dem Arm durch und wäre als Nächstes wohl mit energischen Schritten davongeeilt, wenn Asterios ihn nicht hinten am Kragen seiner Jacke gepackt hätte, wodurch er seine Flucht erneut abbrechen musste.

„Es tut mir leid, aber ich habe gerade niemanden außer dir zur Hand, der alle notwendigen Kriterien erfüllt, also wirst du es tun müssen." Asterios hatte ihm diese Worte mit verführerischer Stimme ins Ohr geflüstert.

Caleb erstarrte.

Asterios ließ seine Jacke los, doch er schaffte es irgendwie nicht, sich zu bewegen. Eine Hand wanderte ganz langsam rechts an seinem Nacken entlang. Schließlich legte Asterios seinen Arm um Calebs Schultern und trat von hinten neben ihn. Kumpelhaft zog er ihn mit sich.

„Weißt du, du kennst jetzt mein Geheimnis. Allerdings wird dir wohl kaum jemand glauben, wenn du herumrennst und etwas von Dämonen erzählst. Mir hingegen wird jeder abnehmen, dass du allen bloß etwas vorgemacht hast und in Wahrheit noch Jungfrau bist. Und das mit den Männern könnte ich nebenbei auch ganz aus Versehen fallen lassen." Caleb verspannte sich. Der Kerl wollte ihn erpressen? Damit er bei seiner kranken Geistesstörung mitspielte? War das ein übler Scherz?

„Es ist wirklich alles halb so wild. Ich brauche dich lediglich für das Ritual. Dir wird dabei nichts passieren. Deine Anwesenheit reicht so ziemlich aus. Danach kannst du dein Leben unbekümmert fortsetzen."

Caleb schwieg. Was hätte er dazu auch sagen sollen? Asterios zog ihn weiter mit sich und er stolperte halb betäubt neben ihm her.

„Außerdem sollte dir klar sein, dass ich als Dämon noch ganz andere Möglichkeiten habe, dich dazu zu bringen, das zu tun, was ich will." Als Caleb einen Blick zur Seite warf, sah er, wie Asterios grinste. Wobei das dieses Mal eher wie ein bedrohliches Zähneblecken wirkte. Caleb schluckte schwer, als ihm auffiel, dass Asterios' Eckzähne ein ganzes Stück länger und schärfer waren, als es für Menschen üblich sein dürfte.

Asterios blieb mit ihm stehen und ließ ihn los. Mitten auf der Steinplatte, auf der groß das Wort „YES!“ stand, das in den Gehweg am Eingang zur Hargadon Hall des Whitman Colleges eingraviert war.

Asterios deutete nach unten. „Dir bleibt eigentlich keine Wahl. Überlege dir also ganz genau, wie du auf meine Bitte antwortest, wenn ich dich das nächste Mal frage. Übrigens hast du lediglich einen Wert, solange du noch unberührt bist. Andernfalls hat dein Leben keinerlei Bedeutung mehr für mich.“

Und mit diesen letzten Worten, der unterschwelligen Drohung und dem entsprechenden Blick ließ er ihn stehen und verschwand mit einem Wink über die Schulter in dem leichten Nieselregen, der soeben einsetzte.

KAPITEL 3

Caleb

Caleb hatte einen grauenvollen Tag hinter sich. Er hatte sich auf rein gar nichts konzentrieren können. Und jetzt lag er auf seinem Bett und starrte an die Decke.

Das durfte doch alles nicht wahr sein. Der Kerl würde ihn nicht so einfach wieder in Ruhe lassen. Was bedeutete, dass er sich notgedrungen mit dem Erlebten auseinandersetzen musste.

Dass er ein Dämon war, konnte ja nun wirklich nicht der Wahrheit entsprechen. Es gab sicher eine logische Erklärung für all das.

Schön und gut, wenn er ihn einige Zeit beobachtet hatte und seine Reaktion auf dieses aufreizende Outfit – was er hundertprozentig mit voller Absicht genau deswegen gewählt hatte – richtig interpretierte, kam man ziemlich schnell dahinter, dass er womöglich auf Männer stand. Er selbst hatte bisher nicht gewagt, diese Vermutung zu überprüfen. Es hatte sich auch nie eine Gelegenheit geboten. Deswegen war er eben noch Jungfrau – wobei ihm dieses Wort total zuwider war. Die Studierenden von Princeton waren eher konservativ-traditionell. Da passte es irgendwie nicht rein, wenn man auf Männer stand oder das erst noch herausfinden wollte. Deswegen ließ er lieber den Playboy raushängen und gab den Unnahbaren.

Wenn man etwas genauer hinsah, konnte man sein Spiel durchschauen. Das musste also ganz und gar nichts mit irgendwelchen dämonischen Fähigkeiten zu tun haben. Asterios hätte das mit seiner Unschuld genauso gut einfach erraten können.

So weit, so gut. Leider fehlte ihm eine logische Erklärung dafür, wie es ihm möglich gewesen sein sollte, den Schwanz und die Hörner erscheinen und wieder verschwinden zu lassen, und das direkt vor seinen Augen. Ein Zaubertrick? Aber der Schwanz hatte sich bewegt und alles täuschend echt ausgesehen.

„Argh!" Das war doch alles zum Verrücktwerden! Caleb warf sich auf die Seite und wusste nicht, was er verdammt noch mal tun sollte. Er würde ihn links liegen lassen, wenn das Aussicht auf Erfolg hätte. Doch Caleb wusste auch, ohne es ausprobiert zu haben, dass das nichts bringen würde.

Es war vollkommen absurd, auch nur eine Sekunde darüber nachzudenken, sich auf diese Erpressung einzulassen. Nein, er würde schön die Finger davon lassen. Caleb wollte sein Studium so schnell und sauber wie möglich hinter sich bringen und danach schauen, wie es in einer sicheren Umgebung mit ihm weiterging. Er konnte keinerlei Ablenkung gebrauchen.

Dennoch konnte er nicht aufhören, über den vergangenen Tag nachzudenken. Die halbe Nacht wälzte er sich schlaflos umher und fand einfach keine Ruhe. Irgendwann stand Caleb auf und versuchte, sich mit einigen Situps und Liegestützen abzulenken, seinen Körper müde zu machen. Doch kaum lag er wieder im Bett, tauchte abermals das Bild dieses Dämons, dieses Asterios', in der Dunkelheit auf. Das strahlende Weiß seiner Zähne, wenn er lächelte. Die rotglühenden Augen und die faszinierenden Hörner. Wie gern hätte Caleb sie angefasst, um herauszufinden, wie sie sich anfühlten. Was ihm gleichzeitig auch die Gelegenheit geboten hätte, zu überprüfen, ob das alles wirklich echt war.

Und da waren sie schon wieder. Diese Gedanken.

Knurrend warf er sich auf die andere Seite. Wenn es etwas gebracht hätte, hätte er sich zusätzlich die Decke über den Kopf gezogen, aber dadurch würde er sich auch nicht vor dem Erlebten verstecken können.

Wieso passierte ihm das ausgerechnet jetzt? Bisher war sein Studentenleben doch relativ ruhig verlaufen. So wie geplant. Die Uni erschien ihm wie der unpassendste Ort überhaupt, um „einen Freund" zu finden. Nicht in dieser Umgebung. Wenn das schiefging, würden alle über ihn reden und der Rest seines Studiums wäre die Hölle. Das wollte er nicht riskieren. Außerdem war ihm bisher auch noch nicht dieser eine Kerl über den Weg gelaufen.

Freundschaften hatte er nur wenige geschlossen, aber in männlicher Gesellschaft würde er sich ohnehin nur die ganze Zeit fragen, ob das, was er empfand, Freundschaft war oder womöglich mehr sein könnte. Das hatte er hinter sich, dieses Gefühlschaos konnte er nicht gebrauchen.

Also war er näheren Bekanntschaften bisher lieber aus dem Weg gegangen. Er war ohnehin schon immer mehr der Einzelgänger gewesen. Nur in seinem Footballteam hatte er sich wirklich dazugehörig gefühlt. Aber das war vorbei.

Caleb vergrub den Kopf in seinem Kissen. Warum mussten diese nervigen Gedanken und Erinnerungen jetzt wieder hochkommen? Er hatte sie so gut vergraben, weil sie ihn sowieso nur quälten.

Es hatte mit einer leichten Beklemmung in der Umkleide begonnen, nach und nach hatte er sich immer mehr in sich selbst zurückgezogen. Es hatte ihn belastet, sich einfach nicht entscheiden zu können, ob er nun etwas für Männer empfand oder doch auf Frauen stand.

Probehalber aus einem Impuls heraus Greg zu küssen war definitiv nicht die richtige Entscheidung gewesen. Caleb konnte nicht einmal sagen, ob es ihm gefallen oder sich richtig angefühlt hatte. In dem Moment war es einfach nur peinlich gewesen und er war dankbar, dass sie nie wieder ein Wort darüber verloren hatten.

Aber für ihn hatte trotzdem alles weiter in dieser ungewissen Schwebe gehangen, dazu hatte er sich im Team mehr und mehr unwohl und allein gefühlt. Sicher, er selbst hatte sich immer weiter von den anderen zurückgezogen, aber Caleb hatte nichts dagegen tun können. Und das war mit den Jahren immer schlimmer geworden. Deswegen war es ihm gar nicht so ungelegen gekommen, dass er kein Sportstipendium erhalten hatte. Natürlich hatte seine Leistung in der Zeit unter seiner Psyche gelitten.

Caleb drehte sich auf den Rücken, atmete langgezogen aus und starrte in der Dunkelheit an seine Zimmerdecke. Warum musste er das jetzt wieder durchkauen? Es war doch alles gut. Er hatte einen Platz an der Princeton University bekommen, von dem so viele nur träumen konnten. Er fühlte sich auf dem Campus wohl, brauchte sich keine Gedanken wegen des Geldes zu machen, weil die Uni einen Teil der Studiengebühren übernahm, besaß sein eigenes kleines Reich und kam sowohl mit seinen Kommilitonen als auch den Professoren gut klar. Auch wenn er keine engen Freunde hatte.

Die Studentinnen versuchten ständig, irgendwie an ihn heranzukommen, doch er verspürte nicht die geringste Lust, diese Bekanntschaften zu vertiefen. Und bei den Studenten hatte er einfach kein gutes Gefühl, wenn er zu viel Nähe zuließ. Er wollte keine Komplikationen und keine Gerüchte oder Getuschel hinter seinem Rücken. Er hatte sich immer wohler gefühlt, wenn er für sich war.

Bis auf heute.

Caleb schloss die Augen und versuchte, tief durchzuatmen, um sich zu beruhigen. Doch damit erreichte er nur, dass er die Nähe zu Asterios noch einmal zu spüren glaubte. Sein Atem auf seiner Haut. Noch nie war ihm jemand so nahe gekommen, nicht auf diese Art zumindest. Nicht mit dieser ... Absicht.

Seine Reaktion darauf, die offene Verlegenheit, ärgerte ihn, da dieser „Dämon" ihn entweder nur getestet oder sich einen Scherz mit ihm erlaubt hatte. Es hatte ihm sichtlich Spaß gemacht, ihn derart in Verlegenheit zu bringen. Wenn der Kerl eine Frau gewesen wäre, hätte Caleb sich mit Sicherheit auch so merkwürdig gefühlt.

Es fehlte dieses beklemmende Gefühl und der Wunsch, sich in sich selbst zurückzuziehen oder der Situation einfach zu entfliehen. Ja, er wäre am liebsten weggelaufen, aber wenn er ehrlich war, dann nur aus dem Grund, weil ihm das Ganze so unglaublich peinlich gewesen war.

Caleb drehte sich zur Wand. Sogar jetzt, während er ganz allein in seinem Zimmer war, könnte er vor Scham im Boden versinken. Seine Wangen wurden heiß. Er sollte sich wirklich besser von diesem Typen fernhalten, egal ob Dämon oder nicht.

Aber da waren immer noch diese Erpressung und seine Worte, die sich wie Nadelstiche in seinen Körper gebohrt hatten.

Caleb öffnete die Augen.

Unbestreitbar hatte er ihm ein hartes Ultimatum gesetzt. Eines, aus dem er derzeit noch keinen Ausweg wusste. Er wollte da definitiv nicht mit reingezogen werden, aber blieb ihm eine Wahl?

Egal ob echter Dämon oder nicht?

Sein gemütliches, ruhiges Leben war definitiv vorbei. So viel stand schon mal fest.

***

Caleb konnte am nächsten Morgen von Glück reden, dass Wochenende war. Er musste zwar für die Zwischenprüfungen lernen, aber konnte sich durchaus die ein oder andere Pause gönnen. Vor allem, weil er sich momentan ohnehin auf nichts hätte konzentrieren können. Es würde ihm also guttun, sich mit seiner Kamera draußen kurz die Beine zu vertreten.

Heute Morgen hatte er sich nur mühsam aus dem Bett gequält. Sein Kopf dröhnte und er fühlte sich vollkommen gerädert. Den Weg zum Waschraum hatte er schwankend hinter sich gebracht und dabei den ein oder anderen skeptischen Blick geerntet. Nach der Dusche konnte er zum Glück wieder halbwegs geradeaus gehen. Zwar verspürte er keinen Hunger, dennoch war er zum Frühstück gegangen, und nachdem er ein bisschen was im Magen hatte, fühlte er sich tatsächlich fitter.

Entschlossen schnappte sich Caleb seine Kamera und machte sich auf den Weg nach draußen. Es war ein überraschend schöner Oktobertag. Der Nieselregen vom Vortag hatte sich verzogen und einigen Sonnenstrahlen Platz gemacht. Mit neuem Tatendrang machte Caleb sich auf die Suche nach schönen Motiven.

Fotografieren war schon immer eine seiner Leidenschaften gewesen, sodass er hier an Princeton den Bachelor of Arts anstrebte. Ihm lag es allerdings nicht, sich selbst in den Vordergrund zu stellen. Er würde nie ein berühmter Influencer oder Youtuber werden. Einige seiner Mitstudenten waren gerade fleißig dabei, sich im Internet einen Namen zu machen. Er ließ stattdessen lieber seine Bilder für sich sprechen.

Caleb fotografierte ohnehin am liebsten Landschaften, machte Nahaufnahmen oder suchte sich Tiere als Motiv. Das Spiel mit dem Licht, unterschiedliche Kompositionen. Es gab so viele Möglichkeiten. Zurzeit hatte er die Schwarz-Weiß-Fotografie für sich entdeckt, die sie im Studium behandelten. Dafür nutzte er häufig die Gebäude des Campus als Motiv.

Er fand eine schöne Stelle, an der die Sonne hinter einer efeubewachsenen Mauer hervorblinzelte. Das würde er vielleicht sogar in Farbe entwickeln. Caleb stellte die Schärfe auf eines der vorderen Blätter ein und betätigte den Auslöser. Dann änderte er leicht den

Winkel und schoss ein weiteres Foto. Prüfend ließ er die Kamera sinken und bewegte sich etwas hin und her, um zu testen, ob eine andere Position eine noch bessere Komposition erzeugte.

Gebäude lagen ihm normalerweise nicht, aber die Princeton University bot so unglaublich schöne, alte wie neue, die nicht im Geringsten mit normalen Bauten vergleichbar waren.

Von der Bauweise und der Gestaltung hätte man annehmen können, dass das Wohnheim, wie manch anderes Gebäude hier auf dem Campus, schon gute zweihundert Jahre alt war. Das entsprach allerdings nicht der Wahrheit. Ganz im Gegenteil war es sogar ein ziemlich neuer Gebäudekomplex. Er unterschied sich mit seinem Steinmauerwerk, den Schieferdächern und den Kupfer- sowie Holzdetails äußerlich jedoch kaum von den zeitgenössischen Bauwerken.

„Ich hätte nie gedacht, dass du dich fürs Fotografieren begeisterst." Vor Schreck wäre ihm die Kamera beinahe aus der Hand gefallen, was er sich absolut nicht erlauben konnte. Geld für eine neue war gerade nicht drin.

So ein Mist, dabei hatte er es endlich geschafft, die Gedanken an den Dämon für ein paar Minuten zu verdrängen. Und als hätte der es geahnt, tauchte er leibhaftig neben ihm auf. Was für ein Ärgernis.

Caleb bemühte sich darum, sich nichts anmerken zu lassen. Er zoomte raus und fasste die Efeuwand noch einmal als Ganzes für eine Schwarz-Weiß-Version ins Auge.

„Kannst du mich nicht einfach in Ruhe lassen?", knurrte er und blickte konzentriert durch seine Linse.

„Nein. Vielleicht hatte ich ja Sehnsucht nach dir."

Calebs Finger zitterte kurz, ehe er den Auslöser betätigte und die Kamera sinken ließ. Er hatte es geschafft, Asterios bisher kein einziges Mal anzusehen. Auch wenn der Drang, genau das zu tun, immer stärker wurde. In welcher Gestalt Asterios wohl gerade wenige Meter neben ihm stand?

„Lass diese dummen Scherze." Caleb musste sich selbst ermahnen, diesen Witz nicht für voll zu nehmen. Es reichte schon, dass er sich insgeheim freute, ihn jetzt wiederzusehen.

„Du brauchst mich doch nur für dieses Ritual. Wahrscheinlich wolltest du nur sichergehen, dass ich nicht über Nacht verschwunden bin."

Er hob die Kamera wieder ans Auge und schoss ein schnelles Foto von Asterios' Gesicht, wie er grinsend vor ihm stand. Jetzt hatte er etwas, was er immer ansehen konnte, zumindest wenn er darauf abgebildet war. Dämonen konnte man im Gegensatz zu Vampiren doch fotografieren, oder nicht?

„Das ist eine ziemlich alte Kamera, oder?", fragte Asterios, ohne auf Calebs vorherige Worte einzugehen.

„Ja, geht so. Sie ist nicht digital, falls du das meinst. Ich mag das analoge Fotografieren irgendwie. Und wir lernen hier, die Fotos selbst zu entwickeln. Wir haben sogar ein eigenes Fotolabor. Wenn ich zu viele Dinge im Kopf habe, schnappe ich mir meine Kamera, dann konzentriere ich mich nur noch auf das Motiv und alle anderen Gedanken sind weg."

„Tja, schön, wenn man so etwas hat." Asterios steckte die Hände in die Taschen seiner Jeans. Heute war er etwas normaler gekleidet, aber er würde immer noch unter Hunderten als der eine hervorstechen. Was nicht an seiner Kleidung oder seiner ungewöhnlich schwarzen Hautfarbe lag. Er hatte einfach diese gewisse Ausstrahlung, mit der er die Aufmerksamkeit anderer magisch auf sich zog. Und so war es nicht verwunderlich, dass Caleb ihm wie selbstverständlich folgte, als Asterios ohne ein weiteres Wort davonschlenderte. Er ging bis zu einer Bank und ließ sich darauf nieder. Nach kurzem Zögern setzte Caleb sich neben ihn. Sie schwiegen eine Weile. Er traute sich nicht, den „Dämon" neben sich anzusehen, obwohl er ihn gern mal in Ruhe näher in Augenschein genommen hätte. Er verzichtete nicht darauf, weil das unhöflich wäre. Es war vielmehr so, dass Asterios sein übergroßes Interesse an ihm nicht bemerken sollte. Er hatte ohnehin schon genug unsinnige Vorstellungen im Kopf.

Also beobachtete er die anderen Studenten, wie sie die Wege entlangliefen, in Gruppen zusammenstanden oder auf den anderen Bänken saßen.

„Und? Hast du es dir überlegt?", durchbrach Asterios schließlich die Stille, die sich um sie herum ausgebreitet hatte. Calebs Herz machte daraufhin einen erschrockenen Satz. Doch er beruhigte sich schnell wieder und erinnerte sich daran, zu welchem Entschluss er gekommen war. Vorerst mitspielen und versuchen, ihn entweder einliefern zu lassen oder halbwegs zufriedenzustellen, damit er ihn in Ruhe ließ. Da es ja keine echten Dämonen gab, sollte ihm nichts passieren, oder?

„Du brauchst mich nur für das Ritual, ja?", versicherte er sich noch einmal.

„Für dessen Ausführung, um genau zu sein. Ich brauche deine Hilfe, um es durchführen zu können."

„Okay“, antwortete Caleb gedehnt, der mit der Antwort nicht sonderlich viel anfangen konnte. „Und mir passiert dabei nichts, hast du gesagt? Ich werde nicht irgendwie geopfert, aufgeschnitten, von jemandem gegessen oder ...?“ Er drehte sich zur Seite, als Asterios neben ihm haltlos zu lachen anfing.

„Woher hast du denn die ganzen Gruselszenarien?“, brachte er zwischen zwei Lachern hervor.

„Keine Ahnung, Horrorfilme?“ Caleb hob eine Schulter und merkte, wie ansteckend seine gute Laune war. Wenn er Asterios so betrachtete, dann wirkte er wie ein ganz normaler Student, ein Mensch. Ein fröhlicher, offener, vielleicht etwas freizügiger und aufdringlicher, aber dennoch ganz normaler Mensch. Nie und nimmer würde man jemanden mit Wahnvorstellungen oder einen Dämon hinter dem hübschen Gesicht mit den vollen Lippen und der markanten Kinnlinie vermuten.

„Also nein. Das ist ja kein Ritual, um den Teufel oder sonst wen zu rufen. Es soll lediglich dazu dienen, mich zu einem Ganzen zu machen. Okay, das klang jetzt seltsamer, als es das sollte.“ Und erneut grinste er. Caleb hingegen wurde wieder ernst. Er durfte diese Sache unter keinen Umständen unterschätzen, wenn er es am Ende nicht bereuen wollte, sich darauf eingelassen zu haben.

Aber wie sahen schon die Alternativen aus? Er könnte sich weigern, doch bestimmt nicht verstecken. Asterios würde ihn finden und dann würde er ihn zwingen. Daran bestand für Caleb nicht der geringste Zweifel. Er hatte seine Stärke ja bereits kennengelernt, egal ob dämonischer oder menschlicher Natur.

Er konnte schlecht sein Studium hinschmeißen, um quer durchs Land vor ihm zu flüchten. Also war es besser, mitzuspielen und dafür zu sorgen, dass er aus der Nummer am Ende möglichst unbeschadet herauskam. Er musste es ausnutzen, solange er noch ein bisschen Mitspracherecht hatte, und gut verhandeln. Womöglich könnte er diesen Dämonenquatsch auch gegen ihn verwenden.

„Gibt es bei euch Dämonen irgendein Ritual oder so etwas, wodurch ein Versprechen oder Pakt bindend wird? Damit ich mir absolut sicher sein kann, dass du nichts weitererzählst, wenn ich bei diesem komischen Ritual mitmache, und mir nichts passiert? Ich will ein bindendes Wort, dass ich nicht geopfert, getötet, ausgeblutet oder verstümmelt werde. Auch sonstige Verletzungen verbitte ich mir."

„Keine Sorge, es ist nicht viel mehr als deine Anwesenheit nötig, eventuell etwas von deinem jungfräulichen Blut, aber die Wunde dafür muss nicht groß sein und von Ausbluten ist keine Rede. Du wirst am nächsten Tag lebendig und bei guter Gesundheit dein Leben als Student unbehelligt fortsetzen können." Asterios lehnte sich siegessicher zurück.

„Und kann ich das auch schriftlich oder so bekommen?" Auf sein Wort würde er sich nicht verlassen. Er bestand auf so etwas wie einen Vertrag. Zumindest die Sicherheit, dass ihm wirklich nichts zustoßen würde, wenn er sich hierauf einließ, brauchte er.

„Meine Dämonenart nutzt für so etwas häufig einen Kuss, der den Pakt besiegelt, aber ..."

„Alternativen?", fragte Caleb frostig, noch ehe Asterios den Satz zu Ende geführt hatte. Nahm der Kerl ihn etwa schon wieder auf den Arm? Er hatte wirklich nicht vor, den Typen zu küssen. Auch wenn ein klitzekleiner Teil von ihm es durchaus gern versucht hätte.

„Mit einem magischen Siegel würde es auch gehen. Das ist ein sichtbares Zeichen, welches ich auf deinem Körper hinterlasse. Es bleibt so lange dort, bis der Pakt erfüllt ist."

„Das klingt doch schon mal besser", meinte Caleb mit möglichst nüchterner Stimme.

„Na ja, der Kuss hätte einen ähnlichen Effekt. Aber den können wir uns natürlich auch für einen späteren Zeitpunkt aufsparen." Asterios grinste verschmitzt und Caleb musste sich anstrengen, seine teilnahmslose Miene beizubehalten. Trotzdem schoss sein Blick kurz über das Gelände. Ein paar Studenten unterhielten sich in ihrer Nähe, doch Asterios schien das nicht zu stören.

„Also, wie läuft das ab?" Caleb wollte es so schnell wie möglich hinter sich bringen.

„Du reichst mir deine Hände, wir überkreuzen sie, ich nenne die Bedingungen des Paktes und danach erscheint das Zeichen auf deiner Haut. Eigentlich ganz einfach."

„Und das können wir einfach so hier machen?" Wenn er ein echter Dämon wäre, würde er doch dafür sorgen, dass sie niemand sah, oder?

„Da keiner von uns in Flammen aufgehen oder in gleißend helles Licht getaucht wird, ist das kein Problem." Asterios grinste, als wollte er noch etwas sagen, und Caleb war sich ziemlich sicher, dass das wieder etwas mit dem Kuss zu tun haben würde.

Daher streckte er einfach nur die Hände aus, um das Ganze schnell hinter sich zu bringen. Der ein oder andere sah nämlich schon zu ihnen herüber.

Caleb würde später definitiv noch ein Schreiben aufsetzen und ihn unterzeichnen lassen. Bei dem hier würde ja nicht viel herauskommen.

Asterios überkreuzte Calebs Hände, tat dasselbe mit seinen und ergriff danach dessen Finger. Er schloss die Augen und Caleb machte es ihm unbewusst nach.

„Im Tausch gegen Calebs Jungfräulichkeit schwöre ich, dass ihm bis zur Nacht nach Halloween durch mich keine Gefahr droht. Reicht das so oder möchtest du es näher ausgeführt haben?", fragte Asterios und als Caleb die Lider hob, begegnete er einem Paar rotglühender dämonischer Augen.

„Könntest du noch ergänzen, dass ich nicht verletzt werde? Auch durch niemanden sonst? Und dass du nichts herumerzählst?"

Asterios schloss abermals seine Augen. „Im Tausch gegen Calebs Jungfräulichkeit, die er bis nach Halloween zu bewahren hat, schwöre ich, dass ihm weder durch mich noch durch andere oder das Ritual Gefahr für Leib oder Leben droht. Auch seine Geheimnisse werde ich bewahren." Asterios öffnete ein Auge und sah ihn spitzbübisch an, ehe er es wieder schloss. „Der Pakt gilt bis nach Halloween. So besser?" Er musterte ihn.

Caleb war nicht entgangen, dass er nebenbei auch seine Vereinbarung ein wenig genauer definiert hatte. Aber das war ihm egal. Er hatte ohnehin nicht vor, seine Unschuld so bald über Bord zu werfen. Obwohl das durchaus eine Möglichkeit gewesen wäre, dem hier zu entkommen. Aber dafür war er nicht der Typ. Sonst hätte er das schon längst hinter sich gebracht. An Chancen und Gelegenheiten hatte es ihm bisher schließlich nicht gemangelt.

Asterios hatte ziemlich deutlich gemacht, was mit ihm passierte, wenn er sich selbst „nutzlos" für ihn machte. Und wenn der Kerl echt an Wahnvorstellungen litt, wollte er nicht darüber nachdenken, was dann womöglich auf ihn zukam. Deswegen spielte er lieber mit. Bisher war ihm ja noch nichts Schlimmes passiert.

„Sehr gut. Dann brauche ich jetzt deinen Unterarm." Asterios ließ ihn los und streckte ihm auffordernd eine Hand entgegen. Caleb überließ ihm bereitwillig seinen linken Arm.

„Ich muss an die Haut kommen", ergänzte Asterios und warf ihm dabei einen seltsamen Blick zu. Seltsam, weil Caleb plötzlich wieder heiß wurde, obwohl es keinen Grund dafür gab. Wieso war es ihm mit einem Mal peinlich, seine Jacke auszuziehen, um den Ärmel seines Pullovers hochzuschieben? Das war doch albern.

Als er ihm dieses Mal den Arm hinhielt, schaute er geflissentlich zu Boden, um einem erneuten Blickkontakt mit den roten Augen zu entgehen.

„Das tut jetzt kurz etwas weh", warnte Asterios ihn vor, ehe er ihn mit festem Griff am Unterarm packte.

„Aaaahhh!" Caleb war nicht einmal dazu in der Lage, den lauten Aufschrei zu unterdrücken, derart überrascht war er von der Intensität des Schmerzes. Als hätte ihm jemand ein glühendes Eisen auf die Haut gedrückt.

Zum Glück hielt dieser nur für ein paar Sekunden an, sodass er die Umstehenden schon wieder beruhigend anlächeln konnte, ehe er geschockt zu Asterios herumfuhr.

Hatte der ihm gerade ein Messer in den Arm gerammt? Aber dann würde es immer noch wehtun. Er hatte seine Finger bereits von Calebs Haut gelöst und da war keine Wunde zu sehen. Dafür aber ...

„Scheiße, Mann! Warum hat das so wehgetan? Das hat sich angefühlt, als hättest du das Ding in meine Haut gebrannt", beschwerte sich Caleb leise schimpfend, während er verwirrt die schwarzen Linien auf seinem Unterarm betrachtete.

Wie ging das denn bitteschön? Das sah aus wie ein Tattoo. Die Linien bildeten einen Stern mit acht Spitzen, der zusätzlich mit einigen Punkten, Linien und winzig kleinen Zeichen versehen war, die Caleb weder entschlüsseln noch richtig erkennen konnte. Dafür waren sie zu klein.

Wie war das ... möglich? Er fuhr mit den Fingern darüber. Weder spürte er etwas noch war die Haut gerötet. Wegwischen ließ es sich allerdings auch nicht. Hieß das womöglich, er ...

„Na ja, das war auch mehr oder weniger der Fall." Entschuldigend sah Asterios ihn an.

„Das hättest du vorher echt mal erwähnen können", murrte Caleb. Das Brennen war vollends verschwunden, jetzt fühlte es sich nur noch so an, als hätte er sich irgendwo gestoßen oder so etwas.

Ihn beschäftigte gerade allerdings weniger sein körperlicher Schmerz als vielmehr die Tatsache, was das bedeutete. Er hatte ... Hatte er womöglich gerade einen Pakt mit einem echten Dämon geschlossen? Einem richtigen echten Dämon?

Nein, das konnte nicht sein. Oder?

„Ich hatte den Eindruck, dass dir alles lieber als der Kuss ist“, entgegnete Asterios mit einem Grinsen. „Beim nächsten Mal können wir natürlich auch darauf zurückgreifen.“

Caleb drängte die Erkenntnis, dass es Himmel und Hölle womöglich wirklich gab, in den Hintergrund. Darüber konnte er sich später in seinem Zimmer in Ruhe Gedanken machen, zusammenbrechen oder doch noch weglaufen. Jetzt gerade musste er zunächst mit diesem Dämon fertig werden.

„*Ein* Pakt mit dem Teufel genügt. Ich hoffe, das Ding sorgt dafür, dass auch du dich an dein Versprechen halten musst, und hat nicht nur mich zur Mitarbeit gezwungen.“ Seine Finger rieben immer noch über die Haut, während er den ein oder anderen neugierigen Blick zu ignorieren versuchte. Sie hätten das doch an irgendeinem abgelegenen Ort machen sollen.

„Absolut, du bist hundertprozentig sicher. Und ich habe keinerlei Interesse daran, dein Geheimnis irgendwo herumzuposaunen. Solange du dich an unsere Vereinbarung hältst“, ergänzte Asterios.

„Ja, ja, hab's ja verstanden“, knurrte Caleb. „Was passiert eigentlich, wenn wir uns nicht an den Pakt halten?“

Asterios' Miene wurde sehr ernst. „Versuch lieber nicht, das herauszufinden. Es würde ziemlich schmerzhaft enden.“

Caleb musste bei den bedrohlichen Worten schlucken. Das Jucken seiner Haut lenkte ihn zum Glück von den schaurigen Gedanken ab. Am liebsten hätte er so lange gekratzt, bis das fremdartige Zeichen verschwunden war. Doch er unterdrückte den Drang, zumal so ein magisches Zeichen dadurch sicherlich nicht verschwunden wäre. Wahrscheinlich würde es an irgendeiner anderen Stelle seines Körpers wieder auftauchen.

Nein, das Ding würde er ganz bestimmt erst loswerden, wenn er Halloween und dieses Ritual überstanden hatte. Hätte er vorab eigentlich nach weiteren Details fragen sollen? Jetzt, da zu befürchten war, dass das alles doch echt sein könnte, beschlich ihn eine ungute Vorahnung.

Caleb öffnete soeben den Mund, um nach dem genauen Ablauf dieses Rituals zu fragen, als Asterios ihm zuvorkam.

„Fein, dann müssen wir jetzt nur noch die anderen Zutaten finden." Er stand auf und streckte sich genüsslich in die wenigen Sonnenstrahlen, die zu ihnen auf die Erde fielen.

„Andere Zutaten?", wiederholte Caleb verständnislos. Das klang mehr so, als wollte er einen Kuchen backen.

„Ja, natürlich. Du denkst doch nicht, dass deine Jungfräulichkeit die einzige ist, oder?"

Er verzog bei Asterios' Worten derart angesäuert das Gesicht, dass der bestimmt froh war, dass der Pakt bereits besiegelt war.

„Na, dann viel Spaß bei der Suche. Wir sehen uns an Halloween", verabschiedete Caleb sich, für den das Thema so weit erledigt war. Er erhob sich und hängte sich seine Kamera um. Jetzt, da er diesen merkwürdigen Pakt eingegangen war, würde er wenigstens bis dahin seine Ruhe haben.

„Dafür werde ich aber deine Hilfe benötigen."

„Wieso das denn?" Er drehte sich zu Asterios um. Das konnte doch jetzt nicht sein Ernst sein! Er hatte seine Einwilligung bereits, das musste reichen! „Davon war nicht die Rede", knurrte Caleb wütend.

„Du hast eingewilligt, mir bei meinem Ritual zu helfen, und ohne die anderen Zutaten wird das nichts. Also wirst du mir auch dabei helfen." Das klang endgültig. Ziemlich endgültig sogar.

Caleb überlegte, ob er das wirklich so gesagt hatte, konnte sich jedoch nicht an die genaue Formulierung erinnern. Das spielte ohnehin keine Rolle. Wie kam er aus der Sache nur wieder raus? Wenn das hier ein echter Dämon war, was ebenfalls seine übermenschlichen Kräfte erklären würde, dann hatte er kaum eine Wahl, oder?

Caleb schluckte. Das war doch alles ein absoluter Albtraum.

„Du bist ein Dämon, du hast sicherlich jede Menge cooler Tricks drauf, wozu brauchst du da einen nichtsnutzigen Menschen wie mich?", versuchte er erst einmal, sich auf diese Art herauszureden. Wenn er ehrlich war, wusste er wirklich nicht, wie er Asterios eine Hilfe sein sollte. Das war doch bestimmt reine Schikane.

„Du sagst es, ich bin ein Dämon, und genau das macht es so schwierig, an einige der benötigten Zutaten zu gelangen. Dafür braucht es gewisse menschliche ... Eigenschaften, die ich in der Form nicht besitze."

Caleb runzelte die Stirn. Wieso sagte Asterios das so eigenartig, dass ihm unwillkürlich ein Schauer über den Rücken rann? Er traute sich nicht einmal, nachzufragen, weil er Angst vor der Antwort hatte. Also ein

Grund mehr, definitiv nicht bei der Besorgung zu helfen. O Mann! Wo war er da nur reingeraten?

„Und ein, zwei Hände mehr sind oftmals auch gar nicht schlecht, ich kann mich schließlich nicht klonen."

Trotz der recht harmlosen Erläuterung war Caleb sich sicher, dass er sich unter gar keinen Umständen noch weiter in diese Sache hineinziehen lassen wollte. Leider hatte er nicht die geringste Ahnung, wie er das verhindern konnte. Dummerweise hatte er schon in diesen Pakt eingewilligt.

„Du wirst mir helfen", sagte Asterios mit bedrohlich leiser Stimme. Er neigte den Kopf, sodass er die Augen nach oben auf Caleb richtete, als würde er über den Rand einer Brille sehen. Diese Geste machte auf ihn fast noch mehr Eindruck, als wenn Asterios seine Augen wieder rot gefärbt hätte.

„Ich kann aber nicht", erwiderte Caleb verzweifelt und leicht eingeschüchtert. „Ich habe Zwischenprüfungen und da bin ich eine komplette Woche total busy. Du kannst mir nicht mein Studium versauen!"

„Hey, komm mal wieder runter. Ich muss ohnehin noch mal weg, was klären wegen der Zutaten. Das mache ich dann einfach nächste Woche, während du deine Prüfungen schreibst. Aber danach ..." Asterios ließ den Satz unvollendet. Caleb schluckte und nickte. Er hatte damit gerechnet, dass Asterios ihn ein weiteres Mal packen und gegen irgendeine Steinmauer pressen würde, um zu bekommen, was er wollte.

„I-in Ordnung", brachte er gerade so heraus. Es war bestimmt keine gute Idee, sein Glück überzustrapazieren und weiterhin seine Mithilfe zu verweigern.

Asterios' offene Drohung hatte ihm deutlich gezeigt, was er ohnehin schon wusste. Er hatte keine Wahl. Wahrscheinlich konnte er sich glücklich schätzen, wenn er es wenigstens schaffte, seine Prüfungen ungestört hinter sich zu bringen.

„Fein." Asterios schlug geschäftsmäßig in die Hände und wirkte voll positivem Tatendrang.

Caleb hingegen hatte das Gefühl, jemand hätte ihm all seine Energie geraubt. Und da war immer noch das Tattoo auf seinem Arm, neben den Hörnern und dem Schwanz ein ziemlich eindeutiges Zeichen dafür, dass der Verrückte gar nicht so verrückt war, sondern die Wahrheit sagte.

Doch das musste warten. Er sollte sich zunächst ausschließlich auf seine Zwischenprüfungen konzentrieren. Alles andere kam danach.

Augen zu und durch. Nach Halloween wäre alles vorbei und er könnte zu seinem alten Leben zurückkehren. Bis dahin waren es nur knapp drei Wochen. Das schaffte er schon.

KAPITEL 4

Caleb

Die ersten Tage rechnete Caleb noch damit, dass Asterios trotz seiner Einwilligung, ihn in Ruhe seine Zwischenprüfungen schreiben zu lassen, jeden Moment auftauchen würde. Aber er hielt sein Versprechen.

Beinahe hätte er den Eindruck bekommen können, dass das Ganze nur so etwas wie ein Traum gewesen oder alles seiner Einbildung entsprungen war. Wäre da nicht das unübersehbare Zeichen auf seinem Unterarm. Zum Glück trug inzwischen so gut wie jeder langärmelige Oberteile. So ließ sich sein neues Tattoo leicht vor neugierigen Blicken verbergen, ohne dass es merkwürdig wirkte. Das Ding würde schließlich wieder verschwinden, sobald er das alles hinter sich hatte. Hoffentlich ...

Nachdem Caleb auch die letzte Prüfung geschafft hatte, atmete er erleichtert auf. Trotz der dämonischen Ablenkung war es ganz gut gelaufen. Das Pauken hatte also vorerst ein Ende. Normalerweise würde er die Zeit nutzen, um sich etwas zu entspannen, mit der Kamera über den Campus streifen oder alibimäßig an einer der Partys teilnehmen. Aber dazu würde er dieses Mal wohl nicht kommen. Denn es dauerte nicht lange, bis Asterios gut gelaunt wieder vor ihm stand.

„Du bist fertig mit deinen Prüfungen?“ Caleb gab nur ungern zu, dass er mehr oder weniger absichtlich draußen herumgelaufen war, um Asterios dadurch zu signalisieren, dass er die Prüfungen hinter sich hatte. Er hätte sich auch drinnen verschanzen können, um darauf zu hoffen, dass er ihn vergaß. Das Tattoo auf seiner Haut erinnerte ihn jedoch ständig daran, dass er dem nicht entkam. Womöglich funktionierte das Ding ja auch wie ein eingebauter Peilsender?

„Ja, es lief gut, falls es dich interessiert? Ich weiß allerdings immer noch nicht, wie ich dir bei der Suche nach den Zutaten eine Hilfe sein soll. Ich kenne mich mit dem ganzen Kram echt nicht aus“, murrte Caleb, während Asterios sich schwungvoll neben ihm auf der Bank niederließ, auf der sie auch schon ihren Pakt geschlossen hatten.

An diesem sonnigen Oktobertag nach den Prüfungen waren viele Studenten draußen. Die Farbenpracht der Bäume reichte von hellem Grün bis zu einem leuchtenden Rot. Auf den Wegen und Rasenflächen sammelte sich langsam das Laub und wurde von Leuten aufgewirbelt, die mit ihrem Fahrrad darüber fuhren. Caleb musste mit seinem Skateboard aufpassen, sobald die Blätter nass wurden. Er hatte so nämlich schon mal einen ordentlichen Abgang hingelegt, weil er den rutschigen Untergrund unterschätzt hatte.

Während die Leute um ihn herum in Gespräche vertieft waren, Prüfungen besprachen oder einfach bloß ihren Spaß hatten, musterte er Asterios möglichst unauffällig von der Seite. Dieses sehr aufreizende Outfit schien er wirklich bloß getragen zu haben, um Caleb aus der Reserve zu locken. Denn auch heute war er zwar auffällig schick, aber nicht mehr so unpassend freizügig gekleidet. Die schwarze Jeans hatte auf dem rechten Oberschenkel einen langen Riss. Dazu trug er eine farblich passende, verschlissene Lederjacke über einem dunkelblauen Hemd.

„Sehr schön, dann würde ich sagen, verlieren wir nicht noch mehr Zeit und fangen gleich an." Calebs Einwände ignorierte er schlicht und ergreifend. Der stieß ein missbilligendes Schnauben aus, mehr traute er sich nicht. Er musste wohl oder übel einsehen, dass er aus der Nummer nicht mehr herauskam.

„Dann schauen wir mal. Womit fangen wir am besten an?" Asterios hatte einen Zettel aus seiner Hosentasche gezogen. Der sah so alt aus, dass Caleb ihn am liebsten hinter Glas gepackt hätte. Ein zerfleddertes Stück Papier, das fast schon vollständig braun war und nicht mehr nur als vergilbt durchging. Allerdings sah es viel schwerer als einfaches Papier aus und wirkte auch robuster.

„Was ist das?", fragte er neugierig geworden und lehnte sich ein Stück zu Asterios hinüber. Der erstarrte für einen Augenblick, als Caleb über seine Schulter schaute. Allerdings konnte er keines der Schriftzeichen lesen, die kreuz und quer, immer wieder unterbrochen von kleinen und größeren Zeichnungen, auf dem braunen Papier verteilt waren.

„Das ist so etwas wie unser Rezept. Darauf stehen die Zutaten und weitere Anweisungen für das Ritual." Asterios räusperte sich kurz.

„Was für eine Schrift ist das? Die hab ich noch nie gesehen." Caleb streckte fasziniert eine Hand aus und wollte darüberstreichen, doch Asterios brachte es rasch außerhalb seiner Reichweite.

„Fass das lieber nicht an. Das ist Dämonenschrift. Wir sind die Einzigen, die sie lesen und schreiben können."

„Findet man so etwas auch in einem Museum oder so?", wollte Caleb interessiert wissen. Er konnte sich nicht vorstellen, dass die Menschheit keinerlei Kenntnis davon besaß.

„Nein, es gibt nur sehr wenige solcher Stücke. Die Schrift wird nur für besondere Rituale oder Beschwörungen verwendet. Und außerdem muss man sie mit menschlichem Blut und auf ..." Er zögerte kurz. „Auf menschliche Haut schreiben."

Caleb zuckte erschrocken zurück. Es schüttelte ihn bei der Vorstellung, dass das Ding da in Asterios' Hand womöglich so etwas wie ein Skalp war, eine abgezogene menschliche Kopfhaut. War so etwas nicht auch bei Piraten recht beliebt als Schatzkarte gewesen? Nun, einen Schatz würden sie damit sicherlich nicht finden. Wobei für Asterios die Möglichkeit, ein richtiger Mensch zu werden, wahrscheinlich ähnlich kostbar wie ein großer Schatz aus Gold war.

„Ja, es ist nicht unbedingt schön. Deswegen solltest du es besser nicht anfassen."

Ach, aus diesem Grund hatte Asterios ihn aufgehalten. Caleb war ihm dankbar dafür. Allein die Vorstellung, diese uralte Haut eines Menschen angefasst zu haben, ekelte ihn dermaßen, dass er ein flaues Gefühl im Magen verspürte.

„Gut, dann hätten wir die höchst delikaten Dinge hinter uns. Widmen wir uns als Nächstes wieder unserer

Aufgabe. Ganz oben steht das Haar eines jeden Schwanzes einer Bakeneko."

„Eines jeden? Zwei Schw- Was ist eine Bakeneko?", fragte Caleb hastig, der die aufkommenden Gedanken zu unterdrücken versuchte. Mit Sicherheit befand er sich damit vollkommen auf dem Holzweg. Zumindest hoffte er das inständig.

Asterios musterte ihn für ein, zwei Sekunden, und er spürte, wie er als Reaktion darauf rot zu werden drohte. Doch ehe es dazu kam, fing Asterios bereits haltlos an zu lachen.

Caleb hätte vor Erleichterung beinahe laut ausgeatmet, stattdessen blieb er leicht ratlos zurück, während Asterios sich immer noch vor Lachen schüttelte. Dabei beugte er sich vor und stützte die Hände auf die Knie. Fehlte nur noch, dass er vornüberkippte und sich lachend auf dem Boden rollte.

„Was denn?", fragte Caleb schließlich, weil Asterios sich einfach nicht wieder einkriegen wollte. So langsam kam er sich ziemlich dämlich vor. War seine Frage wirklich derart zum Kaputtlachen?

„Eine Bakeneko ist eine Dämonenkatze." Asterios atmete ein paar Mal tief durch, richtete sich wieder auf und wischte sich vermeintliche Lachtränen aus den Augenwinkeln. „Oder vielleicht eher der Geist einer verstorbenen Katze, wie auch immer man es sehen will. Man kann sie von einer normalen Katze nur unterscheiden, weil sie einen gespaltenen Schwanz hat. Den allerdings auch nicht jeder immer sehen kann. Sie sind eigentlich recht umgänglich, außer man reizt sie."

„Lass mich raten. Und genau das haben wir vor?"

„Womöglich." Asterios grinste.

„Na, großartig.“ Wenn Caleb ehrlich war, hatte er nicht erwartet, dass es einfach werden würde.

„Ach, mach dir nicht gleich ins Hemd. Ich hab auf der Suche nach dir zufällig eine getroffen und mir die Gelegenheit nicht entgehen lassen. Gereizt hab ich sie mit dem Gezupfe durchaus und dafür auch gleich eine Abreibung kassiert, aber so haben wir diese Zutat schon mal. Du kannst dafür bei unserer nächsten Aufgabe glänzen. Die wird nämlich sicher nicht so einfach.“

Caleb erinnerte sich, dass Asterios bei ihrer ersten Begegnung einen zerfetzten Ärmel gehabt hatte. Dann war das wahrscheinlich auf diese merkwürdige Katze zurückzuführen. Er atmete erleichtert auf. Zumindest ein Punkt auf der Liste war ohne große Schwierigkeiten abgehakt. Auch wenn Asterios' Worte ihm wenig Hoffnung machten, dass das so bleiben würde.

„Wie viele Zutaten sind es insgesamt?“

„Acht. So viele Zacken, wie auch der Stern unseres Paktes hat. Einige werden schwer zu beschaffen sein, andere leicht, und bei manchen wird der schwierigste Teil sein, das Wesen zu finden. Aber keine Sorge, ich achte ein bisschen darauf, dass wir mit den etwas einfacheren und ungefährlicheren Dingen anfangen.“

„Wie nett von dir“, brachte Caleb mit ironischem Unterton heraus. „Und woran hattest du dabei gedacht?“

Asterios warf einen kurzen Blick auf sein Rezept.

„Die Steinhaut eines Gargoyles“, las er schließlich vor.

„Was soll das denn sein?“

„Ein Gargoyle? Das ist ein ...“, setzte Asterios an, doch Caleb hob eine Hand, um ihn zu stoppen.

„Die kenne ich. Hab als Kind die Serie im Fernsehen gesehen. Aber ist mit Steinhaut jetzt die versteinerte

Haut am Tag oder die Reste, die übrig bleiben, wenn sie sich für die Nacht verwandelt haben, gemeint? Passiert das hier eigentlich auch? Dass die steinerne Hülle abplatzt, meine ich. Wäre das nicht schon längst jemandem aufgefallen?“

„Da hast du recht.“ Er lachte. „Und genau deswegen ist das auch nicht der Fall. Ihre Haut wird zu Stein – na ja, im Grunde vollzieht sich die Verwandlung durch ihren ganzen Körper. Wenn du einen versteinerten Gargoyle irgendwo herunterwirfst, dann zerschellt der Stein und der Gargoyle ist tot. Soweit man Dämonen halt töten kann. Er kehrt in die Hölle zurück und wartet auf eine günstige Gelegenheit. Für uns beide heißt das in diesem Fall, wir gehen tagsüber auf die Jagd. Mit Gegenwehr ist da eher nicht zu rechnen, weswegen ich diese Zutat für unseren ersten Anlauf ausgesucht habe. Wir müssen lediglich ein wenig vom Stein abschaben, das ist alles.“

„Erzählst du mir auch noch von dem Haken? Denn da wird es doch definitiv einen geben, habe ich recht?“ In Calebs Ohren klang das alles viel zu leicht. So einfach, wie sich das im ersten Moment anhörte, konnte es gar nicht sein.

„Leider ja. Orte, an denen sich die Gargoyles zum Schlafen niederlassen, sind hohe Gebäude. Der Haken wird also sein, an sie heranzukommen.“

„Sag mir bitte, dass du fliegen kannst.“ Caleb fürchtete, die Antwort bereits zu kennen – und richtig.

„Nein. Sonst gäbe es ja wirklich keinen Haken.“ Asterios lächelte, Calebs Magen rutschte jedoch erst einmal einige Etagen tiefer.

„Und wie weit müssen wir dafür fahren?“

„Gar nicht weit. Mindestens ein Gargoyle treibt sich hier auf dem Campus herum. Eventuell auch mehr. Ich hab ein paar Mal seine steinerne Figur gesehen. Wir müssen also nur herausfinden, wo genau er gerade seinen Schlafplatz hat und wie wir dort hinaufkommen. Also ein ...“

„Eine Katastrophe.“ Caleb hatte keine Lust darauf, sich anzuhören, dies sei ein Kinderspiel, denn das ließ ihn Böses für alle weiteren „Zutaten“ erahnen.

„Sag bloß, du bist nicht schwindelfrei?“ Asterios hob erstaunt die Augenbrauen.

„Das schon, aber außen an Steinmauern herumturnen, während alle Welt einem zusehen kann, gehört leider nicht zu meinen Hobbys.“ Wie stellte der Kerl sich das überhaupt vor? Mal abgesehen davon, dass so eine Kletteraktion an sich bereits lebensgefährlich war, bekämen sie bestimmt richtig Ärger, wenn sie jemand dabei entdeckte. Das konnte er sich schlicht nicht erlauben. Und Asterios sollte besser auch daran gelegen sein, nicht inhaftiert zu werden. Seine Personalien würden sicherlich Probleme machen. Name: Asterios. Gattung: Dämon. Alter ... Hm, wie alt war er eigentlich? Von seiner äußeren Erscheinung her dürfte er nicht viel älter als Caleb sein. Aber Dämonen besaßen doch bestimmt die Fähigkeit, ihr Aussehen zu verändern und anzupassen. Ob das bei Halbdämonen auch der Fall war?

„Da hast du recht, wir müssen auf jeden Fall darauf achten, unentdeckt zu bleiben“, holte Asterios ihn zurück ins Hier und Jetzt. „Die Gargoyles verwandeln sich, sobald die ersten Sonnenstrahlen sie treffen, und erwachen, wenn der Himmel komplett schwarz ist. Wir haben also die Möglichkeit, abends in der Dämmerung halbwegs unbemerkt an den Gargoyle heranzukommen. Allerdings bleibt uns dafür nicht viel Zeit. Sobald er erwacht ist, müssen wir einen weiteren Tag warten. Und sollte er uns entdecken, könnte er vollkommen verschwinden. Die kleinen Kerlchen sind ziemlich ängstlich und trotz ihres meist grimmigen Aussehens eher nicht auf Streit aus. Dafür sind sie tagsüber zu ungeschützt."

Caleb überlegte, ob man optisch irgendeinen Unterschied zwischen einer normalen Steinfigur und dem dämonischen Wesen erkennen würde. Außer, dass Letzteres in der Nacht verschwunden und vielleicht am nächsten Tag nicht wieder da war.

„Damit eines klar ist. Ich weiß, dass du gern Fotos machst, und ich kann mir vorstellen, wie es dir in den Fingern jucken wird, wenn du andere meiner Art siehst. Es dürfen aber unter gar keinen Umständen Beweise existieren. Heutzutage kann man sich zwar schnell herausreden und behaupten, dass sei alles am Computer gemacht worden, aber so weit darf es gar nicht erst kommen. Also auch mit dem Handy, keine Fotos. Sonst muss ich es dir wegnehmen." Asterios' Blick war eindringlich.

Darüber hatte Caleb bisher noch gar nicht nachgedacht. Er hatte sich vielmehr Sorgen um sein Leben gemacht, als dass er diese Ausflüge als touristische Attraktion ansah. Aber jetzt, da er so darüber nachdachte, wären Fotos schon echt cool. Doch Asterios hatte recht. Außerdem wollte Caleb nicht riskieren, dass er ihm das Foto, welches er von ihm gemacht hatte, wegnahm. Darauf war er schließlich bloß als Mensch zu sehen. Das sollte ja kein Problem sein. Um sicherzugehen, entschied er, das Negativ erst zu entwickeln, wenn das alles hier vorbei war. Schade, aber er übte sich so lange einfach in Geduld.

Also signalisierte er mit einem Kopfnicken seine Zustimmung. Ohnehin wäre er bestimmt die meiste Zeit mit Überleben beschäftigt, sodass keine Zeit für Fotos bliebe.

***

Tatsächlich war es dann gar nicht so schlimm, wie Caleb zunächst befürchtet hatte. Die Firestone Library hatte einen hohen viereckigen Turm – dort hatte der Gargoyle sich an die Brüstung gehangen – und daneben einen niedrigeren Gebäudekomplex, der Asterios' Ziel darstellte. Die Bibliothek hatte von Montag bis Donnerstag bis acht Uhr abends geöffnet. Da die Sonne gegen sechs Uhr unterging, blieb ihnen genügend Zeit, während der Öffnungszeiten innerhalb des Gebäudes bis ganz nach oben zu gelangen. Für viele Bereiche der Bibliothek benötigte man einen gültigen Campusausweis der Uni, der sogar mit einem Lichtbild versehen war. Caleb fand sich selbst nicht sonderlich fotogen, was man diesem Bild auch mal wieder ansah. Missmutig hatte er damals in die Kamera geblickt. Aber dieser Ausweis stellte in seinen Augen einen weiteren Punkt dar, warum Asterios ihn dabeihaben wollte.

Tja, und dann war da noch die Kletterausrüstung. Zum Sichern brauchte es einen zweiten Mann am Boden, auch wenn Caleb das noch nie gemacht hatte. Asterios hatte ihm gezeigt, wie er das Seil unter seiner

Winterjacke verbergen konnte, und mit der restlichen Ausrüstung in einer Tasche waren sie aufgebrochen.

Bei der Firestone Library handelte es sich um eine der größten existierenden Freihandbibliotheken, obwohl sie nicht die größte Universitätsbibliothek der Welt war. Dazu kam, dass man dem Gebäude seine unglaubliche Größe gar nicht ansah. Was unter anderem daran lag, dass die meisten Bücher in drei unterirdischen Ebenen aufbewahrt wurden.

Das Firestone-Gebäude selbst besaß vier kleinere oberirdische Stockwerke, die sie nun alle erklimmen mussten, um bis ganz nach oben und aufs Dach zu gelangen. Caleb liebte die kleinen Leseecken, die Arbeitsbereiche mit den großen, kreisrunden Lampen, die von den hohen Decken hingen, und diesen besonderen Geruch nach alten Büchern.

Da er sich verhältnismäßig gut hier auskannte, ging er voraus, und gemeinsam liefen sie an unzähligen Bücherregalen vorbei.

Als sie es endlich nach draußen geschafft hatten – was gar nicht so einfach war, mussten sie dafür doch aus einem Fenster klettern, ohne gesehen zu werden –, schnitt die kühle Luft in Calebs erhitzte Wangen. Die Winterjacke war einfach zu warm, und wegen des Seils hatte er sie nicht einmal ein kleines Stück öffnen können. Ein Teil des großen Daches, auf dem sie sich jetzt befanden, war gerade erst begrünt worden. Der kleine „Wasserspeier" hing an einer Seite des großen Turms und Caleb warf einen ängstlichen Blick zu den hohen Wolkenbergen. Sie verdeckten die Sonne, die ohnehin so gut wie vollständig hinterm Horizont verschwunden sein dürfte. Was bedeutete, dass sie nicht viel Zeit zur Verfügung hatten.

Das Licht reichte kaum aus, um die Steinfigur auszumachen. Asterios hatte jedoch gemeint, dass er sehr gut im Dunkeln sehen konnte. Und so war die Gefahr, dass jemand sie hier oben auf dem Dach stehen sah, sehr gering.

Sie entledigten sich der Kletterausrüstung und Asterios hängte ein Seil in den Gurt ein, den er unter einem langen Mantel getragen hatte. Dann begann er sich vorsichtig am rauen Gestein des Turms hochzuarbeiten.

„Gut, dass der Stein so rau und uneben ist und es heute nicht geregnet hat, das macht es leichter", meinte Asterios, als er sich mit kräftigen Zügen die ersten Meter hochzog. „Du musst das Seil die ganze Zeit immer wieder nachziehen und auf Spannung halten." Das klang einfach, was es aber nicht war.

Asterios befestigte einen Sicherungshaken in der Wand, von da arbeitete er sich beständig an der Fassade neben den beleuchteten Fenstern nach oben und hielt sich zwischendurch auch an den Fensterbänken fest.

Caleb konnte nur leise beten, dass sie nicht erwischt wurden. Auch wenn das Buildering, wie sich diese Art des Fassadenkletterns an Gebäuden nannte, weit verbreitet war, bezweifelte er, dass die Uni Verständnis dafür hatte, dass sie dafür abends die Bibliothek nutzten.

Zum Glück erreichte Asterios in eben diesem Moment die steinerne Statue. Caleb hörte das leise Schaben, was darauf schließen ließ, dass Asterios die Steinhaut in die eigens dafür mitgebrachte Plastiktüte kratzte. Danach schlug er einen weiteren Haken in die Wand, und als er fertig war, gab er Caleb ein Zeichen, woraufhin der ihn langsam herunterließ.

„Siehst du? War doch gar nicht so schwer. Jetzt müssen wir nur noch sicher und unbemerkt von hier verschwinden. Damit hätten wir dann schon zwei von acht Zutaten." Asterios grinste ihn in der aufziehenden Nacht so breit an, dass seine Zähne selbst in dem wenigen Licht hell aufleuchteten.

„Vielleicht könnten wir das dann zur Abwechslung mal tagsüber machen. Im Dunkeln auf Dämonenjagd zu gehen, finde ich ziemlich gruselig. Ich bin ja schließlich nicht Buffy." Caleb machte sich daran, das Seil wie einen Rucksack über seine Schultern und vor seinem Körper aufzuwickeln, damit er rasch seine Jacke drüberziehen konnte. Ohne war es nämlich doch recht frisch. Auch Asterios zog seinen Mantel über seine Kletterausrüstung, fror im Gegensatz zu ihm jedoch überhaupt nicht. Gerade als Caleb so weit war und den Reißverschluss seiner Jacke bis nach oben zog, vernahm er ein unangenehmes Knirschen. Er sah sich misstrauisch um. Hatte sie jemand entdeckt und war auf dem Weg zu ihnen? Doch auf dem Dach konnte er keine Bewegung ausmachen. Fragend sah er zu Asterios. Der schaute sich nicht misstrauisch um, sondern hielt den Blick nach oben gerichtet. Caleb hob ebenfalls den Kopf, als ...

„Scheiße. Runter!" Asterios schmiss sich auf ihn, wie in einem dieser schlechten Filme, und riss ihn damit zu Boden – oder zu Dach. Caleb, der mit dem Rücken aufschlug, presste es dabei die gesamte Luft aus den Lungen, dazu drückte ihm das Seil in die Haut. Röchelnd drehte er sich zur Seite und schnappte keuchend nach Luft, sobald Asterios seinen Arm von ihm löste.

„Bleib unten, klar?!"

Etwas anderes hätte Caleb ohnehin nicht tun können, selbst wenn er gewollt hätte. Er war immer noch viel zu sehr damit beschäftigt, wieder zu Atem zu kommen.

Hustend schaute er sich um, konnte in der Dunkelheit aber bloß Asterios ausmachen, der in gebückter Haltung von ihm wegschlich. Caleb richtete den Oberkörper auf, um besser sehen zu können, da wirbelte Asterios zu ihm herum.

„Runter!" Caleb überlegte nicht lange, da er befürchtete, andernfalls ein weiteres Mal bodycheckmäßig niedergerungen zu werden. Gerade noch rechtzeitig zog er den Kopf ein, als etwas mit einem deutlich spürbaren Luftzug nur knapp über ihn hinwegsauste. Das Ding schoss weiter, direkt auf Asterios zu, und Caleb erkannte in dem wenigen Licht, das durch die großen Fenster auf sie herabschien, endlich, um was es sich dabei handelte. Den Gargoyle.

Der kleine Kerl war nicht größer als ein Zwerg. Ein Zwerg mit Flügeln, langen, krallenbesetzten Händen und einer Stimme, die eine Mischung aus Fingernägeln, die auf einer Schiefertafel kratzten, und aufeinander reibendem Stein bildete.

Er flatterte einige Meter über ihnen in der Luft. Caleb hörte deutlich das Flügelschlagen.

„Was hat es denn?", wollte er von Asterios wissen, der das Wesen hochkonzentriert nicht einen Moment aus den Augen ließ.

„Ich nehme an, er fühlt sich von uns bedroht. So viel zum Thema, sie ergreifen schnell die Flucht. Ich würde ihm ja gern sagen, dass wir schon haben, weswegen wir hier sind, aber ich befürchte, das würde auch nichts bringen." Sein schiefes Grinsen gefror augenblicklich auf seinem Gesicht, als der Gargoyle abermals kreischend einen Angriff startete. Sobald Caleb sah, dass er das Ziel war, duckte er sich und legte schützend die Arme über den Kopf.

Ein dumpfer Aufschlag erklang und das Kreischen wurde zu einem Gurgeln. Er blickte hoch und erkannte, dass der Gargoyle gegen den Turm geschmettert worden war. Asterios stand mit der Tasche für die Kletterausrüstung in der Hand da, als hielte er einen Baseballschläger.

„Wenn wir weglaufen, lässt es uns dann in Ruhe? Wir könnten versuchen, zurück ins Gebäude zu gelangen. Da müssten wir doch sicher sein, oder?" Caleb gefiel es gar nicht, so vollkommen ungeschützt in einen Kampf zwischen zwei Dämonen verwickelt zu sein.

Der Gargoyle hatte sich währenddessen auf seine kurzen Beinchen erhoben, schüttelte ungehalten die ledrigen Flügel aus und richtete seine kleinen grauen Steinaugen auf Caleb. Wie ein haarloser Affe kauerte er da, mit wulstigen Augenbrauen und ohne eine menschliche Regung in seinem Gesicht. Er bleckte die kleinen Fangzähnchen.

„Ich fürchte, das wird nicht so einfach", meinte Asterios und im selben Moment stieß sich das kleine Monster mit allen vieren vom Boden ab und breitete die Flügel aus. Mit einem fiesen Kreischen griff es von Neuem an. In dem Augenblick, da Asterios ihn regelrecht aus der Luft griff, wurde das Kreischen ohrenbetäubend. Caleb konnte nicht anders und hielt sich die Ohren zu.

Das Geräusch war kaum auszuhalten und er war sich sicher, dass in wenigen Sekunden ganze Horden von Studenten durch die Fenster nach draußen blicken würden, um der Ursache für diesen ohrenbetäubenden Lärm auf den Grund zu gehen.

„Mach, dass er aufhört! Er wird uns noch verraten!", rief Caleb halblaut gegen den Lärm an. Er war sich nicht sicher, ob Asterios ihn verstanden hatte, aber als Nächstes erklang ein merkwürdig reißendes Geräusch und er hielt zwei Fetzen in den Händen. Noch während Caleb ihn fassungslos anstarrte, zerfielen die Überreste des Gargoyles zwischen Asterios' Fingern zu Staub und rieselten zu Boden.

„Alles in Ordnung mit dir?" Asterios kniete sich neben Caleb, der geschockt auf die Stelle starrte, an der sich das kleine Wesen in ein Häufchen Sand verwandelt hatte.

„Mir fehlt nichts", brachte er nach gut zwei Minuten endlich heraus. Er ignorierte die helfende Hand, die Asterios ihm hinhielt – und mit der er eben noch den Gargoyle zweigeteilt hatte –, und kämpfte sich eigenständig auf die Beine. Sein Rücken schmerzte und er musste abermals husten.

„Du hast ihn umgebracht", stellte Caleb vorwurfsvoll fest und konnte nicht anders, als noch immer auf den kleinen Sandhaufen zu starren.

„Nicht so ganz. Richtige Dämonen können nicht sterben, das hatte ich, glaube ich, schon mal erwähnt", begann Asterios, doch Caleb hörte ihm gar nicht zu.

„Warum hast du das getan?", brachte er mühsam hervor, während er sich dazu zwang, den Blick von der

Stelle zu lösen und stattdessen Asterios ins Auge zu fassen.

„Wieso? Na, er hat uns angegriffen. Was hätte ich denn tun sollen? Du warst doch selbst besorgt, dass wir seinetwegen entdeckt werden."

„Aber ich meinte doch nicht ..." Ja, er hatte gesagt, Asterios solle etwas tun, aber das hatte er damit nicht gemeint.

„Und wir haben ja bereits, was wir brauchen." Asterios hielt mit siegessicherer Miene den kleinen Plastikbeutel hoch und grinste wieder einmal. Doch Caleb konnte ihn nur fassungslos anstarren. Wie locker er das wegsteckte, machte sich keinerlei Gedanken.

Caleb hingegen machte sich eher zu viele Gedanken. Er wusste auch gar nicht, was ihn an der Situation derart belastete. Asterios hatte recht, das Ding war immerhin ein Dämon gewesen, es hatte sie angegriffen und wenn er seinen Worten Glauben schenkte, dann war es nicht mal richtig tot.

Dennoch.

Vielleicht war es die Tatsache, dass er ihn mit bloßen Händen in zwei Teile gerissen hatte. Oder dass er es, ohne zu zögern, getan hatte. Oder dass Caleb sich dadurch schlicht und ergreifend der Tatsache bewusst wurde, dass Asterios eben ein Dämon war, egal wie viel Menschin in ihm steckte. Für einen Dämon war das hier wohl einfach keine große Sache.

„Ich werde dann mal schlafen gehen. Überleg du dir währenddessen, was wir morgen Spaßiges unternehmen wollen", meinte Caleb tonlos und ging an Asterios vorbei.

Ob er ihn auch so einfach entsorgen würde, wenn er ihn nicht mehr brauchte? Der Pakt galt schließlich nur bis Halloween. Was danach geschah, war davon vollkommen losgelöst. Was würde ihn dann wohl erwarten?

KAPITEL 5

Asterios

Asterios konnte nicht sagen, ob es mit den Vorbereitungen für das Ritual bisher gut oder eher schlecht lief. In der Zeit, während Caleb seine Prüfungen geschrieben hatte, war er damit beschäftigt gewesen, die Banshee aufzuspüren und eine Rufmuschel für die Nixe aufzutreiben. Wer hätte gedacht, dass diese beschissene Muschel so schwierig zu beschaffen sein würde?

Jetzt waren diese Dinge zwar geregelt, doch das viel größere Problem stellte nach wie vor seine auserkorene Jungfrau dar.

In seine Gedanken vertieft schritt Asterios an dem großen Turm vorbei, der am südlichen Ende des Campus den Eingang zum Whitman College ankündigte, in dem Caleb wohnte. Er hatte sich mit ihm für den heutigen Tag wieder draußen verabredet.

Asterios steuerte die Steinbögen an, wo er auf Caleb warten wollte, und lehnte sich mit den Händen in den Hosentaschen an die Mauer. Nach wie vor faszinierte ihn die Architektur, und er musste aufpassen, nicht zu viel Gefallen daran zu finden. Weder an diesem Ort noch an dem Jungen.

Er konnte sich inzwischen ein recht gutes Bild von Caleb machen. Definitiv eher ein Einzelgänger, schien er weder eine besondere Nähe zu einer speziellen Person noch zu überhaupt irgendjemandem zuzulassen. Wobei es da diesen anderen Typen mit dem Skateboard gab, mit dem sich Caleb häufiger unterhielt. Aber auch die Beziehung schien nur oberflächlich zu sein. Die Mädels scharten sich regelmäßig um ihn, aber inzwischen stand für Asterios zweifelsfrei fest, dass Caleb eher auf Kerle stand. Was es ihm leichter machen sollte, ihn für sich zu gewinnen. Bisher war ihm das jedoch nicht besonders gut gelungen.

Ihm war nicht entgangen, dass Calebs Stimmung nach dem „Tod“ des Gargoyles merklich gekippt war. Es schien ihn richtig mitgenommen zu haben. Aber wieso?

Er hatte die halbe Nacht gegrübelt, doch er verstand es nicht. Das Wesen war weder besonders niedlich noch sonderlich unschuldig gewesen. Gut, er hätte es vielleicht nicht gleich töten müssen. Aber auf die Schnelle war ihm keine andere Lösung zu „Mach, dass er aufhört!“ eingefallen, außer ihn endgültig zum Schweigen zu bringen. Was er wohl besser nicht getan hätte, denn damit schien er irgendetwas bei Caleb ausgelöst zu haben.

Während Asterios wartete, entdeckte er die ein oder andere Steinmetzarbeit, beobachtete die Studenten, die an ihm vorbeiliefen, in Gruppen zusammenstanden oder das Gebäude betraten oder verließen. Die Gerüche streiften ihn, doch keiner stach besonders hervor. Bis ihn der eine traf.

Zu seinem Bedauern musste Asterios feststellen, dass Calebs Stimmung sich zu gestern nicht wirklich gebessert hatte. Das konnte er ihm deutlich ansehen, als

Caleb auf die Grünfläche mit den gekreuzten Gehwegen vor dem Whitman College trat.

Er wirkte nicht nur nachdenklich, sondern genauso reserviert wie gestern Abend, als er sich von ihm verabschiedet hatte. Asterios ging auf ihn zu und begrüßte ihn mit einem Nicken, während Caleb lieber den Blick über die anderen Studenten schweifen ließ.

„Hey, wie wäre es, wenn du mir deine Handynummer gibst? Dann könnten wir unsere Treffen besser organisieren", versuchte Asterios, das Eis zu brechen.

„Du hast ein Handy?" Caleb merkte kurz auf. Nichts Weltbewegendes, aber wenigstens ein Anfang.

„Natürlich. Heutzutage kommt doch niemand mehr ohne so ein Teil aus." Asterios grinste, merkte aber sofort, dass es nicht den gewünschten Effekt hatte.

„Okay, meinetwegen."

Während sie Nummern austauschten, überlegte er angestrengt, womit er Caleb aus der Reserve locken konnte.

„Und? Welcher Horror steht heute an? Welche Dämonen gehen wir jagen?", fragte dieser mit wenig Begeisterung in der Stimme.

„Als Erstes werden wir ..." Asterios zog widerwillig die menschliche Haut mit den Anweisungen hervor, die ihm Irial gegeben hatte. Es war ein sehr altes Ritual, mittlerweile machte sich kaum noch ein Dämon die Mühe, Rituale auf Menschenhaut zu schreiben. Stattdessen konzentrierten sie sich darauf, einfältige Menschen dazu zu bringen, einen echten Dämon zu beschwören. Dafür mussten diese die Anweisungen aber lesen können. Mit einer Umwandlung eines

Halbwesens in eine reine Form hatte hingegen kein Mensch zu tun.

Es gab keine Garantie, dass es funktionierte, aber Asterios musste es wenigstens versuchen. Bisher lief es gut, weshalb er eigentlich entspannt an die ganze Sache herangehen konnte. Doch da war ständig dieser Druck, der ihm im Nacken saß. Irials Wette, sein Vater, für den er nicht länger eine Schande sein sollte, und Asterios' eigener Wunsch, irgendwo dazuzugehören. Er durfte nicht scheitern, also mussten sie so viele Zutaten so schnell wie möglich zusammenbekommen.

„Stehst du auf Meerjungfrauen?", fragte er Caleb. Es wurde Zeit, seine Rufmuschel auszuprobieren.

„Ähm ..." Der hatte die Frage offensichtlich nicht erwartet und wusste nicht, was er darauf antworten sollte. „Die wollen wir aber nicht irgendwie einfangen und in ein kleines Becken sperren, oder?"

Im Gegensatz zu Caleb wusste Asterios ganz genau, wie er diese Frage beantworten sollte. Er begann zu lachen. „Das ist also dein erster Gedanke, wenn ich das Thema Meerjungfrau zur Sprache bringe?"

Caleb blickte ihn nun vollends verwirrt an. „Wie jetzt? Sollte das nur so eine Art Test sein? Brauchen wir nun etwas von einer Meerjungfrau oder nicht?"

Asterios hätte beinahe missbilligend die Stirn gerunzelt. Und dabei hatte er gedacht, Calebs angespannte Haltung mit dem Thema ein wenig lockern zu können.

„Natürlich, wir sind ja schließlich nicht zum Spaß hier", erwiderte er und lief los. „Komm."

„Äh, und wohin gehen wir?"

„Lake Carnegie", antwortete Asterios knapp. Wenn Caleb ihm so kam, konnte er auch anders. Die

Zutatenbeschaffung konnte entweder lustig werden, soweit möglich, oder es wurde anstrengend. Die Wahl lag bei Caleb, ihm war beides recht. Er wäre zwar eindeutig für die lustigere und spaßigere Variante, aber was soll's? Am Ende zählte bloß das Ergebnis und darauf würde der Weg keinerlei Einfluss haben.

Caleb zog es tatsächlich durch, Asterios die gesamte Strecke schweigend zu folgen. Es war zwar nicht weit, aber sie brauchten fast zwanzig Minuten, bis sie an der Washington Road Bridge ankamen und am Ufer weiterliefen. Obwohl die Bäume bereits fleißig ihre Blätter verloren, würden sie dank des buschigen Gestrüpps dennoch nicht so schnell entdeckt werden. Trotzdem hielt es Asterios für besser, wenn sie sich noch etwas weiter von der großen Brücke entfernten. Caleb stapfte ihm nach wie vor stumm hinterher. Asterios hätte das Schweigen gern durchbrochen, aber er wusste nicht, worüber sie sich unterhalten sollten, und womöglich endete das ja bloß wieder in einem Streit. Sie stritten doch gerade, oder? Er hatte kaum Erfahrungen darin, sich mit jemandem zu streiten. Sein Bruder legte es zwar häufig darauf an, aber das endete stets in Gewalt, und Asterios zog jedes Mal den Kürzeren, weswegen er jede Form von Konfrontation schon in jungen Jahren zu meiden gelernt hatte. Und die Frauen, die er für seine Nahrung verführte, hatten andere Dinge im Sinn, als sich mit ihm zu streiten.

Wieso nur schien Caleb es seit letzter Nacht regelrecht darauf anzulegen, mit ihm aneinanderzugeraten? Das machte das Ganze doch bloß unnötig kompliziert und wesentlich unangenehmer, auch für ihn. Sollte sein Bestreben nicht eher darin liegen, für die paar Tage so gut wie möglich mit Asterios auszukommen?

Der schüttelte in Gedanken den Kopf. Verstand einer die Menschen. Er tat es in diesem Punkt jedenfalls nicht.

„Das hier ist eine gute Stelle“, verkündete er schließlich an einer kleinen Ausbuchtung und trat ans Ufer. Caleb blieb neben ihm stehen und starrte aufs Wasser.

„Und hier leben tatsächlich Meerjungfrauen?“ Er klang mehr als nur ein bisschen skeptisch. „Das ist immerhin ein Stausee und die Wasserqualität könnte auch besser sein.“

„Die leben überall. Ich kenne mich mit ihrer Art nicht besonders gut aus, aber sie scheinen Zugang zu jedem größeren Gewässer zu haben und sind nicht darauf angewiesen, über Land von einem zum anderen zu wechseln. Sie ... schwimmen einfach in das nächste. Ist recht kompliziert, vor allem wenn man darüber nicht so gut Bescheid weiß. Es muss bloß jemand Lust haben, zu uns zu kommen. Wenn nicht, sitzen wir hier ziemlich dumm rum.“

„Na dann.“ Caleb ging in die Knie und schien so etwas wie eine Warteposition einzunehmen. Um sich auf den Boden zu setzen, war es ihm offensichtlich zu kalt und feucht.

„Gut, dann wollen wir mal.“ Asterios griff in seine Jackentasche und holte eine kleine, speziell gedrehte Muschel heraus. Ohne sie war es nahezu unmöglich, ein Meerwesen zu rufen. Noch unwahrscheinlicher war es nur, eines zufällig zu treffen.

Asterios hob sie an seine Lippen und blies hinein. Dann tauchte er die Muschel ins Wasser und wartete.

„Das war alles?“, fragte Caleb nach einer Weile, in der nichts weiter passierte.

„Ja, so ziemlich. Wie gesagt, es kommt darauf an, dass jemand unserem Ruf folgt. Ich kann sie nicht zwingen, herzukommen.“

„Ach, kannst du nicht?“ Calebs Stimme klang sarkastisch und äußerst provokant. Zweifellos spielte er darauf an, dass Asterios ihm gesagt hatte, er würde am Ende auf jeden Fall das tun, was er wollte. Tja, er war eben keine Meerjungfrau.

Asterios entschied, nicht darauf einzugehen. Das hätte ohnehin nichts gebracht. Stattdessen zog er die Muschel aus dem Wasser und prüfte noch einmal aufmerksam die Oberfläche des Sees, doch da war keinerlei Veränderung auszumachen. Weil er nicht glaubte, dass das Wasser besonders appetitlich schmeckte, wischte er die Muschel an seinem Hemd unter der Jacke ab. Dann blies er abermals hinein und hielt sie von Neuem ins Wasser. Wartete wieder.

Das wiederholte er alle paar Minuten. Caleb gähnte neben ihm übertrieben. Asterios war sich durchaus bewusst, dass das hier nicht besonders spannend war. Er knirschte mit den Zähnen. Doch es gab nichts, was er hätte tun können, um den Vorgang zu beschleunigen. Entweder es gab dort draußen ein Meerwesen, das durch den Ruf und die Anwesenheit des Menschen angelockt wurde, oder nicht. Diese Dämonen hatten es darauf abgesehen, Menschen zu beeinflussen und mit sich in die Tiefe zu ziehen. Aber dafür musste einer von ihnen Interesse an Caleb zeigen.

Er könnte es höchstens mal an einer anderen Stelle versuchen, wenn sich hier wirklich nichts tat.

„Erinnert mich daran, eine Telefonzelle anzurufen und darauf zu hoffen, dass jemand vorbeigeht und abhebt“, meinte Caleb trocken, doch Asterios brachte dieser Gedanke zum Lachen.

„Ja, da hast du irgendwie recht.“ Er hätte gern die Füße ins Wasser baumeln lassen. Aber mal abgesehen davon, dass Ende Oktober wirklich nicht die beste Jahreszeit war, um das zu tun, war es auch nicht sonderlich klug, solange man auf eine Nixe wartete. Sie könnte einen packen und mit sich unter Wasser ziehen. Selbst er als Dämon hätte da nur eine sehr geringe Überlebenschance. Die Biester konnten ziemlich heimtückisch sein, nicht umsonst gab es die Legenden um die Sirenen.

Asterios zog die Muschel aus dem Wasser und überlegte gerade, an welcher Stelle sie es als Nächstes versuchen sollten, da bewegte Caleb sich neben ihm.

„Was ist das?“ Er war näher ans Ufer herangetreten und starrte konzentriert auf die Oberfläche. Asterios folgte seinem Blick und erkannte eine seichte Wellenbewegung, die auf sie zukam. Wie bei einem Hai, bevor seine Rückenflosse die Oberfläche durchbrach. Auch hier schob sich eine Flosse durchs Wasser nach oben. Sie besaß allerdings viele kleine Zacken und war von grünlicher Farbe. Wenige Meter vor ihnen tauchte sie wieder ab.

„Wo ist es hin?“, wollte Caleb aufgeregt wissen und suchte den See ab. Doch Asterios hielt den Blick gesenkt und tatsächlich tauchte wenige Sekunden später ein Kopf vor ihnen auf. Caleb hatte es ebenfalls bemerkt und hielt hörbar die Luft an.

„Guten Tag“, grüßte Asterios freundlich und neigte dabei das Haupt. Das Meerwesen, welches bisher lediglich bis zu den Augen zu erkennen war, musterte ihn misstrauisch. Asterios nahm die Hände hinter den Rücken und kniete sich etwa einen Meter vom Wasser entfernt hin. Caleb tat es ihm nach kurzem Zögern unaufgefordert gleich.

Das erzeugte bei dem Dämon genug Vertrauen, sodass er ganz auftauchte.

„Das ist aber keine Frau, oder?“ Caleb hatte sich ein Stück zu ihm herübergebeugt und die Frage unauffällig aus dem Mundwinkel gestellt.

„Eher nicht“, antwortete Asterios in möglichst neutralem Tonfall. Er musste sich arg zusammenreißen, um nicht zu grinsen oder sogar loszulachen. Es passte zu gut, dass Caleb anstelle einer Wasserschönheit das männliche Gegenstück erhielt. Irgendetwas musste dieser männliche Dämon an Caleb anziehend oder interessant gefunden haben, andernfalls wäre er nicht erschienen.

Das Wesen vor ihnen besaß zwar durchaus längere Haare, die mit grünen Algen teils zu rastaähnlichen Locken verknotet waren, aber eine flache Brust. Asterios hatte in seinem Leben bisher nur ein weiteres dieser dämonischen Wesen zu Gesicht bekommen und sah es sich deshalb ebenso fasziniert an wie Caleb.

„Das ist ein Nix oder Nöck, wie du möchtest. Eine männliche Nixe“, fügte Asterios ergänzend hinzu, als Caleb ihn nur verständnislos ansah.

„Aha.“

„Vielleicht sollten wir uns fragen, ob das irgendeine Form von Zeichen ist“, konnte Asterios sich nicht zurückhalten, Caleb mal wieder ein bisschen aufzuziehen. Der schwieg verbissen, doch die leichte Röte in seinem Gesicht entging Asterios nicht. Er grinste selbstzufrieden, entschied sich jedoch, den Scherz nicht weiterzuführen, denn er brauchte Caleb noch. Da wäre es äußerst ungünstig, wenn dieser beleidigt von dannen zog. Außerdem hatte er sich ihm gegenüber gerade wieder etwas geöffnet, das sollte er besser nicht durch irgendeinen dummen Spruch zunichtemachen.

„Sie sprechen leider unsere Sprache nicht. Aber ich denke, wir bekommen es auch so hin." Asterios beugte sich ein Stück vor.

„Was brauchen wir denn überhaupt von ihm?", wollte Caleb wissen, der die Bewegung nachahmte.

„Eine Schuppe. Die sollten wir eigentlich eintauschen können. Die Frage ist nur, was er dafür will."

„Du willst tauschen?" Als Asterios ihm einen kurzen Blick zuwarf, sah er genauso verwundert aus, wie er geklungen hatte. Was sollte das denn bitteschön heißen?

„Ja, ich will tauschen. Ist ja nicht so, als würde ich mir alles einfach immer so nehmen. Ich bin durchaus bereit zu verhandeln und einige mich normalerweise mit meinem Partner." Er warf einen vielsagenden Blick auf Calebs linken Unterarm, ehe er sich abermals dem Nix zuwandte.

Der musterte ihn neugierig und mit schief gelegtem Kopf. Asterios deutete auf den unteren Teil seines Körpers und führte seine Hand dann zu seiner anderen, deren Fläche nach oben zeigte. Er tat so, als würde er etwas darauf ablegen, danach zeigte er auf sich und führte vor, wie er dem Nix etwas gab.

Dieser rührte sich zwei bis drei Herzschläge lang gar nicht, starrte ihn nur, ohne zu blinzeln, an.

„Wir brauchen nur eine Schuppe", erklärte Asterios ruhig, falls er seine Pantomime nicht verstanden haben sollte, und wartete weiter ab. Der Nix sah ihn unentwegt aus seinen seetanggrünen Augen an. Dann wanderte sein Blick hinüber zu Caleb. Er schwamm so nahe heran, dass er den Oberkörper bis zur Hüfte aus dem Wasser heben konnte.

Kurz oberhalb der Stelle, an der beim Menschen der Bauchnabel war, ging er in ein grünsilberbläuliches Schuppengeflecht über. Hier und da schillerte es beinahe durchsichtig und an anderen Stellen wirkte es vollkommen trüb und matt.

Das Wesen streckte eine Hand aus.

„Halt einfach still, er tut dir nichts", ermahnte Asterios ihn. Solange sie ihn nicht verärgerten, sondern ihm ruhig und entspannt begegneten, drohte ihnen keine Gefahr. Zumindest wenn sie seinem Element, dem Wasser, nicht zu nahe kamen.

Der Nix schob sich immer weiter aus dem Wasser, richtete sich auf und löste dabei keine Sekunde den Blick von Caleb. Seine schleimig wirkenden Finger mit den fast durchsichtigen Schwimmhäuten dazwischen berührten eine Strähne von Calebs Haar. Die grünen Augen wanderten auffordernd zu Asterios hinüber.

„Ich schätze, er hätte als Tausch gern eine Haarsträhne von dir", übersetzte er.

„Okay, in Ordnung. Aber ich hab kein Messer oder so dabei."

„Das macht nichts." Asterios nickte dem Nix zu, dessen ruhiger Ausdruck sich augenblicklich in etwas

Gieriges verwandelte. Er packte die Strähne fester, bleckte spitze, haifischähnliche Zähne und mit einem kräftigen Ruck riss er Caleb die Strähne heraus.

„Aua, verdammt! Tut das weh. Das hätte man bestimmt auch sanfter hinbekommen", beschwerte der sich und rieb sich den Kopf.

Asterios zuckte die Achseln. „So ging es aber schneller."

Caleb brummte daraufhin nur verstimmt irgendetwas Unverständliches, von wegen nichts tun und so.

Asterios wandte sich währenddessen an den Nix und streckte eine Hand aus. Dieser sah von seiner Eroberung hoch und bleckte abermals kurz die Zähne, von denen mehrere hintereinanderlagen. Sie waren spitz und erinnerten wirklich sehr an das Gebiss eines Hais. Davon wollte man sich definitiv nicht in die Hand beißen lassen. Asterios' Geste wurde etwas fordernder. Der Nix stieß ein unwilliges Kreischen aus, griff dann aber an die Seite seines Fischschwanzes und löste mit einem ähnlichen Ruck wie bei Caleb eine Schuppe, die er Asterios in die ausgestreckte Hand legte.

„Danke schön", sagte er mit einem süßlichen Lächeln. Er sollte sich nicht aufregen und einfach froh sein, dass sie eine weitere Zutat beisammenhatten. Asterios verstaute die halb durchsichtige eisblaue Schuppe in dem dafür vorgesehenen Plastikbeutel und ging im Kopf durch, in welcher Reihenfolge sie die nächsten Zutaten am besten einsammelten. Die Schuppe war verhältnismäßig einfach und unspektakulär zu beschaffen gewesen. Aber viele solch leichter Aufgaben hatte er leider nicht mehr zu bieten. Was würde sich wohl als Nächstes ...

Asterios sah auf und erstarrte. Caleb war gerade dabei, sich mit verklärtem Blick immer näher zu dem Nix hinunterzubeugen. Während er abgelenkt gewesen war, musste Caleb auf allen vieren ans Wasser gekrabbelt sein. Wenn er so weitermachte, würde er kopfüber in den See fallen. Der Nix hatte sich im flachen Wasser mit den Armen hochgedrückt, reckte sich Caleb entgegen. Nun nahm Asterios auch die leisen Töne wahr, die der Nix wohl schon die ganze Zeit über summte. Sie waren sanft, verheißungsvoll und lockend. Wie der Gesang einer Sirene.

Caleb streckte eine Hand aus, er hatte den Nix mittlerweile erreicht. Dieser hatte sich weit genug aus dem Wasser erhoben, um Caleb direkt ins Gesicht blicken zu können. Asterios' Herz machte vor Schreck einen Satz, als ihm klar wurde, was da gerade vor seinen Augen ablief. Wenn er ihn nicht stoppte, würde Caleb nicht nur entführt werden, er würde höchstwahrscheinlich sterben.

Der Nix neigte den Kopf und Caleb tat dasselbe, schloss die Augen ...

Der Mistkerl wollte ihn küssen!

Dieser Gedanke riss Asterios endlich aus seiner überraschten Starre.

„Nicht!" Er stürzte vor und ergriff Caleb hastig am Arm. Der hielt mitten in der Bewegung inne und hob träge die Lider.

Währenddessen richtete der Nix seinen Blick auf Asterios, der ihn unterbrochen hatte. Das Lied verstummte und er fauchte wütend.

„Verschwinde!", fuhr dieser ihn an, woraufhin der Nix sich rückwärts zurück ins Wasser schob.

Caleb hatte sich inzwischen zu Asterios herumgedreht und blinzelte ihn mehrmals an, ehe sich sein Blick endlich klärte. Asterios' Herz fand nur langsam wieder in sein gewohntes Tempo zurück. Bis dahin hatte er gar nicht gemerkt, wie es sich beschleunigt hatte. Erleichtert atmete er auf.

Er warf dem Nix noch einen Blick zu, der ihn ruhig ansah und dann ohne ein weiteres Wort abtauchte.

Verräterisches Pack!

„Was ist passiert?" Caleb wirkte vollkommen desorientiert. Er hatte so ein Glück gehabt, dass er nicht bis ins Wasser gegangen war, sonst hätte der Nix ihn sich sofort gekrallt.

„Er hat versucht, dich zu verführen und mit in sein Reich zu nehmen", erklärte Asterios ihm mit ruhiger Stimme. „Er kann Emotionen fühlen und muss deinen Wunsch, dem hier zu entfliehen, gespürt haben. Sie sind nicht im eigentlichen Sinne böse, aber wenn man selbst zu wankelmütig ist oder sie eine Chance sehen, nutzen sie das aus. Sie reagieren auf die Gefühle, die sie wahrnehmen, und setzen sie um. Diese Art ist sehr verbunden mit dem Element Wasser, welches genau wie Feuer gut oder böse sein kann. Es kann beschützen und zerstören. Sie tragen beides zu fast gleichen Teilen in sich."

„Genau wie du."

Asterios musste nicht erst fragen, was Caleb damit meinte. Das war ihm sofort klar.

„Ja, wahrscheinlich", sagte er leise und wandte sich abrupt ab. Der gute Teil war das Menschliche in ihm und der böse der Dämon – und er plante, gänzlich auf die dunkle Seite zu wechseln. Als er sich erhob, ließ er

Calebs Arm los. Er durfte nicht zu viel Nähe zu ihm aufbauen, denn nach dem Ritual würde er ihn gehen lassen müssen. Er konnte nicht beides haben. Nicht Caleb und seine Vollwertigkeit als Dämon.

„Wir haben, was wir wollten. Wir können gehen. Du hast doch sicher nichts dagegen, wenn wir heute noch eine Zutat besorgen, oder?" Asterios blickte ihn über die Schulter mit kühler Miene an. Er hatte es extra provokant formuliert und war gespannt, wozu Caleb sich entschließen würde. Hatte er seine Nähe nach wie vor satt und wollte nichts mit ihm zu tun haben, würde er es sicherlich bevorzugen, ihn für heute los zu sein.

Caleb ließ sich mit seiner Antwort Zeit, sah noch einmal auf den See und erhob sich dann langsam.

„Das kommt darauf an, was die nächste Zutat ist und was wir dafür tun müssen."

In Ordnung, mit der Antwort konnte Asterios leben.

Kapitel 6

Caleb

Caleb erinnerte sich immer wieder daran, nicht zu vergessen, dass er Asterios nicht zu nahe an sich heranlassen durfte. Nicht im physischen, sondern eher im übertragenen Sinn, emotional halt. Er durfte ihn weder als Freund oder Verbündeten noch als etwas anderes ansehen. Er war ein Dämon und könnte ihn mit seiner Kraft vermutlich jederzeit überwältigen. Allzu schnell vergaß Caleb diese Dinge in Asterios' Nähe jedoch. Er war locker und nett, mit ihm Zeit zu verbringen, machte Caleb Spaß. Auch wenn sie dabei höchst seltsame Dinge taten. Er war heute Morgen mit der festen Überzeugung aufgestanden, nicht zu vergessen, was am Abend zuvor dem Gargoyle widerfahren war. Aber irgendwie schien seine Abwehrhaltung in Asterios' Nähe stetig zu bröckeln, ohne dass er etwas dagegen tun konnte.

Es gab da diese kleinen Momente, in denen er sich einbildete, Asterios erginge es wie ihm und er würde seine Gesellschaft ebenfalls als angenehm empfinden. Sogar die kleinen Seitenhiebe und Sticheleien konnte er ihm verzeihen. Sie als kumpelhaftes Geplänkel abtun. Und das war schlecht. Selbst wenn das Ritual funktionierte und Asterios ein richtiger Mensch wurde, sollte er sich wohl besser von ihm fernhalten. Asterios war jemand, der die unangenehme Fähigkeit besaß, Verborgenes ans Tageslicht zu zerren. Wenn Caleb sich weiter mit ihm abgab, würde sein Leben definitiv aus den Fugen geraten. Das hieß, er konnte sich seinen wunderschön zurechtgelegten Plan für seine Studienzeit sonst wohin schmieren.

Caleb unterdrückte ein Seufzen. Im Grunde wollte er doch bloß seine Ruhe. Ein paar Fotos machen, sie entwickeln, analysieren, Neues ausprobieren. Er brauchte dabei nicht einmal Gesellschaft. Und was tat er stattdessen? Einem Halbdämon bei einem dämonischen Ritual helfen und dafür dämonische Zutaten sammeln. Das würde ihm echt keiner glauben.

Und jetzt hatte er nichts Besseres zu tun, als auch noch zuzustimmen, eine weitere dieser Zutaten zu suchen.

„Ich verspreche dir, das wird dir Spaß machen. Wir müssen dafür allerdings ein bisschen fahren." Caleb war sich nicht sicher, ob Asterios' Auffassung von Spaß auch ihm Freude bereiten würde, daher blieb er erst einmal skeptisch.

„Ich habe kein Auto, wie sollen wir das machen? Auf meinem Skateboard wird das eher nichts, und das Taxi bezahle ich ganz bestimmt nicht." Wenn Asterios glaubte, er würde ihn hier auf seine Kosten durch die Gegend kutschieren, dann hatte er sich mächtig geschnitten. Dafür würde er seine Ersparnisse sicher nicht ausgeben.

„Hey, ganz ruhig. Das hat ja auch niemand gesagt. Wir nehmen einfach meinen Wagen." Asterios angelte einen Autoschlüssel aus der Hosentasche. „Vorher sollten wir aber vielleicht etwas essen."

Passenderweise grummelte genau in dem Moment Calebs Magen, und als hätte er es gehört, grinste Asterios wissend.

„Ist ja auch bereits Mittag", brummte Caleb.

„Eben." Sein Grinsen wurde noch breiter.

„Dann gehe ich mal zurück und werde zu Mittag essen. Du kannst mir ja einfach schreiben, wenn du so weit bist." Caleb wollte sich gerade auf den Weg machen, als er Asterios' enttäuschte Miene bemerkte. Wie ein ausgesetzter Hund stand er da, mit hängenden Schultern, eingezogenem Kopf, fehlte nur noch eine vorgeschobene Unterlippe, den passenden Blick dazu hatte er bereits aufgesetzt.

Er hätte nie gedacht, dass Asterios auch so gucken konnte. Resigniert seufzte er. Es war vollkommen unmöglich, diesen Anblick zu ignorieren. Dabei hatte er sich darauf gefreut, ein wenig Zeit für sich zu haben.

„Was?"

„Na ja, ich dachte, wir würden zusammen essen." Nun schob er die Unterlippe tatsächlich ein wenig schmollend vor.

„Wieso?" Caleb hob skeptisch eine Augenbraue. Sie waren schließlich keine Kumpels oder so.

„Na ja, ich wollte schon immer mal wie ein richtiger Student ...", fing Asterios an zu schwärmen, unterbrach sich dann allerdings. „Nein, ganz ehrlich? Ich bin einfach neugierig, wie diese pompösen Gebäude von innen aussehen." Er grinste und Caleb kam nicht umhin, zuzugeben, dass er eine äußerst entwaffnende Ehrlichkeit besaß.

„Na gut, meinetwegen. Dann essen wir kurz zusammen etwas und machen uns danach auf die Suche."

„Juhu!" Asterios stieß jubelnd eine Faust in die Luft und folgte Caleb fröhlich pfeifend zurück zum College. Der konnte über so viel Enthusiasmus nur den Kopf schütteln. Und dabei hatte er sich ständig ermahnt, mit dem Halbdämon bloß nicht einen auf Kumpel oder so zu machen. Tja, das schien schwieriger als gedacht.

Das Whitman College bot eine riesige Auswahl unterschiedlichster Gerichte. Von Pizza über Nudeln bis zu Suppen und asiatischen Reisgerichten. Darüber hinaus gab es auch eine Salatbar, verschiedene Früchte und sogar frisch zubereitetes Sushi. Letzteres war allerdings eher nicht so Calebs Fall. Er bevorzugte den gegarten Fisch und entschied sich daher für den Lachs und noch ein paar Beigaben. Asterios hingegen belud seinen Teller mit Fleisch. Ein Hamburger mit Pommes musste es sein. Irgendwie typisch amerikanisches Fastfood, wenn in diesem Fall auch sehr gutes. Absolut klischeehaft, Calebs Meinung nach. Noch mehr hätte ihn wohl nur eine vegetarische Pizza überrascht. Dämonen aßen in seiner Vorstellung einfach keinen grünen Salat oder zählten Kalorien. Dass er überhaupt normale menschliche Nahrung zu sich nahm ... andererseits, wovon hätte er sich sonst ernähren sollen?

Caleb ließ Asterios' Essensauswahl unkommentiert und ging ihm voraus zum Speisesaal. Ihm entging dabei nicht, dass Asterios sich bewundernd umsah. Zufrieden beobachtete er seine Reaktion und war irgendwie stolz, obwohl er keinen richtigen Grund dazu hatte. Aber ganz ernsthaft, der Raum war einfach nur der Wahnsinn. Sie standen auf der Galerie, von der aus man hinunter in den Hauptspeisesaal blicken konnte. Durch mächtige Eichentüren wurden sie hinuntergeführt und betraten dort angelangt den Speisesaal durch eine verzierte Holzwand, welche etliche Kreuze schmückte. Wie fast das gesamte Whitman College war auch dieser Raum mit Holz verkleidet.

Über ihnen verliefen Eichenbalken, welche die Spitzen der Giebeldecken bildeten. Von dort hingen riesige, runde, an Kronleuchter erinnernde Lampen herab. Caleb hatte bei dem Anblick damals sofort an die große Halle aus *Harry Potter* denken müssen. Nur dass unter den Kronleuchtern keine vier langen Haustische standen, sondern viele kleine.

Er liebte es, hier zu essen. Hinzu kam, dass es richtig gut schmeckte. Auch jetzt umhüllte sie bereits beim Hereinkommen eine gemütliche Atmosphäre, bestehend aus dem Stimmengewirr vieler Menschen und dem Klappern von Geschirr und Besteck.

Caleb vermied es, sich allzu aufmerksam umzusehen, dennoch machte er ein paar bekannte Gesichter aus. Unter anderem Ed, Student der Ingenieurswissenschaften, und seine Freundin Susan, die ebenfalls Kreative Kunst studierte. Und natürlich sah er auch Sam, dessen Skateboard neben ihm am Tischbein lehnte. Sam war einer dieser lockeren, offenen Menschen, die sofort versuchten, mit jedem Freundschaft zu schließen. Er nutzte jede Gelegenheit, Caleb näherzukommen. Deswegen wandte er sich rasch ab. Er wollte unter allen Umständen vermeiden, dass Sam darauf bestand, mit ihm zu essen. Das konnte er in Gesellschaft eines Halbdämons gerade gar nicht gebrauchen.

Asterios ließ währenddessen interessiert den Blick schweifen.

Sie suchten sich einen freien Platz und setzten sich.

„Ich muss sagen, hier könnte es mir auch gefallen. Vielleicht sollte ich überlegen, ebenfalls hier zu studieren."

„Viel Spaß dabei, angenommen zu werden", erwiderte Caleb trocken. Dieser Dämon hatte ja keine Ahnung, wie schwer das war.

„Hast auch wieder recht. Außerdem wüsste ich gar nicht, was ich studieren sollte. Aber es wäre sicherlich lustig, dich auch weiterhin zu sehen." Er lächelte ihn an und Caleb hätte sich beinahe an seinem Fisch verschluckt. Und das lag nicht daran, dass ihm eine Gräte im Hals stecken geblieben war.

Er hustete möglichst unauffällig und versuchte, sich zu beruhigen. Das war nicht das gewohnte provokante oder freche Grinsen, das Asterios ihm gegenüber schon so oft gezeigt hatte. Dieses wirkte irgendwie ... ehrlich. Dadurch wurde ihm klar, dass sein Gegenüber sich wahrscheinlich ernsthaft Gedanken machte, wie sein Leben aussehen könnte, wenn er nicht mehr zur Hälfte Dämon war. Caleb dachte für einen Augenblick darüber nach, wie es sein würde, auch weiterhin Zeit mit Asterios zu verbringen, und bemerkte, dass ihm die Vorstellung sogar gefiel.

„Du solltest dir aber auf jeden Fall überlegen, wie du dein Leben als Mensch verbringen willst", sagte Caleb, nachdem er den Bissen hinuntergeschluckt hatte, ohne daran zu ersticken.

„Ja, wahrscheinlich", antwortete Asterios mit verklärtem Gesichtsausdruck und ließ den Blick schweifen.

„Ist dir aufgefallen, dass uns ungewöhnlich viele Leute anstarren?"

Nein, das war ihm nicht aufgefallen, da er es tunlichst vermieden hatte, sich allzu genau umzusehen, seit sie sich gesetzt hatten.

„Die starren nicht uns an, sondern dich. Wir sollten schnell aufessen und dann verschwinden, bevor sie dich noch näher kennenlernen wollen." Caleb merkte erst jetzt, dass es wohl keine so gute Idee gewesen war, seinen neuen besten dämonischen Freund mit hierherzunehmen. Bestimmt würde er sich nach diesem Auftritt ständig Fragen zu dem gutaussehenden Neuen anhören müssen. Und die Behauptung, dass er ihn nur flüchtig kannte oder nicht sonderlich viel über ihn wusste, würden sie ihm sicher nicht abnehmen. Jeder würde denken, dass sie eng befreundet waren, so wie Asterios an ihm klebte.

„Bist du dir sicher, dass sie nicht vielmehr dich ansehen?", fragte Asterios und hatte seine schwarzen Augen nun wieder auf Caleb gerichtet. Er sah dabei irgendwie nachdenklich aus.

„Ja, ganz sicher. Du bist hier derjenige, der alle Blicke auf sich zieht. Also bitte." Caleb deutete mit seiner Gabel auf Asterios' Teller. „Aufessen."

Obwohl sie sich beeilten, gelang es ihnen nicht, sich heimlich davonzustehlen. Sobald sie sich erhoben, fassten das einige regelrecht als Startsignal auf und standen ebenfalls hastig auf, um sich ihnen in den Weg zu stellen. Allen voran Sam, der Caleb auch sogleich in ein Gespräch zu verwickeln versuchte. Susan schnappte sich dafür Asterios, während ihr Freund Caleb mit einem Schulterzucken anlächelte. Sollte das eine Entschuldigung sein?

Es war eine kleine Herausforderung, den neugierigen Blicken und unauffälligen Bemühungen, Asterios näher kennenzulernen, auszuweichen. Caleb sprachen dabei sogar Leute an, die er gar nicht kannte. Umso mehr überraschte es ihn, dass sie seinen Namen wussten.

Asterios war auch keine große Hilfe. Er stellte sich allen freundlich vor, anstatt sie abzuwimmeln, worum Caleb ihn kurz zuvor gebeten hatte. Und so wurden es immer mehr Schaulustige, die Asterios unbedingt, wenn auch nur kurz, kennenlernen wollten.

Caleb glaubte mittlerweile, dass sie hier gar nicht mehr wegkämen. Er stand so kurz davor, Asterios in der Schar seiner Bewunderer zurückzulassen. Schließlich kam der offensichtlich sehr gut allein klar und brauchte seine Hilfe nicht. Als spürte er seinen wachsenden Unmut, begann er überraschend damit, seine neuen Bekanntschaften freundlich abzuwimmeln, damit sie endlich gehen konnten.

„Das hat Spaß gemacht“, verkündete Asterios, als sie draußen standen und der Wind durch seine Rastalocken wehte.

„Ach, echt?“ Caleb konnte und wollte ihm da nicht zustimmen. Er würde sich in nächster Zeit bestimmt einiges anhören müssen und sollte sich schon mal eine plausible Erklärung für ihre Bekanntschaft überlegen. Denn das würde für die kommenden Wochen das Erste sein, was seine Kommilitonen von ihm wissen wollten. Da war er sich sicher und darauf hätte er gut und gern verzichtet. Doch jetzt konnte er nichts mehr daran ändern. Das hieß für ihn allerdings, dass er nie wieder zusammen mit Asterios essen gehen würde. Egal, wie sehr der dabei auch den getretenen Hund heraushängen ließ. Dieses eine Mal musste reichen.

„Und nun?“, fragte er müde. Er fühlte sich überhaupt nicht danach, jetzt noch auf Dämonenjagd zu gehen. Am liebsten hätte er sich für mindestens eine Stunde in seinem Zimmer verkrochen, vielleicht irgendeinen Film geguckt oder sich mit Kopfhörern ins Bett gelegt und Musik gehört. Er war wirklich erschöpft. Aber es wäre sinnlos, Asterios zu sagen, dass er es sich anders überlegt hatte. Also musste er gute Miene zum bösen Spiel machen und das heute noch durchziehen.

„Jetzt zeige ich dir meinen Wagen.“ Asterios winkte, ihm zu folgen, und lief los.

Als sie das nächste Mal stehen blieben, wäre Caleb beinahe die Kinnlade heruntergeklappt. Zum Glück konnte er sich gerade noch beherrschen. Unter keinen Umständen wollte er sich anmerken lassen, wie beeindruckt er von dem metallic glänzenden Auto war. Die Farbe erinnerte an Gold, besaß aber einen etwas wärmeren, eher orangenen Ton. Na, diesen Wagen hätte er auch gern! Musternd ließ er seinen Blick über die schwarzen Felgen nach vorne wandern. Das Pferd auf dem Kühlergrill war nicht zu übersehen.

„Ein Ford Mustang“, klärte Asterios ihn unaufgefordert auf.

„Aha. Schick“, meinte Caleb nur. Ganz bestimmt würde er nicht zugeben, wie beeindruckt er von dem Anblick war. Und noch weniger, dass er eigentlich eine alte Schrottlaube erwartet hatte.

„Wie kann sich ein Dämon, der mit Sicherheit keinen Job hat, weil er die ganze Zeit mit einem Studenten abhängt, solch einen Wagen leisten?“ Caleb musterte ihn aufmerksam und konnte nicht verhindern, dass er das Ergebnis seiner Überlegung sogleich laut aussprach. „Sag nicht, der ist gestohlen?!“

Unter gar keinen Umständen würde er sich in einen geklauten Wagen setzen! Wer wusste schon, welches Strafmaß es für solche Dinge gab? Da hätten sie ihn besser nachts auf dem Dach der Bücherei verhaften sollen.

„Jetzt beleidigst du mich aber. Was denkst du denn von mir?“ Asterios schien tatsächlich eingeschnappt zu sein. Er schob die volle Unterlippe so weit vor, dass Caleb das Rosa seiner Haut sah, welches im krassen Kontrast zu deren sonstiger Schwärze stand.

„Nun ja, du bist ein Dämon, also ...“ Caleb ließ den Satz unvollendet, weil das allein schon Erklärung genug sein sollte.

„Klar, deswegen muss alles, was ich tue oder besitze, irgendeinen bösen, dunklen Hintergrund haben. Wie konnte ich das nur vergessen?“ Asterios schüttelte den Kopf, öffnete die Fahrertür und stieg ein. „Was ist? Willst du jetzt mitfahren oder nicht?“

Caleb zögerte, immerhin hatte Asterios nicht widersprochen, was den Diebstahl des Autos anging. Andererseits juckte es ihm in den Fingern, diesen Wagen wenigstens einmal unter sich zu spüren. Asterios verengte die Augen zu Schlitzen und unter diesem Blick gab er schließlich klein bei. Was soll’s. Selbst wenn er gestohlen war, wie groß war die Wahrscheinlichkeit, dass sie auf dieser einen Fahrt angehalten wurden? Er hoffte inständig, dass Asterios sich an die geltenden Verkehrsvorschriften hielt, andernfalls sähe die Sache natürlich anders aus. Zögernd ließ er sich auf den schwarzen Ledersitz sinken und schloss behutsam die Tür.

„Verrätst du mir denn jetzt, wie du an solch ein Auto kommst?“ Er konnte das Thema nicht so einfach unter den Tisch fallen lassen. Asterios musterte ihn bei dieser Frage mit schief gelegtem Kopf.

„Du denkst wirklich, dass ich kriminell bin, oder?“ Jetzt klang er ernsthaft gekränkt.

„Ich möchte lediglich vermeiden, dass wir an Halloween hinter Gittern sitzen.“

„Ja, als ob.“ Asterios schnaubte. Er schwieg kurz, schien dann aber doch bereit, es ihm zu erklären. „Also der Wagen ist nicht gestohlen. Was nicht heißen soll, dass die Art und Weise, wie es dazu kam, dass er bezahlt werden konnte, unbedingt die herkömmlichste war.“

Er drückte sich derart schwammig aus, dass Caleb nun gar nichts mehr verstand. „Häh?“

„Dämonen nutzen Menschen aus, das ist allgemein bekannt. Entweder schließen sie einen Pakt oder tauschen etwas ein, manche verführen sie auch oder bringen sie auf andere Art und Weise dazu, ihnen zu geben, was sie wollen. Wir sind nicht wirklich an Geld interessiert, aber man braucht es halt, um sich gewisse Dinge leisten zu können.“ Er deutete mit der Hand auf das Auto. „Papiere zu fälschen, ist nicht gerade schwer. Wir haben da einige begabte Leute in der Hinterhand und daher auch ein gut gefülltes Konto. So können wir uns jederzeit irgendwo ein Hotelzimmer buchen oder ein Auto leihen.“

„Na, meinetwegen. Solange wir dafür nicht im Gefängnis landen, kann ich damit leben." Caleb sackte im Sitz zurück. Er sollte es wohl endlich aufgeben, im Zusammenhang mit Dämonen Dinge in richtig oder falsch einzuordnen. Das war schlicht unmöglich.

„Sehr schön, dann können wir ja los. Schnall dich an", wies Asterios ihn an und startete den Wagen. Er fuhr langsam an, warf ihm dann aus den Augenwinkeln jedoch einen herausfordernden Blick zusammen mit einem frechen Grinsen zu.

Dann gab er Gas.

„Alter, nicht, ey!", protestierte Caleb und stützte sich am Armaturenbrett ab, als Asterios schwungvoll die nächste Kurve nahm. Allerdings klang er dabei nicht sonderlich überzeugend, was Asterios nur umso mehr anstachelte, sodass der Motor erneut aufheulte.

„Lass das!" Inzwischen hatte sich längst ein Lachen in Calebs Stimme geschlichen, obwohl er gleichzeitig hoffte, dass niemand ihn erkannte. Seinem Ruf würde das sicherlich nicht schaden, aber die zusätzliche Aufmerksamkeit brauchte er definitiv nicht. Zumal er keine Ahnung hatte, wie er diesen Sportwagen erklären sollte. Dämonische Leihgabe bot sich da eher nicht an.

Asterios sah ihn mit einem so spitzbübischen Grinsen im Gesicht an, dass Caleb inzwischen gar nicht mehr anders konnte, als auf der geraden Strecke in einen jubelnden Aufschrei auszubrechen. Das war Geschwindigkeit, das war Sound und irgendwie war das auch Spaß.

Spaß wie mit einem Kumpel in einem Auto durch die Gegend zu fahren und dabei den Wagen so richtig zu präsentieren. Er hätte nie gedacht, dass so etwas regelrechte Glückshormone in ihm freisetzen würde.

Es hätte ihm peinlich sein sollen, so protzend durch die Gegend zu rasen, aber das war ihm gerade wirklich egal. Er genoss es und hielt sich dabei nicht zurück.

„Wo fahren wir denn jetzt eigentlich hin?“, wollte Caleb mit schneller schlagendem Herzen wissen, nachdem Asterios mit dem Angeben fertig und zu einem leiseren Fahrstil zurückgekehrt war.

„Lass dich überraschen“, meinte er nur geheimnisvoll.

Caleb hoffte inständig, dass das keine böse Überraschung werden würde. Das mit der Schuppe war zwar verhältnismäßig einfach gewesen, aber das musste ja nicht so bleiben. Der Entführungsversuch des Wasserwesens hätte schließlich auch anders enden können, wenn Asterios ihn nicht rechtzeitig aufgehalten hätte. Caleb wusste nicht einmal mehr, was der Nix zu ihm gesagt hatte. Hatte er überhaupt etwas gesagt? Nein, es waren keine Worte gewesen, eher Empfindungen. Ein Gesang mit einer Melodie, die eine Sehnsucht tief in seiner Brust geweckt hatte. Es hatte seine geheimen Sehnsüchte hervorgekramt, herausgezerrt, ans Licht geführt, und er hatte staunend auf das helle Gleißen geschaut. So schön. Und der Nix versprach, ihm noch viel mehr von dieser Schönheit zu zeigen. All das Licht, welches tief in seinem Inneren verborgen war. Er würde ihn in ein Reich bringen, das vollkommen erfüllt davon war. Und Caleb wäre mit ihm gegangen, so vollkommen verzaubert von diesem Wesen.

Doch dann hatte Asterios ihn aufgehalten. Nicht einmal mit Gewalt, es war seine bloße Anwesenheit gewesen, die den Bann durchbrochen hatte. Caleb dachte noch darüber nach, ob das hieß, dass Asterios irgendeine besondere Bedeutung für ihn hatte oder ob jeder so einfach den Zauber hätte durchbrechen können, als der Wagen stoppte.

Caleb schreckte hoch. Er war vollkommen in seine Gedankenwelt versunken gewesen und hatte gar nicht darauf geachtet, wo sie hingefahren waren. Inzwischen dämmerte es draußen und die Leuchtschrift des Nachtclubs, vor dem sie standen, blinkte ihnen im grellen Neonpink entgegen.

Tartarus.

Caleb runzelte die Stirn. War das nicht ein anderer Begriff für die Unterwelt? Wo hatte Asterios ihn da nur hingebracht?

„Wir sind da", verkündete der vergnügt und schnallte sich ab.

„Und wo genau?", fragte Caleb unsicher, doch Asterios war bereits ausgestiegen. Hastig tat er es ihm gleich und sah ihn über das Dach des Mustangs hinweg an.

„Das ist doch nicht wirklich ...?" Er brachte den Satz nicht zu Ende.

„Wie?" Asterios wandte sich ihm mit überraschtem Blick zu. Dann winkte er lachend ab. „Ach so, nein. Das ist bloß ein Nachtclub. Vielleicht nicht ganz gewöhnlich, weil sich viele unserer Art hier tummeln, aber ..."

Caleb schluckte. Diese Aussage beruhigte ihn nur bedingt, weil er überhaupt nicht wusste, was ihn erwartete. Asterios grinste breit. „Keine Sorge, ich passe schon auf dich auf."

Vergnügt drehte er sich um und Caleb folgte ihm zögerlich. Am liebsten hätte er sich wieder ins Auto gesetzt, doch den Schlüssel gab Asterios in diesem Moment an einen der Türsteher weiter, der sich höflich verbeugte und jetzt auf ihn zulief.

Caleb biss die Zähne zusammen und straffte die Schultern, dann folgte er Asterios über den Teppich, dessen rote Farbe sich mit der pinken Schrift über dem Eingang biss, zum Kelleraufgang. Danach war alles in Schwarz getaucht, selbst die Stufen und die Tür weiter unten.

Asterios schritt wie selbstverständlich darauf zu. Caleb hingegen beunruhigte der Gedanke, was ihn hinter der Tür erwarten würde. Als er schließlich hindurchtrat, blieb er erst einmal stehen.

Laute Musik, untermalt von wummernden Bässen, traf ihn wie ein Hammerschlag. Zuvor hatte er nichts davon gehört.

Es war dunkel, nur durchbrochen von Stroboskoplichtern in unterschiedlichen Farben, die durch den Raum schossen, und einer dezent erleuchteten Bühne sowie einer Bar.

„Jetzt komm schon“, rief Asterios, der bereits vorgelaufen war und über seine Schulter hinweg zu ihm zurücksah.

Caleb widerstrebte es, weiter dort hineinzugehen, aber ihm blieb keine Wahl. Und so gab er sich einen Ruck und schloss eilig zu Asterios auf.

„Was suchen wir hier eigentlich?“, rief er und stellte verwundert fest, dass er gar nicht lauter sprechen musste, um sich über die Musik hinweg unterhalten zu können. Als er seinen überraschten Gesichtsausdruck bemerkte, meinte Asterios mit einem Schulterzucken: „Magie. Die Musik läuft sozusagen auf einer anderen

Ebene. Frag mich aber nicht, wie das genau funktioniert."

Also schraubte auch Caleb seine Lautstärke herunter. „Verblüffend."

Er zuckte erneut mit den Schultern. „Deswegen ist es hier immer voll."

Caleb nickte und sah sich um, während sie sich durch die Menge schoben. „Welche Zutat brauchen wir?"

„Für heute steht die Feder einer Harpyie auf dem Plan. Eine Harpyie ist eine ..." Asterios sprach wirklich ganz normal mit ihm, als würde um ihn herum nicht bei lauter Musik wild gefeiert werden. Schade, dass dieser Trick nicht in allen Nachtclubs funktionierte.

„Diese Vogelfrauen?"

„Genau. Woher ...?"

„Yu-Gi-Oh!", antwortete er, Asterios zog jedoch nur die Augenbrauen hoch. Caleb winkte ab, obwohl er sich nicht sicher war, ob Asterios keine Ahnung hatte, wovon er sprach, oder ihn sein Wissen über *Duel Monsters* verwunderte. Aber hey, das hatten sie damals als kleine Kinder intensiv gespielt. Er hatte immer noch mehrere Karten und ein zusammengestelltes Deck in einer Kiste bei seinen Eltern in seinem alten Kinderzimmer liegen.

„Aber denk nicht, dass wir hier jetzt Frauen mit Vogelfüßen und Federn an den Armen suchen." Asterios sah sich aufmerksam in der Menge um und Caleb tat es ihm gleich. Es gab eine Tanzfläche, die gut gefüllt war, dazu auf der rechten Seite einen Tresen, an dem Getränke ausgeschenkt wurden, und eine große Bühne am Ende des Raumes, die hell erleuchtet war.

„Komm. Wir müssen da entlang.“ Asterios schien gefunden zu haben, wonach er gesucht hatte, und zog ihn am Arm hinter sich her. Sie gingen am Rand der Tanzfläche entlang, an der unterschiedlich große Grüppchen verteilt standen. Vor der Bühne war es relativ leer. Diese war vorsichtshalber abgesperrt und zurzeit ungenutzt. Von dort liefen sie zunächst auf die gegenüberliegende Seite, wo sich die Pärchen in den nur spärlich erleuchteten Ecken und Nischen sammelten.

Caleb sah rasch zur Seite und bemerkte dadurch gerade noch rechtzeitig, dass sie am Rand der Bühne nach rechts abbogen und vor einem edlen samtroten Vorhang zum Stehen kamen.

Ein breiter Mann, der die Bezeichnung Schrank wirklich verdient hatte, da er mehr als doppelt so breit und fast zwei Köpfe größer als Asterios war, versperrte ihnen den Weg. Asterios sah ihn stumm an, woraufhin der Schranktyp nickte und sein Blick aus silberwirkenden Augen auf Caleb richtete.

„Der gehört zu mir“, meinte Asterios mit einem schnellen Blick über die Schulter. Caleb wäre beinahe zusammengezuckt, weil seine Augen ihn dabei dämonisch rot anfunkelten.

Der Riese nickte indes und trat wieder zurück an die Wand, sodass der Durchgang für sie frei war. Asterios zog ihn – er hielt ihn mittlerweile an der Hand, was Caleb gar nicht aufgefallen war – hinter sich durch den Vorhang.

Erneut wäre er als erste Reaktion wohl stehen geblieben. Doch Asterios zog ihn einfach über diesen Punkt hinweg.

Hier spielte leisere Musik mit weniger Bässen, es war insgesamt heller, eher schummrig als dunkel, und kleine Bühnen wurden angestrahlt. Dort versammelten sich die Leute auf schwarzen Ledersofas, die in einem Kreis rundherum angeordnet waren.

Er musste sich gar nicht genauer umsehen, um zu wissen, in welcher Art von Etablissement er hier gelandet war.

Abrupt stoppte Caleb, dieses Mal mit mehr Nachdruck, und hielt dadurch auch Asterios auf, dessen warme Hand seinen ganzen Arm zum Kribbeln brachte.

„Was soll das hier?“ Erlaubte er sich einen Scherz mit ihm? Und wieso hatte er da draußen einen Teil seines Dämonenwesens ausgepackt?

„Das ...“ Asterios machte eine möglichst unauffällige Geste, die den gesamten Raum umfasste. „Ist uns Dämonen vorbehalten. Menschen kommen hier nur in Begleitung rein. Als Gespielinnen oder weil sie den Dämon beschworen oder einen Pakt mit einem geschlossen haben. Es gibt sicherlich auch noch andere Gründe“, fügte er fast beschwichtigend hinzu, als er Calebs Reaktion bemerkte. Der hatte sich nämlich augenblicklich von ihm losgerissen.

„Hier finden wir auf jeden Fall, was wir suchen. Es könnte allerdings etwas länger dauern. Pass auf, dass dir in der Zwischenzeit niemand deine Seele raubt.“

Und mit diesen Worten ließ er ihn einfach stehen.

Na, das konnte ja heiter werden!

Caleb bereute seine Entscheidung, der Beschaffung einer weiteren Zutat zugestimmt zu haben, in diesem Moment zutiefst.

KAPITEL 7

Caleb

Caleb sah sich misstrauisch um und hastete Asterios hinterher, weil er nicht allein zurückgelassen werden wollte.

Seine Seele verlieren? So etwas konnte ihm hier passieren?

Im Vorbeilaufen versuchte er auf dämonische Anzeichen zu achten, doch alle hier wirkten so ... menschlich. Vermutlich versteckten die meisten ihr wahres Gesicht wie Asterios hinter einem möglichst normalen Äußeren. Nur wieso gaben sie sich nicht zu erkennen, wenn dieser Bereich extra für sie ausgelegt war?

Vielleicht, weil nicht alle Menschen wussten, was hier los war? Oder weil die Dämonen versuchten, bei diesen zu landen? Er konnte lediglich Vermutungen anstellen, was sich auf Dauer als ziemlich unbefriedigend herausstellte.

„Hier gibt es Menschen ohne Seele?", flüsterte er in Asterios' Richtung, sobald er ihn eingeholt hatte.

„Unter anderem."

„Und woran merkt man das? Was passiert mit den Menschen?"

Er blieb stehen und sah ihn eindringlich an. „Sie verlieren ihr Gewissen, werden skrupelloser, gemeiner.

Wenn sie ihre Seele verkaufen, gibt es nach dem Tod nur einen Weg. Den in die Hölle. Und nachdem sie ohne Seele gelebt haben, verdienen sie auch nichts anderes."

„Aber warum verkaufen sie ihre Seele?" Wenn man deswegen in der Hölle landete, verstand Caleb nicht, was das wert sein könnte.

„Geld, Macht, Ruhm. Die üblichen Dinge eben. Es gibt auch welche, die es für eine unerwiderte Liebe tun. Davon ist jedoch abzuraten. Auch mit Magie kann man keine echten Gefühle erzeugen." Asterios wandte sich wieder ab und lief weiter.

Er bewegte sich durch die Menge, als wäre er hier zu Hause. Regelmäßig grüßte er, blieb ab und an stehen, um zu plaudern, ging dann jedoch weiter. Was er dabei allerdings auch die gesamte Zeit über tat, war flirten. Und nicht nur dezent, nein, ganz offensichtlich. Herumschäkern, Haare zwischen die Finger nehmen, viel zu dicht etwas ins Ohr flüstern und dazu ständig diese Berührungen. Caleb drohte bei dem Anblick, wie die Frauen ihn anhimmelten, schlecht zu werden. Der Typ führte sich auf wie so ein reiches Muttersöhnchen, das alles haben konnte und für den jeder sofort bereitstand, weil alle ihn bewunderten und jeder von ihm gemocht werden wollte.

Alle schienen sofort auf sein Gehabe anzuspringen, drängten sich um ihn und versuchten mit allen Mitteln, seine Aufmerksamkeit zu erhaschen. Das sorgte dafür, dass Caleb sehr darum kämpfen musste, um nicht zu sehr in den Hintergrund gedrängt zu werden. War er etwa nur hier, um Asterios dabei zuzusehen? Was wollte er damit bezwecken? Ihn verunsichern oder gegen sich aufbringen? Momentan obsiegte Letzteres.

Kellner liefen mit Tabletts umher und blieben auch bei ihm stehen, um ihm etwas anzubieten. Dabei fielen Caleb die schwarz tätowierten Linien auf, die ihre Hälse hinaufliefen. Er war sich ziemlich sicher, dass diese Kellner entweder nicht menschlich waren oder irgendeinen Pakt mit einem Dämon geschlossen hatten. Unwillkürlich erinnerte er sich an sein eigenes Tattoo und umschloss seinen Unterarm mit den Fingern.

Skeptisch beäugte er die ihm dargereichten Getränke. Nicht wenige rauchten, blubberten oder verströmten einen intensiven Geruch, von sehr süß bis scharf und würzig. Davon schien nichts den Drinks zu ähneln, die er normalerweise zu sich nahm. Caleb verzichtete also lieber darauf. Als er den Kopf schüttelte, glühten die Augen des Kellners grün, ehe er sich abwandte.

Gruselig! Und definitiv nicht menschlich.

Endlich blieb Asterios an einem der Tische stehen und ließ sich auf dem schwarzen Leder der runden Sofalandschaft nieder. Äußerst widerwillig nahm Caleb neben ihm Platz. Er wäre sich albern vorgekommen, wäre er leicht versetzt hinter ihm stehen geblieben. Dann hätte alle Welt gedacht, dass er Asterios gehörte und nur zu seinem Vergnügen hier war oder anders in seinen Diensten stand.

So weit kam es noch! Möglichst unauffällig sah Caleb sich um. Asterios hatte sich bisher nicht anmerken lassen, ob eine der Frauen eine Harpyie war oder nicht. Und er selbst konnte nach wie vor keine erkennen, die dem äußerlich gerecht geworden wäre.

Einige der Tänzerinnen waren zwar mit Federn bekleidet, aber andere mit Leder oder sie trugen goldenen oder silbernen Schmuck. Am Nachbartisch beugte sich gerade eine Frau mit so weißer Haut, dass sie wie angemalt wirkte, über einen Mann, und er glaubte, dass ein Nebel seinen Mund verließ. Rasch wandte er sich ab und verdrängte den Gedanken, dass sie ihm womöglich soeben die Seele raubte.

Caleb fühlte sich ziemlich unwohl, während er hier so saß und auf Asterios' anderer Seite bereits zwei Frauen Platz genommen hatten. Eine saß mittlerweile sogar halb auf seinem Schoß. Er schenkte ihnen seine ganze Aufmerksamkeit und schien nichts anderes mehr wahrzunehmen. Caleb glaubte nicht, dass dieser Möchtegernhalbdämon es überhaupt bemerkt hätte, wäre er einfach so verschwunden.

Erneut ließ er den Blick möglichst unauffällig schweifen, war sich aber sicher, dass man ihm das Unbehagen an der Nasenspitze ansehen konnte. Ein Kellner stellte Getränke auf dafür vorgesehene Ablageflächen, die an dem großen Tisch vor ihnen befestigt waren. Als er fertig war, nickte er Asterios zu, klemmte sich das Tablett unter den Arm und ging.

Caleb beugte sich vor, um die Getränke zu betrachten. Seines sah aus wie eine ganz normale Cola, dekoriert mit einer Zitronenscheibe. Hatte Asterios das für ihn bestellt?

Er sah zu dem Halbdämon hinüber, der ihn die letzte Stunde – oder wie lange sie schon hier waren – ignoriert hatte. Seine roten Augen trafen die seinen und Caleb streckte daraufhin probehalber die Hand ein Stück in Richtung des Glases aus. Er glaubte zu sehen, wie Asterios ganz leicht den Kopf schüttelte, ehe er sich wieder seinen Gespielinnen widmete.

Caleb ließ das Getränk unangetastet – obwohl er mittlerweile wirklich durstig war – und lehnte sich auf dem schwarzen Leder zurück. Asterios sah kein weiteres Mal zu ihm.

Gerade als Caleb einen entnervten Seufzer ausstoßen wollte und sich fragte, was sie hier überhaupt taten, betrat eine Tänzerin die runde Plattform. Im selben Moment fuhr eine Stange aus deren Mitte hervor. Er brauchte wohl nicht zu erwähnen, dass die Frau eher spärlich bekleidet war, oder?

Caleb schluckte. Er ging ohnehin selten feiern und in solch einem Etablissement war er bisher noch nie gewesen. Und dann saß er ausgerechnet mit Asterios hier, der sich köstlich zu amüsieren schien und sich wie zu Hause fühlte. Wieso hatte er ihn überhaupt mitgenommen? Er hätte doch genauso gut allein herkommen können. Dazu die Sache mit den Dämonen, die er nicht als solche erkannte. Er hätte sich auch ohne diesen Zusatzpunkt unwohl genug gefühlt, aber so traute Caleb sich noch nicht einmal, Asterios einfach links liegen zu lassen oder zu gehen. Er wusste nämlich nicht, ob der bullige Typ hinter dem roten Vorhang ihn ohne dämonische Begleitung wieder rausließ. An den Wagen käme er auch nicht und da er nicht aufgepasst hatte, wusste er nicht einmal, wo genau sie sich befanden. Außerdem würde ihn ein Taxi zurück zum Campus wahrscheinlich ein Vermögen kosten.

Caleb zweifelte bereits daran, dass sie wirklich hier waren, um eine Zutat zu besorgen, da beugte sich Asterios in seine Richtung. Beinahe wäre er zur Seite ausgewichen, weil immer noch eine der Damen auf seinem Schoß saß. Die Brünette hatte ihren Kopf an Asterios' rechter Halsseite vergraben und Caleb wollte gar nicht wissen, was sie da tat.

„Wenn du die Gelegenheit hast, schnapp dir eine der Federn", flüsterte Asterios und richtete sich wieder auf. „Hör mal, Süße, so kann ich die Show doch gar nicht richtig genießen."

Sein Schoßhäschen schien das gar nicht gern zu hören, kletterte aber letztlich von ihm runter. Dummerweise nicht auf die Seite, von der sie gekommen war, sondern direkt neben Caleb.

„Na, mein Sssüßer? Und wofür bissst du hier?" Sie hatte so ein leises Zischen in der Stimme, bei dem es Caleb eiskalt den Rücken herunterlief. Er rutschte etwas von ihr weg und schluckte. Es fiel ihm extrem schwer, sich zu konzentrieren, während er in ihre grünen Augen sah. Sie hypnotisierte ihn regelrecht. Gerade schob sie den Kopf in einer seltsam wiegenden Bewegung in seine Richtung, als eine Hand auf ihrer Schulter sie stoppte.

„Er gehört zu mir und da gilt leider, anfassen verboten." Asterios' Stimme war ungewohnt kalt, ebenso wie sein Blick, den Caleb über die Schulter der Frau erhaschte.

„Oooch", beschwerte sie sich mit einem süßlichen Lächeln, als wollte sie sagen, er könne sie doch ruhig einmal kosten lassen und solle nicht so ein Spielverderber sein.

„Du hast doch mich!" Und da war wieder sein offenes Lächeln, das jetzt eher dem übertrieben fröhlichen Grinsen eines Strahlemanns entsprach. Er hob den linken Arm und zufrieden kuschelte die Frau mit den braunen Haaren sich an seine Seite. Ihre weiße Haut glänzte beinahe silbern und bildete einen starken Kontrast zu Asterios' schwarzer, die in dem vorherrschenden Zwielicht sogar noch dunkler wirkte. Als würde er mit seiner Umgebung verschmelzen. Nur das Weiß seiner Augäpfel neben seinen schwarzen Pupillen und das regelmäßige Aufblitzen seiner Zähne waren klar und deutlich zu erkennen. Dazu funkelte sein Ohrring, wenn er den Kopf drehte.

Asterios' Blick fand ihn und huschte für einen Moment zu der Frau auf der Plattform, der Caleb bisher wenig Aufmerksamkeit geschenkt hatte, ehe er sich voll und ganz seinen beiden Häschen widmete.

Irritiert richtete Caleb den Blick auf die Tänzerin vor sich. Sie war geschmückt mit großen Federn, die er für die eines Straußes gehalten hätte. Mit Bändern waren welche auf ihren Unterarmen befestigt und besonders große wehten ähnlich einem Rock um ihre Beine. Das war dann also die Harpyie, wegen der sie hier waren, ja?

Die Frau hatte währenddessen zu tanzen begonnen und es erinnerte Caleb tatsächlich ein wenig an den Balztanz eines Vogels. Sie stolzierte regelrecht auf ihren hohen Stilettos im Kreis um die Stange herum.

Und wie sollte er bitteschön an die Federn kommen? Dazu müsste er schon zu ihr hinaufsteigen. Geld schien hier niemand in Höschen oder sonst wo reinzustecken, wie er mit einem schnellen Blick in die Runde bemerkte, und er hätte auch gar keines dabei gehabt.

Die braunhaarige Frau mit dem Zischen in der Stimme hatte sich derweil wieder auf Asterios' Schoß niedergelassen, und wenn er das richtig sah, knutschte sie mit der Blonden auf seiner rechten Seite herum. Caleb richtete den Blick wieder konzentriert auf die Tänzerin vor sich.

„Willst du die nicht eintauschen?", fragte er so leise wie möglich in Asterios' Richtung. Der warf ihm einen Blick zu, der wohl deutlich machen sollte, dass er ihn für übergeschnappt hielt. Alles klar, dann verhandelten Harpyien scheinbar nicht so gern wie männliche Meerjungfrauen. Aber um ihr eine der roten und blauen Federn zu stehlen, musste er dringend näher an sie herankommen.

Asterios schien ihm dabei nicht weiter behilflich sein zu wollen. Denn er rührte sich kein Stück. Diesen Job überließ er also ganz Caleb. Na, großartig!

Wirklich schön wäre es gewesen, wenn sie vorab so etwas wie einen Plan entwickelt oder Asterios ihm zumindest irgendetwas gesagt hätte. Jetzt saß er hier und wusste weder, was ihm erlaubt war, noch, was er sich einfallen lassen musste und ob er auf Asterios' Unterstützung setzen konnte.

„Du!" Gerade, als er überlegte, wie er sich ihr am besten näherte, fasste sie ihn ins Auge. Die Harpyie beugte sich zu ihm hinunter und hielt ihm eine Hand hin.

Er sah von der Hand hoch in ihre Augen, die ihn grüngelb anfunkelten. Sein Blick senkte sich wieder auf ihre schlanken Finger und die Federn, die bis zu ihrem Handgelenk reichten. Das war genau die Einladung, die er brauchte. Die konnte er nicht ausschlagen.

Fast hätte er einen Blick zu Asterios hinübergeworfen, um sich dessen zu vergewissern. Aber der hätte ihm bestimmt nicht geholfen.

Caleb streckte seinerseits die Hand aus, um sich von der Harpyie auf die „Tanzfläche" ziehen zu lassen. Doch sie grinste nur verschmitzt und wirbelte herum. Neckisch räkelte sie sich an der Stange, was eine ziemlich deutliche Einladung darstellte. Mit einem schiefen Grinsen auf den Lippen stemmte er sich hoch. Herausforderung angenommen.

O Gott. Hätte er doch nur gewusst, worauf er sich einließ.

Das Spiel begann. Sobald er sich ihr näherte, wich sie zurück, sodass sich der Abstand zwischen ihnen nie verringerte. Jeden Schritt, den er vorsetzte, machte sie fast zeitgleich zurück.

Es war ein Tanz und doch eine Jagd. Und er hatte keine Chance, diese je zu gewinnen.

Sie berührte ihn immer wieder verführerisch, reizte ihn, ohne ihm eine Gelegenheit zu geben, sie zu erwischen. Er durfte sie begehren, sich nach ihr verzehren, aber er durfte sie nicht haben.

„Ich sehe so vieles in deinen Augen. Ich sehe alles. Du gehörst ganz mir", flüsterte sie. Doch ihre Stimme war nicht annähernd so verführerisch, wie es der Klang des Meeres gewesen war, mit dem der Nix ihn gelockt hatte. Dieses Mal behielt er einen klaren Kopf. Er wusste auch, dass Asterios ihn die ganze Zeit über beobachtete. Dazu musste er ihm nicht einmal einen Blick zuwerfen.

Caleb würde ihm beweisen, dass er nicht auf ihn angewiesen war und sich mehr für die Frau – oder Dämonin – interessierte als für ihn.

Und so hielt auch er ihren Blick gefangen, schien unter ihren Berührungen zu schmelzen, regelrecht in die

Knie zu gehen. Er begann langsam richtig in dieser Rolle, die er ihr vorspielte, aufzugehen. Dennoch verlor er sein Ziel nie aus den Augen.

Die Harpyie wirbelte in einem Rausch aus Federn um ihn herum, sodass es ihm teilweise nicht einmal möglich war, eine einzelne auszumachen. Er hätte nicht gewusst, wohin er greifen sollte, um eine der Federn zu fassen zu bekommen. Obwohl es ihr bei dem wirbelnden Tanz wahrscheinlich nicht einmal aufgefallen wäre, wenn er eine entwendet hätte. Dummerweise waren die Dinger so riesig, dass er keine Ahnung hatte, wie er sie danach verstecken sollte. Brauchte Asterios die Feder eigentlich intakt oder ging die auch mit etlichen Knicken noch durch?

Doch dafür müsste er erst einmal eine erwischen. Momentan hatte er nicht die geringste Chance. Sie umschwirrte ihn wie ein flatternder Vogel und das Einzige, was er noch scharf sehen konnte, waren ihre gelb leuchtenden Iriden. Unentwegt fixierte sie ihn und ließ ihn nicht einen Moment aus den Augen.

Lange würde Caleb das nicht mehr durchhalten. Seine Bewegungen wurden langsamer. Noch immer hatte er keine Idee, wie es ihm gelingen sollte, die Feder in die Hände zu bekommen. All die kleinen Kniffe und Bewegungen, die er einbaute, brachten keinen Erfolg.

„Du wirst verlieren, Saria", mischte sich Asterios' gelassene Stimme mit einem Mal ein. Die Harpyie unterbrach ihren Tanz abrupt und funkelte ihn böse an.

„Er wird obsiegen." Es lag so viel Gewissheit in seinen Worten, dass Caleb sich beinahe ebenfalls dazu hätte verleiten lassen, ihn anzusehen. Zumal er nicht die geringste Ahnung hatte, wovon er da sprach. Aber das hier war die perfekte und eventuell einzige Chance, an eine ihrer Federn zu gelangen. Das durfte er sich nicht entgehen lassen.

Also griff er zu. Seine Finger schlossen sich um eine der roten Federn an ihrem linken Arm. Er erwartete, dass sie sich leicht aus dem Band lösen ließe, doch sie hing fest. Und als hätte sie es gespürt, wirbelte die Harpyie fauchend zu ihm herum. Die Feder riss heraus und mit ihr zwischen den Fingern kam sich Caleb vor wie ein Dieb, der mit der Diamanthalskette in der Hand plötzlich mitten im Scheinwerferlicht stand, während um ihn herum die Sirenen heulten. Abstreiten war da zwecklos.

Hilflos flog sein Blick zu Asterios hinüber. Was sollte er denn jetzt tun?

Die Musik war verstummt und nicht nur die Harpyie und Asterios starrten ihn an. Auch die Augen aller anderen Anwesenden waren auf das Schauspiel gerichtet. Na, super. Das hieß, er hatte so gut wie keine Chance, hier heil herauszukommen. Caleb stand kurz davor, ihr die Feder wieder anzustecken, breit zu grinsen und sich zu verdrücken. In der Hoffnung, dass auch alle anderen so taten, als wenn nichts gewesen wäre. Aber das würde wohl nicht funktionieren.

Aber was sollte er dann tun?

Die Augen der Harpyie bekamen senkrechte Schlitze. Sie stieß ein hohes, schrilles Kreischen aus und nahm eine leicht gebückte Haltung ein, als würde sie sich im nächsten Moment auf ihn stürzen. Er wich einen Schritt zurück und warf Asterios einen hilfesuchenden Blick zu. Er würde doch nicht zulassen, dass ihm etwas passierte, oder? Was war mit dem Pakt? Er brauchte ihn genauso wie die Feder.

Asterios, verdammt! Jetzt unternimm endlich was. Hilf mir!

„Gib auf, Saria. Er hat gewonnen, eindeutig." Asterios hatte sich erhoben. Die Frauen, die zuvor noch auf seinem Schoß und an seiner Seite geschmiegt gesessen hatten, verzogen sich mit giftigem Zischen.

Caleb hätte gern laut gefragt, was hier gespielt wurde, doch die Harpyie, die ihn nach wie vor fest im Blick hatte, ließ es nicht zu, dass er sich rührte. Er fürchtete, dass sie sich bei der ersten unbedachten Bewegung auf ihn stürzen würde. Dazu zählte zweifellos auch das Öffnen des Mundes, um etwas zu sagen.

„Aber du hast ihm geholfen. Das zählt nicht", giftete sie nun Asterios an und gab Caleb endlich frei. Der atmete erst einmal möglichst unauffällig aus.

„Ich habe dir nur gesagt, was ich ohnehin schon wusste. Er hat sich nicht in deinen Bann ziehen lassen. Und du hast nichts in ihm gefunden, was einen Weg in den *Tartarus* gerechtfertigt hätte. Ergo hast du keine Macht über ihn und er hat dir die Feder ehrlich entwendet. Also darf er sie behalten." Asterios stand stolz und aufrecht da, die hellen Handflächen in ihre Richtung ausgestreckt. Caleb begann langsam zu begreifen, worüber sie sprachen. Er würde sich diesen verdammten Halbdämon auf dem Rückweg vorknöpfen. Diese ganze Geschichte hatte eine ausführliche Erklärung dringend nötig!

Die Harpyie wirbelte zu Caleb herum und er drohte abermals zu erstarren. Langsam schritt sie auf ihn zu.

Er bemühte sich, nicht zu schlucken. Das hätte bloß seine Nervosität verraten.

Direkt vor ihm blieb sie stehen und sah ihm in die Augen. Lange. Sie sog ihn regelrecht ein und es war ihm nicht gestattet, den Blick abzuwenden. Dann blinzelte sie und ging an ihm vorbei. Ohne ein weiteres Wort.

Caleb hätte sich fast zu ihr umgedreht und ihr nachgesehen, aber er wollte einfach nur weg von hier. Also zwang er seine Füße, sich zu bewegen, und trat an den Rand der Plattform. Dort wartete Asterios bereits auf ihn und hielt ihm eine Hand hin. Caleb hatte nicht mehr die Kraft, seine Hilfe auszuschlagen, auch wenn er das nur zu gern getan hätte. Nachdem Asterios ihm hinuntergeholfen hatte, zog er ihn kurz an sich.

„Sehr gut gemacht“, raunte er ihm ins Ohr und Caleb erzitterte ein wenig. Entschieden machte er sich von ihm los und drückte ihm die Feder, die er nach wie vor fest umklammert hielt, gegen die Brust.

„Können wir dann jetzt gehen?“, murmelte er und stolperte durch die Lücke in dem runden Ledersofa. Er hatte keine Ahnung, wo sich der Ausgang befand, zusätzlich drehte sich alles in seinem Kopf. Als würden erst jetzt die Nachwehen seines Tanzes mit der Harpyie einsetzen.

Als Kinder hatten sie das oft getan. Sich schneller und immer schneller um sich selbst gedreht, bis sie auf ein Zeichen abrupt stehen geblieben waren und versucht hatten, geradeaus zu laufen. Manchmal war ihnen so schwindelig gewesen, dass sie nicht nur geschwankt hatten, sondern rückwärts im Kreis laufend schließlich umgekippt waren. Caleb erinnerte sich, dass sich der Himmel und die Bäume sogar im Liegen noch weiter gedreht hatten. Lachend hatte er dagelegen und gewartet, bis alles wieder stillstand. Bloß um das Ganze kurz darauf zu wiederholen.

Jetzt jedoch fühlte er nicht diese kindliche Freude darüber, dass sich alles drehte und der Boden zu schwanken schien. Es war auch nicht die erheiternde Wirkung des Alkohols in seinem Blut, die in seinem Alter normalerweise für derlei Schwindel verantwortlich war. Dafür hatte er etwas anderes. Er hatte einen Halbdämon an seiner Seite, der ihn am Ellenbogen ergriff und sicher durch den Raum führte.

Caleb hätte am liebsten die Augen geschlossen, ohnehin nahm er kaum noch etwas um sich herum wahr. Allerdings befürchtete er, mit geschlossenen Augen gar nicht mehr geradeaus laufen zu können.

Sobald sie durch den roten Vorhang schritten, dröhnte ihm die laute Musik des Clubs entgegen. Sein Kopf hätte eigentlich bersten müssen, doch die Musik erschlug ihn nicht. Sie war laut und nervtötend, aber das war sie auch schon gewesen, als er den Club betreten hatte. Ein weiteres Indiz dafür, dass er nicht betrunken oder verkatert war.

Asterios begleitete ihn auf demselben Weg hinaus, den sie gekommen waren. Vor der Bühne entlang, an der Bar und den tanzenden Menschen vorbei. Caleb atmete erleichtert auf, als die schwarze Tür hinter ihnen zufiel und damit auch all die Geräusche einschloss. Die kalte Nachtluft fühlte sich gut auf seinem erhitzten Gesicht an. Wobei er sich gleichzeitig fragte, wieso sein Kopf auf einmal so warm war und seit wann.

„Vorsichtig die Füße heben“, ermahnte Asterios ihn, als sie die Treppenstufen hinaufstiegen. Oben angekommen, fühlte Caleb sich bereits um einiges besser und auch halbwegs sicher auf den Beinen. Asterios zögerte kurz, ehe er ihn losließ. Als der Mustang vorfuhr, führte er ihn zur Beifahrertür und half ihm beim Einsteigen. Am liebsten hätte Caleb sich auf der Rückbank zusammengerollt und versucht, etwas zu schlafen. Aber das war nur kleinen Kindern vorbehalten. Er hörte, wie die Fahrertür geöffnet wurde und Asterios sich, begleitet von leisem Knatschen, auf dem Ledersitz niederließ.

„Bei dir alles in Ordnung so weit?“, erkundigte er sich.

Caleb nickte und ließ den Kopf gegen die Scheibe sinken. Mit geschlossenen Augen murmelte er. „Entschuldige. Ich weiß überhaupt nicht, was plötzlich mit mir los ist.“

Es war ihm furchtbar peinlich, dass Asterios ihn in diesem jämmerlichen Zustand sah. Hätte er in dem Club etwas getrunken, wäre er davon ausgegangen, dass ihm jemand was in den Drink gemischt hatte, und er hätte Asterios gebeten, ihn sicherheitshalber in das nächste Krankenhaus zu fahren. Aber das war nicht der Fall. Also woher kam das?

„Alles gut. Ruh dich einfach etwas aus. Es ist wie ein Rausch. Die Harpyien berauschen die Menschen, die mit ihnen tanzen. Das kann sogar so weit gehen, dass es wie eine Droge wirkt. Sie nutzen das, um einen Blick in den Verstand ihres Gegenübers zu werfen.“ Das klang ziemlich gruselig. Asterios startete den Wagen, der dieses Mal überraschend leise ansprang. Sanft fuhr er los. „Dass du so starke Nachwirkungen hast, ist eigentlich ungewöhnlich. So etwas passiert normalerweise nur bei einer Überdosis, oder es sind

Entzugserscheinungen, die entstehen, wenn man über einen zu langen Zeitraum immer wieder mit einer Harpyie tanzt. Da du überhaupt nicht auf sie angesprungen bist, hätte ich nicht damit gerechnet, dass es dir so schlecht gehen würde. Aber vielleicht ist es ja genau das. Dein Körper versucht mit allen Mitteln, ihre Wirkung abzuwehren." Er schwieg nachdenklich. Der Wagen stoppte. Wahrscheinlich an einer Ampel. Caleb sammelte seine Kräfte. Sie fuhren weiter.

„Und wo war da jetzt der versprochene Spaß? Ich glaube dir nie wieder, wenn du so etwas wirklich als spaßig verbuchst." Er kniff die Augen zusammen. Asterios schwieg und Caleb spürte Tränen in sich aufsteigen. Er fühlte sich nicht nur hundsmiserabel, sondern auch gedemütigt und von ihm im Stich gelassen. Am liebsten hätte er sich von jemand anderem zurück zur Uni bringen lassen.

„Was sollte das alles?", fragte er schließlich mit schwacher Stimme, die Stirn nach wie vor an die kalte Scheibe gebettet. Die Augen öffnete er nur kurz, um die Tränen fortzublinzeln, die sich unter seinen geschlossenen Lidern hervorkämpfen wollten. Doch die vielen vorbeirauschenden Lichter waren nicht gut für seinen Kopf und so schloss er sie hastig wieder.

„Wir wollten die Feder einer Harpyie, das weißt du doch."

Caleb hätte ihn bei dieser nüchternen Antwort am liebsten angeschrien oder noch besser geschlagen. Mitten in sein Gesicht mit diesem falschen, viel zu breiten Grinsen. Der Idiot wusste genau, was er meinte, und er wusste auch, was Caleb wissen wollte. Er schwieg, weil ihm gerade die Kraft fehlte, um Asterios wütend anzufahren oder eine Diskussion darüber zu führen, dass er ihm nach dem Ganzen ja wohl eine Erklärung schuldete.

Erstaunlicherweise schien sein Schweigen Asterios dazu zu bringen, ihm doch noch angemessen zu antworten.

„Ich habe dir vorher nichts gesagt, weil das Wissen dich blockiert hätte. Und sie durfte nicht einmal ahnen, dass du mir in irgendeiner Form wichtig bist oder wir diese Feder brauchen. Ich habe schlicht und ergreifend gewettet, dass du es schaffen würdest, ihr eine ihrer Federn zu stehlen. Ich habe gemeint, du hättest noch nie mit einer Harpyie getanzt und wärest etwas übermütig.“ Caleb sah förmlich vor sich, wie Asterios bei diesen Worten mit den Schultern zuckte, als wäre nichts. „Ich wollte nicht, dass sie es zu ernst nimmt oder auf der Hut ist. Fest stand, wenn du es schaffen würdest, dürftest du die Feder behalten.“ Er schwieg. Caleb war sich jedoch sicher, dass das noch nicht alles war.

„Und wenn nicht?“, hakte er schließlich nach. Er wollte es im Grunde gar nicht wissen. Aber wenn Asterios es ihm nicht sagte, würde er die ganze Zeit darüber nachdenken. Da regte er sich lieber kurz über die Antwort auf und hakte es danach ab, anstatt sich während der gesamten Autofahrt den Kopf zu zerbrechen.

„Dann hätte ich dich ihr für zwei Stunden überlassen müssen.“

„Und das heißt?“, fragte Caleb unsicher.

„Hängt von ihr ab. *Tartarus* oder ihr Bett. Das hätte sie wahrscheinlich davon abhängig gemacht, ob sie Gefallen an dir findet oder dich lieber bestrafen will.“

In Ordnung, ich hätte doch nicht nachfragen sollen.

Sein Wunsch, Asterios mal kräftig eine reinzuhauen, nahm gerade ungeahnte Ausmaße an.

„Warum hast du mir das nicht vorher gesagt? Und wann hast du das alles überhaupt abgesprochen?“ Das konnte ja wohl nicht schon seit Tagen geplant gewesen sein.

„Na ja, der Plan entstand eher spontan im Nachtclub. Ich gebe zu, vorher hatte ich noch keine konkrete Idee, wie wir an die Feder kommen sollen. Ich wollte ein wenig auskundschaften und dir den Club und alles zeigen. Ich schwöre, ich hätte die Feder selbst besorgt, wenn es mir möglich gewesen wäre. Aber die Harpyien waren heute irgendwie so vorsichtig, als wüssten sie, was ich vorhatte. Deswegen musste ich spontan umplanen.“ Er sah kurz zu Caleb hinüber. Dieser schwieg, weil er nicht wusste, ob er ihm das abkaufen sollte. „Ich habe einer der Dämoninnen etwas Entsprechendes ins Ohr flüstern können. Und dir ist wohl nicht aufgefallen, dass Saria sich zwischenzeitlich unter ihnen befunden hat? Ehe sie eingewilligt und ihren Auftritt vorbereitet hat.“

Nein, das war ihm nicht aufgefallen. Er hatte sich mehr auf die Leute in größerer Entfernung konzentriert und lieber nicht so genau hingeschaut, mit welchen Frauen Asterios geflirtet hatte.

„Und wieso hast du mich nicht in deinen Plan eingeweiht?“ Alles andere mal dahingestellt, aber er hätte ihn zumindest über die Grundzüge und -abläufe in Kenntnis setzen können. Wieso hatte er ihn so ins kalte Wasser geworfen?

„Ich hielt es für besser. So hast du dir nicht unnötig den Kopf über die Wette zerbrochen und bist vollkommen darauf fokussiert gewesen, so schnell wie möglich von dort zu verschwinden."

Da konnte Caleb ihm leider nicht widersprechen. Also schwieg er. Bis sich eine letzte Frage meldete.

„Wieso warst du dir so sicher, dass ich es schaffe? Dass ich nicht in diesen Rausch gerate, und alles um mich herum vergesse?"

Die Stille im Wagen dauerte so lange an, dass Caleb kurz davor stand, seine Augen zu öffnen und Asterios anzustarren, damit er ihm endlich antwortete.

„Ohne dich verletzen zu wollen, aber ich habe nicht angenommen, dass dich die Frauen auf diese Art nervös machen." Nun öffnete Caleb doch die Augen. „Und die größte Wirkung haben die Harpyien auf Menschen mit verdorbener Seele. Sie spüren das, es berauscht sie, die Aussicht darauf, diese Seele zu besitzen. Das schaukelt sich dann gegenseitig hoch. Aber so jemand bist du nicht. Du bist grundehrlich, wenn auch nicht immer zu dir selbst, aber du wünschst niemandem etwas Böses oder tust gemeine Dinge. Deine Reaktionen sind echt, deine Gefühle auch. Sie hatte nichts gegen dich in der Hand, außer die Dinge, die du ihr gabst." Caleb war sich nicht ganz sicher, worauf Asterios mit dem letzten Satz anspielte, aber insgesamt hatte sich das doch gerade fast wie eine Liebeserklärung angehört.

Er wagte es, sich so an der Scheibe zu drehen, dass er Asterios über seine linke Schulter ansehen konnte.

„Mit anderen Worten, ich habe Glück gehabt." Caleb war immer noch sauer auf ihn, weil er ihn in eine solche Lage gebracht hatte. Egal, wie schmeichelhaft seine Worte waren. Es hätte sicherlich einen anderen Weg als diesen gegeben.

„Nein. Mit anderen Worten, du solltest dich und dein Glück mehr zu schätzen wissen."

Damit konnte Caleb ebenfalls nichts anfangen, doch Asterios schwieg und führte das nicht weiter aus. Also hielt auch er den Mund. Er hatte nicht das Gefühl, dass es ihn irgendwie weiterbringen würde, danach zu fragen.

Kapitel 8

Asterios

Asterios hätte Caleb gern noch bis zu seinem Zimmer begleitet, doch er hatte ihn draußen bereits abgewimmelt. Da er wieder recht stabil auf den Beinen war, hatte Asterios keinen guten Grund für einen Widerspruch gefunden. Er konnte verstehen, wieso Caleb nicht allzu begeistert von seinem Plan gewesen war – oder eher davon, dass er ihn benutzt hatte. Und er verstand auch, dass er ihn nicht in der Nähe seines Bettes haben wollte. Auch wenn er definitiv nichts Böses im Schilde führte.

Da hatte er die Beziehung zu ihm durch die Rettung vor dem Nix gerade wieder etwas verbessert und schon schaffte er es, alles über den Haufen zu werfen. Er hätte doch eine andere Zutat auswählen sollen.

Jetzt waren sie zwar im Besitz der Feder, aber mit Caleb musste Asterios wohl noch mal von vorne anfangen. Schöner Schlamassel.

Da sie zwei Zutaten an einem Tag besorgt hatten, entschied Asterios, dass Caleb sich einen freien Tag verdient hatte. Er nutzte die Zeit und kundschaftete die Gegend aus. Er handelte sogar schon ein Tauschgeschäft aus, das ihn beschwingt in den darauffolgenden Tag starten ließ.

Sein Handy war die ganze Zeit stumm geblieben. Keine Nachricht von Caleb. Was er auch nicht erwartet hatte, trotzdem war er enttäuscht. Er hatte ihm ebenfalls nicht geschrieben. Kurz hatte er darüber nachgedacht, ihm eine Nachricht zu schicken mit *„Ruh dich aus, wir machen morgen weiter“* oder so. Nur hatte er vermutet, dass, egal was er auch schrieb, Caleb alles negativ auffassen würde. Gleichzeitig war er sich nicht sicher, ob Schweigen die richtige Wahl war, doch für ihn war es die beste Alternative gewesen.

Auch jetzt schwankte er zwischen ihm zu schreiben, dass er draußen wartete, und der Idee, ihm einfach zufällig über den Weg zu laufen. Am Ende wollte er nicht unnötig Zeit vertrödeln, da sie ohnehin bei Einbruch der Dunkelheit losmussten, und schrieb ihm, dass sie sich um fünf Uhr unter den Arkaden treffen würden.

Er hoffte inständig, dass Caleb ihn nicht ignorieren und sich in seinem Zimmer verschanzen würde oder Ähnliches. Denn dann wäre es wirklich schwer für Asterios, an ihn heranzukommen. Er würde es schaffen, keine Frage. Jemanden so weit zu verführen, dass er ihn bereitwillig zu Calebs Zimmer brachte, war dabei der leichte Teil der Geschichte. In das Zimmer hineinzukommen, dagegen der schwierige.

Und so stand Asterios pünktlich am verabredeten Ort und wartete. Caleb hatte die Nachricht gelesen, aber nicht beantwortet.

Um Viertel nach Fünf befürchtete Asterios, dass Caleb doch nicht so schlau war, wie er angenommen hatte. Wenn er einen Dämon verärgern wollte, war er gerade auf dem besten Weg.

Er entschied, Caleb eine halbe Stunde zu geben, ehe er handelte. Wenn er ihn absichtlich durch eine Verspätung verärgern wollte, um zu zeigen, dass er durchaus noch einen freien Willen besaß, so würde er ihm dies gern zugestehen. Aber mehr nicht.

„Und ich hatte so gehofft, du hättest entschieden, die restlichen Zutaten ohne meine Hilfe zu suchen", erklang eine ihm inzwischen vertraute Stimme in seinem Rücken. Caleb klang locker und entspannt, als würde er an der Säule lehnen und auf ihn herabsehen. Was aufgrund der Tatsache, dass Asterios ein Stück größer war als er, unmöglich sein konnte.

Asterios schluckte auch den Rest seiner Wut hinunter, setzte ein strahlendes Lächeln auf und drehte sich zu ihm herum.

„Ich hatte dir doch gesagt, dass es nicht ohne dich geht. Besonders nicht heute." Caleb stand direkt vor ihm und sah so aus wie immer. Er wirkte nur etwas erschöpft. Asterios vermutete, dass das weniger an den Nachwirkungen der Harpyie lag, denn die dürfte er längst überwunden haben, als vielmehr an ihm und dieser ganzen Sache. Doch darauf konnte er leider keine Rücksicht nehmen.

Ohne Vorankündigung holte Caleb aus und rammte seine Faust in sein Gesicht. Asterios stolperte überrumpelt mehrere Schritte zur Seite. Das hatte er nicht kommen sehen.

„Au", stellte er überrascht fest, als er sich aufrichtete und mit der Zunge seine Lippe entlangfuhr. Vorsichtig betastete er seine Wange. Das hatte echt wehgetan.

„Das wollte ich vorgestern schon die ganze Zeit machen, das musste jetzt raus." Caleb schüttelte mit einem grimmigen Grinsen seine Hand aus.

Asterios musterte ihn verwundert. Es wäre ihm lieber gewesen, wenn Caleb ihn einfach wutentbrannt angeschrien hätte, aber das wäre nach zwei Tagen eher unpassend gewesen. Vielleicht konnten sie ja durch körperliche Auseinandersetzung den Streit schneller beenden?

„Willst du die andere auch noch schlagen?" Asterios hielt ihm seine rechte Wange hin, die nicht vor Schmerz pochte und pulsierte. Er schmeckte Blut auf der Zunge, doch all das würde schon in weniger als einer Stunde verheilt sein.

„Also wenn du mich so fragst." Caleb ballte nun auch die linke Hand zur Faust und holte aus. Als Asterios nicht reklamierte, auswich oder ihn auf andere Art und Weise aufzuhalten versuchte, ließ er sie jedoch wieder sinken. Er seufzte resigniert, schloss kurz die Lider und schien einmal tief durchzuatmen.

„Worum geht es denn?" Caleb verschränkte die Arme und musterte ihn aus kühlen braunen Augen.

„Das Blut eines Blutsaugers", antwortete Asterios schlicht.

„Du meinst einen Vampir?" Caleb ließ die Arme sinken. Wenn auch mehr vor Überraschung. Mit so etwas schien er nicht gerechnet zu haben, dabei stellten sie die mit Abstand beliebteste Dämonenart dar.

„Ja, genau." Asterios nickte und trat direkt vor ihn.

„Die gibt es wirklich?"

„Solltest du dich nach allem, was du bisher gesehen hast, nicht eher fragen, was es nicht gibt?" Er stand ihm genau gegenüber und ragte ein Stück über Caleb auf. Asterios fuhr sich mit der Zunge über die aufgeplatzte Lippe. Widerstrebend hob Caleb den Kopf und runzelte missbilligend die Stirn. Asterios entging jedoch nicht, dass er der Bewegung seiner Zunge kurz mit den Augen folgte.

„Jetzt lass mich raten: Ich soll dafür den Lockvogel spielen?"

„Nein, das wird wieder ein Tauschgeschäft. Das heißt, du musst dich nicht in eine dunkle Gasse stellen, bis man dich anfällt. Ein Glas voll Blut sollte reichen", beschwichtigte Asterios ihn, doch die Falte auf seiner Stirn verschwand nicht.

„Du willst mich aufschneiden? Nicht dein Ernst. Wer weiß, ob du mich dabei nicht zufällig verbluten lässt." Da war nach wie vor diese abwehrende Haltung.

„Jetzt hör auf, das wäre ja mehr als dämlich von mir. Immerhin brauche ich dich für das Ritual und wenn du tot bist, funktioniert das nicht. Außerdem verhindert der Pakt solch ein Vorgehen." Asterios deutete auf Calebs Arm. Das Argument saß, irgendwie. Caleb sah so aus, als hätte er an genau diesen Punkt nicht erinnert werden wollen. Aber womöglich war das nötig gewesen, um ihn endlich von dem Gedanken loszubekommen, Asterios würde leichtsinnig sein Leben riskieren oder herumlaufen und alle möglichen Dämonen aus einer Laune heraus abmurksen.

„Wenn du dir natürlich lieber den Arm aufschneiden lassen willst, bitte schön. Ansonsten nehmen wir eine Spritze. Ganz normales Blutabnehmen, das dürfte kein Problem sein, oder?" Er klang giftiger, als er es beabsichtigt hatte. Caleb durfte ruhig mitbekommen, dass er ihn mit derlei Bemerkungen verletzte.

„Das kannst du?“, fragte er dennoch skeptisch.

„Wenn du es mir nicht zutraust, gehen wir zu einem Arzt“, knurrte Asterios. Er merkte selbst, dass seine Wut von vorher hervorzubrechen drohte, obwohl er sie bis eben gut weggesperrt geglaubt hatte. Aber er schaffte es nicht, sie vollends hinunterzuschlucken. Das Pochen seines Kiefers befeuerte seine Gefühle.

„Kannst du das denn nun?“

„Dämonen brauchen häufiger für Rituale Blut, auch mal das eigene. Ich habe also Übung“, gab Asterios bissig zurück. Dass er es sich extra für Caleb heute Vormittag von einer reizenden Ärztin hatte zeigen lassen, um Caleb nicht zu verletzen, musste dieser ja nicht wissen.

„Na dann.“ Caleb hielt ihm bereitwillig einen Arm hin. Asterios schnaubte.

„Nicht hier. Komm mit.“ Er winkte, ihm zu folgen. Sie liefen zu seinem geparkten Auto, in dem er alles Nötige dabeihatte. Caleb ließ sich von ihm erstaunlich bereitwillig das Blut abnehmen. Er sagte kein Wort, keine spitze Bemerkung, kein komischer Blick. Asterios hatte mit wesentlich mehr Gegenwehr und einer hitzigen Diskussion gerechnet. Er löste den Stauschlauch.

„Das war’s schon“, verkündete er nach wenigen Minuten und drückte mit einer Kompresse auf die Einstichstelle, während er die Nadel herauszog. Das verhinderte, dass sich später ein Bluterguss bildete.

Über die Spritze hatte er das Blut direkt in ein Glas fließen lassen. Das war einfacher, als zunächst Blutentnahmeröhrchen zu füllen. Der Vampir würde sicherlich nicht daraus trinken wollen.

„Jetzt noch mal fest draufdrücken“, wies er Caleb an. „Wenn du willst, kann ich es dir fixieren oder einfach ein Pflaster draufkleben. Wie du magst.“

„Pflaster reicht“, antwortete Caleb mit ebenso ausdrucksloser Stimme wie Asterios. Die Stimmung zwischen ihnen war furchtbar unterkühlt geworden. Asterios seufzte, als er fertig war. Das Ergebnis: ein Glas, etwa zur Hälfte gefüllt mit Calebs Blut. Die abgezapfte Menge und der damit einhergehende Blutverlust dürften ihm keine Probleme bereiten. Trotzdem reichte er ihm eine Flasche Wasser für den Flüssigkeitsausgleich.

Nein, das eigentliche Problem saß an einem ganz anderen Ort.

Asterios räumte die benötigten Utensilien ordentlich weg. Währenddessen lehnte Caleb sich in dem Sitz zurück und blickte stur nach draußen. Er hatte extra an einer abgelegenen Stelle geparkt, wo man das Innere des Autos kaum einsehen konnte.

Asterios setzte sich ans Steuer, fuhr jedoch nicht los.

„Wenn du willst, werde ich dir genau sagen, wie gleich alles ablaufen wird. Und wenn du vorab etwas sagen möchtest, dann sollten wir das jetzt erledigen. Vampire sind nicht unbedingt die süßen Kuschelwesen, als die sie häufig dargestellt werden. Deswegen habe ich das erste Treffen gestern ohne dich durchgezogen. Wenn er nicht an einem Tausch interessiert gewesen wäre, hätte es schnell gefährlich für dich werden können.“ Dass Asterios seine liebe Mühe gehabt hatte, überhaupt einen Vampir zu finden, der sich auf den Handel einließ, verschwieg er.

Caleb sah ihn bei seinen Worten überrascht an, versteckte das jedoch schnell wieder hinter einer ausdruckslosen Miene.

„Dieses Mal hältst du es also für richtig, mich in deine Pläne einzuweihen?", fragte er mit spöttisch hochgezogener Augenbraue.

„Ich hätte es auch vorher für richtig gehalten, wenn es dich nicht in Gefahr gebracht hätte."

„Mich oder die Beschaffung deiner ach so wichtigen Zutat?"

Asterios' Wut kochte wieder hoch. Musste er ihn denn jedes Mal so provozieren?

„Ich brauche diese Zutaten, denn es könnte meine einzige Chance sein. Das heißt aber nicht, dass ich irgendjemandem absichtlich Böses tue. Und wenn du dich an unseren Pakt erinnerst, kann ich dich nicht verletzen oder dein Leben riskieren." Wie oft musste er das denn noch sagen? Ging das irgendwann mal in Calebs Dickschädel?

„Ich wünschte trotzdem, du hättest jemand anderen dazu auserkoren." Sein Blick war tieftraurig und gleichzeitig schicksalsergeben.

„Ich wünschte auch, dass mir dieses Schicksal erspart geblieben wäre. Ich wäre gern direkt als Mensch zur Welt gekommen." Ein Halbdämon zu sein, war die Hölle. Die Hölle in der Hölle. Und jetzt endlich bot sich ihm ein Ausweg aus diesem Albtraum. Da war es doch klar, dass er die Chance ergriff.

Schweigend saßen sie da. Keiner sagte ein Wort.

Und jetzt? Wie sollte es weitergehen?

„Dann erzähl mal. Wie wird das Ganze nun ablaufen?", durchbrach Caleb unerwartet die Stille.

„Wie?“ Asterios blinzelte ihn verwundert an.

„Na, dein Plan. Du wolltest ihn mir dieses Mal doch vorab verraten.“

„Ja, richtig.“ Asterios sammelte sich. Eventuell war das ja so etwas wie ein Friedensangebot? „Ich habe ein Treffen vereinbart, bei dem wir dein Blut gegen das des Vampirs tauschen. Es ist alles bereits abgesprochen, sodass Zwischenfälle weitestgehend ausgeschlossen sind.“

„Aber du hast mein Blut doch bereits. Wieso muss ich dann überhaupt mitkommen?“ Das war eine berechtigte Frage.

„Es war seine Bedingung, dass er den Spender des Blutes sieht. Ich denke, er will in dem Punkt einfach sichergehen.“

Caleb nickte nachdenklich. „Und was tun wir, wenn er sich nicht an die Absprache hält?“

„Sobald es für dich gefährlich wird, läufst du weg. Irgendwohin, wo Menschen sind. Er würde nie jemanden in der Öffentlichkeit anfallen. Wir alle unterliegen dem Gesetz, dass wir im Verborgenen handeln müssen. Sobald bekannt werden würde, dass es uns wirklich gibt, würde ... sagen wir, die Hölle auf Erden ausbrechen. Das wäre auch für die Dämonen kein Spaß, weil sie nicht mehr so leicht an ihre Nahrung kämen, wenn erst mal alle über sie Bescheid wüssten. Dein bester Schutz sind andere Menschen“, bläute Asterios ihm ein.

„Und was machst du?“

„Ihn aufhalten natürlich. Als Halbdämon habe ich zwar nicht so viel Kraft wie ein Vampir, aber ich dürfte ihn dennoch ein paar Minuten beschäftigen können. Aber so weit sollte es gar nicht kommen, deswegen hab ich die Bedingungen im Voraus festgelegt und versucht, einen der, ähm, netteren Vampire auszusuchen."

Caleb prustete los. „Netter Vampir? Gibt es so etwas denn?"

Asterios grinste. Immerhin hatte er ihm eben noch gesagt, wie gefährlich die Blutsauger in echt waren. „Na ja, ich habe mich bemüht, den Nettesten von allen Bösen auszuwählen."

Denjenigen, der ohne große Diskussionen bereit gewesen war, sich auf den Tauschhandel einzulassen. Das war nicht ganz leicht gewesen, denn er war bei dem Versuch zuvor an zwei anderen Vampiren gescheitert.

Caleb schüttelte daraufhin lediglich den Kopf und Asterios nahm die gelockerte Stimmung als Anlass, den Wagen zu starten.

„Schnall dich an. Und wenn du sonst noch etwas wegen später wissen willst, frag einfach." Doch Caleb schwieg die gesamte Fahrt über. Auch als er am Straßenrand parkte und sie ausstiegen. Dort sah er sich skeptisch um und Asterios wusste ganz genau, was ihm durch den Kopf ging. In keinem der Geschäfte brannte Licht und die Straße wirkte verlassen. Als ob in dieser Gegend niemand wohnen würde. Wie weit würde er im Ernstfall laufen müssen, bis er nicht mehr allein war?

Der Vampir hatte auf diesen Ort bestanden. Mit Sicherheit aus eben diesen Gründen.

Asterios legte Caleb im Vorbeigehen beruhigend eine Hand auf die Schulter. Er würde nicht zulassen, dass ihm etwas zustieß. Womöglich erinnerte sich Caleb endlich an ihren Pakt, er sah jedenfalls kurz runter zu seinem Unterarm, dann folgte er ihm.

Sie liefen ein Stück die Straße entlang, ehe Asterios in eine der Gassen einbog. Es war wie in einem schlechten Film. Auf der rechten Seite standen zwei große Container und am Ende der gut dreißig Meter langen Gasse befand sich eine Backsteinmauer. Noch mehr Klischee ging nicht.

Doch da hatte er sich geirrt, denn hinter den Containern trat der Vampir hervor. Ganz in Schwarz gekleidet, was den Kontrast zu seiner sehr hellen Haut zusätzlich verstärkte. Es fehlte nur noch der lange schwarze Umhang mit der roten Innenseite und dem Stehkragen, der hinter ihm herwehte. Doch auf den schien er verzichtet zu haben.

Lässig, mit den Händen in den Hosentaschen seines schwarzen Anzugs, blieb der Vampir in der Mitte der Gasse stehen und wartete auf sie.

Asterios konnte Calebs steigendes Unbehagen beinahe körperlich spüren. Leider musste er zugeben, dass auch er sich alles andere als wohl mit dieser Situation fühlte.

„Ihr seid spät“, lautete die unfreundliche Begrüßung. „Es ist nicht besonders nett, mich hier so lange im Dunkeln warten zu lassen.“

Er bleckte drohend die Zähne. Sein Gebiss strahlte mit seiner Haut um die Wette.

„Das tut mir leid.“ Asterios deutete eine Verbeugung an. Er wusste, dass erklärende Worte in diesem Fall nichts bringen würden, also verzichtete er gleich gänzlich darauf.

„Wie auch immer. Lass uns den Tausch schnell hinter uns bringen, dann habe ich wenigstens noch etwas von meiner Nacht.“

Asterios entging nicht, dass die dunklen Augen bei diesen Worten kurz Caleb fixierten, der nach wie vor hinter ihm stand. Da Asterios den Vampir so weit wie möglich von ihm weg wissen wollte, setzte er sich in Bewegung, um ihm entgegenzugehen. Mit grimmigem Gesichtsausdruck reichte er ihm das Glas.

„Bitte sehr."

„Moment. Lass mich erst probieren." Der Vampir zeigte abermals sein Gebiss mit den unnatürlich langen Eckzähnen.

Widerwillig drehte Asterios den Deckel des Glases ab. Es war das gute Recht des Vampirs, die Ware vorab zu prüfen. Er hielt ihm das Glas mit der dunkelroten Flüssigkeit hin. Der schwere, metallene Geruch des Blutes drang ihm dabei in die Nase. Auch der Vampir konnte es riechen, seine Nasenflügel blähten sich und die Pupillen zogen sich zu Schlitzen zusammen. Asterios roch deutlich die Erregung, die den Geruch des Blutes langsam überlagerte.

Der Vampir steckte den Zeigefinger in das Glas und tunkte ihn bis zum zweiten Gelenk hinein. Dann zog er ihn wieder heraus und führte ihn zum Mund. Genüsslich umschlossen seine Lippen die rote Flüssigkeit.

Er schmatzte ein paar Mal, verzog die Lippen. Asterios schraubte währenddessen das Glas wieder zu. Ein zweites Mal zu probieren, würde ihn etwas kosten.

„Nicht übel, aber auch nicht weltbewegend. Eher Durchschnitt, möchte ich meinen", verkündete der Vampir schließlich sein Urteil.

Asterios konnte Calebs Anspannung hinter sich deutlich spüren. Wohingegen er versuchte, seine Überraschung nicht offen zu zeigen. Gestern hatte er noch mit

Freude eingewilligt. Wieso zeigte er sich nun so wenig begeistert? Was plante dieser Widerling? Sollten sie lieber auf Nummer sicher gehen und verschwinden?

„Um diesen Tausch einzugehen, brauche ich mehr. Frisch aus der Vene, heiß und lebendig. Das abgestandene Zeug da könnt ihr behalten. Das würde ohnehin nicht reichen." Sein Blick richtete sich auf Caleb und in Asterios zog sich alles zusammen. Er wusste, dass der Vampir ihn nicht umbringen würde, nicht wenn die Vereinbarung, die sie darüber trafen, es untersagte. Aber er war sich sicher, dass Caleb dem niemals zustimmen würde. Wer würde das schon, wenn für einen selbst nichts dabei heraussprang?

Dementsprechend abweisend betrachtete Caleb den Vampir jetzt auch.

„Bitte was? Du hast gesagt, die Blutmenge würde ihm reichen", fuhr er Asterios an. Dieser musste sich zusammenreißen, um unter den scharfen Worten nicht zusammenzuzucken. Er gab es zwar ungern zu, doch er fühlte sich schuldig, obwohl die Vereinbarung eindeutig gewesen war.

„Das war ja auch so abgemacht. Blut gegen Blut." Asterios kniff die Augen zusammen.

„Tja, dabei bleibt es ja auch. Nur, dass ich es frisch will. An Halloween kann ich ungezwungen zwischen den Menschen herumlaufen und kaum einer wird sich über zwei kleine Bisswunden wundern. Es sind nur noch ein paar Tage bis dahin, die halte ich ohne Probleme durch. So wie ich das sehe, braucht ihr mein Blut also wesentlich dringender als ich das kleine Gläschen da."

Daher wehte also der Wind. Leider musste Asterios zähneknirschend zugeben, dass er das verbockt hatte.

Verdammt, verdammt, verdammt! Warum hatte er das in der Vereinbarung nicht genauer präzisiert? Er hatte eine bestimmte Menge von Calebs Blut getauscht. Jedoch nicht explizit erwähnt, dass das Blut vorher entnommen und nicht vom Vampir direkt getrunken werden sollte. Er war ja so ein Idiot! Was nun?

Asterios sah Caleb an, der sogleich einige Schritte rückwärtsging.

„Du willst doch nicht wirklich darauf eingehen, oder? Ich lasse mich jedenfalls nicht beißen." Vehement schüttelte er den Kopf. Widerwillig musste sich Asterios eingestehen, dass er nicht in der Lage war, ihn zu zwingen. Er hatte auch nichts, was er Caleb dafür im Tausch geben konnte.

„Wieso bietest du ihm nicht einfach dein Blut an, wenn dir dieses Vampirblut so wichtig ist?" Caleb verschränkte die Arme. Noch deutlicher hätte er seine Abwehrhaltung nicht zeigen können. Asterios war sich zuvor schon sicher gewesen, dass er nicht in der Lage war, ihn zu überzeugen, doch jetzt war es allen Beteiligten klar.

Der Vampir schnalzte missbilligend mit der Zunge. „Du hast den Kleinen aber nicht sonderlich gut erzogen."

Er warf ihm einen warnenden Blick zu, woraufhin der Vampir ungläubig die Augenbrauen hob.

„Sag bloß, er ist gar nicht dein ...?" Bei dem mörderischen Blick, mit dem Asterios ihn bedachte, führte er den Satz nicht zu Ende. Seine Reaktion war ihm

Antwort genug. Er lachte leise und Asterios schwante Böses.

„Na, wenn das so ist, dann wüsste ich eine Alternative.“ Er grinste nun wieder und fasste Caleb ins Auge. Der schien sich nur mühsam davon abhalten zu können, erneut ein paar Schritte zurückzuweichen. Am liebsten hätte Asterios sich schützend vor ihn gestellt, aber er unterdrückte diesen verräterischen Impuls.

„Weißt du, Dämonenblut sättigt uns Vampire nicht. Es muss Blut sein, das von der Energie der Menschen erfüllt ist, ihrer Lebenskraft. Wenn ein Vampir gerade frisch von einem Menschen getrunken hat, dann ist es möglich, die Energie über das Blut des anderen Vampirs zu übernehmen. Ähnliches gilt bei anderen Dämonenarten. Ich könnte also, statt direkt von dir zu trinken, auch deinem Dämonenfreund hier das Blut abzapfen. Der müsste vorher nur genug von deiner Energie übernehmen.“ Caleb blickte bei den Worten des Vampirs verständnislos drein. Was ja kein Wunder war, immerhin hatte er nicht die geringste Ahnung.

„Und wie genau soll das funktionieren?“, brachte er schließlich heraus, als weder der Vampir noch Asterios die Sachlage näher erläuterten. Asterios schwieg, weil er nicht auf die Schnelle zu erklären wusste, wie er sich von Menschen nährte.

„Oh, da gibt es unterschiedliche Möglichkeiten. Die effektivste wäre wohl Sex. Aber na ja, da es hier doch eher etwas ungemütlich ist ... Außer ihr beide steht darauf.“ Caleb erbleichte bei den provokant gewählten Worten des Vampirs. Asterios war sich ziemlich sicher, dass dieser Sadist anhand des Blutes wusste, wie Caleb zu diesem Thema stand.

Seine Finger zuckten und nur zu gern hätte er dafür gesorgt, dass dieser dreckige Blutsauger den Mund hielt, aber er brauchte das Vampirblut und wollte Caleb nicht unnötig in Gefahr bringen.

„Natürlich wäre auch etwas weniger Weitreichendes möglich, wie ein Blow-“

„Ein einfacher Kuss tut es auch“, unterbrach Asterios ihn mit einem unterdrückten Knurren in der Stimme, bevor er Caleb noch weiter demütigen und verängstigen konnte. Wenn er den Kerl so weitermachen ließ, konnte er sein Ritual am Ende vergessen, weil Caleb nicht mehr das Geringste mit ihm und seinesgleichen zu tun haben wollte.

„Das müsste dann aber schon ein wirklich heißer Kuss sein“, erwiderte der Vampir mit spöttisch erhobener Augenbraue.

Wieder einmal ärgerte Asterios sich, dass es seinem Bruder und den anderen im Gegensatz zu ihm möglich war, ihre Erscheinung immer genau dem Geschmack ihres Opfers anzupassen. Damit gingen sie sicher, dass sie für den Menschen, von dessen Gefühlen sie sich nährten, zu hundert Prozent attraktiv wirkten. Asterios besaß diese Fähigkeit wegen seines menschlichen Anteils leider nicht. Wie ein Mensch war auch er mit einem ihm eigenen Körper geboren worden. Zwar war es ihm möglich, eine Art Zwischenform anzunehmen, nur half ihm das in diesem Punkt überhaupt nicht weiter. Oder vielleicht ja doch.

„Da ich ein Halbdämon bin, steckt in mir zum Teil Mensch, das dürfte ausreichen, um dich genügend zu sättigen. Ein Kuss reicht.“ Asterios bemühte sich, das Knurren in seiner Stimme zurückzuhalten. Die Schärfe darin sollte seinem Gegenüber jedoch deutlich vermittelt haben, dass dieser es lieber nicht wagen sollte, die Grenze noch weiter zu überschreiten.

Der hob beschwichtigend die Arme. „Von mir aus. Wenn ihr meint, darüber genügend Energie zusammenzubekommen, meinetwegen. Einfacher wäre es natürlich, wenn ich direkt von dem Jungen trinken dürfte." Er fuhr sich mit der Zunge über die weißen Zähne und Asterios konnte deutlich die Gier in seinen Augen sehen.

Caleb wurde, sofern das überhaupt möglich war, noch blasser. Asterios trat langsam auf ihn zu und bemühte sich dabei, so wenig bedrohlich wie nur irgend möglich zu wirken.

„Hey, alles okay bei dir?", fragte er leise und legte eine Hand auf seine Schulter. Er spürte deutlich, dass Caleb unter seiner Berührung zusammenzuckte.

Seine Stimme war jedoch erstaunlich scharf, als er ihm antwortete. „Nein? Du schleppst mich hier hin, zapfst mir vorher Blut ab, von dem du mir versicherst, dass es reichen würde. Und jetzt das? Ich hab echt keinen Bock mehr auf das ganze Theater, ich würde am liebsten einfach gehen." Sein Blick huschte zu dem Vampir hinüber, der lässig abwartend an der Mauer der Gasse lehnte.

„Das wird er nicht zulassen", flüsterte Asterios so leise wie möglich. Er fürchtete jedoch, dass der Vampir seine Worte dennoch gut verstand. „Glaub mir, sonst wären wir schon längst weg."

Caleb sah ihn mit einer Mischung aus Unglauben und Verzweiflung an. Er schwieg, also fuhr Asterios fort.

„Entweder du bist einverstanden, mich zu küssen, und er nimmt mein Blut. Oder er trinkt direkt von dir. Wir werden hier nicht ohne einen Deal wegkommen." Zumindest nicht mehr. Der Vampir hatte zweifellos bemerkt, dass ihm etwas an Caleb lag, wodurch er seine Schwäche ausnutzen würde. Asterios riskierte bei einem Kampf bloß, dass Caleb ernsthaften Schaden nahm. Was wegen des Paktes wiederum auf ihn zurückfiele. Auch wenn der Vampir nicht um diesen Umstand wusste – sollte er dahinter kommen, wären sie verloren. Wenn sie stattdessen auf den Deal eingingen, kamen sie nicht nur lebend hier raus, sie bekämen auch noch das benötigte Blut.

Trotzdem lag es bei Caleb, einzuwilligen. Eine Strähne seines Haars lag auf seinen langen Wimpern. Asterios' Blick blieb kurz daran hängen.

„Wie entscheidest du dich?" Er fixierte ihn, sodass es Caleb nicht möglich war, ihm auszuweichen. Seine Augen huschten nur ganz kurz in Richtung des Vampirs. Er schluckte und senkte den Blick, ehe er leise sagte: „Ich will nicht, dass er von mir trinkt. Ich traue ihm nicht."

Asterios unterdrückte das warme Gefühl, das ihn bei diesen Worten durchflutete. Bedeutete das etwa, dass Caleb ihm sehr wohl vertraute?

Ehe er noch etwas Dummes tat, trat er von Caleb zurück, nahm seine Hand von dessen Schulter und drehte sich zu dem Vampir herum.

„Wir sind einverstanden. Im Tausch gegen mein angereichertes Blut bekommen wir etwas von deinem. Dir ist es dabei nicht gestattet, Caleb zu verletzen oder ihn anzurühren. Er ist tabu. Du wirst einzig von mir trinken." Seine Stimme klang fest. Was lediglich Fassade war. In Wahrheit verspürte er Angst, weil er keine Ahnung hatte, worauf er sich einließ. Er war noch nie von einem Vampir gebissen worden.

„Einverstanden, wenn du mich so lange trinken lässt, bis ich satt bin." Der Vampir hob seine Hand zu seinem Mund. Asterios zögerte kurz, doch als der Blick seines Gegenübers abermals gierig zu Caleb hinüberwanderte, der hinter ihm stand, fiel seine Entscheidung schnell.

„Einverstanden." Er hob ebenfalls die Hand zum Mund. Solange Caleb seinetwegen nichts passierte, ging das schon in Ordnung. Sein Leben war ohnehin nicht viel wert.

„Sehr gut." Der Vampir grinste, ehe er mit seinen Fangzähnen über seine Handinnenfläche fuhr. Asterios tat dasselbe mit seiner Hand, bis der Geschmack von Blut in seinen Mund drang.

Sie traten aufeinander zu und reichten sich die Hände. Ihr Blut vermischte sich, als sie einschlugen und damit den Pakt beschlossen. Keiner würde ihn nunmehr brechen können.

„Dann mal frisch ans Werk. Essenszeit", meinte der Vampir gehässig und Asterios war sich sicher, dass er nicht sich selbst meinte, sondern ihn. Es sollte ihn eigentlich freuen, dass es ihm nun ganz ohne eigenes Zutun möglich war, sich an Caleb zu nähren. Allerdings würde er nichts von der Energie für sich selbst behalten können.

„Caleb?" Er drehte sich zu ihm um, dieser zögerte unsicher. Es war ja auch eine sehr verzwickte Situation. Aber Caleb musste sich auf ihn einlassen, wahre

Leidenschaft spüren, andernfalls würde ein Kuss ihn nicht sättigen. So, wie er ihn gerade ansah, könnte das schwierig werden.

„Gib uns etwas Privatsphäre, wenn das hier heute noch was werden soll", zischte Asterios so leise, dass es nur der Vampir neben ihm verstehen konnte. Der trat bereitwillig zurück. Asterios vermutete dabei allerdings ein wissendes und heimtückisches Grinsen auf seinem Gesicht, doch darum konnte er sich gerade nicht kümmern. Er musste es irgendwie schaffen, dass Caleb alles um sich herum vergaß und nur noch an ihn dachte. Das würde tricky werden, dessen war er sich bewusst. Aber nichts, was er und sein Charme nicht schaffen konnten. Oder war er da zu optimistisch?

„Entspann dich, okay?" Das war wohl der dümmste Ratschlag überhaupt, aber genau das musste Caleb tun. „Er kann dich so nicht sehen."

Asterios drängte ihn sanft an die Mauer vor einen der großen Container, hinter dem der Vampir lauerte. Der Ort war alles andere als romantisch, obwohl so manch einer ihm da bestimmt widersprochen hätte, was dunkle Gassen und so anging. Aber das war jetzt egal. Er musste all das ausblenden und dafür sorgen, dass es Caleb genauso ging.

Er stützte den linken Unterarm an die Wand, ganz nahe neben Calebs Kopf, um ihn besser von der Umwelt abzuschirmen. Die rechte Hand streckte er langsam nach seinem Gesicht aus und beugte sich stückweise vor, bis seine Lippen leicht Calebs Wange streiften.

„Ist es dein erster Kuss?", flüsterte er kaum hörbar in sein Ohr. Dabei versuchte er, nicht zu tief einzuatmen.

Er hatte sich in den vergangenen Tagen zwar an Calebs Geruch gewöhnt, aber bei dieser Nähe spürte er erneut, wie er ihm den Verstand zu rauben drohte. Doch das durfte er nicht zulassen. Nur ein Kuss. Ein intensiver Kuss, das würde es zweifellos werden. Aber er musste so weit bei Verstand bleiben, dass er nicht weiter ging.

Trotzdem konnte er diesen süßlich schweren, nur allzu verführerischen Geruch auf der Zunge wahrnehmen. Er hätte am liebsten sofort getestet, ob Calebs Haut genauso gut schmeckte, aber er durfte ihn nicht überfordern. Wenn das hier funktionieren sollte, musste er langsam machen.

„Du bist ganz schön überheblich, oder?“, antwortete Caleb mit erstaunlich fester Stimme. Asterios hatte erwartet, dass er ihn hiermit aus der Fassung brachte. Er lehnte sich zurück und sah Caleb in die Augen. In dem wenigen Licht, das die Gasse erhellte, wirkten sie beinahe schwarz. Dennoch leuchtete etwas in ihren Tiefen.

In diesem Augenblick waren sie sich so nahe, dass er spürte, wie sein Atem auf Calebs Wange traf.

„Nun ja, hätte ja sein können“, antwortete er mit einem schiefen Grinsen. Dabei war er sich durchaus bewusst, dass Caleb seine Frage damit keineswegs beantwortet hatte. Allerdings war die als solche nicht wichtig, er hatte ihn damit lediglich in Verlegenheit bringen und dadurch etwas mehr für seine Avancen öffnen wollen. Dass der Spruch stattdessen Calebs Kampfgeist geweckt hatte, war ihm genauso recht. Dann sprang er eben auf den Zug auf.

„Und? Meinst du, dass du gegen mich bestehen kannst?“, spielte er das Spiel weiter und fuhr fort, ihn zu necken. Dabei tanzten seine Finger Calebs Nacken bis zur Schulter hinab und genauso federleicht wieder hinauf.

„Das werden wir wohl gleich herausfinden, nicht wahr?", antwortete er mit einem tiefen Atemzug. Zweifellos eine Reaktion auf Asterios' Berührungen. Doch bei seinen Worten blitzte etwas in Calebs Augen auf.

Gut so, denn das vertrieb die Angst, die ihn bis dahin gelähmt hatte. Er musste sich zumindest halbwegs entspannen, damit Asterios ihn mit in seine Welt ziehen konnte. In eine Welt voller Lust.

„Soll ich dir dann den Vortritt lassen?", reizte Asterios ihn immer weiter und stoppte seine Annäherungen. Seine Finger, die kaum seine Haut erreichten, hatten Caleb schon mindestens einmal kurz erbeben lassen. Asterios wusste, dass weniger in diesem Fall mehr war, und es schürte das Verlangen. Das Verlangen nach mehr.

Ihm entging nicht, dass Calebs kühle Maske für einen Moment bröckelte. Damit hatte er wohl nicht gerechnet, er fing sich allerdings bemerkenswert schnell. Den Vampir, der nur wenige Meter hinter ihnen stand und auf seine Beute lauerte, schien er inzwischen zum Glück vergessen zu haben. Damit hätte Asterios den ersten und zugleich wichtigsten Schritt geschafft. Er hatte Calebs volle Aufmerksamkeit.

„Bist du denn sicher, dass du mir widerstehen kannst?" Caleb hob spöttisch einen Mundwinkel, was ihn derart verführerisch wirken ließ, dass Asterios beinahe jede Form von Zurückhaltung über Bord geworfen hätte.

„Ich würde mal sagen, lassen wir es drauf ankommen“, entgegnete er und beugte sich noch ein kleines Stück vor, sodass ihre Nasen sich fast trafen. Währenddessen ließ Caleb seine Hände langsam rechts und links an ihm hinaufwandern. Er unterdrückte den wohligen Schauer, der ihn bei der Berührung durchlief.

Mit Leichtigkeit überbrückte Asterios das letzte Stück, das sie trennte, und nahm Calebs Unterlippe zwischen seine Zähne, zog kurz neckend daran, was die Wanderschaft von Calebs Händen ins Stocken brachte. Als Asterios ihn losließ, beobachtete er mit Genugtuung, wie Caleb mit der Zunge sogleich über die Stelle fuhr, ehe er die Lippen fest aufeinanderpresste.

Auf sein Gesicht schlich sich ein gewinnendes Lächeln. Er hatte ihn erwischt. Doch Caleb schien sich das nicht gefallen lassen zu wollen. Gerade schoben sich seine Hände, die ihre Wanderung nun wieder aufgenommen hatten, über Asterios' Brust, seinen Hals entlang und in seinen Nacken.

Beinahe wie in Zeitlupe schloss Caleb die Augen, öffnete die Lippen und neigte den Kopf, während er die wenigen Zentimeter überbrückte, die ihre Münder noch voneinander trennten.

Asterios hatte erwartet, dass er sich zunächst vorsichtig herantastete, doch plötzlich zog Caleb ihn mit einem energischen Ruck zu sich heran und seine Zunge fand sicher ihr Ziel.

Daraufhin fixierte Asterios ihn zwischen seinem Körper und der Wand, gleichzeitig zog er Caleb mit den Händen auf seinen Hüften enger an sich. Dabei fühlte er sich, als würde er jeden Moment explodieren. Hitze pulsierte zusammen mit einer ungebremsten Begierde durch seinen Körper. Es war, als hätte Caleb eine Tür aufgestoßen, hinter der sich die ganze Zeit sein Hunger befunden hatte, der von Asterios bis dato unbemerkt geblieben war. Jetzt aber überrannte er ihn regelrecht.

Mehr. Mehr. Er brauchte noch so viel mehr!

Fast gewaltsam eroberte er Calebs Mund, drückte seinen Kopf ein Stück in den Nacken und spürte, wie er dabei gegen die Steinmauer stieß. Gleichzeitig schob er nachdrücklich sein rechtes Knie zwischen Calebs Beine. Er öffnete sie bereitwillig ein Stück, was Asterios für einen Moment überraschte. In den wenigen Sekunden, die er innehielt, übernahm Caleb und rieb seinen Körper aufreizend an seinem Bein.

Deutlich konnte Asterios spüren, wie sich nicht nur in seiner unteren Hälfte etwas regte. Zu gern hätte er diesem Drängen nachgegeben. Er konnte Calebs Erregung auf der Zungenspitze schmecken. Wie süßer Nektar lief sie seinen Rachen hinab und nährte eine gierige Hitze in seinem Bauch.

Wieso taten sie das noch mal? Was sprach dagegen, ihn hier und jetzt einfach zu nehmen? So wie er es wollte? Wild und ungebremst. So gern er auch zärtlich zu Caleb gewesen wäre, gerade hatte er dafür nicht die Nerven. Sein Körper schrie vor Verlangen und er musste dem unbedingt nachgeben. Sobald seine dringlichsten Bedürfnisse gestillt waren, konnte er zärtlich sein und ihn um den Verstand bringen.

Sie tauchten immer tiefer in diesen Kuss ab, waren nur noch zu zweit. Die Lust hüllte sie ein, erschuf eine eigene Welt, in der die Zeit stillzustehen schien.

Zumindest so lange, bis ein scharfer Schmerz die sie umhüllende Kuppel zerschnitt und sich bis zu Asterios vorfraß.

Zunächst stieß er lediglich ein Stöhnen aus, welches Caleb fälschlicherweise als Begehren interpretierte. Er drängte sich ihm noch weiter entgegen. Doch der Schmerz riss Asterios brutal aus dieser schönen Welt. Gleichzeitig spürte er, wie ihm die Energie abgesogen wurde. Es fühlte sich an, als würde jemand mit bloßen Händen in sein Inneres greifen und alles entfernen, was er zum Leben brauchte.

Er hob die Arme, krallte die Finger in seinen Angreifer und war doch nicht fähig, sich zu wehren. Die Kraft hatte ihn bereits verlassen.

Asterios begann am ganzen Körper zu zittern und stellte jede Tätigkeit ein, wodurch nun auch Caleb bemerkte, dass etwas nicht stimmte. Er unterbrach den Kuss und öffnete die Augen.

Asterios konnte ihn nur mit vor Schmerz verzerrtem Gesicht anstarren, ehe ihn die aufkommende Schwärze mit sich riss. Wenigstens entkam er so den unerträglichen Schmerzen.

Kapitel 9

Caleb

Caleb hatte ja keine Ahnung gehabt, dass sich Küssen so anfühlen konnte. Seine Nervenenden schienen Feuer gefangen zu haben, so wie auch der gesamte Rest seines Körpers. Jede Berührung nahm er überdeutlich und um ein Tausendfaches intensiver wahr.

Wer war dieser Asterios, dass er ihn mit Leichtigkeit so weit bringen konnte? Er hätte sich ihm am liebsten hier und jetzt hingegeben. Keinen Gedanken daran verschwendend, dass er keine Erfahrung hatte, dass Asterios ein Dämon war oder sie hier weit und breit kein Bett in der Nähe hatten. Wahrscheinlich hätte er es hier in dieser Gasse mit ihm getrieben.

Calebs Hand wanderte nach unten, um eben diese Gedanken in die Tat umzusetzen. Zunächst wertete er Asterios' Stöhnen als Zustimmung, doch dann erstarrte dieser vollkommen. Schließlich hielt Caleb inne und öffnete ebenfalls die Augen.

Scheiße.

Asterios' Augen waren von einem glühenden Rot, so wie Caleb sie schon ein paar Mal gesehen hatte. Doch er las darin weder Böswilligkeit noch das bis eben vorherrschende Verlangen zwischen ihnen. Stattdessen sprang ihm der pure Schmerz entgegen. Etwas in Caleb erstarrte bei diesem Anblick, ähnlich einem Reh im Scheinwerferlicht.

Sein Hirn war von dem Kuss noch derart benebelt, dass er erst aufblickte und begriff, was hier geschah, als Asterios die Augen schloss und ihn damit freigab.

Caleb bemerkte den Vampir, der sich seitlich in Asterios' Hals verbissen hatte. Seine Augen waren von einem ähnlichen dämonischen Rot wie die seines Opfers. Als ihre Blicke sich trafen, grinste er unmerklich, dann senkte er die Lider und konzentrierte sich voll und ganz darauf, von Asterios zu trinken.

Er zog den wehrlosen Körper von ihm weg, mehrere Schritte zur Seite. Zunächst stolperte Caleb ihnen hinterher, blieb jedoch nach wenigen Schritten stehen, weil der Vampir ein leises Knurren ausstieß. Wie ein wildes Tier, das ein anderes davor warnte, ihm näher zu kommen, weil es andernfalls seine Beute verteidigen würde. Beinahe hätte er das Monster angefleht, ihm Asterios wiederzugeben, doch dann besann er sich.

Er stand einfach nur da und beobachtete, wie der Vampir seine Arme um Asterios schlang und ihn fester an sich zog. Unwillen machte sich in Caleb breit, aber auch Hilflosigkeit und noch etwas anderes.

Seine Lippen fühlten sich leicht geschwollen und sein Körper kraftlos, beinahe fiebrig an. Doch das Verlangen war fort. Angst schlich sich statt seiner Stück für Stück in seinen Körper und er hatte nichts in der Hand, um sich dagegen zu wehren. Er hätte sich so gern zurückversetzt, in die Zeit vor ein paar Minuten. Asterios' Hände auf seiner Haut, sein heißer Atem, sein starker Körper, der ihn besitzergreifend gegen die Wand drängte.

Obwohl die Erinnerungen, Berührungen und Empfindungen noch so präsent waren, vermochten sie es nicht, das Grauen direkt vor seinen Augen zu überlagern.

Er musste doch irgendetwas tun, um das zu beenden.

„Hey, das reicht ja wohl langsam! Wie viel willst du denn noch von ihm trinken?“ Calebs Körper zitterte, sein Herz schlug schmerzhaft gegen seine Rippen und am liebsten wäre er weggerannt, aber er konnte Asterios nicht einfach so zurücklassen. Der hing mittlerweile kraftlos in den Armen des Vampirs, der in eben jenem Moment mit ihm zu Boden glitt. Nur kurz hob er den Kopf von seinem Hals, um ihm zu antworten.

„Da ich die Energie von dir über ihn beziehe, muss ich mehr trinken, als es bei dir der Fall gewesen wäre. Viel mehr. Aber du wolltest ja nicht. Du hast dich dafür entschieden, dass er deinen Platz einnimmt, also stell dich in die Ecke und sei ruhig. Sonst überlege ich es mir vielleicht noch einmal anders.“ Dieses Mal war das Knurren in seiner Stimme eindeutig herauszuhören.

Calebs Beine zitterten. Er wäre Asterios so gern zu Hilfe gekommen, aber es gab nichts, was er tun konnte. Gegen den Vampir konnte er nicht bestehen, und sie brauchten sein Blut im Tausch. Asterios brauchte es. Ihm war es so wichtig, dass er sich dafür sogar aussaugen ließ.

Lieber sich selbst als ihn, Caleb.

Dabei hätten die beiden Dämonen ihn locker überwältigen können. Das wurde ihm erst jetzt bewusst. Asterios war stärker als ein normaler Mensch. Er hätte ihn auch mit purer Kraft anstelle der Erpressung dazu zwingen können, bei dem Ritual mitzumachen. Aber er tat es nicht. Wieso?

Bebend stand er da und stellte sich diese Frage, während der Vampir immer mehr Blut aus Asterios' Hals sog. Irgendwann gaben Calebs Beine nach und er ließ sich zu Boden gleiten. Es gefiel ihm gar nicht, wie Asterios' Haut sich langsam grau färbte.

Endlich erhob der Vampir sich, der Körper seines Opfers kippte unbeachtet wie eine Puppe zur Seite und blieb am Boden liegen. Genüsslich leckte er sich über die Lippen, während ihn sein Blick traf.

„So, ich bin fertig. Sorge dafür, dass seine Körpertemperatur nicht zu stark fällt. Du musst ihn unbedingt warm halten, dann sollte er es schaffen."

Sollte?

Der Vampir beugte sich hinunter und hob das Glas mit Calebs Blut auf. Er schraubte den Deckel ab und trank es in einem Zug leer.

Caleb hätte gern protestiert, aber mit dem Blut hätte er ohnehin nichts mehr anfangen können.

Während der Vampir das Gefäß noch mit Zunge und Finger sauber leckte, saß Caleb wie erstarrt da. Er wartete eigentlich nur darauf, dass er sich als Nächstes auf ihn stürzte. Aus Angst, die Aufmerksamkeit auf sich zu lenken, traute er sich nicht, hinüber zu Asterios zu gehen.

„Wirklich äußerst lecker, jungfräuliches Blut ist doch einfach das Beste. Schade, dass er mich nicht direkt von dir hat trinken lassen." Er grinste und Caleb stellte nur am Rande fest, dass er zuvor gelogen haben musste, als er sein Blut als durchschnittlich bezeichnet hatte. Und wieder jemand, der darüber Bescheid wusste, dass er noch Jungfrau war. Er gewöhnte sich langsam daran.

„Schade, dass es Teil unseres Deals ist, dass ich dich nicht anrühre." Er grinste breit, wobei seine Zähne nun rot und rosa verfärbt waren. Rasch wandte Caleb den Blick ab. „Mein Blut muss ja wirklich wichtig für den Dummkopf sein. Es kann auch nur an dem menschlichen Anteil liegen, dass er sich selbst an deiner Stelle zur Verfügung gestellt hat. Ein reiner Dämon wäre nie so dämlich gewesen. Es war wirklich spaßig, zu sehen, wie er sich entscheidet, wenn ich ihm die Wahl lasse. Was ist so ein Menschenleben denn schon wert?"

Caleb funkelte ihn böse an und kämpfte sich auf die Beine. So begegneten die Dämonen also solchen wie Asterios. Nun, die Menschen würden ihn wohl ähnlich „herzlich" willkommen heißen. Er gehörte eben zu keiner Art dazu. Er war etwas anderes, etwas ... jemand ohne Heimat. Kein Wunder, dass Asterios bereit war, alles zu tun, um dieses Ritual durchzuführen.

Caleb wollte gerade den Mund öffnen, um sein Gegenüber an seinen Teil des Deals zu erinnern. Ihn zu belehren oder Asterios zu verteidigen, sparte er sich. Er kannte das ja von den Menschen, die ihre vorgefertigten Meinungen hatten, das eigene Blut und die eigene Art über alles stellten. Solche Leute konnte man nicht belehren und einen Dämon sicherlich noch weniger.

Der Vampir erinnerte sich in dem Moment jedoch selbst an seinen Part. Er biss sich ins Handgelenk und hielt es über das nun leere und so gut wie saubere Glas. Dicke, fast schwarze Flüssigkeit tropfte von seinem Arm hinab in das Gefäß und füllte es bis zur Hälfte.

„Das sollte reichen. Ich will nicht wissen, wozu er es braucht, aber es muss ja echt wichtig sein."

Der Vampir warf einen letzten Blick auf den Dämon am Boden, ehe er das Glas zudrehte und neben diesem abstellte.

„Wie gesagt, halte ihn mit deiner Körpernähe warm und am Leben. Dann sollte er mit ausreichend Schlaf schnell wieder auf den Beinen sein. Wenn du ihm natürlich noch mal etwas von deiner Energie schenken willst, geht es schneller." Der Vampir zwinkerte ihm zu, drehte sich um und entschwand in der Dunkelheit.

Jetzt stand Caleb vor der Aufgabe, wie er Asterios von hier wegschaffen sollte. Nachdem er neben ihn auf den dreckigen Boden gesunken war, wurde ihm schnell klar, dass er nicht so bald aufwachen und einfach mit ihm gehen würde. Als Erstes steckte Caleb das Glas ein. Dann überprüfte er, ob die Wunde noch blutete – tat sie nicht. Ob das gut oder schlecht war, konnte er gerade nicht sagen.

Er brauchte etwas Zeit, um einen klaren Kopf zu bekommen und seine Möglichkeiten durchzugehen.

Sie hatten ein Auto. Das war schon mal gut.

Caleb kramte in Asterios' Taschen nach dem Schlüssel. Er konnte den Wagen holen und ihn damit wegbringen.

Mit dem Autoschlüssel in der Hand erhob Caleb sich und wollte losrennen. Er hatte sich noch keine zwei Schritte entfernt, da erzitterte Asterios' ganzer Körper und wurde wie von Krämpfen geschüttelt.

„Nein." Caleb ließ sich hastig wieder neben ihn sinken und ergriff seine Schultern, um ihn still zu halten. Kaum dass er Asterios berührt hatte, entspannte dieser sich sichtlich, bis er in sich zusammen und zu Boden sank.

Er atmete erleichtert auf, erkannte jedoch gleichzeitig das Problem, vor dem er nun stand. Der Vampir hatte gesagt, er solle ihn durch Körpernähe warm halten, aber dass es so schlimm sein würde, dass er nicht einmal seine Seite verlassen durfte ...

Caleb überlegte fieberhaft, während er seine Hände sicherheitshalber auf Asterios' Schultern liegen ließ.

Schließlich zog er sein Handy aus der Tasche und orderte kurzentschlossen über Princeton Private Car ein Taxi, das sie beide zur Uni bringen würde. Bestimmt war es besser, wenn Asterios in seinem Zustand in ein Krankenhaus kam, allerdings war Caleb sich ebenso sicher, dass die nicht nur Fragen zu der Bisswunde, sondern auch zu einigen anderen Merkmalen stellen würden. Zum Wohnheim zu fahren, erschien ihm wie die beste Option. Damit der Fahrer sie einsammeln konnte, mussten sie es aber auf jeden Fall bis zur Straße schaffen.

Caleb schätzte die Entfernung bis zum Bordsteinrand ab. Das sollte machbar sein.

Er schob einen Arm unter Asterios' Nacken und richtete seinen Oberkörper auf. Jetzt war die Frage, wie es weiterging. Er würde ihn nicht wie ein Mädchen prinzessinnenmäßig auf den Armen tragen können. So käme er wahrscheinlich nicht einmal hoch. Das fiel raus. Genauso wenig wollte er ihn sich wie einen nassen Sack über die Schulter werfen. Um ihn unter der Schulter zu stützen und mit ihm zur Straße zu gehen, sollte Asterios zumindest halbwegs bei Bewusstsein sein. Das ging auch nicht.

Caleb überlegte angestrengt. Er könnte auch warten, bis das Taxi da war, und den Fahrer bitten, ihm zu helfen. Aber er konnte nicht von Asterios' Seite weichen, um den Fahrer herzulotsen, und wenn herauskam, wie schlecht es ihm ging, wurde er vielleicht gezwungen, ihn doch ins Krankenhaus zu bringen. Er musste es also irgendwie allein schaffen.

Caleb besah sich Asterios' aufrechtsitzende Position. Wenn er unter den Armen durchgriff, dann sollte er ihn doch eigentlich wegziehen können.

Also verschränkte er seine Arme vor Asterios' Brust, fand aber nicht genug Halt. Fieberhaft überlegte Caleb, verschränkte auch Asterios' Arme vor der Brust und umfasste diese. Nun mit sicherem Halt ging er in die Knie und stemmte sich hoch. Verblüfft stellte er fest, dass ihm das gelang.

Langsam lief Caleb rückwärts los. Es war mühsam und anstrengend, Asterios' Füße schleiften über den Boden, aber sie kamen voran.

Keuchend erreichte er die Straße und sah sich um. Das Taxi musste bald hier sein. In dieser Haltung konnte er jedoch unmöglich auf das Auto warten. Asterios war immer noch zu schwach, um halbwegs auf eigenen Füßen zu stehen. Was allerdings sehr hilfreich gewesen wäre.

Caleb erspähte eine Bank, nur wenige Meter von ihnen entfernt. Darauf konnte er ihn erst einmal setzen, das würde es einfacher machen.

Als er dort ankam, war ihm trotz der kühlen Herbsttemperaturen warm. Erschöpft ließ er sich neben ihn fallen und bettete Asterios' Kopf an seiner Schulter, während sein Arm sich um dessen Mitte legte und seinen Oberkörper aufrecht hielt.

Auch wenn er das nie laut zugeben würde, er mochte diesen skurrilen Typen. Wahrscheinlich sogar mehr als nur das. Als er an den wirklich, wirklich heißen Kuss zurückdachte, wurde ihm zusätzlich warm. Mit seiner Wange drückte Caleb Asterios' Rastalocken platt.

Es war echt mühsam, anstrengend und aufwühlend mit diesem Dämon. Andererseits war sein Leben noch nie so aufregend gewesen. Er zog ihn enger an sich und rang ein Weilchen mit sich, dann beugte er sich schließlich zu seinen Lippen hinunter, die ein Stück weit geöffnet waren, und gab ihm einen ganz sanften Kuss.

Sein Herz schlug mit einem Mal furchtbar schnell und wahrscheinlich hätte er den Kuss verlängert, wenn in dem Moment nicht helle Scheinwerfer um die Ecke gebogen wären.

Erleichtert bemerkte Caleb, dass Asterios sich neben ihm ein wenig regte.

„Es wäre echt gut, wenn du mir beim Einsteigen helfen würdest, Kumpel", flüsterte Caleb, als das Taxi vor ihnen hielt.

Er warf kaum einen zweiten Blick auf den Wagen, sein einziges Ziel war, Asterios so schnell wie möglich zur Uni zu bekommen. Wie es dort weitergehen würde, darüber konnte er sich während der Fahrt Gedanken machen.

Glück für ihn war, dass Asterios zumindest teilweise ansprechbar war und sich ein wenig bewegen konnte, sodass Caleb ihn mit Müh und Not ins Auto bekam. Er sagte dem Fahrer, wohin er wollte, und langsam fuhren sie los.

Asterios' Kopf ruhte erneut an seiner Schulter und er murmelte leise. Caleb entging der skeptische Blick des Fahrers im Rückspiegel nicht. Er setzte ein breites Grinsen auf.

„Wir haben es wohl etwas mit dem Feiern übertrieben. Zwischenprüfungen geschafft und so." Er bemühte sich, möglichst überzeugend und euphorisch zu klingen, und war froh, als Asterios ein zustimmendes Murmeln ausstieß.

„Ich bin sicher, der hat morgen ordentlich Kopfschmerzen", scherzte der Fahrer noch, ehe er sich wieder auf die Straße konzentrierte.

Caleb konnte nur hoffen, dass es lediglich das sein würde. Er war vollkommen in Gedanken versunken und hielt sich regelrecht an Asterios fest. Dabei schaltete sein Körper auf Automodus. Er erinnerte sich kaum noch, wie er es mit Asterios aus dem Wagen raus, über das Campusgelände bis zum Wohnheim und dann in sein Zimmer geschafft hatte.

Ohne dass Asterios zumindest halbwegs die Füße vor und nebeneinander setzte, wären sie wohl nie angekommen. Immerhin konnte er ihn nicht wie in der Gasse die gesamte Strecke rückwärts übers Gelände schleifen. Nachher dachte noch jemand, er würde eine Leiche fortschaffen, und rief die Polizei. So aber war die Ausrede, etwas über den Durst getrunken zu haben, durchaus glaubwürdig.

Nun stand Caleb vor seinem Bett, auf das er Asterios einfach hatte sinken lassen, der nun quer auf seiner Bettdecke lag. Seine Schulter, die bis dahin fast das ganze Gewicht des Dämons getragen hatte, schmerzte. Er dachte gerade darüber nach, ob er sich zumindest kurz die Zähne putzen konnte, eine Dusche würde er wohl eher nicht schaffen, da schlich sich erneut das leise Zittern in Asterios' Körper. Dabei hatte Caleb sich bloß für ein paar Atemzüge aufgerichtet. Er musste sich strecken und Luft holen. Seinem Körper eine kurze Pause gönnen.

Hastig legte er wieder eine Hand auf seine Schulter. Das Zittern hörte sofort auf und Asterios entwich ein tiefer Seufzer, den Caleb unwillkürlich nachahmte. Er hoffte inständig, dass sein Zustand sich schnell besserte, andernfalls könnte er echt Probleme bekommen.

„Klasse, und jetzt?" Hilflos sah er sich in dem kleinen Raum um. Es nützte ja nichts. Hastig, immer eine Hand wechselnd, zog er sich Jacke, Pullover, Shirt, Schuhe, Socken und Hose aus. Für ein paar Herzschläge stand er bloß in seinen Boxershorts da.

„Scheiß drauf, der Mistkerl hat Körperwärme gesagt und wenn man erfriert, hält man sich auch am besten so warm." Also machte er sich daran, Asterios ebenfalls seiner überflüssigen Kleidung zu entledigen. Da er ihn dabei die ganze Zeit berührte, war zumindest der Körperkontakt in diesem Fall kein Problem.

Am Ende lag er nackt bis auf seine Boxershorts – sehr eng anliegende in Schwarz, die normalerweise wohl farblich mit seiner Haut verschmolzen wären – auf seinem Bett und Caleb war bemüht, ihm nicht zu deutlich in den Schritt zu starren. Stattdessen wanderte sein Blick höher zu seiner Brust. Kein einziges Haar bedeckte diese und die Muskeln zeichneten sich deutlich ab. Er schien sogar durchtrainierter als Caleb zu sein.

Der räusperte sich leise, ehe er sich hastig wieder ans Werk machte.

Er kämpfte kurz damit, Asterios von seiner Bettdecke herunterzurollen, dann breitete er sie hastig über ihm aus und schlüpfte, ohne weiter darüber nachzudenken, was das bedeuten könnte, zu ihm darunter. Ein seltsames Gefühl erfüllte seinen Körper.

Asterios' Gesicht hatte nach wie vor eine ungesunde Farbe. Seine schwarze Haut wirkte irgendwie durchscheinend, was sich normalerweise gegenseitig ausschließen sollte. Sein Atem ging jetzt ruhig, aber flach und seine Augen waren geschlossen. Die Wangen wirkten eingefallen. Und als Caleb probehalber eine Hand auf seine Stirn legte, war sie viel zu kalt.

„Ich hätte echt nicht gedacht, dass wir beide so bald zusammen im Bett landen würden." Das hätte lustig sein können, wenn die Lage nicht so ernst gewesen wäre – und das Bett so eng. Caleb lag stocksteif, die Arme seitlich an den Körper gepresst, am äußersten Rand des Bettes und war bemüht, nicht herunterzufallen. Das würde die Nacht über echt unbequem werden. Sein rechter Arm und auch sein rechtes Bein rieben an denen von Asterios. Auch ihre Hüften stießen aneinander. Da sie Haut an Haut lagen, war er sich nur allzu deutlich bewusst, wie viel kälter Asterios sich nach wie vor anfühlte. Wenn es ihm am nächsten Morgen nicht sichtbar besser ging, würde Caleb doch noch über ein Krankenhaus nachdenken. Allerdings hatte er keine Ahnung, wie er das bezahlen sollte. Darüber konnte er sich morgen Gedanken machen, vielleicht genügte ja wirklich die Körpernähe, damit er wieder gesund wurde.

Ein Kribbeln erfasste seinen Körper an den Stellen, an denen sie sich berührten. Vorsichtig drehte er sich auf die Seite, stützte den Kopf mit dem rechten Arm ab, damit er nicht aus dem Bett fiel und weil es bequemer war, natürlich. Dabei rutschte seine linke Hand ganz aus Versehen auf Asterios' Brust.

Der rührte sich nicht, atmete genauso flach weiter, doch seine Haut wurde unter Calebs Berührung langsam wärmer. Das bestärkte ihn, noch näher an ihn heranzurücken, natürlich nur, um seine Heilung damit zu beschleunigen und ihn zu wärmen.

Caleb hob den Kopf ein Stück von seinem Arm und musterte Asterios' Gesicht eingehend. Obwohl sich seine Augen an die Dunkelheit gewöhnt hatten, sah er nicht viel.

Er konnte sich nicht davon abhalten, dass seine Hand höher wanderte und vorsichtig Asterios' Kinnpartie entlangfuhr. Die Haut war vollkommen glatt, keine einzige Unebenheit. Hatten Dämonen keinen Bartwuchs? Oder überhaupt Körperbehaarung? Bisher hatte er keine ertastet. Zwar wusste er nicht, wie es weiter unten aussah, aber ...

Calebs Blick heftete sich auf Asterios' Lippen. Diese vollen Lippen, die ihn heute geküsst hatten, so intensiv, dass ... sein Körper jetzt bei der Erinnerung regelrecht Feuer fing. Er würde dieses Gefühl so gern noch einmal erleben. Es war so berauschend, so einzigartig gewesen, dass er süchtig danach werden könnte. Sollte er ihn wie auf der Bank noch einmal küssen?

Nein. Das sollte er nicht einfach so tun. Er ließ den Kopf aufs Kissen sinken. Ganz vorsichtig strich er mit dem Finger über Asterios' Lippen, nach denen er sich in diesem Moment sehnte. Aber er musste sich zusammenreißen. Sein Blick fiel auf das Tattoo mit den seltsamen Schriftzeichen auf seinem linken Unterarm. Womöglich hatte er das alles ja auch nur wegen ihrer Vereinbarung getan.

Caleb zwang sich dazu, seine Hand wieder unter die Decke und auf Asterios' Brust zu legen. Doch dort juckte es ihm dermaßen in den Fingern, sie wieder auf Wanderschaft zu schicken.

Nein, er musste sich endlich zusammenreißen. Er sollte schlafen. Genau.

Caleb zog seine Hand an den Oberkörper und hätte sie gern in ein Stück Stoff gekrallt, nur leider trug er so etwas zurzeit nicht. Vielleicht hätte er sich doch lieber etwas überziehen sollen. Wie peinlich wäre es, wenn Asterios erwachte und sie beide so vorfand?

Aber er schaffte es einfach nicht, aufzustehen. Diese wohlige Wärme zu verlassen und etwas zwischen sich und ihn zu bringen, was verhinderte, dass seine Haut ein so verführerisches Kribbeln verspürte ... Nein.

Also blieb er liegen. Genoss das Gefühl, solange es anhielt. Und wünschte sich, dieser Moment würde niemals enden.

KAPITEL 10

Caleb

Caleb musste irgendwann eingeschlafen sein. Als er erwachte, stellte er fest, dass er nach wie vor eng an Asterios gekuschelt dalag. Aber das musste er auch, sonst wäre er mitten in der Nacht aus dem Bett gefallen. Sein linker Arm lag quer über Asterios' Brust und dessen Schulter hatte er halb als Kopfkissen gebraucht. Er fühlte die Wärme unter seinen Fingern und seiner Wange. Es schien ihm also besser zu gehen. Ob er wach war? Hatte er mitbekommen, wie eng Caleb bei ihm lag? Und dass sie beide so gut wie nichts anhatten?

Caleb rührte sich mehrere Herzschläge lang gar nicht. Schließlich wagte er es, sich ein Stück von Asterios zu lösen. Er richtete sich etwas auf, um den Halbdämon genauer zu betrachten. Soweit er in dem wenigen Licht des Morgens sehen konnte, hatte seine Haut wieder eine halbwegs normale Farbe angenommen. Ein weiteres Indiz dafür, dass es ihm besser ging.

Er wollte gerade sein Handy aus der Tasche seiner Jeans fischen, die irgendwo auf dem Boden liegen musste, als Asterios sich bewegte.

Vor Schreck hielt Caleb den Atem an. Asterios drehte sich in seine Richtung und legte einen Arm um ihn. Nein, er schlang ihn regelrecht um seine Mitte und zog ihn im nächsten Moment eng an sich. Caleb fiel zurück auf die Matratze und lag nun beinahe Nase an Nase mit Asterios.

Leise murmelnd rutschte dieser ein Stück nach unten, sodass er sich an Calebs Brust schmiegen konnte. Mit Schrecken registrierte er die daraus resultierende Regung in seinem Unterleib, der nun ganz eng an Asterios seinem ...

Sein Kopf schien in Flammen zu stehen. Noch peinlicher konnte es nur werden, wenn Asterios erwachte. Seine Atmung ging jedoch ganz regelmäßig, als würde er tief und fest schlafen. Daher löste sich Calebs Anspannung langsam und er wagte es, vorsichtig seinen linken Arm um ihn zu legen. Seine Finger strichen dabei wie zufällig über die ausgeprägten Rückenmuskeln, das Schulterblatt, hoch zum Nacken. Als Asterios sich daraufhin noch enger an ihn drängte, sog er zischend die Luft ein und unterbrach seine Berührungen.

Das war Folter. So liegen bleiben zu müssen, war reine Folter. Er atmete tief ein und da war dieser Geruch, der ihn in den Schlaf begleitet hatte. Er weckte ein Gefühl von ... Zuhause, Geborgenheit. Er konnte es nicht richtig benennen, doch es beruhigte und ... erregte ihn gleichermaßen. Er biss sich auf die Lippe und zwang sich dazu, wieder an andere Dinge zu denken.

Asterios murmelte etwas und kuschelte sich enger an Caleb. In diesem Moment konnte er nicht anders, als ihn süß zu finden. Wie einen bösen Teufel, den man im niedlichen Mangastil zeichnete.

Caleb konnte sich nicht zurückhalten, sanft streichelte er ihm übers Haar. Als Asterios daraufhin leise seufzte, spürte er, wie Wärme in seiner Brust aufstieg.

Sein Blick ging durchs Fenster über dem Bett nach draußen. Tja, er hatte jetzt richtig viel Zeit, um in Ruhe nachzudenken. Ob ihn das weiterbringen würde, wusste er nicht, aber seine Gefühle waren mittlerweile so stark, dass er sie nicht länger ignorieren konnte, wie er es bisher wahrscheinlich immer getan hatte. Asterios hatte ihn von Anfang an durchschaut und die kleine Schachtel in der hintersten Ecke seines Wesens sofort entdeckt, egal wie gut Caleb sie bis dahin verborgen gehalten hatte. Jetzt stand sie offen auf dem Tisch vor ihm und er musste sich wohl oder übel mit ihrem Inhalt beschäftigen. Und der bestand nicht nur aus rein körperlicher Begierde, womit er sich gern herausgeredet hätte. Wie er bereits festgestellt hatte, war ihm dieser dreiste Halbdämon beinahe schon ans Herz gewachsen.

Nur was fing er jetzt mit diesem Wissen an?

***

Das Zimmer war mittlerweile hell erleuchtet und Caleb musste dringend mal ins Bad. Inzwischen sollte es doch möglich sein, Asterios für fünf Minuten allein zu lassen, ohne dass er anfing zu zittern oder zu krampfen.

Vorsichtig befreite sich Caleb aus seinem Griff. Was er sich schwieriger vorgestellt hatte, als es letztendlich war. Die Kraft, mit der ihn Asterios nach dem Aufwachen an sich gezogen hatte, war verschwunden und so konnte er ganz leicht seinen Arm heben und unter der Decke hervorschlüpfen.

Hastig zog er sich eine Jogginghose über und verließ leicht humpelnd das Zimmer. Sein gesamter Körper schmerzte und der Muskelkater von der Anstrengung aus der vergangenen Nacht kündigte sich an. Asterios war eben kein Leichtgewicht.

Als Caleb wenige Minuten später mit wesentlich leichteren Schritten – dank leerer Blase – zurückkam, lief er direkt zum Bett. Asterios zitterte nicht, aber seine Atmung ging etwas schneller und er hatte die Stirn gerunzelt. Hastig legte Caleb eine Hand auf seine Schulter und sofort entspannte Asterios sich sichtlich. Die Stirn glättete sich und seine Atmung wurde ruhiger und tiefer.

Okay, um sich die Zähne zu putzen und zu duschen, musste er wohl noch ein wenig warten. Aber es war beruhigend zu wissen, dass er Asterios zumindest schon mal für ein paar Minuten problemlos allein lassen konnte.

***

Calebs Magen knurrte. Er hatte sowohl am Vortag das Abendessen ausgelassen als auch heute Morgen das Frühstück. Der eine Apfel und die paar Müsliriegel, die er noch in seinem Zimmer gefunden hatte, waren nicht genug. Er musste später dringend etwas zu Mittag essen, wenn es ihm nicht bald genauso schlecht wie Asterios gehen sollte. Soweit Caleb das beurteilen konnte, besaß er zumindest wieder eine normale Hautfarbe.

„Dein Magen ist so laut, ich dachte, ein Rudel Wölfe will mich verschlingen."

„Asterios!“, rief Caleb erleichtert aus, als ihn ein Paar rote Augen anblinzelte. „Deine Augen sind rot.“

Asterios sah zu Caleb hinauf, welcher aufrechtsitzend im Bett neben ihm lag. Er fuhr sich über die Lider, als könnte er den Unterschied erfühlen. „Das wird wieder weggehen, sobald ich mich erholt habe“, meinte er leichthin. Da es ehrlich klang, entspannte sich Caleb.

„Wie geht es dir denn?“ Er beugte sich über ihn. Erst da wurde ihm wieder bewusst, in was für einer Situation sie sich befanden. Zusammen, in seinem Bett, eng aneinandergedrängt, er nur mit Jogginghose bekleidet, Asterios nach wie vor in Boxershorts. Vielleicht hätte er ihm besser auch eine Hose anziehen sollen. Aber das Risiko, dass er während der Aktion aufwachte, war Caleb zu groß gewesen. Das hätte die jetzige Situation an Peinlichkeit nämlich um ein Vielfaches übertroffen.

Dennoch räusperte Caleb sich verlegen und rückte ein Stück von ihm weg, drohte dabei jedoch aus dem Bett zu fallen.

„Es geht mir besser, wenn du nicht so weit weg bist“, antwortete Asterios und zog ihn im selben Atemzug so dicht an sich, dass Caleb sich mit dem linken Arm hinter ihm auf der Matratze abstützen musste, sonst wäre er direkt auf seine Brust gefallen. Vorsichtig ließ er sich in die Kissen sinken, als Asterios den Griff ein wenig lockerte. Seine Augen fielen ihm bereits wieder zu und er musste sie gewaltsam aufhalten. Sie waren nach wie vor rot.

„Und wie geht es dir wirklich?“, wollte Caleb wissen. Sie waren sich nun so nahe, dass man behaupten könnte, sie würden sich denselben Atem teilen. Mit aller Kraft ignorierte er sein schneller schlagendes Herz.

„Ich liege nackt in deinem Bett, du mit ebenso wenig Kleidung am Körper wie ich. Und das, obwohl du mich anfangs nicht mal in die Nähe deines Zimmers gelassen hast. Selbst als es dir so schlecht ging", murmelte Asterios mit geschlossenen Augen.

Caleb bekam einen hochroten Kopf und war froh, dass Asterios das gerade nicht sehen konnte. Richtig. Wobei er ihn in erster Linie zurückgewiesen hatte, weil er wegen dieser Nachtclubgeschichte stinksauer auf ihn gewesen war. Vielleicht hatte er sich auch zu einem kleinen Teil Gedanken gemacht, was Asterios mit ihm in seinem geschwächten Zustand anstellen würde.

„Der Vampir meinte, dass es wichtig sei, dich mit Körpernähe warm zu halten. Daher ..." Er deutete auf seinen Aufzug. Asterios blinzelte nur träge.

„Na, da war der dreiste Blutsauger ja sogar richtiggehend nett. So wie ich mich fühle, muss er mir fast mein gesamtes Blut ausgesaugt haben." Er blinzelte Caleb abermals an. Der antwortete nicht. Genau den Eindruck hatte er auch gehabt. Asterios runzelte die Stirn. „Wie spät ist es?"

„Mittag."

„Mehr als einen halben Tag", murmelte er und Caleb meinte zu sehen, wie er ein wenig erbleichte.

„Ja."

„Und du warst die ganze Zeit hier?" Asterios betrachtete ihn mit ernster Miene.

„Ja", antwortete Caleb ruhig und bemühte sich, nicht daran zu denken, was er in der Zeit alles getan hatte, um nicht rot zu werden. Dadurch hätte er sich ganz sicher verraten und Asterios hätte genauer nachgefragt. Besser, das Thema kam gar nicht erst zur Sprache.

Aber auch ohne das zu wissen, grinste Asterios breit. „Dann musst du mich ja ziemlich gernhaben."

Caleb entschied, nicht darauf einzugehen, obwohl die Antwort anhand der Umstände recht offensichtlich war. Er hatte es sich ja bereits selbst eingestanden, weil es ziemlich dumm gewesen wäre, das weiter abzustreiten. Asterios würde zu demselben Schluss kommen, denn andernfalls läge er jetzt in einer dunklen Gasse und wäre höchstwahrscheinlich tot.

„Kann ich dich eine Weile allein lassen, um kurz duschen zu gehen?", wechselte Caleb ungerührt das Thema.

Auf Asterios' Gesicht erschien ein unwilliger Ausdruck, den er so nicht erwartet hatte.

„Was, wenn ich nein sage?" Er umschlang Calebs Körper fester, als wollte er ihn festhalten. Diese Reaktion überraschte ihn sogar noch mehr. Das hatte nämlich ganz und gar nicht nach einem Scherz geklungen. Mochte Asterios ihn etwa wirklich? Und gab er das jetzt offen zu?

„Es wird kalt werden ohne dich", fügte Asterios erklärend hinzu. Er würde wohl lediglich seine Körperwärme vermissen und nicht speziell ihn.

„Ich kann die Heizung hochdrehen", antwortete Caleb ruhig und mit betont ausdrucksloser Miene.

„Diese Wärme ist es nicht, die ich brauche." Das sagte er so leise, dass Caleb ihn beinahe nicht verstanden hätte. „Also schön", fuhr er etwas lauter fort. „Ich hab ja schließlich auch etwas davon, wenn du wieder gut riechst."

Caleb betrachtete ihn mit hochgezogenen Augenbrauen. „Soll das etwa heißen, ich ... stinke?"

„Das hast du jetzt gesagt“, erwiderte Asterios und grinste böse.

„Na, wenn das so ist, sollte ich lieber keine Zeit verlieren.“ Er warf die Decke zur Seite und hätte augenblicklich das Bett verlassen, doch die Arme um seine Mitte hielten ihn davon ab. Dafür, dass Asterios noch so schwach war, war sein Griff ziemlich stark. Caleb hätte nicht darauf gewettet, sich aus eigener Kraft befreien zu können, sollte Asterios ihn nicht loslassen.

Also sah er ihn bloß erwartungsvoll an.

„Aber bitte beeil dich“, sagte Asterios leise und löste langsam und mit offensichtlichem Widerwillen seinen Griff. Caleb bemerkte die Sorge, die Asterios bei diesem Gedanken erfasste. Allein aus diesem Grund erlaubte er sich keinen Scherz auf Kosten des Halbdämons.

„Ich brauche nicht lange, ich soll ja nur wieder gut duften.“ Er grinste breit und erhob sich. Aus den Augenwinkeln sah er, wie Asterios’ Körper tatsächlich erschauerte, als wäre ihm bereits jetzt kalt. Deswegen drehte er sich noch einmal zu ihm um und legte die Decke wieder über ihn. Erst als er aufsah, bemerkte er, wie nahe sich ihre Gesichter dadurch gekommen waren. Der Impuls, den kleinen Abstand zu überbrücken, war beinahe übermächtig.

Calebs Blick hing an Asterios’ Lippen. Selbst seine roten Augen konnten ihn nicht so fesseln, wie es sein Mund tat. Sofort rief er die Gedanken und Gefühle ihres letzten und bisher einzigen Kusses in ihm hervor. Sie hatten noch gar nicht darüber geredet. Andererseits, was gab es da schon zu reden? Sie hatten sich geküsst, damit der Vampir Asterios an Calebs Stelle biss. Schluss, aus, Ende.

Dieser Gedanke sorgte dafür, dass er es endlich schaffte, sich aufzurichten und von Asterios zu lösen. Gerade als dieser sich ein Stückchen nach vorn bewegte.

Er entschied, die Bewegung zu ignorieren. Womöglich hatte er sie sich nur eingebildet oder interpretierte sie falsch.

„Ich bin so schnell wie möglich wieder zurück." Er schnappte sich frische Kleidung und verschwand ohne einen letzten Blick aus dem Zimmer.

Das kalte Wasser würde hoffentlich dabei helfen, seinen erhitzten Körper wieder etwas abzukühlen. Seitdem sie sich geküsst hatten, reagierte er ungewöhnlich heftig auf Asterios. Das hatte sich mit seinem Erwachen nicht gebessert.

KAPITEL 11

Asterios

Asterios vergrub den Kopf im Kissen. Er war erschöpft, nach wie vor unglaublich müde und er hätte Caleb freiwillig nie gehen lassen. Sein Körper verzehrte sich jetzt nach ihm wie nach einer Droge. Ein leichtes Zittern durchlief ihn. So schlimm war es ihm noch nie ergangen. In einem solchen Zustand wäre es ziemlich schwierig, an brauchbare Nahrung zu kommen. Deshalb sorgte er normalerweise stets für sich, sobald er einen gewissen Hunger verspürte.

Der elende Mistkerl musste ihn wirklich fast ganz leer getrunken haben. Ein Mensch wäre daran gestorben. Und er ohne Calebs Hilfe mit Sicherheit auch. Asterios hätte nicht derart unüberlegt darauf eingehen sollen, dass der Vampir so viel trinken durfte, wie er wollte. Aber in dem Moment hatte er ihn einfach bloß von Caleb fernhalten wollen, ehe der verdammte Mistkerl es sich anders überlegte.

Trotzdem hasste er es, wie schwach er momentan war. Auch wenn er es begrüßte, dass Caleb ihn nicht länger so arg auf Abstand hielt.

Genießerisch sog Asterios die Luft ein, den Kopf nach wie vor im Kissen vergraben, auf dem bis eben Caleb gelegen hatte. Dieser unglaublich wohltuende Duft. Es war nicht nur die Jungfräulichkeit, da war noch mehr. Zunächst hatte er geglaubt, er würde sich irren, doch als er Caleb näher an sich gezogen hatte, war der Geruch stärker geworden.

Er hatte keine Ahnung, was in der Nacht nach dem Biss vorgefallen war, aber entweder war da etwas passiert oder der Kuss hatte es ausgelöst. Jedenfalls zeigte seine Anziehungskraft endlich Wirkung auf Caleb. Na, das wurde ja auch Zeit. Zum Glück. Hätte er sich nicht von diesen Gefühlen nähren können, wäre er ziemlich arm dran gewesen. Auch so war er viel zu lange bewusstlos gewesen. Und das obwohl Caleb die ganze Zeit bei ihm gewesen war.

Die ganze verdammte Nacht. Und er hatte davon nicht das Geringste mitbekommen! Er konnte sich nicht einmal erinnern, wie er ihn hierhergebracht hatte.

Asterios starrte auf die geschlossene Zimmertür und vermisste Calebs Wärme schmerzlich. Zu gern hätte er ihn geküsst, seine Hände den muskulösen Körper erkunden lassen. Er hatte sich nicht geirrt, Caleb war wirklich gut durchtrainiert. Der Anblick, welcher sich ihm kurz geboten hatte, ehe er mit sauberen Sachen zum Duschen verschwunden war, hatte ihn beinahe so weit getrieben, aus dem Bett zu springen und ihn an sich zu ziehen.

Mit einem einzigen Kuss wie jener in der Gasse wäre er wieder vollkommen bei Kräften. Aber so schwach und ausgehungert, wie er derzeit war, war das Risiko zu hoch, dass er es nicht schaffen würde, sich zu stoppen. Sein Verstand hatte sich bereits gestern ausgeknipst, und hätte der Vampir ihn nicht gebissen, wäre womöglich das ganze Ritual dahin gewesen. Falls Caleb ihn nicht aufgehalten hätte. Und selbst dann ...

Normalerweise war er, während er sich nährte und Sex hatte, bei Verstand, konnte halbwegs rational denken. Derart in Ekstase, dass sein Kopf sich vollkommen abschaltete und einzig sein Verlangen ihn lenkte, war er noch nie gewesen. Das war nicht gut, wenn er nicht vorhatte, mit Caleb zu schlafen, und das durfte er nicht. Nicht vor dem Ritual. Insofern sollte er von Küssen zur Kräftewiederherstellung lieber Abstand nehmen. Calebs Nähe und seine Gefühle würden ihn schließlich auch wieder aufbauen. Es dauerte zwar länger, aber das hieß ja nicht, dass er die Zeit nicht ein wenig nutzen könnte, ihn zu verführen und in Verlegenheit zu bringen. Ob rein zum Vergnügen oder um noch mehr Energie für sich zu bekommen, spielte dabei keine große Rolle.

***

„Asterios, deine Hand“, ermahnte Caleb ihn bereits zum wiederholten Male.

„Aber ich brauche das“, jammerte der. Er bewunderte Calebs Selbstbeherrschung, obwohl er deutlich riechen und auf der Zunge schmecken konnte, was seine wandernden Finger bei seinem Opfer auslösten.

„Wir liegen bereits so eng aneinander, dass mir unendlich heiß ist und ich die Decke echt gern weglassen würde“, beschwerte Caleb sich und holte Asterios’ Hand unter der Decke hervor.

„Aber ich brauche die Wärme“, jammerte er leise und legte seinen Kopf auf Calebs Brust. Er hatte ihn davon überzeugen können, zumindest das T-Shirt wieder auszuziehen. Die Hose hatte er aber anbehalten wollen. Asterios hatte sich hingegen geweigert, zusätzlichen Stoff anzulegen, der ihn von Caleb trennte. Der war nun emsig darum bemüht, für sein Studium zu lernen. Und Asterios hätte wirklich ein schlechtes Gewissen gehabt, ihn davon abzuhalten, wenn er nicht genau gewusst hätte, dass Caleb zurzeit ohnehin keinen Kopf dafür hatte. Es war ihm unmöglich, sich darauf zu konzentrieren, solange sie derart eng in seinem Bett lagen und Asterios immer wieder diese Dinge anstellte. Er hatte bereits ein Bein über Calebs gelegt, der dabei feuerrot angelaufen war. Beinahe hätte er sein Schauspiel der Ahnungslosigkeit aufgegeben, weil er bei dem Anblick am liebsten in schallendes Gelächter ausgebrochen wäre. Aber er hatte es geschafft, sich so gut wie nichts anmerken zu lassen und Caleb bloß unschuldig anzublinzeln. Ihm war an der Nasenspitze anzusehen gewesen, wie gern er etwas gesagt hätte, sich aber nicht traute. Denn damit hätte er zugegeben, wie sehr ihn diese Aktion aus dem Konzept brachte.

„Dir ist nur so warm, weil du zu viel anhast." Herausfordernd grinste Asterios ihn an. Caleb öffnete den Mund, um etwas zu erwidern, schloss ihn dann jedoch schweigend wieder. Bestimmt wollte er nicht zugeben, dass sein Körper nur so heiß wurde, weil Asterios nicht die Finger von ihm lassen konnte.

„Ich habe den Eindruck, dass es dir schon viel besser geht. In dem Fall könnte ich auch an meinem Schreibtisch sitzen und vernünftig lernen." Er musterte ihn mit ernster Miene.

Asterios wollte jedoch nicht, dass er ging. Unter gar keinen Umständen. Die Zeit, bis er vom Duschen zurück gewesen war, hatte sich wie eine halbe Ewigkeit angefühlt. Sein Körper hatte sich viel zu sehr an die Nähe und Wärme von Caleb gewöhnt. Er konnte nicht mehr unterscheiden, ob es der Nahrungsentzug war oder er ihn aus anderen Gründen so schnell wie möglich wieder bei sich haben wollte.

Ehe er jedoch antworten konnte, knurrte Calebs Magen so laut, dass man es bestimmt noch draußen auf dem Gang hörte. Trotzdem tat er so, als wenn nichts gewesen wäre. Wollte er das Schreien seines Körpers nach Nahrung etwa einfach so ignorieren?

Asterios erinnerte sich, dass er von dem Knurren sogar aufgewacht war. Wann hatte Caleb zum letzten Mal etwas gegessen? Er dachte nach. Wenn er die ganze Zeit bei ihm gewesen war, dann ... gestern Mittag? Wahrscheinlich?

Hölle, er musste kurz vorm Verhungern sein!

Abermals stieß Calebs Magen ein laut vernehmbares Knurren aus.

„Du solltest etwas essen gehen. Ich komme schon klar“, murmelte Asterios und rückte ein Stück von ihm ab. Er drehte sich von ihm weg und schloss die Augen. So viel Spaß es ihm auch bereitete, Caleb zu ärgern, und wie ungern er ihn auch aus seinen Armen entließ, der Junge musste ganz dringend etwas essen, wenn Asterios sich nicht als Nächstes um ihn kümmern sollte.

Caleb rührte sich jedoch nicht.

Daraufhin öffnete er eines seiner Augen. „Du kannst wirklich gehen. Es reicht, wenn du danach gleich zurückkommst.“ Er schwieg kurz. „Bitte.“

„In Ordnung." Calebs Stimme klang so liebevoll, dass er ihn gern dabei angesehen hätte, doch seine Lider waren so schwer. Außerdem hätte Caleb sich dann wohl nie getraut, was er kurz darauf tat. Er streichelte ihm sanft über den Kopf, ehe er sich vorsichtig unter der Decke herausschob und diese danach eng an Asterios drückte. Er würde ihm nicht sagen, dass der Vampir nicht diese Art von Wärme gemeint hatte. Dafür packte Caleb ihn jedes Mal viel zu liebevoll ein.

Stattdessen brauchte er die Nähe zu jemandem, der Gefühle für ihn hatte, von denen er sich nähren konnte. Er fröstelte kurz, als sein Körper das Fehlen eben jener bemerkte, aber bis Caleb etwas gegessen hatte, würde er es aushalten. Immerhin ging es ihm schon bedeutend besser. Caleb war die ganze Zeit an seiner Seite geblieben. Das würde er nie wiedergutmachen können, und wenn er ehrlich war, dann verdiente er all das gar nicht. Wäre er in dieser Gasse gestorben, um Caleb nicht dem Vampir auszuliefern, wäre das auch in Ordnung gewesen. Irgendwie.

Abermals erbebte sein Körper, jedoch nicht wegen der Erinnerung an den Biss. Wenn sein Bruder ihn so sähe, hätte er bloß Verachtung für ihn übrig. Wie menschlich er sich doch gab, sich selbst für einen Menschen zu „opfern". Asterios hätte natürlich widersprochen und behauptet, es wäre für das Ritual gewesen, für das er Caleb benötigte. Aber sie wüssten beide, dass das gelogen wäre.

Doch was würde nach dem Ritual werden? Er, ein vollwertiger Dämon, und Caleb, noch immer ein Mensch.

Asterios seufzte und kuschelte sich enger unter die Decke, was leider überhaupt nicht gegen das Zittern seines Körpers half. Er fühlte sich nach wie vor schwach, und diese Schwäche wuchs während Calebs Abwesenheit.

Als Dämon würde er sich weiterhin nähren müssen und sich dafür natürlich hin und wieder Caleb aussuchen können. Aber das wäre ... nicht echt, ganz anders als jetzt, eine rein dämonische Tat. Er ... wollte das schlicht und ergreifend nicht. Nicht so.

Er wollte Caleb nach Halloween nicht weiter für irgendetwas benutzen, er wollte nicht, dass er aus etwas anderem als seinem freien Willen und Wunsch mit ihm zusammen war. Er ... schien echt krank zu sein.

Ihn musste es voll erwischt haben. Das alles würde sich wohl legen, sollte er tatsächlich ein vollwertiger Dämon werden. Dämonen hatten es einfach nicht so mit dieser Art von Gefühlen. Sie verbreiteten lieber Hass, Rachsucht und Neid und nutzten Gefühle wie Liebe, Mitgefühl und Familienbande schamlos aus.

Aber vielleicht verschwand mit seiner Wandlung ja auch jedes Verlangen und Sehnen nach dieser Art von Gefühlen. Dem Sehnen nach Geborgenheit und dem Verlangen nach Liebe. Doch was, wenn nicht ...?

In Asterios' Kopf kreisten die Gedanken. Und dieses Gedankenkarussell ermüdete ihn. Er war ja ohnehin noch nicht wieder richtig bei Kräften. Kälte fuhr in seine Glieder und er rollte sich zusammen. Das brachte leider keinerlei Linderung.

Er rief sich den Kuss in der Gasse in Erinnerung. Das warme Gefühl unter seinen Lippen, seinen Händen, an seinem Körper. Der Geschmack auf seiner Zunge, das Verlangen in seinem Inneren.

Asterios ging jedes Gefühl, jede Empfindung und jede Regung, an die er sich erinnerte, immer und immer wieder durch. Darüber wurde das Zittern ein bisschen weniger und irgendwie schaffte er es, durchzuhalten, bis Caleb zurück war.

***

Asterios erwachte, als sich eine Hand auf seine Stirn legte. Die Finger waren angenehm warm. Beinahe hätte er ein protestierendes Geräusch ausgestoßen, als sie weggezogen wurden, doch da legte sich bereits ein ebenso warmer Körper neben ihn. Er spürte ihn in seinem Rücken und entspannte sich sofort. Erst dadurch wurde ihm bewusst, dass er vorher die ganze Zeit über angespannt gewesen war. Er musste über das viele Nachdenken und Grübeln hinweg eingeschlafen sein.

Der Schlaf drückte ihn nach wie vor nieder, machte seine Gedanken träge und langsam. Doch sein Körper sog die Wärme in sich auf und er spürte, wie es ihm mit jeder Sekunde besser ging.

Wie lange er sich wohl noch so schwach fühlen würde? Er musste sich schnell erholen, damit er auch wieder ohne Calebs Nähe auskam. Seine Zunge klebte an seinem Gaumen und das Verlangen, die durchlebten Erinnerungen an den Kuss wahr werden zu lassen, brannte in seinem Bauch. Aber je stärker das Verlangen, desto entschiedener würde er sich davon abhalten.

Trotzdem konnte er in einem gewissen Rahmen dafür sorgen, dass er sich so schnell wie möglich erholte. Also drehte er sich unter der Decke um, schlang die Arme um Calebs Körper und schmiegte seine Wange an dessen Brust. Wie ärgerlich, dass der inzwischen obenrum wieder etwas anhatte. Doch der Geruch in seiner Nase entschädigte ihn sofort dafür. Wie sehr er das in der kurzen Zeit vermisst hatte. Die Bettwäsche und der Raum mochten Calebs Körpergeruch gespeichert haben. Doch dieser ganz spezielle Duft verflog bereits nach wenigen Minuten. Ein weiteres Mal holte Asterios ganz tief Luft. Der Duft von Unschuld und ... Begierde.

„Hey, alles in Ordnung mit dir? War ich zu lange weg?"

Asterios brummte auf die Frage hin nur kurz. Er wollte dieses angenehme Gefühl nicht mit Worten zerstören.

„Sag mal, welche Art Dämon bist du eigentlich?"

„Hm, wieso willst du das plötzlich wissen?" Er hatte gehofft, dass sie dieses Thema noch eine Weile umschiffen konnten, da es ihm irgendwie unangenehm war. Aber nach allem, was vorgefallen war, wunderte es ihn nicht, dass diese Frage Caleb beschäftigte.

„Na ja, es scheint ja unterschiedliche Arten zu geben und ich hab mich eben gefragt, zu welcher du gehörst." Er zuckte mit den Schultern. Asterios würde also wohl nicht drum herumkommen und es ihm sagen müssen. Er seufzte leise und sog noch ein letztes Mal diesen wunderbaren Geruch ein, ehe er es ihm verriet.

„Ich bin ein Inkubus, wobei dir die weibliche Form, der Sukkubus, bestimmt mehr sagen wird."

„Das sind doch die, die ..." Caleb unterbrach sich und Asterios biss kurz die Zähne aufeinander, ehe er antwortete.

„Genau. Die, die sich von der menschlichen Energie nähren, wenn sie mit jemandem schlafen." Er zögerte kurz, doch Caleb sagte nichts dazu. „Ich sagte ja, dass ich riechen kann, dass du noch ... unberührt bist. Das gehört dazu."

Caleb schwieg weiterhin und Asterios war es bei diesem Thema plötzlich unangenehm, nach wie vor so an ihm zu kleben. Also richtete er sich auf und lehnte sich mit dem Rücken an die Wand neben dem Fenster, um etwas Abstand zwischen sie zu bringen. Und um Caleb ins Gesicht sehen zu können.

Seine Müdigkeit war vergessen. Er musterte Caleb, der auf seine Hände starrte. Er hätte ihm lieber nichts sagen sollen.

„Ist deine Mutter der Dämon oder dein Vater?", fragte er schließlich leise und sah Asterios dabei endlich wieder an. Doch er konnte seinen Blick überhaupt nicht deuten. Also entschied er sich dazu, erst einmal ehrlich zu antworten.

„Halbdämonen sind ziemlich selten. Einige sterben kurz nach der Geburt, weil ihr Körper keine Lösung für eine Zwischenform gefunden hat, mit der sie überleben können. Andere werden von ihren Erzeugern direkt nach der Geburt getötet. Oder schon davor, im Mutterleib." Er zögerte kurz. Caleb sah ihn weder mitleidig noch verängstigt oder angewidert an. Er wartete einfach nur ab. „Von meiner Mutter weiß ich eigentlich gar nichts. Nicht einmal, ob sie noch lebt. Sie war ein Mensch und als mein Vater sich von ihr nährte, muss es ... passiert sein."

So oft, wie die Inkuben und Sukkuben mit den Menschen das Bett teilten, um nicht zu verhungern, mochte man meinen, dass es wesentlich mehr Halbdämonen geben musste. Tatsächlich war solch eine Empfängnis jedoch eher selten. Dämonen unterschieden sich einfach zu sehr in ihrer Art. Aber manchmal kam es eben doch vor. Wie bei Tieren unterschiedlicher Gattungen. Er war sozusagen ein Hybrid.

„Du hast deine Mutter nie kennengelernt?"

Asterios schüttelte den Kopf. „Ich kann mich überhaupt nicht an meine Kindheit erinnern."

Da gab es nichts außer Schmerz, Dunkelheit, Pein und dieses Brennen in seinem Inneren. Es hatte viel zu lange gedauert, bis er verstanden hatte, dass das kein Hunger und auch kein Durst gewesen war. Zumindest nicht nach Wasser oder Nahrung.

„Und dein Vater?"

„Den kümmert meine Existenz nicht. Für ihn bin ich eine Schande." Seinen Vater hatte er nie persönlich getroffen. Er war ein hochrangiger Dämon und gab sich nicht mit so etwas wie ihm ab. Asterios würde ihn nur ständig daran erinnern, was er nicht war. Kein reiner Dämon, obwohl von seinem Blute.

„Hast du denn sonst noch Familie?" Caleb ließ noch immer keine Regung auf seinem Gesicht erkennen und stellte die Fragen mit ruhiger Stimme.

„Meinen Halbbruder Irial, der ein vollwertiger Dämon ist. Aber er kann mich auch nicht leiden. Als Familie würde ich ihn daher eher nicht bezeichnen." Asterios versuchte sich an einem halben Lächeln, doch es wollte ihm nicht gelingen. Das war kein leichtes Thema für ihn. Sein bisheriges Leben war alles andere als schön gewesen, auch wenn er das nach außen nie gezeigt hatte. Es hatte auch nie jemanden gegeben, mit dem er darüber reden konnte.

Doch all das würde sich nach Halloween endlich ändern. Irial würde aufhören, ihn zu reizen. Sein Bruder hatte es schon immer darauf abgesehen, ihn zu verletzen. Ob mit Worten oder Taten, war ihm dabei vollkommen egal. Und dennoch war er sein einziger Familienanschluss. Der Einzige, dem er sich verbunden gefühlt hatte. Wieso hatte Asterios dann jetzt das Gefühl, er würde viel lieber hier an Calebs Seite bleiben, anstatt an die seines Bruders zurückzukehren?

Caleb schien sich mit den Antworten zufriedenzugeben und vorerst keine weiteren Fragen zu haben. Er bedeutete Asterios, sich wieder hinzulegen. Nur sehr zögerlich suchte dieser erneut die Nähe zu ihm. Er fragte sich, wieso Caleb sie nach wie vor zuließ, obwohl er nun wusste, welche Art von Dämon er war.

Er sagte nichts weiter dazu, strich ihm nur kurz übers Haar, ehe er wieder ganz still dalag und Asterios, begleitet vom sanften Heben und Senken seiner Brust, langsam zurück in den Schlaf fand.

Es war nach wie vor so friedlich hier und warm und roch gut. Konnte es nicht einfach immer so sein? Konnte er nicht einfach für immer hierbleiben?

KAPITEL 12

Caleb

Caleb sah auf Asterios hinab, der selig auf seinem Oberkörper schlief. Er hätte nie gedacht, dass der Halbdämon derart anschmiegsam war. Er musste schon viel Schlimmes durchgemacht haben, was man ihm anfangs nicht angesehen hatte. Vorher war er Caleb stets mit einer gewissen Überheblichkeit begegnet. Jetzt war er regelrecht verletzlich und irgendwie ... süß. Was er ihn am besten nie wissen ließ, sonst würde Asterios ihn diesen Gedanken sofort bereuen lassen. Da war sich Caleb sicher.

Er konnte nicht anders und strich noch einmal vorsichtig über Asterios' Haar.

Wie ein Hund, dachte er und wunderte sich gleichzeitig, wie schnell er sich an seine Nähe gewöhnt hatte. Auch fast wie bei einem Hund. Waren die erst einmal im Haus, integrierten sie sich so perfekt in den Alltag, dass man plötzlich gar nicht mehr ohne sie konnte. Dabei bemerkte man gar nicht, wie man den Alltag um den Hund herum baute. So ähnlich war es ihm mit Asterios ergangen. Er hatte seine gesamte Tagesplanung nach ihm und der Suche nach den Zutaten ausgerichtet. Es existierte im Grunde kaum noch etwas anderes. Und auch jetzt blieb er fast den gesamten Tag hier in seinem Zimmer. Nur, weil er Asterios nicht allein lassen konnte.

Und schon wieder. Wie ein Hund.

Er fühlte diese Wärme in seiner Brust, wenn er auf die schwarzen Locken hinabsah und die starken Arme eng um seinen Körper geschlungen spürte.

Irgendwie fast wie ein frisch verliebtes Paar.

Calebs Gesicht fing bei diesem Gedanken augenblicklich Feuer.

Er hatte keinerlei Erfahrung in derlei Dingen, aber so stellte er es sich vor. Zusammen eng aneinander gekuschelt im Bett liegen, nach dem ... Was hier bisher nicht stattgefunden hatte. Wie sehr er sich jemanden an seiner Seite wünschte, hatte er bisher nicht gewusst, nicht einmal geahnt. Aber jetzt, da er einen gewissen Vorgeschmack darauf erhielt, wie sich so etwas anfühlen könnte, da ... wollte er es mit einem Mal auch haben.

Er wollte Asterios an seiner Seite behalten. Doch das war unmöglich.

„Caleb?“, brummte eine leise Stimme.

„Ja, ich bin hier“, antwortete er ganz automatisch. Dabei war er sich noch nicht einmal sicher, ob Asterios nicht bloß etwas im Schlaf gemurmelt hatte.

„Ich hab echt Kohldampf.“

Jupp, er hatte mit ihm gesprochen.

Asterios hob den Kopf und sah ihn an. Seine Augen waren nicht mehr ganz so leuchtend rot wie am Anfang. Obwohl er hätte schwören können, dass sie gerade noch einmal aufgeleuchtet waren.

„Oh, ach so. Hätte ich dir etwas mitbringen sollen?“ Schuldbewusst sah er ihn an. Warum hatte er daran nicht gedacht?

„Schon gut, das ist nicht so wichtig." Asterios stützte sich mit den Händen auf der Matratze ab und richtete seinen Oberkörper ein Stück auf.

Caleb hielt gespannt den Atem an, während sein Blick an den leicht geöffneten Lippen hing. Stück für Stück kamen sie ihm immer näher.

Gern hätte er ihm in die Augen gesehen. Er musste hochsehen! Immerhin war der Blick auf seine Lippen viel zu verräterisch. Aber er konnte einfach nicht anders. Er schaffte es nicht, sich zu lösen.

Sie schwebten nun so dicht vor seinem Gesicht, dass Calebs Blick schließlich doch hoch zu Asterios huschte. Dieser musterte ihn unter halb gesenkten Lidern. Der schwere Blick war fatal, die Wimpern viel zu lang. Einige seiner schwarzen Locken hingen ihm ins Gesicht und berührten Calebs Haar. Zu gern hätte er eine Hand in Asterios' Nacken geschoben und ihn zu sich herangezogen. Die wenige Zentimeter große Lücke geschlossen, die ihre Lippen noch voneinander trennte.

Er öffnete bereits seinen Mund ein Stück, als Asterios den Blick, mit dem er ihn gefangen gehalten hatte, löste und sich zurück auf seine Brust sinken ließ.

„So hungrig", murmelte er leise. Caleb hingegen brauchte erst einmal einige Atemzüge, während derer sein Herz mehrmals stolperte und hängen blieb, um überhaupt wieder Luft zu bekommen.

Moment, meinte er mit hungrig etwa ... diese Art von Hunger? Die dämonische Variante? Aber warum hatte er ihn dann nicht einfach geküsst?

„Wir können gegen Abend etwas zusammen essen gehen", meinte Asterios leichthin, als hätte es diese missverständliche Äußerung bezüglich seines Hungers nie gegeben. „Das müsste ich eigentlich schaffen. Ich hoffe, dass es mir morgen bereits deutlich besser geht. Ich kann es mir nicht erlauben, zu lange untätig herumzuliegen."

„Ja." Mehr als das und ein Blinzeln brachte Caleb nicht zustande. Er verstand ihn einfach nicht. Wollte er bloß schnellstmöglich hier weg oder ... nicht?

Um davon abzulenken, wie er sich fühlte, stellte er Asterios eine Frage, die ihn schon ein wenig länger beschäftigte.

„Wie ist das eigentlich mit dir?" Als er ihn fragend musterte, spürte Caleb, wie er rot anlief. Wieso war ihm die Frage mit einem Mal so peinlich? „Also, ähm ... Als Inkubus, da ... also ernährst du dich da vorwiegend von Frauen oder eher von Männern? Und deswegen der Ohrring?" Schließlich schien er kein Problem damit gehabt zu haben, Caleb zu küssen, und auch sonst hatte er sich von vornherein ständig an ihn herangemacht. Und wieso trug man sonst nur einen Ohrring?

„Ohrring?" Asterios musterte ihn zunächst verständnislos. „Ach so, das geheime Zeichen, das sie sich in den Sechzigern ausgedacht haben? Das kennst du? Ja, nein. Also eigentlich bleiben wir immer beim anderen Geschlecht, weil das nach wie vor die Regel unter den Menschen ist. Aber sowohl jeder Inkubus als auch jeder Sukkubus kann das selbst entscheiden. Wenn uns jemand attraktiv findet, nehmen wir die Einladung gern an. Mein Ohrring hat damit jedoch nichts zu tun. Bei dir hingegen könnte es vieles einfacher machen", Asterios richtete sich auf und beugte sich zu Calebs rechtem Ohr hinunter, „wenn du dich offen dazu bekennen würdest." Er knabberte daran, ehe er einen seiner scharfen Eckzähne in Calebs Ohrläppchen versenkte, als wollte er selbst das Ohrloch stechen.

„Au, verdammt. Lass die Scherze, Mann!", fuhr Caleb ihn wütend an und schlug ihm kräftig auf den Oberarm. Asterios zuckte nicht mal.

Wieso hatte sich das Blatt mit einem Mal gewendet und es ging plötzlich um ihn? Außerdem hatte Asterios seine Frage gar nicht richtig beantwortet.

„Das ist kein Scherz und auch kein Spiel", klärte der ihn auf und leckte das Blut von seinem Ohr. „Und ich verrate dir noch etwas. Ich würde mein Taschentuch definitiv auf der linken Seite tragen, was bedeutet, dass dir die rechte Seite zufiele."

Caleb musterte ihn verständnislos, als Asterios sich über ihm erhob. Allerdings demonstrierte ihm die Position, in der sie sich befanden, auch ohne das nötige Wissen, die Bedeutung dieser Worte. Asterios' Blick sprach Bände.

„Jetzt gehst du aber echt zu weit", knurrte Caleb bedrohlich, obwohl ihm bei dem Anblick von Asterios über ihm ganz heiß wurde. Wütend wollte er ihn von sich runter schubsen, doch er rührte sich kein Stück.

Na, dem armen, kranken Halbdämon schien es ja schon viel besser zu gehen. Caleb funkelte ihn böse an, sodass Asterios sich schließlich von ihm herunterrollte. Den Kopf auf den linken Arm gestützt sah er ihn abwartend an.

Er stand kurz davor, wütend das Bett zu verlassen, doch da Asterios gerade so in Erzähllaune war – auch wenn er wirklich schlecht darin war, Fragen zu beantworten –, wollte er die Gelegenheit lieber nutzen.

„Es gibt also verschiedene Dämonen. Wasserwesen, Vampire, Harpyien und all das. Dazu den Tartarus oder die Hölle. Gibt es denn dann auch den Himmel und Engel?" Neugierig musterte er Asterios, der runzelte jedoch bloß die Stirn.

„Das nehme ich an. Ich selbst bin noch nie im Himmel gewesen und auch noch keinem Engel begegnet. Was nichts heißen muss. Vielleicht kreuzen sich unsere Wege einfach nur nicht allzu häufig. Oder sie lassen es einen danach sofort wieder vergessen." Asterios grinste, doch Caleb entging der nachdenkliche Blick nicht, den er zu überspielen versuchte.

Caleb dachte noch eine Weile im Stillen darüber nach. Irgendwann rieb er sich müde über die Augen. Nicht nur das viele Denken erschöpfte ihn, er hatte zuletzt auch nicht allzu viel geschlafen. Mühsam unterdrückte er ein Gähnen. Aber Asterios bemerkte es trotzdem.

„Du kannst übrigens ruhig etwas Schlaf nachholen. Du bist bestimmt genauso müde wie ich." Seine dunklen Augen besaßen lediglich noch einen schwachen rötlichen Schimmer. Schade eigentlich. Nachdem Caleb sich daran gewöhnt hatte und ihm die Augen keine Angst mehr machten, faszinierten sie ihn auf eine besondere Art und Weise. Am liebsten hätte er noch mal einen Blick auf die Hörner und den Schwanz geworfen, die er bisher nur ein einziges Mal und ganz kurz zu Gesicht bekommen hatte. Aber sicherlich kostete eine Verwandlung Asterios zusätzliche Kraft.

Für den Moment nahm er lediglich sein Angebot an, den verpassten Schlaf nachzuholen. Dazu rutschte er tiefer und gab die sitzende Position im Bett auf. Asterios machte ihm etwas Platz. Als Caleb seinen Kopf seitlich auf das Kissen bettete, bemerkte er zu spät, dass sie sich dadurch nun fast Nase an Nase gegenüberlagen, weil Asterios es ihm gleichgetan hatte.

Er hielt die Luft an und konnte nicht anders, als ihn einfach nur anzustarren. Seine Finger unter der Decke zuckten verräterisch. Wie gern hätte er über seine Wange gestrichen, stattdessen ballte er die Hand zur Faust.

„Du solltest auch noch etwas schlafen", sagte er mit viel zu kratziger Stimme. Bevor es noch schlimmer wurde, drehte Caleb sich herum und starrte ins Zimmer. Er schloss die Augen. Mit Asterios direkt vor der Nase, würde er nie zur Ruhe kommen. Da wäre ständig das Verlangen gewesen, die Augen wieder zu öffnen. Er war sich seiner Präsenz im Rücken zwar auch mehr als bewusst, aber solange er ihn nicht anfasste, gelang es ihm zumindest einigermaßen, ihn auszublenden. Außerdem war er echt müde.

***

Als Caleb erwachte, musste er feststellen, dass er nicht eng an Asterios gekuschelt dalag. Auch hatte dieser ihn nicht als Kopfkissen gebraucht. Er konnte nicht mal sagen, ob der Halbdämon überhaupt geschlafen hatte. Als er blinzelnd die Augen öffnete, saß Asterios jedenfalls aufrecht im Bett und blickte durch das Fenster nach draußen.

Langsam setzte er sich auf und Asterios richtete seine Aufmerksamkeit sofort auf ihn.

„Geht es dir besser?", wollte er freundlich wissen.

Caleb dachte nicht einmal darüber nach, als er mit „Ja“ antwortete. Er hätte seine Gefühle ohnehin nicht richtig einordnen können.

„Und dir?“, gab er die Frage zurück, schließlich war Asterios der eigentlich Kranke von ihnen.

„Es sollte langsam besser werden, ja.“ Er sah wieder hinaus und schwieg. Schließlich schlug er vor: „Wir sollten etwas essen gehen.“

***

Nach dem Abendessen, das sie schweigend zu sich genommen hatten, lief Caleb, die Hände in den Jackentaschen vergraben, leicht eingeschnappt über den Campus.

Asterios hatte ihn „vor die Tür gesetzt“. Um zu testen, wie lange er es ohne Calebs Nähe aushielt. Nachdem er sich beim Essen die ganze Zeit über gut gefühlt hatte, wollte er probehalber einen Schritt weiter gehen. Sobald er körperliche Beeinträchtigungen spürte, würde er ihn anrufen und Caleb zurück auf sein Zimmer bestellen.

Es war durchaus vernünftig, dass sie das taten, dennoch wurde er das Gefühl nicht los, dass Asterios darum bemüht war, wieder Abstand zwischen sie zu bringen. Und das gefiel ihm, um ehrlich zu sein, gar nicht. Wütend kickte er einen Kiesel über den Gehweg. Bis Asterios ihn rief, hatte er „frei“. Jetzt war also er der Hund.

Caleb ließ den Kopf in den Nacken fallen, sah hoch in den grauen Himmel und atmete langgezogen aus. Er hätte sich in die Bibliothek setzen und etwas nachschlagen oder lernen können. Die Wahrheit war jedoch, dass er sich überhaupt nicht konzentrieren konnte. Die ganze Zeit erwartete er Asterios' Anruf. Es war nicht nur so, dass er sich seinetwegen Sorgen machte. Das zwar auch, aber ... er sehnte sich nach dem Gefühl des starken Körpers, der sich sanft an ihn kuschelte. Die Nähe und Wärme zwischen ihnen. Die vergangenen Stunden zusammen mit Asterios in seinem Bett könnten die schönsten in seiner ganzen Unizeit gewesen sein. Sie waren so entspannend gewesen.

Während er so gedankenversunken an den gotischen Gebäuden vorbeischlenderte und es bedauerte, nicht zumindest seine Kamera mitgenommen zu haben, wurde er von einigen Kommilitonen angesprochen. Tessa lud ihn voller Begeisterung und Überschwang zu einer großen Halloween-Party hier auf dem Campus ein. Sie studierte Politik und er hatte sie schon häufiger bei Ed und Susan gesehen. Es sollte ein Riesending werden und es wurden noch Helfer gesucht.

Normalerweise wäre Caleb zumindest kurz hingegangen, hätte sich blicken lassen, ein wenig herumgestanden, mit Bekannten geredet, wäre auf Abstand geblieben und später wieder gegangen. So konnte er behaupten, dabei gewesen zu sein. Es bestand sogar das Potential, dass es recht interessant werden könnte. Aber an Halloween hatte er bereits eine Verabredung und er wusste nicht, ob er danach noch irgendwo hinkonnte oder wie die Tagesplanung überhaupt aussah. Zunächst einmal hing das wohl davon ab, ob sie bis dahin alle benötigten Zutaten zusammenbekämen.

Also behauptete Caleb, noch viel zu tun zu haben, was ja auch stimmte, und bei den Vorbereitungen leider nicht helfen zu können. Die Zusage für die Party ließ er ebenfalls vage in der Luft hängen. Asterios' Ritual würde bestimmt abends stattfinden. Caleb bezweifelte daher, dass er Zeit haben würde, hinzugehen. Aber hätte er abgesagt, hätten sie bloß versucht, ihn doch noch zu überzeugen. Den Grund konnte er ihnen schließlich nicht nennen.

Nur noch ein paar Tage, dann war es so weit. Und was würde danach sein? Wenn das Ritual Asterios tatsächlich zu einem Menschen machte, wie würde es dann weitergehen?

Bisher hatte er sich diese Gedanken die meiste Zeit über verboten. Anfangs hatte es ihn schlicht nicht weiter interessiert, was Asterios mit seinem neuen Leben anzustellen gedachte. Hauptsache, Caleb wäre ihn endlich los. Jetzt, da er vollkommen anders darüber dachte, wollte er sich keine falschen Hoffnungen machen. Er wusste nicht, was Asterios plante oder was für Folgen das Ritual haben würde. Womöglich erinnerte er sich danach an gar nichts mehr. In jedem Fall wollte Caleb irgendwelche Fantastereien im Keim ersticken, die ihn später daran hindern könnten, sein eigenes Leben ganz normal weiterzuführen.

Das hier war ein kleiner Ausflug in eine vollkommen andere und fremdartige Welt. Doch in der konnte er nicht leben und solch ein Dasein wollte er auf Dauer auch nicht führen. Er würde in sein altes, langweiliges und ... einsames Leben zurückkehren.

Verdammt! Caleb hätte sich am liebsten die Haare gerauft. So sehr er sich auch anstrengte und wie nachdrücklich er es sich auch einredete, es würde nie wieder so wie vorher sein. Allein die Tatsache, dass er nun wusste ... dass er wusste, dass er für Asterios diese ganz besonderen Gefühle empfand, änderte bereits alles. Er hatte keine Ahnung, wie er damit umgehen sollte, sobald Asterios weg war. Sich offen nach anderen Männern umsehen? Oder es dem Dämon zuschreiben, der an all dem „schuld" war?

Er konnte nicht sagen, dass ihn seitdem andere Männer mehr interessierten als vorher. Eigentlich hatte er, seitdem er mit Asterios auf Zutatensuche war, so wenig Kontakt zu seinen Mitmenschen, dass er sich ihnen sogar noch fremder fühlte als zuvor.

Wahrscheinlich musste einfach diese eine Person auftauchen. Genauso wie eben dieser eine Halbdämon aufgetaucht war. Er konnte sich nicht zwingen, sich in jemanden zu verlieben. Aber Zeit mit anderen zu verbringen, sollte es ihm leichter machen, Gefühle für jemanden zu entwickeln. Die Wahrscheinlichkeit dafür würde allerdings immens steigen, wenn er sich nicht länger einsam in seinem Zimmer einschloss. Dort drinnen war es zu zweit so viel netter.

Caleb lief energischen Schrittes weiter.

So wie bisher konnte er wohl wirklich nicht weitermachen, dafür war seine Studienzeit zu lang. Ein paar Wochen, womöglich auch Monate würde er sicherlich durchhalten. Aber mehr? Eher nicht. Er sollte es vielleicht doch wagen und ins kalte Wasser springen, um Freunde zu finden. Dafür war es jetzt wahrscheinlich schon etwas spät, aber bestimmt noch nicht zu spät. Schließlich wollten ihn ständig alle näher kennenlernen, er blockte sie bloß ständig ab. Wenn er das nicht mehr tat, dann ...

Beinahe wäre er umgedreht, um doch noch zuzustimmen, bei den Vorbereitungen zu helfen. Leider war da nach wie vor dieser gewisse Halbdämon in seinem Zimmer, der es sicherlich gar nicht gutheißen würde, wenn Caleb bei der Party half statt ihm. Aber bei der nächsten Gelegenheit würde er nicht mehr ablehnen.

KAPITEL 13

Caleb

Asterios hatte sich frecherweise als eine Art Dauergast in Calebs Zimmer eingemietet und räkelte sich auch jetzt gerade auf seinem Bett, als gehörte es ihm. Allerdings nicht mehr, weil er zu schwach war, sondern aus rein provokativen Gründen. Zumindest glaubte Caleb das, daher hatte er auf dem Stuhl an seinem Schreibtisch Platz genommen. Er wartete immer noch auf den richtigen Moment, um ihn freundlich hinauszuwerfen. Dummerweise machte ihm ständig der Umstand einen Strich durch die Rechnung, dass sie so noch ein wenig länger nebeneinander im Bett schlafen mussten. Aber mit seinen Vorlesungen im Nacken würde er auf jeden Fall wieder mehr Zeit für sich brauchen und konnte sich nicht andauernd von Asterios' Anwesenheit ablenken lassen.

Bisher hatte er es gerade so geschafft, seine Bücher und Unterlagen zu ordnen und ein paar Dinge zu organisieren. An Lernen war mit Asterios in unmittelbarer Nähe nach wie vor nicht zu denken.

Vielleicht würde sich das jetzt, da sie sich wieder auf die Suche nach den restlichen Zutaten machten, ja ändern.

„Was steht jetzt noch auf der Liste?“ Caleb war sich nicht sicher, ob er nach dem Einsatz – Asterios hatte immerhin fast zwei ganze Tage gebraucht, bis er wieder bei Kräften war – noch mehr Action vertragen würde. Gefühlt waren die Sachen immer schwieriger zu besorgen und die Aktionen auch jedes Mal gefährlicher geworden. Er wollte sich gar nicht ausmalen, was als Nächstes anstand. Caleb meinte sich zu erinnern, dass Asterios mal erwähnt hatte, dass sie mit den einfachen Dingen anfingen – aka Gargoyle.

„Keine Sorge, wir nähern uns dem Ende. Es fehlen noch genau drei Zutaten und ein Verbindungsstück, sozusagen.“

„Noch drei?“, wiederholte Caleb. Er hatte da eher so an ein oder zwei gedacht. Drei *plus* dieses Verbindungsstück machten bei ihm sogar vier!

„Ja, aber keine Sorge. Wir können zwei auf einmal besorgen. Das geht dann schneller“, wiegelte Asterios ab.

Er konnte leider nicht sagen, dass ihn diese Aussicht unbedingt froh stimmte.

„Jetzt schau nicht so.“ Asterios war seine ernste Miene nicht entgangen. „Das wird mit Sicherheit nicht so schlimm wie mit dem Vampir. Der hat schließlich einfach so die Spielregeln geändert, sonst wäre das gar nicht derart eskaliert.“

Und weil ja sonst immer alles nach Plan verlief, konnten sie ganz entspannt an die Sache herangehen. Das sollte er seiner Großmutter erzählen! Insofern die noch lebte, verstand sich.

„Um was für Zutaten handelt es sich denn?“ Wenn es nicht gerade ein flauschiger Plüschhase war – und der war es definitiv nicht –, bezweifelte Caleb, dass sie die

Sachen einfach mal so im Vorbeigehen auftreiben würden.

„Den Speichel eines Fuchsgeistes", begann Asterios aufzuzählen.

„Wo finden wir denn einen Fuchsgeist?" Und war Geist in dem Fall wörtlich zu verstehen? Geister sabberten doch gar nicht, oder?

„Fuchsgeister werden auch oft Kitsune genannt und sind eher in Waldgebieten zu finden."

„Wald? Na, das kann ja witzig werden." Caleb warf die Arme in die Luft und drehte sich auf seinem Schreibtischstuhl.

„Das ist gar kein Problem. Im Autumn Hill lebt zufällig ein Fuchsgeist. Ich habe sie bereits ausfindig gemacht. Und wenn wir Glück haben, können wir bei unserem kleinen Ausflug gleich noch das Gift einer Spinne einsammeln."

„Bekommt man das denn nicht in der Apotheke oder im Internet?" Caleb hob die Augenbraue. Spinnengift klang so furchtbar normal im Vergleich zu den restlichen Zutaten.

„Wenn wir ganz normales Spinnengift bräuchten, vielleicht. Aber es muss das Gift einer Arachne sein."

„Was ist das denn nun schon wieder?" Ein Dämon, so viel war klar. Eine ganz normale Spinne konnte es ja nicht sein. Viel zu normal und langweilig. Caleb musste an die Riesendinger aus *Harry Potter* denken und hatte Rons Stimme im Kopf. Er hatte gejammert, dass es ausgerechnet Spinnen sein mussten und wäre stattdessen viel lieber den Schmetterlingen gefolgt.

Schmetterlinge wären Caleb auch lieber gewesen.

Hoffentlich waren diese Arachnen kleiner als die Riesenspinnen von Hagrid.

„Ein Spinnendämon. Beide, die Arachne und der Kitsune, können menschliche Gestalt annehmen, haben eine Zwischenform und ihre Tierform. Für unser Vorhaben wäre die Tierform am günstigsten", ergänzte Asterios, während Caleb sich weiter Gedanken machte, was das für ein schräger Ausflug in den Wald werden würde. „Wir sollten am späten Nachmittag aufbrechen. Die Spinnen lieben die Dunkelheit und der Fuchsgeist verrät sich manchmal, weil er mit leuchtenden Geistern spielt."

Caleb bemühte sich, damit ihm der Mund nicht offenstand. Jetzt also doch noch Geister?

Asterios lächelte. „Nicht, was du jetzt denkst. Es ist eine Mischung aus Naturgeist und verstorbener Seele, die Energie, die sich aus beidem ergibt. Schwierig zu erklären. Aber die Kitsune sind sehr naturverbunden, allerdings auch listig und selbstgefällig. Sie lieben es, mit anderen Katz und Maus zu spielen. Du musst in ihrer Gegenwart sehr vorsichtig sein, aber da du der Harpyie widerstehen konntest, mache ich mir diesbezüglich keine allzu großen Sorgen."

Na, danke auch.

„Und wieso muss ich auf diesen Ausflug mitkommen?" Er hatte wirklich keine Lust auf riesige Spinnen und geisterhafte Erscheinungen.

„Weil es allein viel zu gefährlich und unvernünftig wäre. Außerdem sind die Fuchsgeister gegenüber Dämonen wie mir extrem vorsichtig, du wirst sie überzeugen müssen. Pack bequeme, aber robuste Schuhe ein, wir werden nicht auf den Wegen bleiben." Damit schien die Diskussion beendet, bevor sie überhaupt begonnen hatte, und alles Weitere beschlossen. Caleb ergab sich auch dieses Mal seinem Schicksal, ihm blieb ohnehin nichts anderes übrig. Unter normalen Umständen hätte er sich wahrscheinlich gefreut, noch etwas mehr Zeit mit Asterios zu verbringen. Bei diesen Aussichten hätte er allerdings gut und gern darauf verzichtet. Nur war ihm das leider nicht erlaubt.

Asterios erklärte ihm noch genau, was er einpacken und was er lieber zu Hause lassen sollte, ebenso wann sie sich treffen und wo sie parken würden. Er selbst verschwand bis zu ihrer Verabredung. Er hatte das Glas mit dem Vampirblut mitgenommen und gemeint, sich noch um ein paar Dinge kümmern zu müssen.

Es schien ihm wieder gut zu gehen.

Es war das erste Mal seit der Vampirattacke, dass Caleb wieder allein in seinem Zimmer war. Jetzt war er es, der sich miserabel fühlte, und das nur, weil Asterios ihn allein gelassen hatte.

Seine Gedanken wanderten weiter und er dachte darüber nach, wie es nach dem Ritual sein würde, wenn Asterios ein ganz normaler Mensch war. Wo würde er wohnen und was würde er mit seinem Leben anfangen? Er hatte ganz bestimmt schon vorgesorgt und sich entsprechende Papiere und Unterlagen anfertigen lassen.

Sollte er ihn vielleicht mal danach fragen? Die perfekte Gelegenheit dafür hatte er verpasst, das wusste er. Er hatte Asterios viele andere Fragen gestellt, doch diese eine nicht. Dafür hatte er viel zu große Angst vor der Antwort.

Asterios schien seine Gegenwart allerdings zu genießen, sonst wäre er nicht so lange hier in seinem Zimmer geblieben. Wenn er etwas für ihn empfand, würde er ja womöglich hier in der Nähe bleiben, sie könnten sich weiterhin sehen und besser kennenlernen und vielleicht auch ...

Doch das war alles Zukunftsmusik, die ihn nicht weiterbrachte. Nutzlose Tagträumereien.

Statt sich darin zu verlieren, erledigte er lieber seine Aufgaben, arbeitete seine Notizen durch und setzte sich schließlich zur verabredeten Zeit pünktlich auf den Ledersitz des Mustangs. Ein Wunder, dass ihn bisher noch niemand damit gesehen hatte. Den Wagen zurückzuholen, war eines der Dinge gewesen, die Asterios erledigt hatte. Seit dem Vampirtreffen stand er nämlich in der Nähe der Gasse.

Die Autofahrt dauerte nicht lange. Zum Glück, denn sie schwiegen sich dabei die ganze Zeit an. So nahe sie sich in den wenigen Tagen auch gekommen waren, nach der kurzen Trennung hatte sie beide eine merkwürdige Beklommenheit erfasst. Caleb wusste gar nicht mehr, wie er sich Asterios gegenüber vorher benommen hatte. Wieso fiel es ihm mit einem Mal so schwer, ihn anzusehen? Er kam sich dabei total albern vor und es fiel ihm auch nicht wirklich etwas ein, worüber sie reden konnten.

Erst als sie bereits ein paar Meter im Autumn Hill zurückgelegt hatten, begann Asterios eine Unterhaltung.

„Das hier ist mal besiedeltes Land gewesen", erklärte er, doch Caleb wusste darüber Bescheid. Er ging die ganze Zeit leicht versetzt hinter Asterios, da er nicht die geringste Ahnung hatte, wohin sie überhaupt mussten.

„Ja, weswegen es mich noch mehr wundert, dass hier gleich zwei Dämonenarten leben." Caleb hatte während der gesamten Fahrt überlegt, ob er Asterios darüber ausfragen sollte. Wie der Plan aussah, was sie beachten mussten und so weiter. Aber es war eigentlich nicht seine Aufgabe, diese Dinge aus ihm herauszuquetschen. Er sollte sie von sich aus erzählen.

„Na ja, sie leben nicht in diesem Teil des Waldes. Es ist ein bisschen schwierig zu erklären und ich denke, es ist einfacher, es dir zu zeigen. Dafür müssen wir nur diesen Oldtimer finden."

„Bitte was?" Caleb war sicher, sich verhört zu haben und beschleunigte seine Schritte daher unbewusst.

„Dieses alte Auto markiert die Grenze. Die Menschen halten es für ein Überbleibsel aus der damaligen Zeit. Genauso wie die Steinmauerreste, die man hier immer mal wieder findet. Es ist aber eher so etwas wie ein Durchgang. Ein Weg zu einem anderen Teil des Waldes. Es ..." Asterios führte den Satz nicht zu Ende, sondern lief mit einem Mal los, nachdem er zuvor kurz innegehalten hatte. Caleb wäre dadurch beinahe in ihn hineingelaufen.

„Na, da ist er ja", verkündete er kurz darauf triumphierend, während er neben dem Dach eines alten ... Caleb hatte keine Ahnung. Es musste so etwas wie ein Käfer sein. Das Auto wurde regelrecht vom Wald verschlungen und ragte nur noch zu Zweidritteln heraus.

„Und das ist es jetzt?" Caleb hatte etwas Spektakuläreres erwartet.

„Ja, ich weiß. Optisch macht er nicht mehr viel her, aber darum geht es ja auch gar nicht. Er fällt nicht unbedingt auf, lässt sich aber einigermaßen gut finden.“ Asterios klopfte auf das Dach des alten Wagens.

„Toll. Und jetzt?“ Argwöhnisch betrachtete Caleb das Gestell.

„Jetzt legst du deine Hand hier drauf, zählst ungefähr bis zehn und dann gehen wir in diese Richtung da.“ Asterios deutete schräg hinter sich. „Einfach weiterlaufen. Den Rest siehst du dann.“

Er hätte echt zu Hause bleiben sollen.

Widerwillig legte er seine Hand in die Nähe von Asterios’ und zählte stumm. Danach gingen sie gemeinsam in die angewiesene Richtung.

Caleb kam sich ziemlich dämlich vor und er war sich fast sicher, dass Asterios sich nur einen Scherz mit ihm erlaubte, als er …

„Was zum Geier …?“ Um ihn herum begann die Luft zu flirren. Wie bei heißem Asphalt oder einer Fata Morgana. Bei Calebs nächstem Schritt war da plötzlich ein ganz anderer Wald. War es vorher ein übersichtliches Wäldchen mit genug Platz zwischen den Bäumen gewesen, so war jetzt alles zugewuchert, die Stämme fingen bei einem halben Meter Durchmesser an und wurden immer breiter. Nur wenige Meter von ihnen entfernt stand ein Baum, bei dem es sicher fünf oder sechs Männer gebraucht hätte, um ihn einmal zu umfassen.

Caleb hätte sich beinahe mit weit offenem Mund umgesehen, denn es war nicht nur so, dass sie plötzlich in einer Art Urwald standen, auch das ganze Flair war anders. Es war magisch und geheimnisvoll, etwas schummrig und trotzdem nicht dunkel. Stattdessen gab es überall kleinere Lichtquellen, als würden zwischen den Bäumen Leuchtkäfer oder Feen herumschwirren.

„Willkommen im Andersweltwald." Asterios machte eine einladende Geste und trat an ihm vorbei.

„Heißt der jetzt wirklich so oder hast du dir das gerade ausgedacht?", wollte Caleb skeptisch wissen.

„Ausgedacht, aber zutreffend. Einen richtigen Namen hat er nicht, aber ich kann dir ansehen, dass du beeindruckt bist." Asterios grinste frech und Caleb konnte es schlecht abstreiten.

„Wer würde bei dem Anblick nicht staunen, zumal du mich nicht vorgewarnt hast." Er ging voran und als er auf Asterios' Höhe war, stieß er ihm den Ellenbogen in die Seite.

„Aber das hätte doch nur halb so viel Spaß gemacht", erwiderte der und schlug ihm lachend auf die Schulter. Caleb hingegen sah sich weiter neugierig und fasziniert um. Eigentlich erwartete er, dass jeden Moment hinter einem der alten Bäume, die teilweise von Ranken umwachsen waren, ein Einhorn hervortrat. Dabei hatte er vollkommen vergessen, dass sie nicht hier waren, um schöne und mythische Fabelwesen zu suchen, sondern das genaue Gegenteil. Daran erinnerte Asterios ihn auch im nächsten Moment, ehe er sich zu sehr in dem märchenhaften Anblick verlor.

„Genieß es, solange du noch kannst. Der Teil des Waldes, in den wir jetzt gehen müssen, hat leider nichts mehr hiermit zu tun."

Caleb schluckte, war jedoch darum bemüht, sich seine Beklemmung nicht anmerken zu lassen. Er folgte Asterios schweigend und leider dauerte es gar nicht lange, bis er wusste, was dieser gemeint hatte.

Der Wald wurde, sofern möglich, noch dichter. Die Bäume versteckten nun keine Einhörner mehr, sondern erhoben sich bedrohlich. Herabhängende Äste griffen nach ihnen. Das Licht war zu einem schummrigen, milchigen Grün und Braun verkommen und in den Schatten schienen überall kleine und große Monster zu lauern.

„Und was machen wir jetzt?" Caleb fühlte sich alles andere als wohl. Er war echt kein Angsthase, der sich im dunklen Wald fürchtete. Aber nach den Dämonenbegegnungen, die er bisher hatte erleben dürfen, machte ihm dieser Ausflug tatsächlich Angst. Was zu einem Großteil daran lag, dass er keine Ahnung hatte, worauf er sich hier einließ – wieder einmal!

„Die Spinnendämonen besitzen zumeist ein abgestecktes Revier, wenn man so will. Sie sind auch nicht so sehr auf Menschen spezialisiert, deswegen halten sie sich hier im Wald auf. Wenn ihnen allerdings mal einer ins Netz geht, sagen sie gewiss nicht nein. Sonderlich viel weiß ich auch nicht über sie, weil sie sich von uns anderen Dämonen nicht nur unterscheiden, sondern auch fernhalten. Sie verbringen die meiste Zeit hier auf der Erde. Um an das Gift zu gelangen, werde ich mich wahrscheinlich absichtlich beißen lassen müssen." Asterios hatte eine ernste Miene aufgesetzt.

„Ist das nicht gefährlich? Ich meine, es ist Gift!" Normalerweise war es eine dämliche Idee, sich bei so etwas absichtlich beißen zu lassen, oder? Gesund war das mit Sicherheit nicht.

„Ja, ich weiß. Aber da es dämonisches Gift ist, wird es mich nicht töten. Und wenn ich schnell genug bin, kann ich es aussaugen, ehe es mir schadet. Dafür benötige ich lediglich ein sehr gutes Timing. Eine Arachne handelt oder tauscht leider nicht sonderlich gern. Sie hat lieber ihre Ruhe und ist für sich. Daher werde ich nicht drum herumkommen, sie zu reizen, damit sie mich beißt. Bei der Spinne hältst du dich lieber zurück. Für dich könnte es nämlich wirklich gefährlich werden. Die Dinger sind sehr stark und mit ihren acht Beinen verdammt schnell." Asterios blickte jetzt richtig grimmig drein, was Calebs Angst nur vergrößerte.

„Wie weit ist es noch?", fragte er, um rechtzeitig stehen zu bleiben. Er war ganz zufrieden damit, dem Ding nicht näher als zweihundert Meter zu kommen. Je mehr Abstand, desto besser.

„Wenn wir nahe genug dran sind, wirst du es merken."

Leider behielt Asterios recht. Als das erste übergroße Spinnennetz aus dem finsteren Zwielicht auftauchte, wusste Caleb sofort, dass sie ihr Ziel erreicht hatten. Asterios hielt inne und drehte sich zu ihm herum.

„Du bleibst ab sofort immer mindestens zehn Meter hinter mir." Er hatte die Stimme merklich gesenkt und flüsterte fast. „Du solltest hier nicht allein sein, denn außer der Arachne und dem Kitsune können sich in diesem Wald auch noch andere Dämonen aufhalten, daher will ich dich in meiner Nähe wissen. Aber du musst dich verstecken. Diese Arachnen haben wortwörtlich Spinnensinne. Kein Laut, keine unnötigen Bewegungen, Luft anhalten wäre auch nicht schlecht."

Caleb hielt sofort die Luft an. Als Asterios daraufhin leise lachte, stieß er ihn bereits zum zweiten Mal am heutigen Abend mit dem Ellenbogen an. Wahrscheinlich hatte er nur versucht, seine Anspannung etwas zu lockern. Calebs zunehmendes Unbehagen konnte er damit trotzdem nicht vertreiben.

„Aber im Ernst. Tu nichts, was den Dämon auf dich aufmerksam machen könnte. Ich werde genug Aufsehen erregen, damit er sich nur auf mich konzentriert. Sobald ich das Gift habe, verschwinden wir. Ich habe ein kleines Mitbringsel dabei, das ihn wahrscheinlich lange genug von uns ablenken wird. Die stehen da total drauf." Asterios zog eine Tüte aus der Jackentasche und hielt sie kurz hoch. Den Inhalt erkannte er selbst in dem schlechten Licht als rot und blutig. Caleb fragte lieber nicht nach, um welche besondere Spezialität es sich dabei handelte.

„Wenn der das erst einmal spitz hat, wird der nichts anderes mehr im Sinn haben."

„Dein Wort in Gottes Ohr." Caleb hatte das einfach so dahingesagt und dabei nicht bedacht, wie das bei einem Dämon ankam.

Asterios wurde auch sogleich ernst. „Ich fürchte, Gott wird dir nicht helfen. Denk an den Abstand. Falls du die Arachne vor mir triffst, schrei. Ich bin ja direkt hier. Dann muss sich unsere Ablenkung zur Not direkt beweisen. Am wichtigsten ist, dass dir nichts passiert, verstanden?"

Asterios' Worte berührten Caleb, obwohl er diese Einstellung bereits bei dem Vampir gehabt hatte. Auch da hatte er Calebs Wohl über sein eigenes gestellt. Es jedoch so direkt zu hören, war noch einmal etwas ganz anderes.

„Ich passe auf."

„Also gut, dann mal los."

Mit weichen Knien folgte Caleb Asterios in die Richtung, in der riesige Spinnennetze von den Bäumen hingen und sie sich mehr als einmal unter Fäden, so dick wie Seile, hindurch bücken mussten.

Sie hätten wirklich mit dem Fuchsgeist anfangen sollen.

Kapitel 14

Asterios

Asterios überkam ein ungutes Gefühl. Womöglich hätten sie doch zuerst den Fuchsgeist suchen sollen, damit er Caleb danach aus diesem Wald rausbringen und allein zu der Spinne gehen konnte. Diese Pläne hatte er jedoch schon vor Wochen geschmiedet, damals sogar noch in dem Glauben, seine Jungfrau wäre ein Mädchen. Seine Sorge hatte sich zu diesem Zeitpunkt nie über die für eine wertvolle Zutat des Rituals hinausbewegt. Jetzt wünschte er, er hätte sich diesen Ausflug noch einmal genau überlegt und wäre nicht einfach nur dem gesetzten Plan gefolgt.

Asterios konnte sich kaum auf etwas anderes als Calebs Geruch und das Geräusch seiner Atmung konzentrieren. Seit sie ein paar Tage gemeinsam im Bett verbracht hatten, hatte sich irgendetwas zwischen ihnen verändert. Oder war es der Kuss gewesen?

Trotz der Ablenkung entging ihm der große Schatten nicht, der sich mit einem Mal über ihm in den Baumwipfeln bewegte. Er gab Caleb ein Zeichen, stehen zu bleiben, und winkte ihn dann hinter einen Baum. Erst danach ging er weiter. Mit selbstbewusster Miene stolzierte er regelrecht auf die kleine Lichtung zu, die sich vor ihm auftat. Das hier musste so etwas wie das Kernheim des Spinnendämons sein.

„Juchhu! Jemand zu Hause?“, rief Asterios, als er in der Mitte der Lichtung stehen blieb und den Blick hoch zu den Bäumen richtete.

„Ja, sieh mal einer an.“ Der Spinnendämon ließ sich an einem Faden von den Baumkronen zu ihm herab. Er hing kopfüber, was seinen Anblick auch nicht erträglicher machte. Ganz langsam berührten seine Beine den Waldboden, er richtete seinen Körper auf und sah ihn an. „Einer von diesen stinkenden Dämonen hat sich in mein Reich verirrt.“

Der Spinnenkörper hatte die Größe eines Ponys. Dort, wo eigentlich der Kopf hätte sein sollen, erwuchs ein menschlicher Oberkörper aus dem schwarzen haarigen Leib. Dieser war blass, leicht androgyn, vollkommen haarlos, genauso wie der Schädel. Farblose Augen musterten ihn neugierig, als der Dämon den Kopf schief legte.

Asterios verbeugte sich leicht spöttisch. „Es freut mich, hier sein zu dürfen.“ So viel zum Thema reizen. Jetzt zeigte er sogar Manieren. Er hatte einen wesentlich feindseligeren Auftritt seitens der Spinne erwartet. Sie wirkte allerdings so, als könnte man mit ihr reden.

„Nein, tut es nicht. Du willst irgendetwas von mir, sonst wärst du nicht hier. Also hör auf, so zu tun, als hätte ich dich eingeladen.“

Der Schuss mit der Freundlichkeit war dann wohl nach hinten losgegangen.

„Ich rieche die Eingeweide in deiner Tasche. Eingeweide haben die meiste Flüssigkeit und den besten Geschmack. Also, was hast du damit vor?“

Hm, womöglich sollte er es doch mit einem Tauschhandel versuchen? Wenn der nicht funktionierte, würde er auf den Kampf zurückgreifen. In dem Fall würde er ihn wohl oder übel angreifen, denn dazu reizen ließ sich dieser Dämon anscheinend nicht.

„Ich hätte da ein Angebot zu machen." Asterios zog die Tüte aus der Tasche und hielt sie hoch.

„Was willst du dafür?" Die Arachne verschränkte die Arme vor der Brust.

„Nichts Weltbewegendes", winkte Asterios ab. „Bloß ein wenig von deinem Gift."

Sie kniff die blassen Augen zusammen und betrachtete ihn eingehend, als würde sie abwägen, ob er das ernst meinte oder noch etwas anderes dahintersteckte. Ihr Blick blieb schließlich an der Tüte hängen.

„Und das ist alles?"

„Das ist alles", bestätigte Asterios und freute sich bereits, dass er so viel leichter an die Zutat kam, als er geplant hatte. Ein wenig Gift aus den Beißwerkzeugen und schon konnte er sich mit Caleb auf die Suche nach dem Fuchsgeist machen.

Der Spinnendämon löste die verschränkten Arme. „Einverstanden."

„Sehr gut." Asterios streckte bereits den Arm mit der Tüte aus und wollte nach der Phiole für das Gift kramen, als noch ein Nachsatz kam.

„Aber wenn du mein Gift willst, werde ich dich beißen müssen. Anders kommst du da nicht ran." Der Dämon grinste ihn böse an.

Asterios wollte sich zwar nichts anmerken lassen, dennoch erstarrte er kurz. Und er Idiot hatte sich bereits darüber gefreut, dass ihm der Biss erspart bliebe.

Zu früh gefreut! War ja eigentlich klar gewesen, dass da irgendwo noch ein Haken sein musste.

„Wieso?", wagte er es, tollkühn nachzufragen.

„Weil das nicht wie aus einem Wasserhahn einfach so heraustropft, damit du es in einem Glas auffangen kannst, deswegen." Und schon verschränkte sein Gegenüber die Arme wieder.

Asterios hätte jetzt am liebsten einen langgezogenen Seufzer ausgestoßen, aber das hätte zu viel verraten. Also begnügte er sich damit, unauffällig tief Luft zu holen. Er setzte ein Lächeln auf.

„Wenn du mir in dem Fall bitte in den Arm beißen könntest, damit ich an das Gift herankomme, bin ich einverstanden. Aber du beißt zuerst." Er hatte ja ohnehin vorgehabt, sich beißen zu lassen. Jetzt konnte er wenigstens den Ort und den Zeitpunkt bestimmen und einen Kampf vermeiden. Das war also immer noch ein Gewinn.

„Das lässt sich einrichten." Die Arachne kam auf ihren unendlich langen Beinen näher und Asterios kostete es einiges an Willenskraft, nicht vor ihr zurückzuweichen, obwohl ihn dabei das pure Grauen erfasste. Stattdessen streckte er den linken Arm aus. Da er nicht wusste, wie ihn das Gift beeinflusste und ob er alles herausgesogen bekam, sollte er nicht seinen guten Arm wählen.

Der Dämon ragte über ihm auf und beugte sich vor. Er öffnete den Mund und Asterios sah, wie seine Eckzähne von hinten nach vorne klappten. Sie schienen unabhängig voneinander beweglich zu sein, und es kostete ihn immense Willenskraft, um bei dem Anblick nicht endlich die Beine in die Hand zu nehmen. Doch er brauchte dieses Gift und er würde es ihm freiwillig geben. Er musste bloß stillhalten. Das war alles.

Die Beißwerkzeuge der Arachne gruben sich durch seine Haut und er konnte beinahe spüren, wie das Gift in sein Fleisch gepumpt wurde. Es ließ sich nicht verhindern, dass sein Arm zuckte, doch er konnte sich davon abhalten, vor dem aufflammenden Schmerz zu fliehen.

Er biss die Zähne zusammen und ertrug es, wunderte sich jedoch, wie lange der Dämon an dem Biss festhielt. Gerade als er ernsthaft darüber nachdachte, sich gewaltsam loszumachen, hob er den Kopf.

Und grinste, dass es Asterios eiskalt den Rücken herunterlief. Stimmte hier doch irgendetwas nicht? Ein mulmiges Gefühl beschlich ihn, wobei er nicht sagen konnte, ob das nicht bereits dem Gift zuzuschreiben war.

„Dein Part“, forderte der Dämon ihn auf. Asterios hielt ihm die Tüte hin, die er bereitwillig entgegennahm. Gerade wollte er nach der Phiole greifen und das Gift heraussaugen, als der Spinnendämon den Kopf hob und in Calebs Richtung sah.

„Was hat sich denn da hinten noch versteckt?“

Mist. Hatte die Arachne Caleb womöglich bemerkt? Aber Asterios war nichts aufgefallen, womit Caleb sich verraten haben könnte. In dem Moment erklang ein lautes Knacken. Nicht ohrenbetäubend laut und doch laut genug, um Calebs Anwesenheit überall bekannt zu machen. Na toll.

„Da bist du ja.“

Als Asterios sich umdrehte, lugte Calebs kreideweißes Gesicht am Baumstamm vorbei.

„Lauf!“, brüllte er ihm zu und warf sich im nächsten Moment von hinten auf den Dämon, der Caleb bereits ins Visier genommen hatte. Dieser zögerte zum Glück nicht lange, drehte sich um und rannte in den dichten Wald.

Die Arachne lachte. „Haha, du wirst mich nicht lange aufhalten können.“

Das befürchtete Asterios leider auch. Dennoch versuchte er an die langen, haarigen Beine zu gelangen, um sie zu verletzen, damit sie Caleb nicht hinterherlaufen konnte.

Er war stark, aber der Dämon unglaublich stabil und wendig. Immer wieder versuchte er, Asterios abzuschütteln und entzog sich seinem Griff. Als Asterios die Kontrolle über seine linke Hand verlor, gelang es seinem Gegner, ihn einige Meter weit wegzuschleudern. Auf dem Rücken liegend wollte er sich aufrappeln, doch alles um ihn herum drehte sich. Plötzlich erhob sich der gewaltige Spinnenkörper über ihm. Asterios lag darunter und war sich sicher, dass sein letztes Stündlein geschlagen hatte.

Er hob die Hände, doch seine Bewegungen wurden langsamer, sein Körper reagierte nur noch verzögert auf seine Anweisungen, seine Kraft schwand.

Das Spinnengift entfaltete seine Wirkung. Verdammter Mist!

Der Dämon bemerkte es auch und ließ von ihm ab. Er hätte ihn mit Leichtigkeit überwältigen können, Asterios hatte ihm nichts mehr entgegenzusetzen. Das Funkeln in seinen unheimlichen Augen sagte Asterios, dass er genau wusste, dass er eine Beute schon mal sicher hatte. Die andere jedoch musste er erst noch einfangen.

Hilflos musste Asterios mitansehen, wie der Dämon auf seinen acht Beinen davonlief. Direkt hinter Caleb her.

Er war ja so ein Idiot! Asterios hätte heulen können, aber nicht einmal dazu war sein gelähmter Körper imstande.

Warum hatte er ihn auch unbedingt mitnehmen müssen? Wenn die Arachne ihn einholte, war er so gut wie tot. Wenn sie Caleb biss, war er definitiv tot!

Er hätte ihn dieser Gefahr nicht aussetzen dürfen.

Verbissen kämpfte Asterios darum, sich zu bewegen, doch es war zwecklos. Er musste warten, bis sein Körper begann, das Gift abzubauen.

Von der benötigten Zutat dürfte dann nicht mehr viel übrig sein. Aber das war egal. Caleb war wichtiger. Nicht wegen des Rituals, sondern weil ...

Er musste ihn unbedingt retten.

Und konnte nur hoffen, dass es dafür nicht bereits zu spät war.

Kapitel 15

Caleb

Caleb hätte schreien, heulen und sich in eine Ecke zusammenkauern können – und das alles gleichzeitig. Doch das konnte er sich nicht erlauben, stattdessen stürzte er weiter durch die Dunkelheit. Äste griffen nach ihm und zerkratzten ihm Hände und Gesicht. Aber davon ließ er sich nicht aufhalten. Auch der Gedanke, was mit Asterios passieren könnte oder passiert war, durfte ihn nicht straucheln lassen. Er hatte gesagt, diese Spinnendämonen waren nicht nur unglaublich stark und giftig, sondern auch unmenschlich schnell. Er musste seinen Vorsprung also so weit wie möglich ausbauen, wenn er zumindest ansatzweise eine Chance haben wollte.

Er wunderte sich, wie gut sein Verstand in seiner absoluten Panik noch funktionierte und wie viele Gedanken er sich machte, während sein Körper allmählich zu protestieren begann, weil er ihm zu viel zumutete. Jeden Moment rechnete er damit, dass hinter ihm das Knacken von Ästen und das Rascheln furchtbar vieler Beine zu hören sein würde.

Oder würde ihn ohne Vorwarnung eine große Gestalt aus den Bäumen zu Boden reißen? Er könnte auch blind in ein Spinnennetz stolpern.

Caleb stolperte tatsächlich. Aber nicht in ein Spinnennetz, sondern auf eine Art Lichtung.

Die fehlenden Hindernisse in Form von Ästen, Gestrüpp und Bäumen brachten ihn aus dem Gleichgewicht. Er wankte noch ein paar Schritte weiter, dann blieb er stehen. Caleb kniff die Augen gegen die plötzliche Helligkeit zusammen. Schützend hielt er sich einen Arm vors Gesicht, um sich misstrauisch umzusehen. Wo war er gelandet? Und wieso war es hier überhaupt hell? Es war Nacht. Woher also kam das Licht?

Calebs Blick wanderte über die Lichtung und blieb an einer Gestalt in einem halbdurchsichtigen weißen Kleid hängen, welche in der Mitte der Lichtung im Gras kniete. Um sie herum tanzten Schmetterlinge, helle Lichtpunkte und kleine Tiere versammelten sich zu ihren Füßen.

Sie war unglaublich schön, erhaben wie ein Engel und strahlte von innen heraus. Ihm blieb bei ihrem Anblick regelrecht die Luft weg. Dann hob sie den Kopf und sah ihn an.

Selbst auf die Entfernung traf es ihn wie ein Blitz. Hitze durchflutete seinen Körper, und hätte er es nicht besser gewusst, hätte er gedacht, von Amors Pfeil oder etwas Ähnlichem getroffen worden zu sein.

Kurz konzentrierte sich ihre Aufmerksamkeit auf etwas hinter ihm. Caleb drehte sich um.

Richtig, da war ja noch etwas gewesen. Er sah in die Finsternis und erinnerte sich an die Arachne, die ihn wahrscheinlich in eben diesem Moment verfolgte. Caleb durfte nicht hierbleiben. Er musste entweder umdrehen und versuchen, den Dämon von ihr wegzulocken, oder das Mädchen auf seiner Flucht mitnehmen.

Aber mit ihr wäre er sicherlich langsamer. Sie musste ohne ihn von hier verschwinden, und zwar schnell, dann hatten sie eine größere Chance. Sie sollten sich beeilen, durften keine Zeit verlieren. Schnell, sonst ...

Doch als er den Blick zurück zu ihrem schönen Gesicht gleiten ließ, vergaß er vollkommen, wieso es noch mal so wichtig gewesen war, sich zu beeilen. Fasziniert betrachtete er sie näher. Sie besaß ein eher längliches Gesicht, das von hohen Wangenknochen geziert wurde, und recht nahe beieinanderliegende Augen mit dünnen Brauen. Wie gemalt von einem Pinsel mit rotbrauner Farbe auf der weißen Haut.

Als die schlanke Gestalt sich erhob, entdeckte er einen rotbraunen Schwanz mit weißer Spitze. Sein Gehirn brauchte viel länger als normalerweise, um das Gesehene in den richtigen Kontext zu bringen. Konnte es wirklich sein, dass er regelrecht in den Fuchsgeist hineingestolpert war?

Mit fast tänzerischer Leichtigkeit kam die Frau auf ihn zu. Er war wie verzaubert von ihrem Anblick.

Fuchsgeist. Kitsune. Was hatte das noch mal für eine Bedeutung gehabt?

Es war ihm vollkommen egal. Sein Kopf leerte sich zunehmend. Wichtig war einzig das Wesen vor ihm.

„Hallo, mein Freund. Ich bin überrascht, dass du mich hier besuchst." Sie war nun ganz nahe und streckte eine Hand aus. Federleicht legten sich ihre Finger auf seine Schulter und strichen wie ein Windhauch hoch, seinen Hals entlang bis zu seinem Kiefer. Sie legte einen Zeigefinger unter sein Kinn und hob seinen Kopf ein kleines Stück an, sodass sie ihm direkt in die Augen sehen konnte. „So ein schöner junger Bursche."

Ihre Augen waren von unbeschreiblich schöner, hellleuchtender Bernsteinfarbe. Irgendwo in ihren Tiefen verbarg sich ein Feuer, aber er suchte nicht weiter danach, vollkommen gefangen von ihrem Anblick. Sie hatte etwas Ausländisches, war nicht von dieser Welt.

Das braune Haar schimmerte immer wieder rötlich. Als würde das Licht der blutrot untergehenden Sonne darüber tanzen. Dazu die tiefschwarzen Wimpern, die sie ganz genau einzusetzen wusste.

Die Kitsune hielt seinen Blick gefangen und dieses Fremdartige faszinierte Caleb. Während sie ihren Zeigefinger unter seinem Kinn behielt, strich sie um seinen Körper. Er spürte das weiche Fell ihres Fuchsschweifs. Sie rieb sich regelrecht an ihm wie eine Katze und er musste nach Luft schnappen.

„Gefällt dir, was du siehst?", fragte sie mit aufreizendem Augenaufschlag. „Oder ...?" Sie musterte ihn intensiv und Caleb fühlte sich für einen Moment entblößt, aber es war ihm seltsamerweise nicht unangenehm. Er ließ sie einfach so in sein Innerstes, seine privatesten Sphären eindringen. Das war schon in Ordnung. Bestimmt.

Ein eigentlich viel zu breites Grinsen breitete sich auf ihrem Gesicht aus. Dann verschwammen ihre Konturen, als hätte jemand einen Stein ins Wasser geworfen. Die entstandenen Wellen, welche ihre Gestalt verwischt hatten, legten sich nach kurzer Zeit wieder.

Caleb hielt erschrocken die Luft an. Der junge Mann, der nun vor ihm stand, war atemberaubend schön. Das weiße, fast durchsichtige Kleid war einem sehr schicken und noblen Anzug gewichen. Leicht welliges Haar, das sein Gesicht sanft einrahmte. Feine

Wangenknochen, eine weiche Kinnlinie, ein sinnlicher Mund. Unglaublich lange Wimpern, die mandelartigen Augen von vorher und dieselbe Iris, dazu diese blütenweiße Haut mit nur einer ganz leichten Röte auf den Wangen und den Lippen, die er sich soeben befeuchtete, als er sich näher zu ihm beugte.

Er war wunderschön, sein Anblick verschlug Caleb regelrecht den Atem, aber ...

Aber er hatte so überhaupt nichts mit Asterios gemein. Asterios, dessen Haut so schwarz wie die Nacht war. Sein frecher und vor Selbstbewusstsein nur so strotzender Gesichtsausdruck und sein gesamtes Auftreten. Die tiefschwarzen Augen, der Diamantstecker an seinem rechten Ohr. Die manchmal so tiefe und beinahe rauchige Stimme.

All das fehlte ihm.

„Was ist? Gefalle ich dir noch immer nicht? Du zögerst." Der Kitsune beugte sich vor, seine Stimme war weich und hatte ein angenehmes Timbre. Caleb jedoch rührte sich nicht. Irgendetwas hieran war falsch. Ganz falsch. Aber sein Kopf ließ den Gedanken, woran das lag, nicht zu.

„Ts. Das kann doch gar nicht sein." Der Fuchsgeist schnalzte ungehalten mit der Zunge und richtete sich für einen Moment auf. „Na, macht nichts. Dann helfen wir einfach ein bisschen nach."

Abermals beugte er sich zu Caleb vor. Als ihre Gesichter sich immer weiter annäherten, wäre er gern zurückgewichen, doch eine Hand in seinem Kreuz verhinderte das. Als würden sie tanzen, begann er sich mit ihm zu drehen. Die ganze Welt wirbelte mit ihnen umher.

Der Fuchsgeist leckte ihm langsam über die Wange, sah ihm dann wieder tief in die Augen, als wollte er seine Zustimmung oder würde etwas überprüfen.

Caleb wehrte sich noch immer nicht. Jetzt machte sich ein warmes Gefühl in seinem Körper breit, von einer Taubheit begleitet, die sich über all seine Gedanken legte.

„So langsam wird es doch", murmelte der Kitsune und streckte wieder seine Zunge aus. Abermals fuhr er damit über Calebs Haut, der die kalte Spur spürte. Er näherte sich seinem linken Mundwinkel, fuhr über seine Lippen.

„Jetzt nur noch der direkte Kontakt und dann ..." Bereitwillig öffnete Caleb seine Lippen, als der Fuchsgeist mit seiner Zunge ein paar Mal sanft dagegenstieß.

Als Nächstes würden sie sich küss–

„Und das reicht. Danke für den Speichel", unterbrach Asterios abrupt den Tanz. Es war, als hätte ihn jemand aus einem Traum gerissen.

Asterios ergriff seinen Arm. Caleb wehrte sich dagegen und riss sich los. Er wollte bei dem Mann vor ihm bleiben und wandte sich ihm wieder zu. Der lächelte ihn an, beugte sich vor und Caleb tat es ihm gleich. Seine Lippen ...

Plötzlich wurde er an der Schulter gepackt und herumgewirbelt.

„Caleb, wach auf." Asterios verpasste ihm eine Ohrfeige. Es war kein fester Schlag, doch es reichte, um die Wärme, die Caleb bis eben noch eingelullt hatte, zu vertreiben. Sie wich der kühlen Nachtluft um ihn herum. Er fröstelte sogar. Wo war seine Jacke? Wann hatte er sie ausgezogen?

Asterios zog ihn in einer fließenden Bewegung hinter sich. Der Fuchsmann fauchte, nahm zunächst wieder die Gestalt der Frau an, musterte Asterios kurz und schien dann zu schrumpfen.

Vor ihnen stand nun ein rotbrauner Fuchs mit einem Buckel und gesträubtem Fell. Drei Schweife standen gestreckt und eindeutig unter Spannung von ihm ab, einer nach links, einer nach rechts und der in der Mitte steil nach oben. Die weißen Schwanzspitzen zitterten und die Schweife wirkten so aufgeplustert dick und buschig. Der Fuchs bleckte die Zähne und zeigte ihnen sein ganzes Gebiss, die Ohren hatte er dabei eng an den Kopf gelegt.

„Du machst mir damit keine Angst." Asterios beugte sich ein Stück zu dem Fuchs hinunter, während Caleb wie betäubt einfach nur hinter ihm stand. Sein Kopf fühlte sich nach wie vor wie benebelt an, als wäre er gerade eben erst aufgewacht.

Sich zu bewegen oder etwas zu sagen, überforderte ihn. Zum Glück war Asterios aufgetaucht. Schwer zu sagen, wohin das ansonsten geführt hätte. Denn er hatte es am Ende gewollt. Bis zu dem Moment, in dem Asterios aufgetaucht und ihn aus dieser ... Trance gerissen hatte, hatte er all das wirklich gewollt. Es war ihm vollkommen richtig vorgekommen, hatte ihn sogar nach mehr verlangt.

„Der Junge gehört mir, ist das klar?", fuhr Asterios in diesem Moment den Fuchs mit den drei Schweifen an. Der fauchte zurück und keckerte in hohen Tönen. Als Asterios einen bedrohlichen Schritt auf ihn zu machte, drehte er sich um und verschwand.

„Alles in Ordnung mit dir?“ Asterios stand vor ihm und legte ihm seine Jacke über die Schultern. Caleb versuchte, sich zu bewegen, doch er schaffte es gerade mal, die Jacke festzuhalten, sodass sie nicht herunterrutschte. Die Arme in die Ärmel zu stecken, überforderte ihn momentan noch.

„Caleb?“ Als Caleb nicht auf seine Frage reagierte, beugte sich Asterios das kleine Stück, welches er größer war, zu ihm hinunter, um ihm direkt in die Augen zu sehen.

In dem schönen Gesicht vor ihm stand ehrliche Besorgnis. Caleb wusste, dass es dafür auch einen Grund gab, aber der wollte ihm gerade nicht einfallen.

„Hey.“ Asterios legte eine Hand an seine Wange und zog dabei die Augenbrauen zusammen.

„Ja“, brachte Caleb schließlich mühsam heraus. „Alles ... in ... Ordnung.“ Er musste sich für jedes Wort unglaublich anstrengen, als hätte er vergessen, wie Sprechen funktionierte.

„Bist du sicher?“, fragte Asterios noch einmal nach und beugte sich ein Stück näher, was in Caleb plötzlich das Verlangen auslöste, ihn zu küssen.

Er schüttelte den Kopf, um diese Gedanken zu vertreiben. „Ähm, ja. Nur etwas benommen.“

Asterios hatte seine Wange losgelassen, als Caleb den Kopf geschüttelt hatte, und dadurch Kälte auf seiner Haut zurückgelassen. Sie schlich sich immer tiefer in Calebs Körper und vertrieb die Taubheit seiner Glieder. „Lass uns das schnell abwischen.“ Asterios hatte ein Taschentuch aus seiner Jacke geholt und wischte ihm zunächst ganz vorsichtig damit über die Lippen und dann über die linke Wange.

Warum tat er das? Und was machte er eigentlich hier? Wie waren sie ...?

Da erinnerte Caleb sich daran, dass Asterios zuvor von dem Spinnendämon gebissen worden war.

„Wie geht es dir?“ Mit steifen Bewegungen schlüpfte er in die Jacke, benötigte dafür jedoch mehrere Anläufe.

„Ich sagte ja, dass mich das Gift nicht umbringt, alles gut. Es hat mich nur für eine Weile außer Gefecht gesetzt. Ich musste warten, bis seine Wirkung nachlässt und ich mich wieder bewegen konnte. Ich habe mir riesige Sorgen um dich gemacht.“ Asterios strich sich über seine Rastalocken, ehe er ihn wieder kritisch musterte. „Der Dämon hat dich nicht erwischt?“

„Nein“, antwortete Caleb nach kurzem Zögern. Er war sich nicht sicher, ob Asterios die Spinne oder den Fuchs meinte, doch beide hatten ihm nichts getan.

Zumindest war es nicht so schlimm, dass er eine Verletzung oder einen anderen Schaden davongetragen hatte. Die Benommenheit, die er derzeit verspürte, sollte eigentlich bald verblassen, oder?

„Dann erzähl mir bitte, was genau passiert ist. Wir warten noch, bis es dir besser geht, dann erst werden wir gehen.“ Asterios ließ sich auf das weiche Gras sinken und sah zu ihm hoch. „Hier im Licht dürften wir sicher vor der Arachne sein.“

„Was ist das für eine Lichtung?“ Caleb ließ sich nach kurzem Zögern ebenfalls zu Boden sinken. Allerdings plumpste er das letzte Stück regelrecht auf die Erde. Seine Muskeln gehorchten ihm noch immer nicht vollständig.

„Einige der Wesen, die hier leben, verbringen auch gern Zeit im Licht. So, wie der Kitsune. Der Wald sorgt eben für alle.“ Asterios hob die Schultern, während Caleb sich übers Gesicht rieb. Stockend berichtete er ihm von seiner Flucht und der schönen Frau auf der Lichtung.

„Sie hat versucht, mich zu verführen, denke ich.“

Seine Worte waren ganz leise und er wagte nicht, aufzusehen. Irgendwie war ihm das nicht nur furchtbar peinlich, er schämte sich regelrecht. Asterios sagte nichts, also fuhr Caleb nach einer Weile fort und erzählte den Rest der Geschichte, an den er sich erinnerte.

Asterios saß da und betrachtete ihn nachdenklich, nachdem Caleb fertig erzählt hatte.

„Kitsune können ihre äußere Erscheinung ändern und auch zwischen Mann und Frau wechseln. Je nachdem, was ihr Gegenüber attraktiver findet.“ Asterios sah Caleb bedeutungsvoll an und der spürte, wie er ungewollt rot anlief.

Na super. Schon wieder dieses Thema also. Der Fuchsgeist hatte auch so etwas gesagt. Um davon abzulenken, sprach Caleb noch etwas anderes an, was ihm aufgefallen war.

„Der kleine Fuchs hatte drei Schweife, oder?“ Natürlich war es möglich, dass er sich das nur eingebildet oder sich geirrt hatte, aber sie waren doch recht gut zu sehen gewesen.

„Ja, genau. Glück für dich, dass es ein verhältnismäßig junges Exemplar gewesen ist. Ein älterer hätte sich von mir nicht so leicht verscheuchen lassen.“ Asterios wirkte ernst.

„Was sagen denn die Schweife über das Alter aus?“ Oder hatte er das falsch verstanden?

„Wenn ein Fuchsgeist hundert Jahre alt wird, teilt sich sein Schweif. Kitsune sind keine richtigen Dämonen, weswegen sie Fuchsgeister genannt werden. So ist es ihnen möglich, in Menschen zu fahren und die Kontrolle über sie zu übernehmen. Sie können genauso dämonisch sein wie alle anderen. Mit neun Schweifen, sagt man, ist der Dämon tausend Jahre alt. Wer mal nachzählt, kommt auf achthundert, aber was soll's. Sie stellen so oder so eine Gefahr dar. Aber je mehr Schwänze sie haben, desto mächtiger sind sie. Gegen einen Neunschwänzigen hätte ich nicht die geringste Chance gehabt."

„Naruto", murmelte Caleb leise. „Kyuubi."

Asterios musterte ihn einen Moment, schien zu überlegen, ob er dazu etwas sagen sollte, schwieg jedoch. Schließlich erhob er sich. „Komm, wenn es dir wieder besser geht, sollten wir langsam gehen. Wir müssen immerhin noch aus dem Wald raus und dich nach Hause bringen."

Das hieß dann wohl, dass Asterios heute nicht mehr in seinem Zimmer schlafen würde. Der Gedanke sorgte dafür, dass Caleb eigentlich gar nicht zurück in sein Wohnheim wollte. Aber er konnte Asterios' ausgestreckte Hand auch nicht einfach so ignorieren. Also ergriff er sie und ließ sich von ihm hochhelfen.

Sobald Caleb sicher stand, löste Asterios seinen Griff. Am liebsten hätte er seine Hand festgehalten. Nicht nur, weil er ihn gerade unglaublich gern berühren wollte. Etwas, woran er sich festhalten konnte, wäre ihm sehr recht gewesen, und sich so von Asterios aus dem Wald führen zu lassen, ebenfalls lieber. Doch erneut danach zu greifen, war ihm zu peinlich.

„Da geht es lang. Wir sollten uns beeilen, schnell hier rauszukommen." Asterios deutete in eine Richtung und lief los. Beinahe hätte Caleb nach dem Zipfel seiner Jacke gegriffen, hielt sich jedoch noch rechtzeitig davon ab.

Meine Güte, was war denn plötzlich los mit ihm? Ja, seitdem sie diese unendlichen Stunden gemeinsam in einem Bett verbracht hatten, war es anders zwischen ihnen. Jetzt hatte sich dieses Gefühl jedoch verstärkt, verändert. Caleb konnte es nicht genau definieren. Er musste sich zusammenreißen, damit Asterios nichts merkte, denn er war sich nicht sicher, wie seine Reaktion darauf ausfallen würde. Von einer wilden Knutscherei bis zu spöttischen Seitenhieben war bei ihm alles möglich. Doch für Spott oder Hohn fühlte sich Caleb nicht fit genug, also musste er seine Gefühle in den Griff bekommen.

KAPITEL 16

Asterios

Asterios war stinksauer. Nicht auf Caleb, der konnte nichts dafür. Aber erst brachte Asterios ihn in Lebensgefahr, weil er ihn mit zu der Arachne schleppte, und dann stolperte Caleb auch noch ohne ihn in den Kitsune. Er hätte ihn beinahe an diesen schlitzäugigen Fuchs verloren!

Diese Fuchsgeister waren sehr gerissen und clever. Und dummerweise nutzten sie ihr Aussehen gern, um bevorzugt Männer zu verführen. Dass dieser Kitsune sogar so weit gegangen war und die dafür eher selten gewählte männliche Erscheinungsform genutzt hatte, machte Asterios nur noch wütender. Er gehörte ihm. Ihm ganz allein, und daran hatte sich niemand zu vergreifen. Am liebsten hätte er dem dämlichen Fuchs einen seiner Schwänze rausgerissen. Aber das hätte Caleb bestimmt nicht gefallen.

„Asterios, warte mal." Caleb blieb stehen. „Brauchen wir nicht noch etwas von dem Fuchsgeist?"

Erschrocken sah er ihn an. Und Asterios konnte nicht anders, als milde zu lächeln. Wie typisch für ihn, dass er sich darum Gedanken machte, wo er doch gerade erst von dem Bann des Fuchsgeistes befreit worden war. Er hätte wahrlich genug Gründe, sich über andere Dinge Sorgen zu machen.

Um ihn zu beschwichtigen, hielt Asterios das Taschentuch hoch.

Gleichzeitig behielt er die Umgebung im Auge und lauschte auf jedes noch so kleine Geräusch.

„Der Speichel eines Kitsunes. Weiß du noch? Damit hab ich dein Gesicht abgewischt.“ Er wedelte ein weiteres Mal vielsagend mit dem Tuch, ehe er es wieder einsteckte.

„Richtig.“ Caleb hob die Hand zu seiner Wange und zu seinem Mund. Asterios wandte sich ab und lief weiter. Sie durften nicht noch länger hier so stehen, sondern mussten schnell hier raus. Sein Blick huschte beständig von links nach rechts und immer wieder nach oben in Richtung der Baumkronen.

Am liebsten hätte er ausgespuckt. Der Geschmack auf seiner Zunge widerte ihn an und machte ihn für andere Gerüche blind. Caleb stank immer noch nach diesem widerwärtigen Dämon. Sein Ekel wuchs, als er daran dachte, dass dieser Fuchsgeist Calebs Geruch verändert hatte. Das Verlangen, das nicht er ausgelöst hatte, nicht ihm galt. Am liebsten hätte er diesen Fehler sofort korrigiert und Caleb an den nächstbesten Baum gedrückt. Aber dafür war jetzt keine Zeit. Caleb hatte die Gefahr durch den Spinnendämon aufgrund der Begegnung mit dem Kitsune vergessen und er wollte ihn nicht unnötig ängstigen.

„Warum hat er das gemacht?“, fragte Caleb hinter ihm unvermittelt.

„Kitsune sind nicht darauf angewiesen, aber sie ernähren sich gern ab und zu von der männlichen

Energie, dem Yang. Sie selbst bilden nur Yin-Energie und durch die Yang-Energie des Mannes stärken sie ihre eigenen Kräfte. Es gibt die Vermutung, dass sie das am Ende unsterblich macht, aber da Dämonen an sich nicht gerade leicht zu töten sind, weiß ich nicht, ob das stimmt. Du bist ihm zufällig über den Weg gelaufen und ich denke, er konnte der Versuchung nicht widerstehen." Asterios bezeichnete ihn als „er", weil der Fuchsgeist eine männliche Erscheinung angenommen hatte. Dabei wurden die Kitsune sonst meistens als weiblich angesehen. Der Kitsune musste einen Blick in Calebs Innerstes geworfen haben, um dieses Geheimnis zu sehen. Das machte ihn gerade halb wahnsinnig. Wie konnte er es nur wagen?

„Ach so, das meinte ich aber eigentlich gar nicht. Ich wollte wissen, ähm ..."

Asterios bemerkte, wie Caleb stehen blieb, weswegen er gezwungenermaßen ebenfalls anhielt und sich halb zu ihm herumdrehte. Er wirkte leicht verlegen. Asterios wartete kurz. Weil er ungern mehr Zeit als nötig in diesem Wald verbringen wollte, hätte er ihn am liebsten weitergezogen, doch Caleb hatte heute schon einmal seine Hand weggeschlagen. Trotzdem würde er lieber darüber reden, sobald sie wieder im normalen Teil des Autumn Hill waren.

„Caleb, lass uns erst einmal weitergehen. Du kannst mich das auch später fragen. Wir sollten schnell aus diesem Teil des Waldes verschwinden", sprach er seine Gedanken aus, als ihm ein unangenehmes Kribbeln den Rücken hochkroch. Er drehte sich wieder nach vorn, ließ den Blick schweifen und lief weiter. Als Caleb ihm folgte, brachte das endlich die Frage hervor, die ihn die ganze Zeit zu beschäftigen schien.

„Wieso hat er mich ... abgeleckt?"

Asterios hätte sich beinahe erneut zu ihm herumgedreht, einfach nur um den Ausdruck auf Calebs Gesicht zu sehen. Inzwischen hatten sie den hellen Schein der Lichtung weit hinter sich gelassen, sodass um sie herum wieder das schummrig düstere Licht des Dämonenwaldes herrschte.

„Der Speichel eines Fuchsgeistes soll so ähnlich wie ein Liebestrank wirken und das sexuelle Verlangen verstärken. Ich glaube nicht, dass es allein der Speichel ist, diese Füchse strahlen mit ihrem gesamten Körper ‚nimm mich!' aus, und es ist nicht leicht, sich dagegen zu wehren."

„Du scheinst auf diese Kitsune nicht sonderlich gut zu sprechen zu sein."

„Nein", antwortete er brüsk und beschleunigte seine Schritte etwas.

„Warum nicht?" Caleb musterte ihn neugierig, als Asterios ihm einen Blick mit hochgezogener Augenbraue zuwarf. Er antwortete jedoch nicht. Im Grunde taten diese Fuchsgeister genau das Gleiche wie seine Dämonenart – die Menschen verführen und ihnen dann beim Sex die Lebensenergie abziehen –, womit sie sozusagen in direkter Konkurrenz standen ...

Wirklich wütend machte ihn allerdings, wie der Kitsune mit Caleb gespielt und ihn langsam für sich gewonnen hatte ...

Was er nie und nimmer laut sagen würde. Wie sah das denn bitteschön aus?

Also lief Asterios schweigend weiter und wurde bloß schneller, sodass Caleb damit beschäftigt war, ihm hinterherzustolpern und nicht weiter nachfragte. Er konnte sich ja seinen Teil denken, wenn er wollte.

Die nächsten Minuten war er derart in seine Gedanken vertieft, dass er seiner Umgebung zu wenig Aufmerksamkeit schenkte. Wäre er nicht so abgelenkt gewesen, wären ihm die riesigen Spinnennetze aufgefallen, die oben in den Baumkronen thronten. So lief er blind an ihnen vorbei und direkt in ihrer beider Verderben.

Als Caleb schrie, wirbelte Asterios zu ihm herum, doch da war es bereits zu spät.

„Das war leicht. Viel zu leicht", lachte die Arachne, während sie sich an einem Faden, der dick wie ein Seil war, herabgleiten ließ. Caleb hing neben ihr in einem Netz, ein bis zwei Meter über dem Boden, seine Augen schreckgeweitet.

Scheiße!, schimpfte Asterios innerlich und verfluchte sich dreifach dafür, dass er einfach nichts, aber auch gar nichts dazulernte.

„Zu schade, dass ihr nicht gemeinsam ins Netz gestolpert seid. Jetzt muss ich dich noch mühsam einsammeln, und du bist doch so widerspenstig." Die farblosen Augen musterten ihn und die feinen Lippen verzogen sich zu einem schmalen Lächeln, als würde es ihm gar nicht so sehr leidtun, Asterios einfangen zu müssen.

Ehe der irgendetwas dazu sagen konnte, schoss der Dämon einen Spinnenfaden auf ihn ab, der sich zu einem riesigen Netz ausbreitete. Asterios sprang seitlich hinter einen Baum. Seine Rettung verdankte er einzig seinen schnellen Reflexen. Aber er würde ihm nicht die ganze Zeit ausweichen können, und weglaufen war keine Option, schließlich hatte der Mistkerl Caleb in seiner Gewalt.

Um ihn aus dem Netz zu befreien, benötigte er ein Messer. Das hatte er vorsorglich eingepackt, hoffentlich würde es ihm auch im Kampf nützen.

„Wenn du nicht rauskommst, werde ich schon mal von dem kleinen Leckerbissen hier kosten."

Asterios spähte um den dicken Stamm herum, der ihm Schutz bot. Der Spinnendämon bewegte sich langsam zu Caleb hinüber, welcher ängstlich versuchte, in dem Netz so weit wie möglich von seinem Angreifer wegzukommen. Was ihm natürlich nicht gelang.

Asterios musste dringend etwas unternehmen.

Als der Spinnendämon ihm den Rücken zudrehte, schlich Asterios um den Baum herum und rannte so leise wie möglich auf ihn zu.

Sein Plan war es, mit einem Sprung auf dem riesigen Spinnenkörper zu landen und das Messer vorn in seine Brust zu rammen. Noch im Lauf wirbelte der Spinnendämon blitzschnell zu ihm herum und spie ihm ein Spinnennetz entgegen.

Reflexartig hob Asterios die freie linke Hand und schützte sein Gesicht, sodass die klebrigen Fäden sich um seine Finger anstelle seines Kopfes wickelten.

Siegessicher grinste sein Gegner ihn an und zog mit einem kräftigen Ruck an dem Spinnenfaden. Asterios fiel zu Boden und verlor dabei das Messer. Er griff danach, wurde jedoch in die andere Richtung gezogen. Caleb stieß bei dem Anblick ein ängstliches Wimmern aus.

„Das wird heute ein richtiges Festmahl mit euch beiden." Die Beißwerkzeuge der Spinne fuhren aus und klickten unheilverkündend beim Sprechen. Doch das würde Asterios nicht zulassen. Er sprang in einer fließenden Bewegung auf die Füße und zog seinerseits an dem Spinnenfaden, wodurch sein Gegner einige Schritte auf ihn zu stolperte. Die kurze Unsicherheit auf den acht Beinen ausnutzend, sprang Asterios auf das am Boden liegende Messer zu, doch bevor er es erreichte, ging ein fieser Ruck durch seinen linken Arm, der ihn stoppte.

Nur ein paar Zentimeter von dem Messer entfernt landete Asterios hart mit dem Gesicht auf dem Waldboden.

Er streckte den Arm noch ein bisschen weiter aus, doch noch ein Spinnenfaden traf seine Hand und zog ihn zurück.

Asterios stieß ein wütendes Brüllen aus, als er mit einem Ruck zurückgerissen wurde und auf dem Rücken landete. Er hörte die acht Beine über den Boden auf ihn zulaufen und schon beugte sich ein bleiches Gesicht über ihn.

„Du hast keine Chance." Der Dämon grinste ihn breit an. Die Spinnenfäden, die Asterios hielten, hatte er sich rechts und links um die Hände gewickelt.

„Und du bist dir da zu sicher", antwortete er, drehte sich auf den Bauch, zog die Beine an und krabbelte hastig unter dem Spinnenkörper hindurch.

„Was zum ..." Auf der anderen Seite angekommen, richtete Asterios sich auf und zog kräftig an den Spinnenfäden. Schreiend überschlug sich sein Gegner. Die acht Beine zeigten jetzt wild strampelnd in die Luft.

„Du elender Wicht! Wie kannst du es wagen!“, kreischte die Arachne und kämpfte mühsam darum, ihren Körper zu drehen und wieder auf die Beine zu kommen. Für einen kurzen Moment erinnerte sie an eine auf dem Rücken liegende Schildkröte.

Bevor sie sich wieder ganz aufrichten konnte, sprang Asterios mit einem riesigen Satz, als würde er sich auf ein Pferd schwingen, auf ihren Rücken. Es war gar nicht so leicht, dort oben Halt zu finden, und er drohte bereits wieder herunterzurutschen. Um das zu verhindern, nutzte er die Spinnennetze an seinen Händen und wickelte die langen Fäden um den Dämon. Er band ihm die Arme an den Körper und wickelte sie anschließend noch mehrmals über seinen Mund und um den kahlen Schädel, damit er weder beißen noch neue Fäden spucken konnte. Danach fuhr er seine Krallen aus und befreite sich mit ihnen und mithilfe seiner Zähne mühsam von den klebrigen Fäden. Die losen Enden verknotete er miteinander.

„Ich würde dir raten, zu verschwinden oder dich nicht zu rühren“, knurrte Asterios, sprang von seinem Rücken und griff sich sein Messer vom Boden, das er dem Dämon nun an die Kehle hielt. Im Grunde war ihm beides recht. Hauptsache, Caleb und er kamen hier unbeschadet raus.

Am liebsten hätte er ihn beseitigt, das wäre am sichersten. Aber mit dem Messer würde das eine eher blutige Angelegenheit werden – jemanden mit einem Messer zu köpfen war nicht lustig – und Caleb hatte sich schon mal wegen so etwas von ihm abgewandt. So kurz vor Halloween konnte Asterios das gar nicht gebrauchen.

Also wartete er, bis der Dämon sich schließlich mit einem vernichtenden Blick in seine Richtung davonstahl, und eilte danach, so schnell es ging, zu Caleb hinüber. Asterios hob das Messer, doch es war mühseliger, als er gedacht hatte. Es kam ihm so vor, als würde er mit einer stumpfen Klinge zu schneiden versuchen.

Endlich hatte er ein Loch ins Netz geschnitten, das für Caleb groß genug sein sollte. Als er ihm hinaushelfen wollte, schrie dieser plötzlich laut auf und deutete nach hinten. „Asterios!"

Er sah sich um und bemerkte die langen schwarzen Beine der Spinne, die auf ihn zuschossen. War der Mistkerl echt wieder zurückgekommen? Mit einem Hechtsprung warf Asterios sich zur Seite. Das Bein, das dabei direkt auf sein Gesicht zielte, wehrte er mit den Händen ab und ließ es selbst im Fallen nicht los. Nein, er umklammerte es sogar mit aller Kraft.

Mit einem gewaltigen Ruck und begleitet von einem fiesen Knirschen riss es vom Körper ab und fiel mit ihm zu Boden. Der Dämon stieß einen durch sein eigenes Spinnennetz gedämpften Schrei aus.

Wütend und voller Hass funkelte er Asterios aus den milchigen Augen an.

„Verschwinde, wenn du nicht noch mehr verlieren willst!", schrie er ihn an und wedelte drohend mit dem Bein in der Luft.

Die Arachne schien ihre Chancen abzuwägen. Ihr Blick glitt zu Caleb hinüber, dann zurück zu Asterios und ihrem leblosen Bein in seiner Hand.

Schließlich zog sie sich, begleitet von einem fiesen Zischen, leicht schwankend in die Schatten zwischen den Bäumen zurück.

„Alles klar. Wir müssen hier raus. Es kann sein, dass der immer noch nicht aufgibt. Ist bei dir alles in Ordnung?“, erkundigte Asterios sich, während er Caleb hastig aus dem Spinnennetz half.

„Ja, mir fehlt nichts.“

„Dann nichts wie raus hier“, entschied Asterios und zerrte ihn hinter sich her. Er wurde erst ruhiger, als sie nach ungefähr hundert Metern den Wald der Dämonen verließen und vor ihnen das alte Autowrack auftauchte. Bis hierhin würde der Dämon sie nicht verfolgen. Sie waren in Sicherheit, endlich!

„Du hast der Spinne ein Bein abgerissen“, meinte Caleb atemlos, sobald Asterios mal etwas langsamer wurde und seine Hand losließ.

„Das wächst wieder nach“, brummte Asterios, der eigentlich nicht weiter über den Vorfall reden wollte. Bei Calebs überraschter Miene fügte er erklärend hinzu: „Spinnen können ihre Beine ähnlich wie bestimmte Eidechsenarten abwerfen und wenn sie sich häuten, wächst das einfach nach. Die dämonischen Spinnen haben diese Eigenart für so gut wie alle Körperteile übernommen.“ Außer dem Kopf. Der wuchs nicht nach.

Asterios zuckte mit den Schultern und lief dann weiter. Wo er so darüber nachdachte, hätte er dem Kerl wohl besser einen Arm abreißen sollen. Wahrscheinlich würde der ebenfalls nachwachsen, aber das hätte in jedem Fall mehr wehgetan.

Innerlich schüttelte er den Kopf. Er musste diese Gedanken vertreiben und sich wieder auf das Wichtige konzentrieren. Die Spinne war weg, Caleb bis auf den Schreck nichts passiert und sie hatten die Zutaten. Es war alles gut gegangen. Gerade so.

Als sie bei seinem Mustang angelangten, biss Asterios wütend die Zähne zusammen, öffnete die Autotür und stieg ein. Dass aber auch nie etwas nach Plan laufen konnte.

Die Fahrt verlief schweigend. Asterios hielt den Mund, weil er die ganze Zeit damit beschäftigt war, seine Atmung unter Kontrolle zu bringen. Zwar war Calebs Geruch nicht mehr so intensiv, aber in dem kleinen Innenraum des Wagens sammelte er sich und wurde dadurch wieder stärker. Selbst die Angst und das Adrenalin hatten die Nachwirkungen des elenden Kitsunes nicht gänzlich wegwischen können. Bestimmt klebte noch immer etwas von der Spucke dieses Fuchsgeistes an Calebs Wange. Am liebsten hätte er ein Fenster aufgemacht, aber Ende Oktober war das nicht unbedingt zu empfehlen, wenn Caleb sich nicht erkälten sollte.

Also biss er die Zähne zusammen und atmete so flach wie möglich. Er spürte die unsicheren und teils fragenden Blicke, die Caleb ihm zuwarf, ignorierte sie jedoch. Nur erhöhte das seine Anspannung zusätzlich. Caleb dachte bestimmt, er hätte irgendetwas falsch gemacht, weswegen Asterios sauer auf ihn war. Dabei konnte er nichts dafür, es war seine eigene Schuld, dass er ihn mit der Arachne in Gefahr gebracht hatte und er deswegen ungeschützt in die Arme des Kitsunes gelaufen war. Auch für den Geruch, der ihm immer stärkere Übelkeit bescherte, konnte er nichts.

Als die dunkle Straße vor seinen Augen zu verschwimmen begann, hielt er es nicht länger aus.

„Jetzt reicht's." Er fuhr den Wagen rechts ran.

„Was ist denn ...?“, setzte Caleb an und sah überrascht zu Asterios. Der hatte sich in der Zeit bereits zu ihm hinübergelehnt, ließ seine rechte Hand an seiner Wange entlang in seinen Nacken gleiten und zog ihn dann ein Stück zu sich heran. Ihre Münder fanden sich ganz von allein. Caleb stieß noch einen überraschten Laut aus und saß zunächst angespannt, fast wie erstarrt, in seinem Sitz. Doch als Asterios den Kuss vertiefte, ließ er sich immer mehr fallen und entspannte sich. Er stieß ihn nicht weg, sondern legte seine Arme um Asterios' Oberkörper und zog ihn an sich.

Mit der linken Hand stützte Asterios sich auf der Mittelkonsole ab und spürte den Gurt an seiner Schulter, der ihn zurück in den Sitz ziehen wollte, doch er stemmte sich dagegen. Seine Hand in Calebs Nacken fuhr durch das weiche Haar, ab und an zog er spielerisch daran.

Der Geruch der Jungfrau, Calebs Geruch, erfüllte seinen Mund, glitt seine Kehle herab und tiefer in seinen Bauch, wo er ein wohlig warmes Gefühl auslöste. Der widerliche Geruch des Kitsunes verblasste langsam und wurde überlagert von dem Verlangen, das Asterios gerade in Caleb weckte.

Genießerisch sog er ihn ein, zog noch einmal an Calebs Unterlippe, ehe er sich von ihm löste. Fast gleichzeitig öffneten sie die Augen.

Er hatte lediglich den Geruch ändern wollen, den Caleb ausströmte, um sich wieder konzentrieren zu können. Ein kurzer Kuss und dann weiterfahren. Das war alles. So hatte der Plan ausgesehen.

Wieso schaffte er es jetzt nicht, diesem Plan zu folgen? Als Asterios sich endlich dazu durchrang, ein weiteres Stück zurückzuweichen und sich wieder in seinen Sitz gleiten lassen wollte, war es Caleb, der ihn aufhielt. Mit geöffnetem Mund kam er ihm entgegen und setzte den Kuss seinerseits fort. Sein Herz schlug sofort schneller. Gierig sog er den neuen Geruch ein, der sich nun überdeutlich im Wagen ausbreitete. Sein Kopf war wie leergefegt und sein Hunger erwachte. Ein Brennen in seinem Inneren ließ ihn den Kuss mit all seiner Leidenschaft erwidern. Caleb begrüßte das entfachte Feuer und zog Asterios mit sich, während er sich etwas zurücklehnte.

Sie verloren sich vollends in dem Kuss. Zwischendurch musste Asterios nach Luft schnappen und kurze Pausen einlegen, weil ihm der Sauerstoff ausging. Sein Brustkorb hob und senkte sich hektisch, Calebs ebenso, weswegen sie immer wieder gegeneinanderstießen. Sein Körper glühte regelrecht. Er wollte mehr, noch mehr spüren. Gleichzeitig allerdings betrachten und all die Empfindungen in seinem Gesicht verinnerlichen. Die Röte auf seinen Wangen, der Glanz in seinen Augen, die geschwollenen Lippen.

Seine Hände hatten sich längst auf Wanderschaft begeben und auch Caleb erkundete immer wieder seinen Körper und bekam nicht genug davon.

Asterios verlor jegliches Zeitgefühl, ging vollends auf in dem Rausch der Gefühle, konnte nur noch spüren, verlangen und doch nie genug bekommen. Für Gedanken war kein Raum mehr. Er wollte mehr, noch so viel mehr, doch er musste sich zurückhalten.

Der Motor unter ihnen tuckerte immer noch, als sie sich endgültig voneinander lösten. Asterios hob den Blick und sah in Calebs Gesicht. Röte überzog seine

Wangen und brachte seine Augen zum Glänzen. Seine Lippen wirkten leicht geschwollen und als er kurz mit der Zunge darüberfuhr, hätte Asterios ihn am liebsten direkt wieder an sich gezogen. Er schluckte hart und drängte das Verlangen und den Hunger zurück.

Sie mussten jetzt wirklich aufhören, wenn er nicht doch noch die Kontrolle verlieren wollte. Er stand so kurz davor. Momentan hielten ihn wohl nur der Gurt und der enge Raum auf. Hätte er mehr Bewegungsfreiheit gehabt oder wären sie gar auf Calebs Bett gewesen, wäre er schon längst viel weiter gegangen.

Ihr Atem ging schwer und schnell, sodass Calebs Duft in Wellen immer wieder in Asterios' Richtung schwappte. Er unterdrückte ein Knurren. Wie gern hätte er ihn vollends in Besitz genommen. Aber das ging nicht, nicht jetzt. Er musste sich unbedingt gedulden und zurückhalten.

„Wir sollten fahren", brachte er schließlich mit tiefer, heiserer Stimme hervor, in der unüberhörbar ein leises Knurren mitschwang.

„Ja", hauchte Caleb leise, doch keiner von ihnen rührte sich, während sie sich mit geöffneten Mündern ansahen und mit dem Atem des jeweils anderen Luft holten. Ihr Geruch und ihre Atmung hatten sich längst zu einem vermischt, miteinander verbunden.

Asterios' Hand lag nach wie vor in Calebs Nacken und es bereitete ihm beinahe körperliche Schmerzen, als er sie aus seinen Haaren gleiten ließ und Abstand zwischen sie beide brachte. Er ließ sich in seinen Sitz sinken, räusperte sich leise und fuhr dann vorsichtig weiter. Während er vom Randstreifen wieder zurück auf die Straße lenkte, warf er Caleb noch einen kurzen

Blick zu. Der hatte sich zurückgelehnt und die Augen halb geschlossen, als wäre er kurz vor dem Einschlafen. Wie in Zeitlupe hob er die rechte Hand zu seinem Mund, legte den Zeigefinger auf die Lippen und seufzte leise.

Asterios spürte das Ziehen in seinem Bauch und biss sich fest auf die Unterlippe, um sich irgendwie zurückzuhalten. Stur richtete er den Blick geradeaus und zwang sich, Caleb nicht wieder anzusehen, bis sie da waren. Andernfalls hätte er den Wagen wohl endgültig am Straßenrand geparkt und wäre vor dem Morgen nicht weitergefahren.

Wie hätte er ahnen sollen, dass Caleb sich so bereitwillig auf ihn einließ? Diese Leidenschaft hatte sie wohl beide überrascht.

Er umklammerte das Lenkrad so fest, dass seine Knöchel sich weiß verfärbten. Aber wenn er sich nicht an irgendetwas festhielt, würde er sich zweifellos wieder auf Caleb stürzen. Verdammt, waren das noch die Nachwirkungen des Fuchsgeistes? War Caleb deshalb so auf ihn angesprungen?

Es war ihm egal, er wollte einfach nur mehr davon. Der Dämon in seinem Inneren brüllte, und es kostete Asterios all seine Willenskraft, ihn zu unterdrücken, obwohl er eigentlich ganz seiner Meinung war.

Noch nicht, versuchte er ihn zu beruhigen. *Noch nicht. Deine Zeit wird kommen.*

Asterios spürte, wie seine Augen sich veränderten und rot leuchteten. Als würde seine dämonische Hälfte ihn an sein Versprechen erinnern wollen, damit er es ja nicht vergaß. Denn sie war da und würde ihn daran erinnern.

Kapitel 17

Caleb

Als sie den Campus erreichten, stieg Caleb aus und blieb an der offenen Autotür stehen, weil Asterios sich nicht rührte. Was wahrscheinlich besser war, andernfalls hätte sich wohl keiner von ihnen zurückhalten können, und geschlafen hätten sie ganz sicher auch nicht. Dabei hatte er am nächsten Morgen Vorlesungen und währenddessen durfte er unter gar keinen Umständen einschlafen.

Er stützte sich auf der Wagentür ab und beugte sich vor.

„Ähm." Caleb räusperte sich, weil seine Stimme dummerweise wie eine Einladung klang, den Kuss fortzusetzen. „Hast du schon Pläne für morgen?"

Gut, das hätte man auch anders formulieren können. Asterios' dunkle Augen blitzten im Inneren des Autos auf und ein gefährliches Grinsen breitete sich auf seinem Gesicht aus. Die weißen Zähne strahlten.

„Ich meine wegen der Zutaten", ergänzte Caleb hastig, obwohl er ganz genau wusste, dass ihn diese Erklärung auch nicht retten würde.

„Aber natürlich, die Zutaten. Was hättest du denn sonst meinen sollen?" Jetzt wurde das Grinsen anzüglich und Caleb war sich durchaus bewusst, dass Asterios' Blick an seinen Lippen hing. Er musste schlucken.

„Genau." Hatte seine Stimme gerade gezittert? Was zum Teufel war denn nur los mit ihm?

„Wie lange hast du Vorlesungen?", erkundigte Asterios sich mit ernster Miene. Wie hatte er den Wechsel so schnell hinbekommen?

„Bis nachmittags", brachte Caleb recht atemlos hervor. Er musste sich dringend wieder unter Kontrolle bekommen.

„In Ordnung, dann treffen wir uns danach und besprechen alles Weitere. Du solltest dich heute lieber ausruhen. Das war ein anstrengender Tag." Er senkte den Kopf und Caleb stand kurz davor mit einem „Bis morgen" die Tür zuzumachen und zu gehen. Aber es wirkte irgendwie so, als wollte Asterios noch etwas anderes sagen.

„Es tut mir leid", brachte er schließlich murmelnd hervor.

„Was?" Caleb fragte nicht nach, weil er es nicht verstanden hatte, sondern weil er sich sicher war, sich verhört zu haben. Asterios hatte sich bisher noch kein einziges Mal bei ihm entschuldigt, oder? Nicht einmal, als er ihn der Harpyie quasi zum Fraß vorgeworfen hatte. Wieso entschuldigte er sich also jetzt?

„Es tut mir leid", wiederholte Asterios noch einmal und hob dabei den Blick, um Caleb direkt in die Augen zu sehen.

„Aber du ..." Anders als bei der Sache mit der Harpyie konnte er diesmal wirklich nichts dafür. Damals hätte Caleb gern eine Entschuldigung von ihm gehört. Da keine gekommen war, hatte er ihm eben eine reingehauen. Aber heute ...?

„Sag mir jetzt nicht, dass es nicht meine Schuld ist. Natürlich ist das alles meine Schuld. Ohne mich wärst du gar nicht erst in diese Situation geraten."

Caleb war tatsächlich sprachlos. Er hätte nie gedacht, so etwas je von Asterios zu hören.

„Das hätte so verdammt schiefgehen können und ich Trottel lasse mich beißen, womit ich vollkommen nutzlos gewesen bin." Mit verkniffenem Mund schüttelte er den Kopf.

Ach, um die Spinne ging es. Caleb war irgendwie immer noch bei dem Fuchs gewesen. Richtig, das mit dem Spinnendämon hätte echt übel enden können, vor allem beim zweiten Mal. Während Asterios gelähmt allein zwischen den Spinnennetzen gelegen hatte, war er wahrscheinlich gedanklich von einem Horrorszenario ins nächste geschlittert.

„Mach dir keinen Kopf. Ich hab ja eingewilligt und wir sind schließlich fast fertig. Und bisher hab ich es überlebt." Bei seinen Worten verzog Asterios das Gesicht und wirkte traurig. Caleb fühlte sich gerade jedoch nicht dazu imstande, der Ursache auf den Grund zu gehen. Asterios hatte recht, es war ein langer, anstrengender Tag gewesen und er sollte sich schleunigst ausruhen, schließlich ging am nächsten Tag der ganz normale Unialltag weiter. Das Wochenende hatte er mit Asterios in seinem Bett verbracht und deswegen am Freitag die Vorlesungen geschwänzt.

„Wir sehen uns dann morgen." Caleb schlug die Autotür zu und ging. Dabei verzichtete er darauf, noch einmal zurückzublicken.

***

Am Ende schaffte Caleb es auch ohne Asterios, fast die halbe Nacht wach zu liegen. Sein Körper kam einfach nicht zur Ruhe, fühlte sich fiebrig und heiß an, und obwohl er sich nach kurzem Zögern Erleichterung verschaffte, wollte die Hitze nicht wirklich abklingen. Er schien sich nach etwas ganz Bestimmtem zu sehnen, was dafür sorgte, dass er nicht in den Schlaf fand.

Am nächsten Morgen war es zum Glück besser, doch nun quälte ihn der Schlafmangel. Als er den Tag endlich überstanden hatte, wäre er am liebsten direkt ins Bett gegangen, aber Asterios wartete schon auf ihn und stellte sich ihm in den Weg. Caleb war gerade auf dem Weg zu seinem Zimmer gewesen und Asterios hatte wieder einmal unter den Arkaden auf ihn gewartet. Bei seinem Anblick konnte er ein Seufzen nicht unterdrücken. Asterios runzelte daraufhin irritiert die Stirn.

„Du siehst nicht gut aus. Sind es die Nachwirkungen von dem Kitsune?"

Ach so, deshalb hatte Caleb sich wahrscheinlich so gefühlt. Das könnte auch der Grund dafür sein, wieso sein Körper so reagiert hatte.

„Ja, vielleicht." Caleb erstarrte, als Asterios ihm eine Hand auf die Stirn legte. Seine Handinnenflächen waren nicht so hell, wie es bei einem Menschen üblich gewesen wäre.

Wieso achtete er jetzt plötzlich auf so etwas?

„Hm, Fieber scheinst du nicht zu haben. Du solltest dich dennoch heute lieber ausruhen." Er nahm die Hand von Calebs Stirn, der ein protestierendes

Geräusch nicht unterdrücken konnte und in dem Versuch, das zu überspielen, hastig an ihm vorbeiging.

„Geht das denn in Ordnung?“ Caleb trat durch die Tür ins Innere des Wohnheims und Asterios folgte ihm wie selbstverständlich.

„Ja, das ist kein Problem. Wir brauchen nur noch zwei Dinge und eins davon können wir ohnehin erst an Halloween besorgen. Bis dahin sind es noch fünf Tage. Mein heutiger Plan sah vor, dass wir uns um den Geist des Cerberus kümmern. Aber das wird körperlich anstrengend. Daher solltest du dich besser ausruhen.“

Caleb öffnete mit der Schlüsselkarte die Tür zu seinem Zimmer und achtete darauf, dass Asterios die Zahlenkombination nicht sah. Dann trat er ein und drehte sich mit gerunzelter Stirn zu ihm herum.

„Cerberus? Meinst du damit den dreiköpfigen Hund? Bewacht der nicht den Eingang zur Hölle oder so? Willst du zu Hades?“ Caleb legte seine Tasche neben seinem Schreibtisch auf den Boden. Dann riss er erschrocken die Augen auf. „Du willst mit mir nicht wirklich in die Hölle, oder?“

„Jetzt fahr mal wieder runter. Meine Güte.“ Asterios hielt sich die Hände gegen die Ohren, als hätte Caleb ihn wie wild angeschrien. Gut, vielleicht war er ein kleines bisschen laut geworden.

„Komm mal lieber rein und mach die Tür zu, muss ja nicht jeder hören.“

Asterios sah ihn an, als wollte er sagen, dass er nicht derjenige war, der hier herumschrie. Caleb verdrehte nur die Augen. Erschöpft ließ er sich auf sein Bett nieder, während Asterios die Tür schloss. Er hätte sich so gern zum Schlafen hingelegt. Gleichzeitig war er viel zu neugierig, was es mit diesem Höllenhund auf sich hatte.

„Und? Was ist jetzt mit diesem Cerberus?"

„Also das ist etwas tricky. Wir brauchen den dämonischen Geist, der einen Hund besetzt. Meistens ist es Cerberus. Nein, nicht *der* Cerberus, die werden nur so genannt und haben auch nur einen Kopf. Aber ja, in der Hölle dienen sie gern als Wachhunde. Hier auf der Erde besetzen sie ganz normale Tiere und lassen sie Böses tun. Kennst du ja wahrscheinlich, so eine Dämonenbesetzung. Ich hatte mich während deiner Prüfungen, und auch heute noch mal in einem größeren Umkreis, umgesehen, aber hier in der Gegend hält sich keiner auf. Was im Grunde gut ist, denn so ein dämonischer Hund sorgt jedes Mal für ziemlich viel Unheil." Asterios war mitten in dem kleinen Raum stehen geblieben und machte keine Anstalten, sich neben Caleb zu setzen. Daraufhin rückte er ein Stück auf seinem Bett nach hinten und lehnte sich gegen das kühle Fenster in seinem Rücken.

„Schön, aber für unsere Zutatensammlung ist das eher weniger gut, richtig?"

„Genau. Deswegen hab ich es ziemlich ans Ende geschoben. Hätte ja sein können, dass noch einer auftaucht. Aber ..." Asterios hob die Schultern.

„Und was machen wir jetzt?" Caleb verstand noch nicht, wie sie an diesen Geist kommen sollten, wenn doch keiner in der Nähe war, und wieso Asterios dennoch bereit war, die Suche einen weiteren Tag aufzuschieben.

„Also hätten wir einen besetzten Hund gehabt, hätten wir den Cerberus nur austreiben müssen. Das ist je nach Gegenwehr zwar auch nicht ohne, aber jetzt müssen wir erst einmal einen beschwören."

„Wie jetzt?" Caleb traute seinen Ohren nicht. Er musste sich verhört haben! „Du willst einen Dämon beschwören, damit er einen armen Hund besetzt? Bist du bescheuert?"

Asterios schien die Frage wirklich zu kränken. „Es wäre ja lediglich ein kleiner Zwischenschritt. Eine direkte Beschwörung in das Gefäß für die Austreibung ist nicht möglich. Er muss vorher hier manifestiert werden, sonst ist er sofort wieder weg. Wir brauchen einen Körper als eine Art Zwischenstation, aus der man ihn dann herausziehen kann."

„Wie schlimm ist es, von diesem Cerberus besessen zu sein?" Caleb gefiel die Vorstellung gar nicht. Erst einmal bräuchten sie einen Hund. Den müssten sie wohl stehlen. Das Tier wäre mit ziemlicher Sicherheit sehr verstört nach der ganzen Aktion und sie könnten es ihm noch nicht einmal erklären. Wäre ein Hund bereits besessen gewesen, würden sie ihm mit der Austreibung sogar helfen. Aber so ... Das widerstrebte ihm zutiefst.

„Angenehm ist etwas anderes. Besetzt zu werden, ist eigentlich das Schlimmste, weil der Dämon den Geist des Wirtes übernimmt. Je nachdem, wie stark dieser sich wehrt, hat das körperliche Schmerzen zufolge. Wenn er den Körper erst einmal vollends übernommen hat, wird das Bewusstsein seines Besitzers in eine Ecke gedrängt und es ist so ähnlich, als würde man im Koma liegen."

Caleb schwieg eine Weile. Jeder würde sich wehren, wenn ein fremdes Bewusstsein plötzlich den eigenen

Körper übernehmen wollte. Wie sollten sie einem Tier klarmachen, dass es genau das nicht tun durfte? Vollkommen unmöglich. Sie würden danebenstehen und zusehen müssen, wie das arme Wesen sich quälte. Das konnte er unter gar keinen Umständen mit seinem Gewissen vereinbaren! Doch Asterios brauchte diese Zutat ... Was also sollten sie tun? Alles, was sie durchgemacht hatten, wäre umsonst, wenn sie diesen Geist nicht bekamen.

„Muss es denn unbedingt ein Hund sein?“, fragte Caleb schließlich in die Stille seines Zimmers hinein, nachdem er einige Zeit intensiv darüber nachgedacht hatte.

„Na ja, normalerweise sucht er sich eine ihm ähnliche Form. Bei einer Beschwörung wird er aber wohl den nächstbesten Körper nehmen. Also könnten wir es auch mit einer Katze oder ...“

„Dann nehmen wir mich“, unterbrach Caleb ihn entschieden.

„Bist du bescheuert? Ein Mensch ist eine ganz andere Sache. Das wird ...“

„Wir werden da kein anderes Lebewesen mitreinziehen. Ich bin eh schon involviert und du hast selbst gesagt, dass es nur für wenige Minuten wäre. Wenn du diesen besessenen Geist haben willst und auf meine Hilfe setzt, dann nur so.“

Asterios knirschte unverkennbar mit den Zähnen, doch Caleb starrte ihn wild entschlossen an. Entweder so oder gar nicht.

„Caleb, ganz ernsthaft, du weißt nicht, worauf du dich da einlässt. Nicht einmal ich kann vorhersagen, wie das mit einem Menschen als Gefäß ablaufen würde. Ich habe mir bereits Gedanken gemacht und das ist wirklich …“

„Wird der Hund Schmerzen haben?“, unterbrach Caleb ihn. Asterios zögerte.

„Das wird sich wohl nicht vermeiden lassen“, sprach er langsam und mit Bedacht.

„Dann können wir das nicht tun“, entschied Caleb, ohne ihn weiterreden zu lassen.

„Aber bei einem Hund kann ich die Risiken einschätzen, bei dir hingegen …“

„Wie willst du denn entscheiden, welchem Hund du so etwas zumuten willst? Der wird danach sicherlich traumatisiert sein und dann? Ich kann ihn nicht aufnehmen. Oder wolltest du ihn als Mensch später bei dir behalten?“

Asterios knirschte sichtlich mit den Zähnen. „Das wird wahrscheinlich nicht gehen.“

„Dann können wir das nicht tun“, wiederholte Caleb.

„Aber Caleb!“ Asterios raufte sich die Rastalocken und drehte sich sichtlich verzweifelt im Kreis.

„Das ist mein letztes Wort.“ Er verschränkte die Arme.

„Also schön, kein Hund. Wie wäre es, wenn wir dann einfach jemand anderen als dich nehmen? Einen Verbrecher, einen Menschen, der ohnehin keine Seele mehr hat. Irgendjemanden, der es verdient hätte.“ Asterios sah ihn hoffnungsvoll an.

Caleb zögerte. *Jemand, der es verdient hätte …* Es war verlockend, auf Asterios’ Angebot einzugehen.

„Okay, fangen wir noch mal ganz von vorne an. Wie läuft das Ritual ab und welche Risken sind dabei zu beachten?“, versuchte er das Gespräch auf eine sachlichere Ebene zurückzuholen.

Asterios seufzte. „Ich werde einen Dämonenhund beschwören, direkt aus der Hölle. Er hat eine eher geisterhafte Erscheinung und lässt sich daher nur schwer festhalten oder kontrollieren. Sobald er beschworen ist, wird er sich einen Körper suchen, den er in Besitz nehmen kann. Das wird wie gesagt zunächst schmerzhaft sein, aber nur, solange man dagegen ankämpft. Danach kann ich ihn von dem besetzten Körper in ein dafür vorgesehenes Gefäß ziehen."

„Wieso kann man ihn nicht gleich in das Gefäß beschwören?" Dann könnten sie das Besetzen einfach weglassen.

„Weil er das nicht zulassen wird. Ich kann ihn wegen seiner geisterhaften Form nach der Beschwörung nicht fesseln oder beherrschen. Er wird sich auf jeden Fall einen Körper suchen, und wenn keiner in unmittelbarer Nähe ist, dann einen weiter weg. Deswegen brauchen wir einen vor Ort. Andernfalls könnte es noch viel schlimmer werden", schloss Asterios mit ernster Miene.

Caleb nickte langsam. „Und wenn wir einen anderen Menschen nehmen, was passiert dann mit dem? Ich meine, der bekommt doch sicherlich alles mit, oder?"

Wieder knirschte er unwillig mit den Zähnen. „Ihn bewusstlos zu schlagen, wäre zwar eine Option, aber ich weiß nicht, ob der Dämonenhund sich dann nicht lieber einen anderen Körper suchen wird. Sie bevorzugen ein gesundes und starkes Wesen."

„Was passiert, wenn er alles gesehen hat?" Caleb sah Asterios fest an, der den Blick abwandte und zur Seite sah.

„Es könnte andere Probleme mit sich bringen“, murmelte er schließlich. Caleb fragte lieber nicht nach. Ihm hatte Asterios schließlich einfach so von der Dämonensache erzählt. Womöglich hatte er ihm daraus resultierende Folgen verschwiegen, die Caleb jetzt gewiss nicht mehr wissen wollte.

„Du hast gesagt, wenn man sich nicht wehrt, wird es nicht so wehtun. Egal, wen wir nehmen, sie würden sich alle wehren. Also bleibt es dabei, dass ich die beste Option bin. Außerdem hast du nicht die Zeit, um wild herumzuexperimentieren.“

Asterios schwieg und das für sehr, sehr lange Zeit. Caleb sagte nichts mehr, für ihn war das Ganze entschieden. Auch wenn er sich Schöneres vorstellen konnte, als von einem Dämonenhund besetzt zu werden. Seine Hoffnung war, dass Asterios auf jeden Fall dafür Sorge tragen würde, dass alles glatt ging und ihm nichts passierte, wenn er es war, der das durchmachte. Bei jemand anderem wäre er sich da nicht so sicher gewesen.

„Also schön“, willigte Asterios schließlich ein, wenn auch mit deutlichem Widerwillen in der Stimme. „Wehe, ich muss mir nachher irgendwelche Beschwerden anhören. Ich hoffe nur, dass du weißt, worauf du dich da einlässt. Und denk daran, dass du dich freiwillig dafür gemeldet hast. Das war nicht meine Schuld und liegt somit nicht in meiner Verantwortung. Ich hoffe, dass der Pakt das genauso sieht.“

Nein, Caleb wusste eigentlich nicht, worauf er sich da einließ. Aber lieber er als jemand anderes.

Asterios konnte das dieses Mal nicht für ihn übernehmen, so viel war klar. Er war ein Halbdämon, mit

Sicherheit würde er sich nicht besetzen lassen, sodass der Dämonenhund sowieso ihn wählen würde.

„Wenn du dir sicher bist, bereite ich alles Weitere vor. Du solltest dich dann heute wirklich ausruhen. Wir führen die Beschwörung morgen Abend durch. Um die Zeit hast du keine Vorlesungen mehr, oder?"

„Ähm, nein." Caleb schüttelte den Kopf, während Asterios sich bereits zum Gehen wandte.

„Das wird kein Zuckerschlecken, also iss gut und schlaf viel." Mit diesen Worten öffnete er die Tür und war kurz darauf verschwunden.

Caleb saß einfach nur da und starrte die geschlossene Zimmertür an. Der Kerl war wirklich gegangen. Ohne ihn zu necken, zu provozieren, zu berühren oder zu küssen. Das hatte er nicht erwartet. Gut, er sollte froh sein, dass er Zeit hatte, sich auszuruhen. Sich küssend auf seinem Bett zu wälzen, brächte ihm nämlich mit Sicherheit nicht die dringend benötigte Energie. Wie bestellt meldete sich die Müdigkeit auch wieder und ließ seine Gedanken langsamer und seine Lider schwerer werden.

Er würde nur noch das Nötigste erledigen, etwas essen gehen und sich danach sofort ins Bett legen. Und bei all dem würde er es vermeiden, auch nur eine Sekunde darüber nachzudenken, was ihn morgen erwartete. Denn wenn er das täte, verliefe die Nacht bestimmt wieder genauso schlaflos wie die zuvor, da war er sich sicher.

KAPITEL 18

Caleb

Caleb hatte nicht erwartet, dass sein Plan, alle Gedanken an den morgigen Tag zu vermeiden, so gut aufgehen würde. Sein erschöpfter Körper hatte mit Sicherheit auch einen Teil dazu beigetragen. Denn jetzt, da er ausgeschlafen und munter war, fiel es ihm verdammt schwer, sich auf die Vorlesungen zu konzentrieren und nicht mit bangem Gefühl an den Abend zu denken. Asterios hatte ihm am Vormittag geschrieben, dass er ihn gegen acht Uhr abends unter den Arkaden erwartete. Das gab ihm die Gelegenheit, vorher noch zu Abend zu essen und sich Gedanken zu machen.

Wie sich so eine Besetzung wohl anfühlte? Ob es sehr schmerzhaft sein würde? Blieb er bei seinem Entschluss oder sollte er lieber einen Rückzieher machen? Gab es womöglich doch eine Alternative?

Auf das, worüber er eigentlich nachdenken sollte, nämlich seine Studieninhalte, Formeln und Rechnungen, konnte er sich den Rest des Tages kaum konzentrieren. Er würde sich von Susan die Aufzeichnungen ausleihen, um die Inhalte später nachzuarbeiten.

Obwohl Caleb pünktlich am vereinbarten Treffpunkt war, wartete Asterios bereits auf ihn.

„Komm." Er begrüßte ihn nicht einmal, sondern winkte lediglich, ihm zu folgen. Caleb war froh, dass der Campus auch bei Nacht sehr gut erleuchtet war. Dunkle Gassen mit schummrigem Licht hätten seinem angekratzten Nervenkostüm nur zusätzlich geschadet. Dennoch bemühte er sich darum, möglichst dicht bei Asterios zu bleiben, ohne dass es allzu auffällig war. Sie begegneten dem ein oder anderen Studenten oder kleinen Grüppchen, die auch um diese Uhrzeit noch unterwegs waren.

Zielstrebig steuerte Asterios die große Kapelle an. Wollte er dort noch irgendwelche Sachen für das Ritual besorgen oder so? Die Kapelle lag fast direkt neben der Firestone Library und war sogar im Dunkeln ein beeindruckender Anblick.

Caleb würde sich selbst nicht unbedingt als gläubig bezeichnen, aber es gehörte dazu, dass die Universität jedes Studienjahr mit einem interreligiösen Gottesdienst in der Kapelle begann und beendete – konservativ und traditionell eben. Er ging gern dorthin, und auch sonst waren die Gottesdienste und die anderen Veranstaltungen immer einen Besuch wert. Er wusste nur nicht, was sie ausgerechnet heute für eine Dämonenbeschwörung hierherführte. Eine Kirche wäre da doch der letzte Ort, den man wählen würde.

„Was machen wir hier?", fragte er ihn schließlich.

„Wir werden die Beschwörung dort drinnen durchführen." Asterios zeigte geradeaus.

„In der Kirche?" Caleb musterte ihn ungläubig, was er natürlich nicht sehen konnte, da er nach wie vor vorauslief.

„Ja, genau."

„Aber das ... Haben Dämonen nicht normalerweise so ihre Probleme mit Gott und geweihtem Boden, Kirchen oder so etwas?“ Und da wählte er ausgerechnet diesen Ort für die Beschwörung eines Dämonenhundes?

„Ja, ja. Das glaubt ihr Menschen, um nicht zu denken, ihr wärt den Dämonen hilflos ausgeliefert. Das, was einen wirklich schützt, ist der Glaube. Nicht mehr und nicht weniger. Wenn du fest daran glaubst, dass Gott dich beschützt und der Dämon dir deswegen nichts anhaben kann, dann kann er es auch nicht. Ist dein Glaube schwach, so ist es auch dein Schutz. Wer einen starken Willen hat, ist nicht leicht zu besiegen. Aber wie du ja bereits selbst festgestellt hast, spielt sich vieles im Kopf ab. Die Dämonen versuchen, den Geist zu verwirren.“

Asterios hob die Schultern und trat an die Tür heran, durch die man normalerweise die Kirche betrat. Sie lag der Dickinson Hall an der südöstlichen Ecke des Gebäudes am nächsten und bot dank der Rampe absolute Barrierefreiheit.

„Warte. Die Öffnungszeiten enden um sechs und du brauchst eine PUID, um reinzukommen. Ohne gültigen Personalausweis der Uni wird das nichts“, versuchte Caleb Asterios aufzuhalten. Nur während bestimmter Veranstaltungen und ausgewählter Gottesdienste war die Universitätskapelle für die allgemeine Öffentlichkeit zugänglich. Es stand ihm also nicht nur seine dämonische Seite im Weg.

„So etwas brauche ich ausnahmsweise einmal nicht.“ Caleb staunte nicht schlecht, als er die Kirche durch den Eingang betrat.

„Ich habe mich hier bereits häuslich eingerichtet, daher ist das kein Problem. Wie gesagt, der Glaube hält die Dämonen draußen. Aber gerade ist niemand hier, der daran glaubt, dass ich nicht hereinkann. Und das Haus Gottes steht nun mal jedem offen“, erklärte er im Weitergehen über die Schulter hinweg. Dennoch sah Caleb sich argwöhnisch um und traute sich zunächst nicht hinein. Draußen stehen bleiben, konnte er aber auch schlecht.

Zögernd betrat er das riesige und jedes Mal aufs Neue beeindruckende Gebäude. Hier traf Geschichte geballt aufeinander. Man konnte vermutlich eine ganze Stunde und länger über den Aufbau und die Innengestaltung sprechen, Hintergründe erzählen und Ursprünge erklären. Caleb wusste sicherlich nicht einmal die Hälfte von dem, was es zu wissen gab.

Er konnte nicht anders, als den Kopf in den Nacken zu legen. Selbst im Dunkeln ließ sich erahnen, wie hoch die Decke war. Seine Erinnerung füllte die Dunkelheit mit Bildern. Rechts und links standen innerhalb des Schiffes viele Holzbänke. Sobald man eintrat, kam man sich wirklich klein und unwichtig vor, wie eine Ameise. So ähnlich musste man sich auch im Angesicht Gottes fühlen. Das hier war bestimmt so etwas wie ein kleiner Vorgeschmack. Diese unendliche Weite, der riesige Raum, der Hall, der jeden ihrer Schritte begleitete, all das machte einen selbst so unglaublich klein. Kein Wunder, dass die Ägypter dermaßen riesige Pyramiden erbaut hatten.

Caleb lief weiter, bis er sich ungefähr auf Höhe der Orgel befand, welche rechts und links an den Seiten der Kapelle in der Mitte des Schiffes befestigt war.

Die prächtige Mander-Skinner-Orgel hatte er schon einige Male spielen gehört. Sie erfüllte den gesamten Raum mit ihrem Klang und war die größte des Landes. Auch wenn er sich sonst nicht so gut damit auskannte, war sie wirklich eine Erscheinung!

So in seine Gedanken und Erinnerungen versunken, bemerkte er zuerst nicht, dass nur noch seine Schritte in dem riesigen Gebäude widerhallten.

Erschrocken fuhr er zusammen und hielt inne. Wo war Asterios?

„Asterios", zischte er leise und doch kam es ihm so vor, als hätte er gebrüllt.

„Hier drüben." Asterios ließ kurz seine roten Augen in der Dunkelheit aufleuchten und schon wusste Caleb, wohin er musste.

„Was machst du da?", wollte er so leise wie möglich wissen.

„Unseren Durchgang öffnen."

Damit konnte Caleb allerdings nicht sonderlich viel anfangen. Was meinte er denn mit Durchgang?

Da rumpelte es unter ihnen und er erkannte sogar im Dunkeln, wie die Wand zu wackeln begann.

„Ist das Absicht?", wollte er alarmiert wissen. Wenn dieses riesige Gebäude plötzlich über ihnen zusammenbrach, weil Dämonen es eben doch nicht betreten durften, dann wollte er das gern rechtzeitig wissen.

„Ja, keine Sorge." Schlagartig kehrte Ruhe ein. Caleb warf besorgte Blicke über die Schulter, ob der Lärm irgendjemanden auf sie aufmerksam gemacht hatte.

„Keine Sorge, auf ein paar Metern Entfernung ist davon nichts mehr zu hören oder zu spüren. Sehen kann man es auch nicht. Dieser Durchgang ist nur für

Dämonen. Man könnte sagen, sie erkennt uns und lässt uns rein." In diesem Moment fuhr die Wand wie eine Schiebetür nach hinten und dann zur Seite. Als Asterios den Raum dahinter betrat, flammten Fackeln an den Wänden auf. Sie erleuchteten eine Steintreppe, die hinabführte.

„Komm." Asterios lief los und Caleb folgte ihm staunend. Hinter ihnen schloss sich die Steinwand wieder geräuschvoll.

„Ich wusste gar nicht, dass dieses Gebäude ein Kellergewölbe besitzt."

„Nun ja, dieses hier nicht, aber die Kirche, die hier vorher gestanden hat und abgebrannt ist, schon. Das alles hier ist mit Magie geschützt gewesen und hat nichts abbekommen, ist aber weiterhin vor den Menschen verborgen geblieben. Viele Kirchen haben so eine Art unterirdisches Versteck. Sie werden nur selten abgerissen und sind meistens für die Öffentlichkeit zugänglich, daher werden sie gern von Dämonen als Versteck und für Rituale genutzt. Schließlich kommt man problemlos rein. Außerdem denke ich, dass die Ironie auch eine große Rolle spielt." Er sah sich kurz zu Caleb um und wieder leuchteten seine Augen rot auf.

Ja, die Ironie, dass sich die Dämonen ausgerechnet in den Kirchen, die einen eigentlich vor ihnen schützen sollten, im Keller versteckten, war tatsächlich nicht ohne. Die Dämonen lachten sich deswegen bestimmt regelmäßig ins Fäustchen.

Die Stufen endeten und Asterios ging ein Stück geradeaus einen Gang entlang, ehe er nach rechts abbog, Caleb dicht auf den Fersen. Sobald sie den großen Raum betraten, blieb er stehen.

„Wo sind wir hier? Oder besser gesagt, was ist das?“ Er musste sich gar nicht weiter umsehen, um sagen zu können, dass er am liebsten direkt wieder kehrtgemacht hätte.

„Das ist der Ort, an dem wir auch an Halloween das Ritual durchführen werden. Ich dachte, hier wäre es vorerst am sichersten. Bei solch einer Beschwörung kann immer etwas schiefgehen, genauso wie bei der späteren Austreibung. Ich will weder, dass du dir wehtust, noch, dass der Hundegeist eine Art Amoklauf veranstaltet. Deswegen die Sicherheitsmaßnahmen.“ Asterios deutete auf den Boden. „Ich habe sie gestern noch schnell besorgt, während du dich ausgeruht hast.“

Sie befanden sich in einem alten Steingewölbe mit vielen Rundbögen und einer Kuppeldecke. Auch hier waren Fackeln an den Wänden befestigt, zusätzlich brannten Kerzen auf dem Boden, die um einen achteckigen Stern verteilt waren, der in den Stein geritzt worden war.

An seinen Spitzen standen Schalen aus schwarzem Metall, auf deren Oberfläche die Kerzenflammen tanzten. Als wäre das alles noch nicht gruselig genug, überlief es Caleb eiskalt, als er die am Boden befestigten Hand- und Fußschellen bemerkte. Am liebsten hätte er sofort einen Rückzieher gemacht und wäre wieder nach oben geflüchtet.

„Du kannst es dir immer noch anders überlegen.“ Asterios war von hinten an ihn herangetreten. „Ich würde das verstehen und ehrlich gesagt sogar begrüßen. Wenn du also möchtest, dass wir doch auf einen Hund zurück-“

„Nein“, schnitt Caleb ihm entschieden das Wort ab. So sehr ihn all das auch ängstigte und wie gern er einfach den Schwanz eingezogen hätte ... Wenn er daran dachte, dass ein unschuldiger Hund seinen Platz einnehmen musste, konnte er das unmöglich tun.

Asterios seufzte ergeben. „Wie du willst. Ich werde dich anketten, um sicherzugehen, dass du an Ort und Stelle bleibst, sobald der Geisterhund die Kontrolle über deinen Körper übernommen hat. Erst dann kann ich die Austreibung durchführen. Wenn ich dich vorher noch wieder einfangen muss, verlieren wir damit bloß wertvolle Zeit.“ Er trat vor, an die Ketten heran, die innerhalb des Sterns in den Boden geschraubt worden waren.

„Also ist das nicht, weil ich mich bei der Besetzung vor Schmerzen krümmen werde?“, scherzte Caleb, der sich deswegen jedoch wirklich Sorgen machte.

„Doch. Ein wenig auch deswegen.“ Asterios sah ihn ruhig an und er musste schlucken. Caleb wusste, dass Asterios nur darauf wartete, dass er einen Rückzieher machte, und er wusste auch, dass er ihm das zu keinem Zeitpunkt übelnehmen würde. Aber er hatte seine Entscheidung getroffen und blieb dabei.

Entschlossen trat er in die Mitte der Ketten und ließ sich auf dem sandigen Boden nieder.

„Jetzt wird es langsam aber sicher doch ein bisschen unheimlich.“ Caleb fühlte sich alles andere als wohl, sobald Asterios damit begann, die Ketten an seinen Hand- und Fußgelenken zu befestigen.

„Hey, sei froh, dass wir nichts von einem Ghul brauchen, das sind menschen- und leichenfressende Dämonen und denen willst du wirklich nicht begegnen.“

Asterios fuhr unbeirrt fort, ihn anzuketten. „Dagegen sind die Dämonen, von denen wir tatsächlich etwas brauchen, noch halbe Kuscheltiere. Diese Beschwörung wird zwar kein Zuckerschlecken, aber dein Leben ist nicht in Gefahr. Die Besetzung durch einen Geisterhund tötet den Wirt nicht. Er braucht ihn schließlich noch."

„Wie beruhigend", kommentierte Caleb und ruckte ein wenig an den Fesseln. Das Metall fühlte sich unangenehm an und wenn er sich zu sehr wehrte, würde es ihm die Haut aufscheuern. „Halten die wirklich?"

„Die halten", versicherte Asterios mit fester Stimme. „Zapple lieber nicht so viel herum. Beweg dich so wenig wie möglich."

Das fiel Caleb jetzt schon schwer, weil er eigentlich dringend seine Bewegungsfreiheit überprüfen wollte. Außerdem wuchs das Verlangen, sich zu befreien, stetig. Derart gefesselt und angekettet war es ihm fast unmöglich, einfach ruhig liegen zu bleiben. Ihm war nicht klar gewesen, welche Angst ihm das Gefühl bereitete, jemandem so vollkommen ausgeliefert zu sein. Noch dazu, da er ganz genau wusste, dass das, was sie hier vorhatten, schmerzhaft werden würde.

Asterios platzierte ein Gefäß neben Caleb. Die Form erinnerte an eine Mischung aus Hund und Löwe. Ein breiter, fast quadratischer Kopf mit langen Eckzähnen an den Seiten, die bis über sein Kinn ragten. Dazu welliges Haar wie bei einer Löwenmähne und genau solche Augenbrauen, die in die Mähne übergingen. Die Pfoten mit den Krallen erinnerten auch an einen Löwen.

Das breite Maul war geöffnet, als würde es jeden Moment etwas verschlingen. Die kantige Statue wirkte wie ein Stein, in den man einige markante Merkmale gehauen hatte. Sie erinnerte ihn an eine Maya-Figur. Da gab es die doch, oder?

„Dann hätten wir so gut wie alles und können eigentlich anfangen." Asterios richtete sich auf und nahm ein altes Buch zur Hand. „Und denk daran, wehre dich so wenig wie möglich. Lass es einfach geschehen. Lass den Schmerz über dich hinwegfließen, als wäre er kein Teil von dir. Ist er auch nicht. Er gehört zu dem Dämonenhund. Verstanden?"

Caleb nickte, fühlte sich jedoch trotz allem nicht bereit dazu. Am liebsten hätte er einen Rückzieher gemacht, doch dafür war es zu spät. Nervös schluckte er und spürte, wie ihm am ganzen Körper der Schweiß ausbrach. Er hätte seine feuchten Handflächen gern irgendwo abgewischt, aber das ging nicht.

„Ich beginne jetzt." Asterios schlug eine Seite auf, und nur mit Mühe konnte Caleb ein Zittern unterdrücken, als er in einer seltsamen Sprache zu sprechen begann.

Anfangs leise, schien seine Stimme mit jedem Wort lauter zu werden, von den Wänden widerzuhallen. Die Atmosphäre um sie herum verdichtete sich, lud sich regelrecht auf. Caleb zuckte erschrocken zusammen, als um ihn herum plötzlich hellblaue Lichtblitze aus dem Boden schossen, die in der Luft laut knisterten.

Asterios' Stimme donnerte durch den Raum und ein Wirbel entstand um Caleb herum und schloss ihn ein. Er hob sich empor, nahm die Blitze in sich auf und verfärbte sich bläulich. Caleb fühlte sich, als ob er sich in der Mitte eines Orkans oder einer Windhose befände. An seinen Haaren und Kleidern zog mit Nachdruck der

Wind, während er vollkommen wehrlos am Boden festgekettet dalag.

Einziger Vorteil? Wenigstens konnte er so nicht wegfliegen.

Als Asterios' Stimme verstummte, verebbte auch der Wirbelwind und das blaue Licht fiel auf den Boden zurück. Von dort erhob es sich in Form eines Nebels und begann sich zu einer Art rauchigem Körper zusammenzusetzen.

Ein Hund riss sein Maul auf und stieß ein heiseres Bellen, gefolgt von einem bedrohlichen Knurren, aus. Seine feuerrot leuchtenden Augen zuckten durch den Raum und nahmen dann Caleb ins Visier. Er verengte sie zu Schlitzen und Caleb durchfuhr es bei diesem Blick eiskalt. Unbewusst zerrte er an den Ketten, wollte einfach nur weg. Als das nichts nützte, begann er zu schreien. Er wusste, was Asterios gesagt hatte und dass er das hier freiwillig tat, aber die Angst obsiegte. Sie ließ sein Herz rasen, seine Gedanken einfrieren und den Fluchtinstinkt über alles herrschen. Nur dass er nicht fliehen konnte.

Als der Geisterhund sich bedrohlich über ihm aufbaute, riss Caleb wie wild an den Ketten. Er spürte den Schmerz, aber konnte nicht anders. Von irgendwo drang gedämpft Asterios' Stimme an sein Ohr, doch er verstand nicht, was er sagte. Caleb schrie erneut und übertönte damit alles.

Dann hatte der Hund sich entschieden und seine Erscheinung löste sich auf. Den Nebel, der dabei entstand, saugte Caleb regelrecht ein. Er spürte, wie er ihm durch Mund und Nase drang. Sein Rücken bog sich durch, als würde sein Rückgrat brechen, gleichzeitig erhob sein

Körper sich mehrere Zentimeter hoch in die Luft, bis die Ketten ihn stoppten. Als der komplette Nebel in seinem Mund verschwunden war, klappte dieser ganz von allein zu und sein Körper krachte auf den Boden, als hätte jemand plötzlich die Schwerkraft wieder angeschaltet.

Mit aufgerissenen Augen starrte Caleb an die Decke. Im ersten Moment nahm er an, dass es ja gar nicht so schlimm war, denn es passierte nichts weiter. Er spürte keinen Schmerz oder eine fremde Präsenz in seinem Kopf, die ihn verdrängen wollte.

Plötzlich begann sein Körper unkontrolliert zu zucken. Seine Augäpfel schienen nach hinten zu rollen und er nahm nichts mehr wahr bis auf den brennend heißen Schmerz, der ihn von innen heraus auffraß, ihn regelrecht aushöhlte. Er stand in Flammen und es gab nichts, was dieses Leid hätte lindern können. Nichts.

KAPITEL 19

Asterios

Asterios hatte kein gutes Gefühl, was die ganze Aktion anging. Auch wenn er sich hier unten einigermaßen sicher fühlte, sollte tatsächlich etwas schiefgehen, war genau das ja der Punkt. Es konnte immer etwas schiefgehen.

Zuerst verlief noch alles normal. Der Hundedämon erschien, materialisierte sich und fasste Caleb ins Auge. Es kam nicht sonderlich häufig vor, dass sie beschworen wurden. Wenn man jemandem eins auswischen wollte, dann ließ man normalerweise nicht seinen Hund besetzen, sondern tat ihm direkt etwas an. Andere Dämonen eigneten sich da viel besser. Nein, diese Wesen fanden häufig selbst ihren Weg in die Menschenwelt. Doch wurden sie beschworen, brauchten sie in kurzer Zeit einen Wirt und nahmen den am ehesten geeigneten, in diesem Fall Caleb, da Asterios als Halbdämon nicht besetzt werden konnte.

Sobald er Caleb auserkoren hatte, verwandelte sich der Geisterhund in einen Nebel und drang durch Mund und Nase in seinen Körper ein. So weit, so gut. Regungslos lag Caleb da, und Asterios wollte gerade erleichtert aufatmen, da lief alles aus dem Ruder. Sein Körper zuckte unkontrolliert, als erleide er einen heftigen

Anfall. Er krampfte und Asterios wäre ihm so gern zu Hilfe geeilt und hätte irgendetwas unternommen.

Bei diesem Anblick hielt er wortwörtlich die Luft an. Das war viel heftiger, als er erwartet hatte. Viel, viel, viel heftiger. Viel zu heftig!

Angst schnürte ihm die Kehle zu. Es war ihm in diesem Moment vollkommen egal, ob die Beschwörung und die Besetzung funktioniert hatten, ihm war nur wichtig, dass Caleb nicht tot war.

Im nächsten Moment fuhr ein brennender Schmerz seinen Arm hinauf. Besorgt schob Asterios den Ärmel hoch und seufzte. Er hatte es befürchtet und dennoch gehofft, dass ihm das erspart bleiben würde. Das Mal des Paktes zwischen ihnen, der beinhaltete, dass Caleb bis Halloween nichts zustieß, brannte feuerrot auf seiner schwarzen Haut.

Verdammt!

Dass Caleb sich freiwillig hierfür gemeldet hatte, schien den Pakt nicht im Geringsten zu interessieren. Er verstieß gegen die Abmachung, indem er den Geisterhund beschworen hatte und in Calebs Körper fahren ließ, und das erlaubte der Pakt nicht.

Asterios biss die Zähne zusammen und drängte den Schmerz so weit wie möglich in den Hintergrund. Er verbannte ihn irgendwo in die hinterste Ecke seines Verstandes und konzentrierte sich auf das Geschehen direkt vor sich. Er konnte jetzt nichts daran ändern und musste konzentriert bleiben, um den Dämonenhund so schnell wie möglich aus Calebs Körper herauszubekommen. Also hob Asterios den Kopf und biss noch fester die Zähne zusammen. Der Schmerz in seinem Arm wuchs.

Als Caleb nicht mehr wie wild zuckte, rührte er sich für mehrere Augenblicke gar nicht mehr. Nur ganz kurze Muskelzuckungen brachten einzelne Teile seines Körpers nachträglich in Bewegung. Es erinnerte an Stromschläge, die durch ihn hindurchjagten.

Wenn ein Geisterhund einen Körper in Besitz nahm, dauerte das meist nur einen kurzen Augenblick. Besonders bei Hunden, die sich normalerweise nicht allzu stark wehrten, gab es einen kurzen Moment des Kampfes, danach hatte sofort der Dämonenhund die Kontrolle. Eine derart lange Bewusstlosigkeit war ungewöhnlich. Er hätte das nicht zulassen dürfen.

Asterios' Gedanken brachen abrupt ab, als Caleb die Augen aufriss und im selben Moment hörbar nach Luft schnappte, als hätte seine Atmung ausgesetzt. Hatte er womöglich die ganze Zeit nicht geatmet? Asterios konnte es nicht sagen.

Calebs braune Augen leuchteten feuerrot, sie blitzten regelrecht. Dann zog sich das Rot zurück. Der Hund in Caleb sah ihn an, hob den Kopf und legte ihn in einer fragenden Geste auf die Seite. Als er sich vorsichtig aufsetzen wollte, verhinderten die Ketten das.

Er drehte den Kopf, betrachtete sie einen Augenblick, als müsste er erst in Einklang bringen, was er da sah und was das bedeutete. Dann riss er daran, und als das nichts brachte, wandte er sich seiner anderen Seite zu. Sobald er feststellte, dass auch diese angekettet war, riss er erneut daran. Sein Blick fiel auf seine Füße und mit einem wütenden Brüllen zog er die Beine an den Körper, doch die Ketten hielten.

Er richtete seine Augen auf Asterios. Keine Spur des sanften Calebs war darin zu finden und ein bellendes

Brüllen kam aus seinem Mund. Wie ein tollwütiges Tier beugte er sich vor, ließ die Kiefer immer wieder aufeinander knallen und bellte ihn an.

Asterios war wie erstarrt, bis er sich erinnerte, was er jetzt ganz dringend tun musste.

Der Schmerz erschwerte ihm das Denken und es gelang ihm immer schlechter, ihn in eine Ecke seines Verstandes zu verbannen. Mit der Sorge um Caleb war ihm das noch gelungen. Doch nun, da er sich auf die Formel für die Austreibung konzentrieren musste, schwand seine Konzentration zunehmend.

Er musste sich beeilen, der Zeitdruck ließ ihn fahrig und unachtsam werden. Die Angst um Caleb, dass dieser sich womöglich ernsthaft verletzte, ließ seine Hände so stark zittern, dass er beinahe das Buch fallen gelassen hätte. Er musste drei Mal neu ansetzen, weil die Buchstaben vor seinen Augen verschwammen oder er sich verhaspelte. Doch dann brachte er die Formel endlich sauber über die Lippen und sah hoch.

Der Schrei, den der Geisterhund ausstieß, war ohrenbetäubend und sorgte dafür, dass Sand von der Decke rieselte. Aber das würde ihn auch nicht retten. Er wand sich noch ein letztes Mal, zog verzweifelt an den Ketten, doch es war zu spät.

Calebs Körper bäumte sich auf und sein Mund öffnete sich. Seine Augen strahlten blauglühendes Licht aus, dann materialisierte sich der Geisterhund wieder als Nebel und verließ Caleb durch den geöffneten Mund, um direkt in das dafür vorgesehene Gefäß zu fahren.

„O mein Gott, Caleb!“ Der Dämonenhund war noch nicht vollends in der Statuette verschwunden, als

Calebs Körper bereits wie eine kaputte Puppe auf den Steinboden sank. Asterios stürzte vor.

Er löste als Erstes die Fesseln um Calebs Hand- und Fußgelenke. Dabei entging ihm die aufgeschürfte Haut nicht, die er darunter freilegte. Er hatte sich so heftig gewehrt, dass es Asterios nicht gewundert hätte, wenn er sich das Fleisch bis auf den Knochen aufgerissen hätte. Zum Glück hatte der Hund ein Interesse daran gehabt, die Wunden seines Wirtskörpers zu heilen. Selbst jetzt, da er Calebs Körper verlassen hatte, konnte Asterios dabei zusehen, wie die Haut sich langsam regenerierte. Womöglich würde ein kleiner Restschaden übrigbleiben, aber das war momentan wirklich das kleinste Problem. Sollte Caleb nicht wieder aufwachen, war das Letzte, was irgendwen interessierte, der Zustand seiner Hand- und Fußgelenke.

„Caleb, bitte." Asterios war mit den Ketten fertig und keuchte auf, als ihn erneut eine Schmerzwelle traf. Wieso wurde er noch immer bestraft, obwohl der Geisterhund Calebs Körper längst verlassen hatte? Oder sollte das heißen, dass Caleb nach wie vor Schmerzen litt?

Was sollte er nur tun?

„Jetzt komm schon. Mach die Augen auf, bitte!" Normalerweise waren die Hunde, die von einem Dämon besessen gewesen waren, nach einer kurzen Benommenheit, in der ihr Geist allmählich die Kontrolle über den Körper zurückerlangte, wieder vollkommen fit. Je länger die Besetzung angedauert hatte, desto schwerer fiel ihnen das natürlich. Aber Caleb hatte den Dämonenhund nur für wenige Minuten im Körper getragen.

Wieso war er dann bereits so lange bewusstlos? Was stimmte hier nicht?

Richtig schlimm traf ihn die Tatsache, dass er nicht das Geringste tun konnte, um Caleb zu helfen. Wäre es andersherum gewesen, hätte Caleb ihm wie nach dem Vampirangriff ein wenig seiner Energie zur Verfügung stellen können, doch so herum funktionierte das nicht. Was taten Menschen in solchen Momenten?

Krankenhaus. Natürlich, sie brachten die Menschen in ein Krankenhaus, wo kundige Ärzte herausfanden, was zu tun war.

Sollte er also besser einen Krankenwagen rufen? Dafür musste er Caleb allerdings unbedingt hier rausschaffen und ihn nach draußen bringen. Keiner durfte von diesem Ort erfahren. Doch war es ratsam, ihn zu bewegen? Und was sollte er dem Notdienst erzählen? Dass er ihn so vorgefunden hatte?

Asterios hielt es nicht länger aus und begann unruhig auf- und abzulaufen. Schließlich entschied er, noch etwa eine Minute zu warten, ehe er Caleb nach oben bringen und von dort einen Krankenwagen rufen würde.

Er sah auf das rotglühende Mal auf seinem Arm herab und zog schließlich den Pullover darüber. Solange es noch da war, war Caleb am Leben.

Asterios umklammerte seinen Unterarm und zählte die Sekunden der Minute runter, die er sich gegeben hatte, ehe er Caleb von hier wegbringen würde. Das war alles eine absolut bescheuerte Idee gewesen, er hätte rigoroser widersprechen und verhindern müssen, dass Caleb so etwas tat.

Er schwor sich, ihn nie wieder einer solchen Gefahr auszusetzen.

KAPITEL 20

Caleb

Das Erste, was Caleb wahrnahm, war der Geruch von abgestandener Luft, trocken und staubig. Dann der harte Boden, auf dem er lag, und das Ziehen in seinem Rücken. Sein Kopf fühlte sich ganz schwer an und auch seine Lider wirkten wie festgeklebt.

Vorsichtig blinzelte er ein paar Mal, dann schlug er die Augen auf. Er fühlte sich benommen und desorientiert. Wo war er? Was war passiert? Wieso fühlte er sich so kraftlos?

Es kostete ihn beinahe seine ganze Energie, den Kopf ein Stück zur Seite zu bewegen. Dort stand eine kleine Statue, die wie ein Hund aussah, und mit einem Schlag kamen die Erinnerungen zurück.

Zaghaft bewegte er seine Arme und Beine. Als das Klirren von Ketten ausblieb und er auch keinen Widerstand spürte, wagte er es, die Arme an den Körper zu ziehen und sich vorsichtig hochzustemmen.

Mit jeder Sekunde, die verstrich, kehrte seine Kraft zurück und die Bewegungen fielen ihm leichter. Das lag vermutlich daran, dass er die Kontrolle über seinen Körper zurückerlangte.

Er erinnerte sich nicht mehr an die Besetzung durch den Geisterhund. Nachdem er in ihn gefahren war, hatte Schmerz sein gesamtes Denken beherrscht. Weder erinnerte er sich an eine Präsenz oder ein anderes Bewusstsein während der Übernahme noch danach. Komisch. Er hatte erwartet, sich der Anwesenheit des Dämons bewusst zu sein. Nachdenklich schüttelte Caleb den Kopf und musste husten. Sein Hals war furchtbar trocken und Sand und Staub waren in seinen Mund gelangt. Er befand sich nach wie vor in der Mitte des achteckigen Sterns, allerdings waren seine Fesseln gelöst worden. Doch wo war Asterios?

Schließlich entdeckte er ihn, wie er nur wenige Meter hinter ihm auf dem Boden kauerte. Er hielt mit schmerzverzerrtem Gesicht seinen Arm umklammert und hatte die Augen zusammengekniffen.

Caleb, der befürchtete, ihn während seiner Besessenheit schwer verletzt zu haben, stürzte auf ihn zu – was wörtlich zu nehmen war, da seine Beine auf halbem Weg unter ihm wegbrachen.

„Asterios! Alles in Ordnung?“ Caleb kauerte neben ihm und legte zögerlich eine Hand auf seinen Rücken. Daraufhin öffnete er langsam ein Auge und fixierte ihn.

„Caleb, du bist wach“, stieß er keuchend hervor.

„Ja, bin ich. Was ist passiert?“ Besorgt strich er mit der Hand über seinen Rücken, weil er nicht wusste, was er sonst tun sollte. Seine Augen huschten über die schwarze Haut und suchte nach Verletzungen oder Blut, nach irgendeinem Grund für Asterios’ schlechte Verfassung und seine offensichtlichen Schmerzen.

„Wie geht es dir?“, wollte Asterios wissen, anstatt auf seine Frage zu antworten.

„Gut, mir fehlt nichts. Aber ist bei dir alles in Ordnung?“ War womöglich sein Arm gebrochen?

„Scheiße, ja doch!“ Er schüttelte den Arm aus und damit auch Calebs Hand ab, dann atmete er einmal tief durch. „Meine Güte, wenn du dir selbst Schmerzen zufügen willst, kann ich doch nichts dafür!“

Caleb musterte ihn verständnislos, da krempelte Asterios den Ärmel hoch und ein Abbild seines eigenen Zeichens brannte blutrot auf Asterios’ Unterarm. Das hatte er bisher nicht gehabt, oder? Caleb schob seinen eigenen Ärmel hoch, aber die schwarzen Linien waren unverändert und er spürte auch kein Brennen. Seltsam.

„Dann ist es tatsächlich bindend“, hauchte Caleb, der, wenn er ehrlich war, bis zu diesem Moment immer ein wenig daran gezweifelt hatte, dass ihn diese schwarzen Linien wirklich beschützen sollten.

„Was dachtest du denn? Dass ich dir Mist erzähle?“ Asterios schnaubte verärgert. „Ich hatte nur die Hoffnung, dass ich da raus wäre, weil es ja deine freie Entscheidung gewesen ist und ich im Grunde nichts damit zu tun gehabt habe. Aber da scheint jemand anderer Meinung zu sein. Scheiße, tut das weh.“ Er fluchte und schüttelte noch einmal kräftig den Arm aus, als würde das den Schmerz vertreiben.

„D-das tut mir leid“, stotterte Caleb. Er hatte nicht damit gerechnet, dass sein Handeln Asterios Schmerzen zufügen würde. Das hätte er ja mal sagen können!

„Zum Glück hat die Besetzung nicht lange angedauert. Das wäre sonst verdammt unschön geworden.“ Asterios musterte ihn von oben bis unten. „Und bei dir ist wirklich alles in Ordnung?“

„Ja“, erwiderte Caleb verblüfft. „Es hat etwas gedauert, bis ich mich bewegen konnte, aber ich merke nichts.“

Asterios stieß ein tiefes Seufzen aus. „Das ist gut, weil das nämlich alles andere als normal abgelaufen ist. Dein ganzer Körper hat furchtbar gezuckt, als hättest du Höllenschmerzen.“

Calebs Blick ging hinüber zu der Hundefigur. „Ja, an den Schmerz am Anfang kann ich mich erinnern, aber danach an nichts mehr. Der Schmerz hat auch nicht lange angehalten.“

„Dann hat sich dein Bewusstsein wahrscheinlich ausgeschaltet, denn ich habe noch eine ganze Weile dabei zusehen müssen und mir schreckliche Sorgen gemacht.“

Er bemerkte die Angst und den Schmerz in Asterios' schwarzen Augen. Erneut umklammerte er seinen Unterarm. „Nachdem der Hund übernommen hatte, fingen diese fürchterlichen Schmerzen an und das Zeichen des Paktes zeigte sich auf meiner Haut. Ich wusste nicht, was das zu bedeuten hatte, da es erst so spät reagierte. Ich brauchte ein bisschen, um die Austreibung vollends durchzuführen, aber danach bist du nicht wieder aufgewacht und ich habe befürchtet, irgendetwas wäre verdammt schiefgelaufen.“

Beiden entging das Zittern in Asterios' Stimme nicht. Er verstummte daraufhin und Caleb hätte ihn gern in den Arm genommen. Allerdings vermutete er, dass Asterios dafür zu stolz war.

„Es geht mir wirklich gut. Es ist nicht so schlimm gewesen, wie es gewirkt haben muss“, sagte er deshalb nur leise und rückte ein kleines Stück näher an Asterios heran.

„Dann ist ja gut“, antwortete der und drehte sich weg. Caleb schien richtiggelegen zu haben, dass er seinen Trost nicht wünschte, weil er nicht schwach wirken wollte.

Als Caleb noch einen Blick auf das Tattoo auf seinem Arm warf, fiel ihm etwas ein, was ihm total unlogisch erschien.

„Aber das verstehe ich nicht.“ Asterios sah ihn wieder an. „Du ... ich meine, ich habe mir doch ein paar Mal, seitdem wir den Pakt geschlossen haben, wehgetan. Als du mich auf dem Dach zu Boden gerissen hast, als dieses Wasserwesen mir die Haare rausgerissen hat oder als ...“, zählte Caleb auf, wurde jedoch von Asterios unterbrochen.

„Das waren alles keine schlimmen Verletzungen. Andernfalls würde ich für jeden angestoßenen Zeh eine verpasst bekommen. Der Zauber kann durchaus zwischen harmlosen Verletzungen und etwas wirklich Schmerzhaftem oder Lebensbedrohlichem unterscheiden. Deine seelische Qualen, gepaart mit der offensichtlichen Bedrohung durch die Dämonenbesetzung, müssen einen eindeutigen Vertragsbruch dargestellt haben. Und dabei scheint es keine Rolle zu spielen, dass du genau das gewollt hast. Vielleicht war auch entscheidend, dass ich die Beschwörung durchgeführt habe“, fügte er mit zusammengebissenen Zähnen und offensichtlich verärgert hinzu.

„Okay, gut zu wissen. Was wäre gewesen, wenn der Vampir von mir getrunken hätte?“, kam Caleb mit einem Mal ein Gedanke.

„Ich denke, es wäre von der Menge abhängig gewesen. Wenn er wie vereinbart nur ein paar Schlucke genommen hätte, wäre das kein Problem gewesen, da so etwas dein Leben nicht bedroht. Sobald er an das kritische Pensum herangekommen wäre, hätte es mich sicherlich auch erwischt." Asterios rieb sich den Arm, das Mal darauf verblasste langsam.

„Aber hätte der Biss nicht furchtbar wehgetan? Ich meine, du …" Caleb brach ab, als Asterios' schmerzverzerrter Gesichtsausdruck vor seinem inneren Auge auftauchte. Er wollte sich gar nicht vorstellen, was für Schmerzen der Biss bei ihm verursacht hatte. Schließlich hatte Asterios kurz darauf sogar das Bewusstsein verloren.

„Wäre es für dich so schmerzhaft gewesen wie für mich, hätte es in dem Fall natürlich auch angeschlagen. Aber für Menschen ist solch ein Biss nicht so schlimm, solange die Vampire keine Schmerzen verursachen wollen. Sie können die Stelle vorher betäuben, in ihrem Speichel ist ein entsprechender Stoff enthalten. Der funktioniert bei Dämonen allerdings nicht. Außerdem ist es wider die Natur, dass ein Vampir sich von einem Dämon nährt. Mein Körper wollte sich instinktiv dagegen wehren, aber das ging nicht." Asterios sah ihn bei diesen Worten nicht einmal an, sondern mühte sich ab, wieder auf die Beine zu kommen.

Caleb fühlte sich in diesem Moment vollkommen hilflos. Er hätte ihn gern dabei unterstützt, aber Asterios machte nicht den Eindruck, als ob er das gewollt hätte. Mühsam kämpfte er sich auf die Füße und ging hinüber zu dem Hundegefäß, das Caleb nach wie vor an eine Maya-Statue erinnerte. Diese welligen Haare, die langen Eckzähne. Oder kam es eher aus dem chinesischen Raum, so wie die Drachenfiguren? Ach, war ja auch egal.

Asterios hob es hoch und betrachtete es eine Weile, dann wandte er sich Caleb zu.

„Wenigstens haben wir jetzt die letzte Zutat. Fehlt nur noch eines." Asterios grinste, was merkwürdig aussah, weil er gleichzeitig vor Schmerz das Gesicht verzog. Wie lange würde diese Bestrafung denn noch anhalten? „War echt ganz schön mühsam zum Ende hin."

Mit einem Ächzen stellte er die Statue an eine der Spitze des Sterns. Caleb erhob sich und betrachtete mit ihm zusammen die restlichen Zutaten. In den schwarzen Schüsseln an den Zacken des Sterns lagen unter anderem eine Schuppe, etwas Pulver, ein Taschentuch und die auffällige Feder der Harpyie. Eine der Schüsseln war bis zum Rand mit einer dunklen Flüssigkeit gefüllt, bei der Caleb auf das Vampirblut tippte.

Es waren nur noch vier Tage bis Halloween und es sah tatsächlich so aus, als würden sie es schaffen. Nachdem es immer schwieriger und gefährlicher geworden war, hätte er das nicht mehr vermutet.

„Worum handelt es sich bei dem fehlenden Verbindungsstück?", wollte Caleb wissen.

„Das erklär ich dir später, dürfte etwas ausführlicher werden. Lass uns erst mal gehen, es ist bestimmt schon spät."

Caleb nickte zustimmend und lief hinter Asterios her, der sich bereits abgewandt hatte.

„Warte, was ist mit den Ker-", Asterios wedelte mit der Hand und der Raum hinter Caleb versank in Dunkelheit, „-zen."

So löschte man die also. Einzig die Fackeln an den Wänden des Gangs spendeten jetzt noch Licht und wiesen ihnen den Weg.

Schweigend erklommen sie die Treppe und betraten oben angekommen die im Dunkeln liegende Kapelle. Sobald Caleb in den riesigen Raum trat, erbebte der Boden erneut unter ihm. Er drehte sich gerade noch rechtzeitig um, um zu sehen, wie die steinerne Wand sich vor die Treppe schob und nahtlos verschmolz, sodass niemand auch nur erahnen konnte, was sich dahinter verbarg.

Als Caleb sich wieder zu Asterios drehte, konnte er ihn nicht erkennen, weil seine Augen sich noch nicht an die Dunkelheit gewöhnt hatten.

„Lass uns gehen." Asterios' Schritte hallten durch den Raum, doch Caleb blieb wie angewurzelt stehen. Wenn er jetzt loslief, würde er entweder mit den Knien gegen die nächstbeste Bank stoßen oder eine der Steinsäulen küssen. Darauf konnte er gut verzichten.

„Was ist?" Asterios war stehen geblieben. Er musste gemerkt haben, dass Caleb sich nicht bewegte.

„Ich sehe null Komma null gar nichts und da ich blind überall gegenlaufen würde ..."

„Du siehst nichts? Ist mit deinen Augen alles in Ordnung?" Er klang besorgt und lief sofort zu ihm zurück.

„Meinen Augen geht es gut, es ist einfach nur stockdunkel hier." Caleb versuchte, den belustigten Tonfall zu verbergen.

„Menschenaugen sind echt schwach. Ich kann alles sehen." Das erklärte, wieso er sich um ihn Sorgen gemacht hatte.

„Ja, wir sind schon echt arm dran im Dunkeln. Was machen wir jetzt?“ Allmählich erkannte er zumindest den ein oder anderen Schemen.

„Ganz einfach. Ich führe dich raus.“ Asterios ergriff Calebs Hand und lief los. Der stolperte die ersten Schritte unsicher hinter ihm her, aber solange er dicht hinter ihm blieb, würde er maximal gegen Asterios' Rücken stoßen, sollte er stehen bleiben. Sie schafften es jedoch ohne Zwischenfälle nach draußen.

„Danke.“ Ein klein wenig beschämt ließ Caleb seine Hand los. Sie hatte sich so warm und richtig angefühlt. Die kühle Nachtluft ließ ihn frösteln. Er zog die Schultern hoch und vergrub die Hände in den Jackentaschen. „Verdammt kalt geworden.“

„Willst du meine Jacke?“, bot Asterios an und Caleb konnte ihn nur mit hochgezogenen Augenbrauen ungläubig anstarren.

„Was ist denn mit dir los? Ich bin kein Mädchen, falls du das verwechseln solltest. Erst Händchen halten und dann noch die Jacke anbieten?“ Was war denn mit dem überheblichen und provokanten Halbdämon passiert?

„Du warst von einem Geisterhund besessen und ich mache mir Sorgen. Aber hey, kein Problem. Mir ist nicht kalt, und sag das nächste Mal doch einfach, dass du Pingpong mit der Einrichtung spielen willst.“ Er zuckte mit den Schultern und lief los.

Aha, also hatte er sich noch nicht vollends in einen weichgespülten Gentleman-Dämon verwandelt, sondern konnte nach wie vor schnippisch reagieren. Wie beruhigend!

Caleb lief ihm kopfschüttelnd hinterher, doch mit jedem Schritt bereute er es, Asterios' Angebot ausgeschlagen zu haben. Kalte Nässe schlich sich in seine Kleidung und seine Schultern verkrampften allmählich. Dort unten in diesem kellerähnlichen Gewölbe war davon gar nichts zu spüren gewesen. Hier draußen hingegen erkannte Caleb unterhalb der Lampen sogar eine dünne Schicht Nebel. Wie spät war es eigentlich? Er sah auf seinem Handy nach. Schon nach elf. Hatte die Beschwörung wirklich so lange gedauert?

Sollten die Temperaturen über Nacht weiter fallen, wäre es morgen vielleicht sogar ein bisschen weiß. Wobei es Ende Oktober eigentlich noch zu früh für Frost war.

Sie näherten sich dem Whitman College und Caleb atmete erleichtert auf. Er brauchte dringend eine heiße Dusche. Er spürte nun nicht nur seine verkrampften Schultern, auch andere Teile seines Körpers schmerzten. Die Sehnen seiner Arme zogen und die Oberschenkel brannten bei jedem weiteren Schritt. Sollte der Geisterhund wirklich so schlimm gewütet haben, wie Asterios erzählt hatte, dann würde er morgen am ganzen Leib Muskelkater haben und höchstwahrscheinlich zusätzlich von blauen und grünen Flecken übersät sein.

Caleb blieb vor der Eingangstür stehen, um sich von Asterios zu verabschieden, doch der betrachtete ihn nur nachdenklich.

„Ich sollte heute Nacht lieber bei dir bleiben."

„Wieso?", fragte Caleb verblüfft und hätte sich im selben Moment ohrfeigen können. Da bot Asterios schon an, die Nacht „mit ihm zu verbringen" und ihm fiel nichts Besseres ein, als nach dem Grund zu fragen? War er denn bescheuert? Was, wenn ihm nun kein guter

Grund einfiel und er deswegen einen Rückzieher machte? Aber Caleb konnte seine Frage schlecht zurücknehmen. Sie war ihm bloß vor Überraschung einfach so herausgerutscht.

„Du scheinst die Dämonenbesetzung zwar gut verkraftet zu haben, aber weil einige Aspekte wirklich extrem gewesen sind, würde ich dich nur ungern allein lassen. Womöglich gibt es noch so etwas wie Nach- oder Nebenwirkungen. In dem Fall wäre es besser, wenn ich bei dir bin."

„Ach so." Caleb atmete erleichtert auf, was Asterios sicher falsch verstand, so wie er seine Stirn gerade runzelte. Dabei war er einfach nur froh, dass er wegen seiner dummen Frage nicht auf die gemeinsame Nacht verzichten musste. Wobei es sicherlich nicht so romantisch werden würde, wie es sich jetzt vielleicht noch anhörte.

Gemeinsam betraten sie das Gebäude und Caleb merkte, wie er mit einem Mal immer nervöser wurde, je näher sie seinem Zimmer kamen. Total albern, schließlich hatten sie bereits einige Nächte gemeinsam in seinem Bett verbracht, und das sogar ziemlich eng aneinander gekuschelt und die Tage noch dazu. Außerdem hatte Asterios lediglich gesagt, dass er ihn nicht allein lassen wollte. Davon, dass sie wieder nebeneinander in Calebs viel zu engem Bett schlafen würden, war nie die Rede gewesen.

„Denkst du wirklich, es könnten noch irgendwelche Nebenwirkungen auftauchen?" Ehrlich gesagt beunruhigte der Gedanke ihn. Bisher ging es ihm gut, aber nach allem, was Asterios erzählt hatte, war das eher merkwürdig. Was, wenn ihn das alles erst zeitversetzt traf?

„Ich kann es nicht ausschließen. Aber ich will unter gar keinen Umständen ein Risiko eingehen." Asterios' Miene wirkte ernst und Caleb fragte sich, ob er sich plötzlich um ihn Sorgen machte oder nur nicht riskieren wollte, kurz vor Ende seine wichtigste Zutat zu verlieren. Warum zum Teufel – der war in diesem Fall wohl der richtige Ansprechpartner – hatte er das alles überhaupt riskiert? Asterios hatte es nicht von ihm verlangt, war sogar dagegen gewesen. Ihm konnte es doch egal sein, ob er nun alle Zutaten zusammenbekam oder nicht.

Doch die Wahrheit war: Es war ihm nicht egal. Asterios war ihm nicht egal. Er bedeutete ihm mittlerweile viel zu viel und Caleb konnte diese Gefühle nicht mehr aufhalten.

„Ich werde duschen und Zähne putzen gehen", eröffnete Caleb, kaum dass sie sein kleines Zimmer betreten hatten.

„Ja, nach der Sandschlacht ist das wohl besser." Asterios musterte ihn und er konnte nur mit Mühe verhindern, daraufhin selbst an sich hinabzuschauen. Er nickte bloß, schnappte sich frische Kleidung sowie seinen Kulturbeutel und verschwand mit einem leisen „bis später" durch die Tür. Er verkniff sich gerade noch, zu fragen, ob Asterios nicht mit ihm duschen wollte. Allein bei dem Gedanken wurde sein Gesicht heiß.

Kurz darauf stand Caleb im Waschraum und war mittelmäßig schockiert.

Er konnte kaum fassen, dass das Gesicht im Spiegel wirklich sein eigenes sein sollte. Das Haar war vollkommen zerzaust und mit Sand bestäubt, sodass es von dem dunklen Braun mittlerweile zu einem hellen Sandbraun gewechselt war. Dazu war es verwuschelt, verknotet und stand zu allen Seiten ab. Als er den Kopf schüttelte, fielen sogar kleine Steinchen heraus und verschwanden im Abfluss des Waschbeckens. Das Wasser unter der Dusche würde eine ganze Zeit brauchen, bis es wieder klar im Abfluss verschwand.

Er seufzte. Gut, dass es bereits so spät war, dass ihn niemand so gesehen hatte, schließlich war es bis Halloween noch ein bisschen hin. Andererseits hatte er die letzten Tage schon entsprechende Deko entdeckt und nicht wenige Leute waren fleißig damit beschäftigt, die riesige Halloween-Party vorzubereiten. Vielleicht hätte er sich mit einer Anprobe herausreden können.

Jetzt galt es jedenfalls erst mal, das Kostüm der ägyptischen Mumie, die vom Sande beweht worden war, abzuwaschen. Als er vor der Tür Schritte hörte und kurz darauf jemand den Waschraum betrat, beeilte Caleb sich, um in dem Zustand nicht doch noch entdeckt zu werden. Außerdem wartete da noch ein höchst attraktiver Halbdämon in seinem Schlafzimmer, den er nur ungern länger als nötig allein lassen wollte.

Kapitel 21

Asterios

Caleb hatte regelrecht erleichtert gewirkt, als Asterios ihm den Grund für seinen Übernachtungsvorschlag genannt hatte. Hatte er etwa befürchtet, Asterios würde andere Gründe verfolgen? Wie ihn zu verführen oder mit ihm zu schlafen? Das war absurd. Damit hätte er das ganze Ritual versaut und das, wo sie doch beinahe alles beisammenhatten. Für so dumm konnte er ihn nun wirklich nicht halten.

Während Caleb duschte, hatte Asterios genug Zeit, um sich zu überlegen, wie er weiter vorgehen wollte. Am liebsten hätte er ihn unter die Dusche begleitet, doch für so etwas war keine Zeit. Er machte sich allerdings ernsthaft Sorgen um ihn. Es kam ihm seltsam vor, wie gut es Caleb ging. Vor allem, wenn Asterios bedachte, wie sehr das Mal des Paktes gebrannt hatte.

Er schob seinen Ärmel hoch, um erneut nach dem Zeichen zu sehen. Es war nur noch undeutlich auf seiner schwarzen Haut zu erkennen, aber es war nach wie vor da. Und genau das beunruhigte ihn.

Deswegen hatte er entschieden, so nahe wie möglich bei Caleb zu bleiben. Sie hatten schließlich schon ein paar Nächte gemeinsam im Bett verbracht, daher sollte das kein Problem darstellen.

Also legte er sich unter die Decke und starrte auf die Tür. Es verging so viel Zeit, ohne dass etwas passierte, dass Asterios allmählich unruhig wurde. Er überlegte gerade, ob er nicht sicherheitshalber nach Caleb sehen sollte, anhand seines Geruchs würde er ihn schon finden, da trat er – endlich – durch die Tür.

Mit Freude registrierte er zunächst Calebs überraschten und danach den leicht beschämten Ausdruck auf seinem Gesicht. Er grinste, wurde dann aber wieder ernst.

„War alles in Ordnung? Du hast ziemlich lange gebraucht." Was keinesfalls ein Vorwurf sein sollte.

„Na ja, ich war ziemlich dreckig. Als wäre ich durch einen Sandsturm gelaufen." Caleb hustete verdeutlichend. Dann stockte er. „Sag mal, du hast da drunter aber schon noch was an, oder?"

Jetzt musterte er ihn argwöhnisch, was Asterios schon wieder zum Grinsen brachte.

„Willst du gucken?" Er lag auf der Seite, mit der linken Hand stützte er den Kopf ab und fläzte sich in den Laken. Provokant lupfte er die Decke ein Stück.

„Jetzt hör auf mit dem Scheiß." In gespieltem Entsetzen hielt Caleb sich eine Hand vor die Augen und drehte den Kopf zur Seite. „Ne, jetzt ernsthaft. Wenn du da drunter nichts mehr anhast, dann werde ich die Nacht auf dem Boden schlafen und die Bettwäsche morgen früh direkt waschen."

„Das verletzt mich jetzt aber sehr." Asterios tat beleidigt und führte die Hand an die Stirn, während er im tragischen Leid gefangen den Kopf nach hinten warf.

„Ja, ja, armer, armer Halbdämon. Was ist jetzt? Kann ich heute Nacht gefahrlos in meinem Bett schlafen oder muss ich auf dem Fußboden nächtigen?“

„Ich weiß ja nicht, ob eine Nacht neben mir jemals gefahrlos ist. Aber ich hab untenrum was an, also komm schon her.“ Asterios warf die Bettdecke zurück. Er trug sogar ein Achselshirt und untenrum Boxershorts. Damit konnte Caleb offenbar leben. Mit Genugtuung stellte Asterios fest, dass sein Duft intensiver und süßlicher wurde, je näher er ihm kam. Jedoch musste er sich weiterhin zurückhalten und machte sich das Leben hiermit selbst ziemlich schwer. Vor allem, wenn Caleb ihn mit seinem Geruch geradezu dazu aufforderte, gewisse Dinge zu tun.

Wie die verbotene Frucht im Paradies zu pflücken.

Asterios rückte weiter zurück bis an das Fenster und Caleb schlüpfte unter die Decke, wobei sich seine Wangen verräterisch rot färbten. Das hätte Asterios’ Selbstbeherrschung beinahe über Bord geworfen und den Schalter in eine andere Richtung umgelegt. Ehe er dem Duft erliegen konnte, ging er zum Angriff über, um die entstehende Spannung zu vertreiben.

„Hallo, mein Schatz“, säuselte er Caleb ins Ohr und drückte sich an ihn.

„Geh weg, so bekomme ich nie ein Auge zu.“ Caleb schob ihn mit einem halben Lachen zur Seite.

„Mein Schaaatz“, ahmte Asterios nun Gollum aus *Herr der Ringe* nach und klammerte sich noch fester an ihn.

„Du schräger Vogel, du.“ Caleb drückte seinen Kopf weg. Inzwischen hatte Asterios einen Kussmund mit seinen Lippen geformt dem Caleb entschieden auswich.

„Und? Was ist das jetzt noch für eine ominöse letzte Zutat, obwohl wir bereits alle acht beisammenhaben? Plus meine Wenigkeit natürlich“, ergänzte Caleb und tippte sich auf die Brust. Offensichtlich versuchte er sich durch einen Themenwechsel aus der Situation zu retten.

„Ja, die Zutaten haben wir. Zum Abschluss fehlt jetzt nur noch der Schrei einer Banshee, die alles in Schwingung versetzt. Das verbindet die einzelnen Zutaten miteinander“, erklärte Asterios. Zu Beginn des Rituals würde er ihn freilassen, damit der Schrei des Todes alles miteinander verband.

„Wie ein Bindemittel beim Kochen“, erwiderte Caleb trocken. An seiner Miene war nicht abzulesen, was er davon hielt.

„Weißt du, was eine Banshee ist?“, fragte Asterios, weil er nicht glaubte, dass ihm klar war, worum genau es hier ging. Er legte seinen Kopf aufs Kissen und sah zu Caleb hoch. Der legte sich auf die Seite und bettete seinen Kopf auf seinen Unterarm. Somit kamen sie sich wieder einmal verdammt nahe.

„Eine Art Dämon, vermute ich mal“, antwortete Caleb und zuckte mit den Schultern, wodurch das halbe Bett wackelte.

„Nicht so ganz. Eine Banshee ist eine Todesfee. Ein richtiger Dämon ist sie nicht, sie schadet den Menschen nicht absichtlich. Doch eine klassische Fee ist sie natürlich auch nicht.“ Caleb öffnete den Mund, schien es sich jedoch anders zu überlegen und schloss ihn wieder, ohne seine Frage laut auszusprechen.

„Einen Schrei stoßen sie eigentlich nur aus, wenn sie jemanden sehen, der bald sterben wird. Es ist ein Warnruf."

„Du planst also doch, mich umzubringen", scherzte Caleb, wirkte dabei jedoch so ernst, dass es Asterios einen Stich versetzte. Er konnte nach all dem doch nicht immer noch ernsthaft an ihm zweifeln? Und selbst wenn, was war mit dem Pakt? Erst heute Abend hatte er mit eigenen Augen gesehen, dass Asterios ihm nichts antun konnte.

„Sie können natürlich auch ohne den nahenden Tod schreien. Allerdings tun sie das nicht einfach so", fuhr er bedrohlich leise fort.

„Und wie willst du sie zum Schreien bringen? Sie zu Tode erschrecken?", witzelte Caleb und ahnte nicht, wie nahe er der Wahrheit damit kam.

„Nicht ganz, aber so ähnlich. Banshees lieben Halloween, weil sie sich dann nicht verkleiden müssen, sondern in ihrer wahren Gestalt herumlaufen können. Sie organisieren häufig sogar richtig große Partys. Und wie es der Zufall so will, konnte ich eine davon überzeugen, ihre Party dieses Jahr hier starten zu lassen." Er grinste selbstgefällig. Dabei war das gar nicht so leicht gewesen. Es hatte fast die gesamte Zeit beansprucht, während der Caleb seine Prüfungen geschrieben hatte. Aber die Überzeugungsarbeit hatte sich gelohnt, denn so war die letzte aller Zutaten direkt vor Ort und sie konnten sie einfach an Halloween einsammeln.

„Das heißt, wir werden auf diese Party gehen. Und dann?" Caleb schien noch nicht verstanden zu haben, wie sie an den Schrei gelangen sollten. Kein Wunder, Asterios hatte es ihm ja gar nicht erklärt.

„Richtig, eines der Dinge, auf die ich mich am meisten freue. Ich muss mich nicht einmal verkleiden." Er ließ seine Augen rot aufblitzen. „Die Banshee zu finden, wird wahrscheinlich der leichteste Teil werden. Da es ihre Party ist, wird sie lautstark daran teilnehmen. Wenn wir ihr keinen baldigen Tod vor die Nase setzen, gibt es noch die Möglichkeit, sie zu überlisten."

„Und wie?" Caleb schien allmählich ungeduldig zu werden.

„Man kann sie vor Begeisterung zum Schreien bringen oder sie tatsächlich derart erschrecken, dass sie deswegen einen Schrei ausstößt."

„Und das willst du wie anstellen?" Caleb runzelte die Stirn.

„Das wirst du dann ja sehen." Asterios setzte ein gemeines Grinsen auf. In Wahrheit würde er Caleb jedoch nicht in ihre Nähe lassen. Dieses Mal würde er es vollkommen allein durchziehen. Er wollte ihn am liebsten so weit wie möglich von ihr weg wissen, gleichzeitig aber diese Party als eine Art Abschied gemeinsam mit ihm genießen. Asterios hoffte inständig, dass ihm dieser Spagat gelingen würde. Sobald er den Schrei hatte, wäre ohnehin alles vorbei.

„Aber versprich mir eines." Asterios setzte nun eine todernste Miene auf.

„Und was?"

„Du musst auf dich aufpassen. Samhain, also Halloween, ist die Nacht der Todesfeen. Zumindest sagt man das häufig so. In dieser Nacht ist die Grenze zur Anderswelt sehr durchlässig und es wird behauptet, dass Banshees gern Einladungen dorthin verteilen. Wenn du erst einmal dort bist, kommst du nie wieder weg.

Also lass dich nicht darauf ein, verstanden?“ Asterios sah Caleb ernst an, der lediglich nickte und schluckte. Bei seinem Glück würde er den Jungen noch kurz vor dem Ritual aus der Anderswelt zurückholen müssen. Anders als die Hölle, die seine Heimat war, lebten dort in erster Linie die Feen und Geister.

„So, nachdem ich dir nun eine schöne, gruselige Gutenachtgeschichte erzählt habe, sollten wir das Licht ausmachen und schlafen.“ Jetzt grinste Asterios wieder.

„Hä ...?“ Caleb schien kurz auf dem Schlauch zu stehen. „Ach so, das Licht, ja.“ Er drehte sich auf die andere Seite und stand auf. Eilig tapste er die paar Schritte bis zum Lichtschalter neben der Tür und kam dann schnell wieder zurück.

„Und du fühlst dich immer noch ganz normal?“, erkundigte sich Asterios sicherheitshalber, sobald Caleb wieder zu ihm unter die Bettdecke geschlüpft war.

„Ja, ich fühle mich genauso wie immer.“ Er legte den Kopf aufs Kissen und Asterios konnte seinen Atem auf dem Gesicht spüren.

„Gut. Dann versuch jetzt zu schlafen. Gute Nacht.“ Asterios drehte sich auf den Rücken und starrte mit offenen Augen an die Decke. Caleb prustete mit einem Mal los.

„Was?“

„Das klang jetzt ein bisschen so wie eine Mutter, die ihr Kind ins Bett gebracht hat.“ Caleb lachte und hielt sich offensichtlich die Hand vor den Mund, denn seine Worte klangen leicht gedämpft.

„Du bist ja manchmal auch wie ein Kind.“ Er stieß ihm den Ellenbogen in die Seite, traf dabei allerdings seinen Bauch, weil Caleb ihm nach wie vor zugewandt lag.

„Au“, keuchte Caleb und krümmte sich. „Das tut eine gute Mutter aber nicht.“

„Ich bin ja auch keine Mutter. Aber du kannst dich wirklich wie ein kleines Kind wunderbar in Schwierigkeiten bringen.“

„Gar nicht wahr, und wenn, dann liegt das nur an dir. Du hast einen schlechten Einfluss auf mich. Einen wirklich schlechten Einfluss.“

„Jetzt schlaf endlich“, entschied Asterios, obwohl ihm das Geplänkel riesigen Spaß machte. Er fürchtete, wenn sie so weitermachten, würde es irgendwann dazu führen, dass sie im Bett miteinander rauften. Und das würde dann zu etwas ganz anderem führen. Caleb unter ihm, er über ihm, ihre Münder nur wenige Zentimeter voneinander entfernt und ...

„Ohne dich wäre ich doch nie in die Nähe all dieser Dämonen gekommen“, ließ sich Caleb nicht abspeisen.

„Gute Nacht, Caleb“, sagte Asterios noch einmal laut, woraufhin er neben sich ein leises Lachen vernahm. Dann wurde es still.

Er war gespannt, wie lange es dauern würde, bis Caleb wirklich einschlief. Die Strapazen des Abends sollten ihn eigentlich schnell ins Reich der Träume bringen. Und es war ja nicht so, dass sie zum ersten Mal nebeneinander schliefen.

***

Asterios wachte auf, weil etwas sacht über seine Haut fuhr.

„Guten Morgen, mein Sonnenschein."

Als er blinzelnd die schweren Lider hob, sah er direkt in Calebs sanfte braune Augen.

„Und ich dachte, du wolltest die Nacht über mich wachen." Caleb grinste breit.

„Verdammt, bin ich eingeschlafen?" Er rieb sich die Augen und richtete sich im Bett ein Stück auf. Die Frage war ja wohl selbsterklärend.

„Nö, gar nicht. Du hast einfach nur mit geschlossenen Augen und einer ungewöhnlichen Musikbegleitung über mich gewacht." Caleb grinste breit, wobei sich süße Fältchen um seine Augen herum bildeten.

„Ich habe ganz sicher nicht geschnarcht", erwiderte Asterios grummelnd.

„O doch! Ich hätte es beinahe mit dem Handy aufgenommen, aber dafür hätte ich aufstehen müssen und dich damit vielleicht geweckt. Da du nun aber wach bist ... Ich habe heute noch Vorlesungen, also raus aus dem Bett." Caleb stieß ihn an und erst da wurde Asterios bewusst, dass sie offensichtlich in der Nacht Plätze getauscht hatten. Denn Caleb lag nun auf der Fensterseite. Um aufzustehen, müsste er über Asterios hinwegklettern.

„Ich hab aber keine Vorlesungen. Das heißt, ich kann noch liegen bleiben." Er kuschelte sich wieder in die Kissen und schloss die Augen. „Und noch ein bisschen weiterschlafen." Jetzt begann er mit voller Absicht und in ohrenbetäubender Lautstärke zu schnarchen.

„Nichts da. Mein Bett, meine Regeln. Und jetzt raus mit dir." Caleb wollte ihn offenbar von der Matratze schubsen, doch als er mit aller Kraft gegen Asterios' Schulter drückte, tat sich da gar nichts.

Er öffnete lediglich ein Auge. „Nope."

Caleb musterte ihn mit einem amüsierten Ausdruck.

„Also schön, dann muss ich eben doch über dich rüber klettern." Das tat er dann auch, und nicht gerade vorsichtig.

Asterios stöhnte ein ums andere Mal, was Caleb nur mit einem „du wolltest es ja nicht anders" kommentierte. Nach vielen unnötigen Boxhieben und Nierenquetschungen hatte Caleb es endlich aus dem Bett geschafft und streckte sich.

„So bin ich auch noch nie aus dem Bett gekommen." Er warf ihm über die Schulter einen Blick zu, während er seine muskulösen Arme über dem Kopf dehnte.

„Ich könnte dir noch ganz andere Varianten zeigen." Asterios ergriff Calebs Hand, sobald dieser sie sinken ließ, und zog ihn zurück zu sich ins Bett. Der stieß einen überraschten Laut aus und versuchte sich abzustützen, doch zu spät. Mit einem kleinen Plumps landete er direkt in Asterios' Armen, der ihn daraufhin frech angrinste. Ehe er sich der entstandenen Nähe bewusst wurde. Normalerweise hätte er ihn jetzt wohl geküsst, und Caleb schien auch genau darauf zu warten. Aber er durfte nicht. Danach wäre es nur umso schwerer, sich von ihm zu lösen.

„Du solltest dringend Zähne putzen gehen", brachte er mit einem Scherz wieder Abstand zwischen sie.

„Du warst doch derjenige, der mich davon abgehalten hat", warf Caleb ihm vor und machte sich los. Doch er lächelte dabei nach wie vor. „Du solltest übrigens auch mal etwas für deine Körperhygiene tun. Ich habe dich bisher nicht einmal Zähne putzen gesehen, oder wie du dich duschst."

„Ach, du möchtest mir gern beim Duschen zugucken? Das ist natürlich kein Problem."

„Wenn ich jetzt ein Kissen zur Hand hätte, würde ich es nach dir werfen." Caleb schüttelte lachend den Kopf.

„Du meinst so ungefähr?" Asterios holte aus, zielte und traf.

Caleb, der darauf nicht im Geringsten vorbereitet gewesen war, verlor sein Gleichgewicht und schwankte. Kurz fürchtete Asterios, dass er ihn wortwörtlich umgehauen hatte, doch da fing sich Caleb wieder.

„Alter, was sollte das denn? Das war echt ...", er holte aus, „... gefährlich!" Und warf.

Asterios fing das Kissen lachend in der Luft ab, obwohl es ordentlich Wumms gehabt hatte.

„Du hast dir doch ein Kissen zum Werfen gewünscht, oder nicht? Et voilà, schon wurde dein Wunsch wahr."

„Na, wenn du Wünsche immer auf diese Art erfüllst, muss man echt aufpassen, was man sich wünscht."

„Das sollte man sowieso", erwiderte Asterios und platzierte das Kissen wieder auf dem Bett. Er selbst hatte sich so sehr gewünscht, einfach nur dazuzugehören, ganz zu sein, und nicht mehr nur zwei nicht zusammenpassende Teile von etwas. Jetzt würde sich sein Wunsch in wenigen Tagen erfüllen. Und war er damit glücklich? Momentan nicht. Vielleicht würde er es später sein, doch jetzt gerade ...

„Na ja, Bücher und Filme lehren uns ja auch, dass man bei den drei Wünschen eines Djinnis verdammt genau formulieren und überlegen muss."

„Dschinn", verbesserte ihn Asterios.

„Was?"

„Es heißt Dschinn. Plural auch Dschinn oder Dschinnen, wobei das total behämmert klingt. Aber dieses Djinni gibt es nicht. Also tu mir den Gefallen und sag das nie wieder." Das tat ja in den Ohren weh!

„Jetzt sag nicht, dass es Dschinns tatsächlich gibt?" Caleb stand vor Staunen der Mund offen und Asterios hätte beinahe die Augen verdreht, weil er ihm darüber hinaus offenbar nicht zugehört hatte. Musste er hier eigentlich alles drei Mal erklären?

„Ja, die gibt es auch." Dieses Mal sparte er sich die Korrektur der Pluralform. Das brachte ja scheinbar eh nichts. „Allerdings sind die, genau wie immer behauptet wird, echt selten. Und wünschen würde ich mir von denen wirklich nichts. Die sind gemein und hinterhältig. Sie versuchen immer, dir aus deinen Wünschen einen Strick zu drehen. Am besten so, dass du gleich den nächsten Wunsch verwendest und am Ende ganz schnell deine drei Wünsche aufgebraucht hast. Und schlimmstenfalls ist dein Leben davor viel besser gewesen als das Leben nach deinen Wünschen."

„Schade. Drei Wünsche wären schon echt nice gewesen, aber meistens sollen sie einen ja bloß lehren, dass die Dinge, die man sich wünscht, gar nicht so toll sind. Und natürlich, dass man eigentlich zufrieden mit dem sein soll, was man hat. Gibt es da nicht so ein Märchen mit einer Frau, die sich immer mehr wünscht und doch nie zufrieden ist? Am Ende steht sie wieder mit nichts da. Ich mochte das Märchen nie, weil der blöde Fisch einfach immer weiter Wünsche erfüllt und der dämliche Fischer nie was gesagt hat. Und warum wurden sie am Ende eigentlich wieder zu Fischern? Ich ..."

„Aber die Botschaft dahinter hast du ja scheinbar verstanden. Jetzt geh dich fertig machen, du musst noch frühstücken", schickte Asterios ihn raus, weil ihm dieses Philosophieren auf die Nerven ging. Er vergrub den Kopf unterm Kissen. „Du hältst mich nämlich vom Schlafen ab."

„Alter Faulpelz", schalt Caleb ihn und kurz darauf ging die Tür auf und zu.

Asterios tauchte unter dem Kissen wieder auf und starrte ihm hinterher. Sie verstanden sich mittlerweile richtig gut, alberten herum und hatten Spaß. Das war schlecht. Er hatte bereits den Entschluss gefasst, dass er sich die verbleibenden drei Tage von Caleb fernhalten würde. Das war offensichtlich auch dringend nötig. Obwohl es ihm schwerfiel, musste er vernünftig sein. Für sie beide.

Asterios vertrieb sich die Zeit, bis Caleb zurück war, indem er tatsächlich ein wenig vor sich hindöste. Sobald Caleb jedoch das Zimmer betrat, war er augenblicklich wach. Es gab da noch eine Sache, die er überprüfen musste, ehe er auf Abstand gehen konnte.

Er erhob sich, während Caleb seine Sachen zusammensuchte und ordnete. Der Geruch nach frischem Duschgel stieg Asterios in die Nase. Calebs ganz eigener Geruch lag darunter, er musste sich erst wieder entwickeln oder befreit werden. Doch er plante nicht, ihm noch mal näher zu kommen. Dann wäre es nur umso schwerer, sich von ihm zu trennen.

„Fertig. Wenn du möchtest, können wir gehen. Außer du willst auch mal duschen oder Zähne putzen." Caleb legte den Kopf schief und grinste ihn an. Asterios musste diese Geste ganz automatisch erwidern.

„Später“, wiegelte er jedoch ab und trat dann noch einen Schritt näher an Caleb heran. In dem kleinen Raum stand er ihm somit nun beinahe auf den Füßen.

„Nur um noch mal sicherzugehen, du fühlst dich wirklich gut? Es gab keine Zwischenfälle oder Unwohlsein seit der Geisterhundgeschichte?“ Asterios musterte ihn so intensiv, dass ihm jede Regung in Calebs Gesicht aufgefallen wäre, sollte er etwas vor ihm verbergen. Er traute ihm nämlich durchaus zu, dass er ihn anlog oder ihm etwas verschwieg, um Asterios nicht unnötig zu beunruhigen. Caleb gehörte definitiv zu dieser Art von Menschen. Deswegen hatte er sich anstelle des Hundes, den er noch nicht einmal kannte, zur Verfügung gestellt. Er ging mit seinem eigenen Wohlergehen viel zu lasch um, daher war es absolut nötig, dass Asterios ihn ganz genau im Auge behielt. Doch da war nichts.

„Ich schwöre, dass mir nichts aufgefallen ist und ich mich vollkommen normal fühle.“ Caleb hob die linke Hand und legte die rechte auf seine Brust.

„Gut. Sollte sich diesbezüglich etwas ändern, meldest du dich sofort. Verstanden?“

Caleb nickte.

„Schwör es mir.“

Caleb verdrehte die Augen. „Also meinetwegen. Ich schwöre, dass ich mich sofort melde, sollte mir irgendwie komisch werden. Willst du noch mein Blut für so eine bindende Vereinbarung?“ Er hielt ihm sein Handgelenk hin.

„Nein, so etwas würde bei dir nicht funktionieren. Wir müssten erneut einen Pakt schließen und das wäre übertrieben. Ich vertraue darauf, dass du zu deiner eigenen Sicherheit sofort Alarm schlägst."

„Sobald ich mir den Fingernagel umknicke, schreie ich."

„Gut." Caleb hatte das absichtlich so überspitzt formuliert, doch Asterios war einfach nur wichtig, dass er sich wirklich meldete.

„Da das nun geklärt wäre, können wir ja gehen." Er ging zur Tür und Caleb folgte ihm mit einem deutlich vernehmbaren Brummen. Er schien das alles übertrieben zu finden, doch Asterios verzichtete darauf, ihn nochmals auf den Ernst der Lage aufmerksam zu machen. Das hätte ohnehin nichts gebracht und womöglich bloß das Gegenteil bewirkt.

„Ich wünsche dir einen guten Appetit", verabschiedete er sich draußen von Caleb.

„Wie? Willst du denn nichts essen?" Verwundert musterte er ihn. Caleb schien ganz selbstverständlich davon ausgegangen zu sein, dass sie gemeinsam frühstücken würden.

Er ahnte ja nicht, wie gern Asterios so viel Zeit wie möglich mit ihm verbracht hätte, aber er durfte nicht. Er musste jetzt die Grenze ziehen, andernfalls würde er immer wieder Gründe finden, um bei ihm zu bleiben und weiterhin Zeit mit ihm zu verbringen. Er hatte sich dazu entschlossen, ihn bis Halloween nicht mehr aufzusuchen. Sie hatten alles, was sie für das Ritual brauchten. Sich öfter als nötig in seiner Gegenwart aufzuhalten, wäre unnötig und dumm, und Asterios wollte nicht riskieren, dass doch noch etwas zwischen ihnen passierte. Um das zu verhindern, war es besser, sie blieben auf Abstand.

„Ähm, nein. Geh du mal allein."

„Bist du sicher? Die Speisesäle sind inzwischen richtig schön für Halloween dekoriert, mit geschnitzten Kürbissen und all diesem Kram." Caleb machte es ihm verdammt schwer, standhaft zu bleiben.

„Nein, schon gut", winkte er ab. „Wir sehen uns an Halloween. Das Kostüm für dich besorge ich, du musst dich also um nichts kümmern", fügte Asterios rasch hinzu, als er bemerkte, dass Caleb den Mund öffnete, um etwas zu sagen.

„O...kay." Er hatte definitiv etwas anderes sagen wollen. „Und als was gedenkst du, mich zu verkleiden?"

„Das verrate ich nicht, aber keine Sorge, es wird dir gefallen." Er zwinkerte verschmitzt.

„Ich hole dich am frühen Abend ab. Wir amüsieren uns etwas auf der Party, besorgen den Schrei und gegen Mitternacht vollziehen wir pünktlich das Ritual, alles ganz einfach." Caleb wirkte schon wieder so, als wollte er etwas sagen. Und Asterios war sich sicher, dass es sich dabei nicht um die Frage handelte, die er nun stattdessen laut aussprach. Wobei das auch eine interessante und etwas heikle Geschichte war.

„Und was machen wir bis dahin?"

Asterios bemühte sich nach Kräften, den erwartungs- und hoffnungsvollen Blick zu ignorieren. In wenigen Tagen würde er ein vollwertiger Dämon sein und sich danach endgültig von Caleb fernhalten müssen, wenn er ihn nicht ins Unglück stürzen wollte. So gern er die nächsten Tage auch in seiner Nähe verbracht hätte, es war besser, wenn er sich schon jetzt an den Abschied gewöhnte. Eine letzte Party, eine letzte Nacht der Nähe, und danach wäre dieser süße Traum endgültig vorbei.

Zu Calebs eigenem Schutz. Asterios wusste, wie egoistisch das war, und diese Zeit mit ihm hatte ihn tatsächlich darüber nachdenken lassen, einfach alles so zu lassen, wie es war. Aber er konnte noch so oft überlegen, ob das nicht eine Option wäre, sein Vater würde das nie zulassen. Wenn er erfuhr, dass Asterios wegen eines Menschen auf das Ritual verzichtete, würde er Caleb aus reiner Bosheit töten. Und was war, wenn Caleb irgendwann das Interesse an ihm verlor?

Viele der Zutaten ließen sich wahrscheinlich ein Jahr konservieren und danach könnte er überall eine Jungfrau suchen gehen, um das Ritual durchzuführen. Aber wollte er das? Die Dinge einfach nur aufschieben? Und noch dazu in ständiger Angst vor seinem Vater leben?

Nein. Es wäre sicherlich am klügsten, das hier und jetzt zu einem Ende kommen zu lassen, anstatt es hinauszuzögern. Lieber jetzt als später, wenn es für ihn umso schmerzhafter sein würde.

„Du wirst schön zu deinen Vorlesungen gehen und erledigen, was man als Student so tut, und ich werde in der Zeit letzte Vorbereitungen für das Ritual treffen." Eigentlich gab es kaum noch etwas zu tun. Er musste das Kostüm besorgen, Erkundigungen über die Party einholen und alles im Keller der Kapelle aufbauen. Das könnte er locker an einem einzigen Tag erledigen.

Caleb öffnete erneut den Mund, doch die Worte kamen ihm einfach nicht über die Lippen. Wahrscheinlich würde das, was auch immer ihm nicht auszusprechen gelang, es Asterios nur umso schwerer machen. Also wandte er sich zum Gehen, ehe er es doch noch schaffte, und winkte ihm über die Schulter zu.

„Wir sehen uns dann, Caleb. Und keine Sorge, dein Kostüm wird dir gefallen.“ Als er sich einen letzten Blick erlaubte, erkannte er eine leichte Röte auf Calebs Wangen. Na, an was für ein Halloween-Kostüm hatte er wohl gerade gedacht?

Sein Herz zog sich zusammen, weil er ihn bereits jetzt vermisste.

Mit großer Mühe und Anstrengung riss Asterios sich von dem Anblick los und ging. Verdammt noch mal, wann waren seine Gefühle derart außer Kontrolle geraten? Das war ihm bei keinem seiner bisherigen „Opfer“ passiert, die er verführt hatte, um sich Nahrung zu beschaffen. Das war alles so neu. Doch bevor er dem näher auf den Grund gehen konnte, würde das alles ein Ende nehmen.

Asterios blieb stehen und blickte an den gotischen Bauten empor. In diesen wenigen Wochen hatte er sich derart an den Anblick gewöhnt, sich regelrecht darin verliebt, dass es ihm fast genauso schwerfallen würde, diesen Ort zu verlassen wie Caleb. Wenn er die Wahl hätte, würde er ebenfalls hier studieren. Das Gelände in all seinen Jahreszeiten entdecken. Wie sich die Landschaft veränderte und doch alles gleich blieb. Beobachten, in welchem Ambiente der Charme dieser alten Gemäuer am besten hervortrat. Und das alles mit Caleb an seiner Seite.

Was für ein schöner Traum.

Hätte er einen Wunsch frei, würde er sich genau das wünschen.

Vielleicht sollte Asterios anstelle des Schreis einer Todesfee lieber einen Dschinn suchen gehen.

KAPITEL 22

Asterios

In den verbliebenen Tagen bis Halloween tat Asterios alles, um sich nicht zu langweilen, damit er so wenig wie möglich an Caleb dachte.

Das führte unter anderem dazu, dass er sich eine andere Nahrungsquelle suchte. Es wäre nicht unbedingt nötig gewesen, allerdings merkte er, dass der Abstand zu Caleb ihn schwächte. Während der vergangenen Tage musste dieser ihn mit seinen Gefühlen mehr genährt haben, als Asterios bis dahin bewusst gewesen war. Nun verspürte er Hunger, was gleichzeitig eine wunderbare Ablenkung darstellte.

Voller Begeisterung stürzte er sich in die Verführung weiblicher Opfer. Das gelang ihm ziemlich gut. Das seichte Geflirte hatte er drauf, allerdings nährte ihn das nicht. Es brauchte echte Gefühle oder Leidenschaft. Da es so gut wie unmöglich war, in wenigen Minuten oder Stunden echte Gefühle in seinem Gegenüber zu wecken – und das noch weniger, wenn man nicht die Macht besaß, das Aussehen des absoluten Traumprinzen anzunehmen, wie es sein Bruder oder die anderen Dämonen seiner Art tun konnten –, blieben nur die rein sexuellen Gefühle, die Lust und das Verlangen. Pure Leidenschaft. Früher hatte es ihm nichts ausgemacht, dafür mit anderen zu schlafen, schließlich hatte er dabei auch seinen Spaß. Doch jetzt überkam ihn ein beklemmendes Gefühl, sobald es ernst zu werden drohte.

Asterios entschied sich zunächst, es zu ignorieren und einfach wie gewohnt fortzufahren. Doch schon bald musste er einsehen, dass sein „Opfer" dieses unterschwellige Zögern bemerkte. Die Leidenschaft blieb aus, das oberflächliche Vergnügen nährte ihn nicht und so brach er das Ganze ab. Es hatte keinen Sinn, damit fortzufahren, wenn es seinen Hunger nicht stillte, und das in mehr als nur einer Hinsicht.

Natürlich war seine Gespielin von dieser Zurückweisung alles andere als begeistert gewesen, und natürlich hatte Asterios es noch ein weiteres Mal versucht – es hätte ja durchaus an seinem gewählten Opfer liegen können –, doch Fehlanzeige. Auch hier blieb er hungrig, sodass er wie beim ersten Mal unverrichteter Dinge verschwand.

Noch frustrierender war nur, dass er ganz genau den Grund für all das kannte. Er wollte nicht irgendjemanden, er wollte Caleb. Und er spürte diesen Hunger nicht, weil er hungrig war, sondern weil seine Sinne verwöhnt waren. Von dem Geruch der Jungfrau, von dem veränderten Duft, wenn Calebs Verlangen sich daruntermischte, und davon, wie Calebs Gefühle ihn nährten. Er wollte nichts anderes mehr als das.

Aber das würde sich ändern, wenn er erst einmal ein vollwertiger Dämon war. Diese Sehnsucht wurde durch den menschlichen Teil in ihm geweckt. Jenen, der sich nach der Liebe eines anderen Menschen sehnte, was einem Dämon nie passieren würde. Sie waren nicht imstande zu lieben, zumindest nicht, soweit

Asterios wusste oder es erlebt hatte. Nicht einmal ihre eigenen Kinder.

Er biss die Zähne zusammen. Nur noch diese ein, zwei Tage bis nach Halloween musste er durchhalten und das alles hätte ein Ende. Doch zuvor durfte er ein letztes Mal Calebs Nähe genießen, einen ganzen Abend und eine ganze Nacht lang. Denn Halloween war endlich da!

Asterios konnte es kaum bis zu der verabredeten Zeit erwarten und so verfolgte er Caleb bereits den ganzen Tag. Dabei entging ihm nicht, wie explosionsartig die Menge an Deko auf dem Unigelände zugenommen hatte. Er kam sich vor, als wäre er einen ganzen Monat weg gewesen und nicht nur knappe drei Tage.

Kürbisse mit den unterschiedlichsten Fratzen grinsten ihn an. Spinnweben hingen vor Türen, in denen sich schwarze Plastikspinnen tummelten. Heu- und Strohballen waren hier und da aufgestapelt, die ein oder andere Vogelscheuche dazu drapiert und jede Menge Kürbisse. Farblich passende orangene Blumen und ein paar Maispflanzen rundeten das Bild ab.

Bei Tageslicht wirkte das alles eher lustig, doch sobald es dunkel war, würde es sicher um einiges schauriger sein.

Asterios hielt so viel Abstand zu Caleb, dass er seinen Geruch nicht wahrnehmen konnte. Er hatte angenommen, es sich dadurch leichter zu machen. Dummerweise fachte das sein Verlangen nur zusätzlich an. Er wollte ihn wieder riechen, mit ihm sprechen, ihn berühren. Er hielt es kaum noch aus.

Schließlich fing Asterios ihn vor seinem Wohnheim ab. In gewohnter Manier stellte er sich unter einen der

Steinbögen der Arkaden und sprach Caleb an. Dieser wirkte zunächst überrascht, fasste sich dann aber rasch wieder.

„Ach, du. Na, alles Notwendige erledigt?“ Seine Begrüßung fiel kühler aus, als Asterios erwartet hatte. Andererseits wahrscheinlich genauso kühl, wie er es verdient hatte. Immerhin hatte er sich ähnlich reserviert von Caleb verabschiedet und ihn einfach so stehen lassen, ohne richtige Erklärung. Dann nach Tagen wieder aufzutauchen ... Was hatte er eigentlich erwartet?

Nun, wenn er ehrlich war, nicht das jedenfalls. Er hatte sich ferngehalten, weil er es als besser erachtet hatte. Dabei hatte Asterios nicht darüber nachgedacht, wie das wohl für Caleb sein musste. Zumal der immer noch annahm, er würde nach dieser Nacht zu einem ganz normalen Menschen werden. Sie hatten das Ritual als solches bisher nie thematisiert. Oder was er danach zu tun gedachte, wie sein Leben aussehen sollte. Ehrlich gesagt war Asterios froh darüber, denn andernfalls hätte er sich nicht nur etwas Glaubhaftes ausdenken, sondern Caleb auch noch belügen müssen.

Er hatte diese unterkühlte Begrüßung also wahrscheinlich mehr als verdient.

„Es tut mir leid, dass ich mich nicht gemeldet habe“, begann Asterios mit einer Entschuldigung.

„Ja, mir auch.“ Mehr sagte Caleb dazu nicht, bevor er das Wohnheim betrat. Asterios folgte ihm hastig.

„Ich hab aber wie versprochen dein Kostüm dabei.“ Er hielt eine der braunen Papiertüten hoch, die er mit sich trug. Caleb warf nur einen kurzen Blick über die Schulter zu ihm zurück.

„Schön.“

Okay, so kam er nicht weiter. Asterios überlegte fieberhaft, was er noch sagen oder tun konnte, um Calebs Laune zu bessern. Es einfach zu ignorieren und darüber hinwegzugehen, als wäre alles in Ordnung, erschien ihm falsch. Ebenso, sich aufzudrängen und darum zu betteln, dass er bitte, bitte nicht mehr sauer sein sollte. Denn Caleb hatte allen Grund, sauer zu sein, und wollte Asterios gerade wahrscheinlich nicht auf seinem Schoß sitzen haben, sondern lieber Abstand.

Asterios wollte ihm noch diesen einen Abend schenken. Und sich selbst wahrscheinlich auch. Einen Abend voller Spaß und Freude, ehe all das ein Ende nehmen würde. Diese besondere Zeit zu zweit, der er jetzt schon hinterhertrauerte.

Caleb betrat sein Zimmer und Asterios blieb unschlüssig in der Tür stehen. Ihm Zeit zu geben und erst mal wieder zu gehen, war leider keine Option. Heute war Halloween, also musste er das jetzt in Ordnung bringen.

Wozu hatte er sich die vergangenen Wochen angestrengt, das Verhältnis zwischen ihnen zu verbessern, wenn er es in so kurzer Zeit wieder zerstörte? Nichts davon schien er wirklich gut durchdacht zu haben. Caleb hatte ihn so vollkommen aus dem Konzept gebracht, dass nichts mehr so funktionierte, wie es sollte.

„Was ist, willst du nicht reinkommen?“ Caleb drehte sich zu ihm um, als er bemerkte, dass Asterios ihm nicht gefolgt war. „Oder bist du zum Vampir geworden, den man erst hereinbitten muss?“

„Nein.“ Asterios schmunzelte, wurde aber sofort wieder ernst. „Du siehst nur nicht so aus, als wenn du mich gerade gern um dich haben möchtest.“

Caleb wirkte von diesen offenen Worten zunächst überrascht, fasste sich allerdings schnell wieder.

„Das hat dich doch bisher auch nie gestört. Ich war bloß ein wenig eingeschnappt", wiegelte er ab, drehte sich um, kramte etwas aus seiner Tasche und stellte kurz darauf seinen Laptop auf den Schreibtisch.

„Bist du sicher? Ich kann auch erst mal wieder gehen, wenn du ein bisschen deine Ruhe haben willst. Dich so zu überfallen, war wohl nicht die beste Idee." Asterios sah reumütig auf seine Schuhe und hoffte zugleich inständig, dass Caleb ihn nicht wegschickte. Einen Rückzug anzubieten, war normalerweise der beste Weg, um das genaue Gegenteil zu erreichen.

„Ist schon gut. Wir sollten uns für die Halloween-Party fertig machen. Schließlich müssen wir noch einen Todesschrei einsammeln."

Asterios blickte auf und Caleb grinste ihn schief an. Er erwiderte es. „So etwas in der Art."

Mit einem großen Schritt betrat er das Zimmer und schloss die Tür hinter sich. Er ging weiter zum Bett, dort stellte er die Papiertüten ab und sah aus dem Fenster.

„Das sieht ja einfach nur klasse aus draußen. Erstaunlich, was alles für Halloween dekoriert worden ist." Er wollte unbedingt vermeiden, dass sie nun in ein peinliches Schweigen verfielen, und sprach deshalb ein unverfängliches Thema an.

„O ja. Man konnte auch eine ganze Weile an der Geistertour über den Campus teilnehmen. Mit Gräberbesuch und so etwas. Hab ich bisher aber nie gemacht."

„Ach, da hätte ich gern mal mitgemacht." Asterios wandte sich wieder vom Fenster ab und grinste.

„Das ist keine freie Geisterbahn oder so etwas, sondern geht eher Richtung Geschichte und Historie und so. Außerdem denke ich, dass unsere Dämonentour um einiges gruseliger und vor allem echter gewesen ist. Schließlich hatten wir echte Dämonen und echte Gefahren." In dem Punkt hatte Caleb auf jeden Fall recht. Dennoch überlegte Asterios, ob er im kommenden Jahr nicht mal eine solche Geistertour mitmachen sollte. Insofern er dann noch an derlei Dingen Interesse hatte. Er wusste leider nicht, wie sehr er sich verändern würde, sobald er ein vollwertiger Dämon war.

„Viel besser als diese Tour ist die jährliche Halloween-Parade in Princeton, die vor zwei Tagen stattgefunden hat."

„Was ist das denn?" Asterios hob fragend eine Augenbraue.

„Eine Parade des Arts Council von Princeton. Ist echt cool und macht total Laune. Man trifft sich verkleidet am späten Nachmittag und läuft durch die Innenstadt bis zum Princeton YMCA. Da wird dann weitergefeiert mit Musik, Drinks und meist auch etwas zu essen." Caleb verzog keine Miene, was Asterios dazu zwang, die folgende Frage zu stellen.

„Warst du dabei?" Er musterte ihn interessiert und wusste nicht, welche Antwort ihm lieber gewesen wäre.

„Natürlich. Man muss sich doch zumindest mal zeigen. Allerdings habe ich auf ein Kostüm verzichtet."

Okay, die Antwort gefiel ihm nicht. So viel war schon mal klar. Wenn er nicht Reißaus genommen hätte, dann hätten sie beide gemeinsam dort hingehen können.

„Na, heute wirst du jedenfalls nicht ohne Kostüm auf die Party gehen." Asterios hielt ihm eine der beiden Tüten hin. Er wollte nicht weiter darüber nachdenken, was gewesen wäre, wenn ... denn jetzt war ohnehin nichts mehr daran zu ändern. Er hatte sich hierfür entschieden und musste nun damit leben.

Also war Ablenkung angesagt und was könnte eine bessere Ablenkung sein, als Caleb in seinem Kostüm zu sehen? Asterios war sehr gespannt, was er zu seiner Wahl sagen würde. Er hatte sich so seine Gedanken gemacht. Zum einen hatte er nichts Gewöhnliches nehmen wollen, was jeder trug, zum anderen sollte es Eindruck machen, aber Caleb gleichzeitig vor den Blicken der anderen verstecken. Asterios wollte ihn am liebsten ganz für sich allein haben.

„Und was soll das sein?" Caleb starrte das Kostüm in der Tüte an. Offensichtlich sagte ihm das, was er bisher erkennen konnte, nichts.

„Zieh es an, dann wirst du es schon sehen." Asterios lächelte verschmitzt und freute sich bereits auf den Anblick.

Die Stofflagen schienen Caleb zumindest dahingehend zu beruhigen, dass es kein unanständiges Kostüm darstellte. Kurzerhand nahm er es mit zum Duschen.

Was bestimmt nur eine Ausrede war, um sich nicht vor Asterios ausziehen zu müssen. Dabei hätte er ihm wirklich gern dabei zugesehen.

Er vertrieb sich die Zeit, indem er auf Calebs Schreibtischstuhl ein paar Runden drehte. Als er hörte, wie die Tür geöffnet wurde, hielt er sofort inne.

Asterios pfiff durch die Zähne. „Ich wusste doch, dass es dir stehen würde."

Caleb wirkte ein wenig peinlich berührt, als er den Raum betrat.

„Die Schuhe passen, genauso wie der Anzug?", erkundigte sich Asterios und erhob sich vom Stuhl, um ihn genauer in Augenschein zu nehmen.

„Ja. Wobei ich es unheimlich finde, wie genau du über meine Körpermaße Bescheid weißt." Er zappelte ein wenig herum, während Asterios ihn eingehend betrachtete.

„Was soll ich eigentlich darstellen?"

„Oh, bist du nicht selbst draufgekommen?" Asterios hatte angenommen, das wäre offensichtlich.

„Nein." Caleb nahm die weiße Maske vom Gesicht und betrachtete sie. „Bin ich jemand, der auf einen Maskenball geht? Aber da tragen die Leute eigentlich keine Umhänge, oder?"

„Du bist das Phantom der Oper", erklärte Asterios und blieb vor ihm stehen.

„Ach, echt? Deswegen die schlichte weiße Maske? Aber war die nicht nur einseitig oder so?" Er drehte sie in den Händen und besah sie sich noch einmal genauer.

„Das ist Auslegungssache", winkte Asterios ab. Er hatte sich durchaus etwas dabei gedacht, eine Maske zu wählen, die nur den Mund frei ließ.

Abermals betrachtete er Caleb genauer. Seine Statur war nicht zu kräftig, als dass er in den Anzug gezwängt wirkte, seine Schulterbreite war perfekt. Und die langen Ärmel verdeckten das Tattoo ihres Paktes, welches nach heute Nacht verschwinden würde. Das Haar hatte Caleb nach hinten gegelt, was perfekt zu seinem Kostüm passte. Außerdem machte der feuchte Glanz es ein bisschen dunkler.

„Und warum ausgerechnet dieses Kostüm?“ Caleb zupfte an dem Umhang.

„Ist das nicht offensichtlich?“ Asterios schlich um ihn herum und ließ seinen Dämonenschwanz erscheinen, der wie zufällig kurz an Calebs Umhang hängen blieb.

„Hätte ich gefragt, wenn es das wäre?“, erwiderte Caleb mit einem Grummeln.

Asterios blieb stehen. „Ich wollte dich halt gern mal in einem Anzug sehen.“ Er ließ seine Augen rot aufleuchten.

„Da gibt es aber bestimmt noch andere Kostüme mit Anzug und ohne Umhang.“

Störte ihn jetzt echt der Umhang?

„Aber Umhänge sind doch beinahe Pflicht an Halloween. Vampire tragen einen, Hexen und Zauberer haben welche und außerdem ...“ Asterios setzte ihm die Maske auf, die Caleb noch immer in Händen hielt. „... dachte ich mir, es würde dir gefallen, wenn dich niemand auf den ersten Blick erkennt.“

Caleb riss die Augen auf und betrachtete Asterios durch die Löcher in der Maske.

„Du bist ja schließlich nicht wie ich und wirst gern angesehen.“ Zu seinem Schwanz und den roten Augen gesellten sich nun auch noch seine Hörner.

„Sie sind wirklich wunderschön.“ Caleb streckte verträumt eine Hand aus. Normalerweise hätte Asterios niemandem so einfach erlaubt, seine Hörner anzufassen, aber bei Caleb machte er eine Ausnahme.

Deswegen ließ er ihn gewähren. Er erschauerte kurz, als Calebs warme Finger sie berührten.

„Wie Samt“, stellte der fasziniert fest und fuhr über die goldenen Stellen und bis zu den Spitzen, die in

Richtung von Asterios' Hinterkopf zeigten. Er nahm jeden Schwung mit und fuhr dann wieder zu der Stelle zurück, an der sie aus seinem Kopf erwuchsen.

Während Caleb mit den Augen fasziniert seinen Fingern folgte, die immer noch sein linkes Horn entlangglitten, beugte Asterios sich vor. Sein ganzer Körper heizte sich auf. Er unterdrückte das Beben, welches ihn von Kopf bis Fuß erschüttern wollte, um sich nicht zu verraten. Seine Hörner waren einfach viel zu empfindlich.

Seine Lippen näherten sich denen von Caleb, der diese im selben Moment leicht öffnete. Calebs Atmung hatte sich beschleunigt und der süßliche Duft verschleierte mehr und mehr Asterios' Sinne. Sein Denken setzte langsam aus. Er musste eigentlich nur noch dieses kleine Stück zwischen ihnen überbrücken. Aber er konnte sich nicht bewegen, solange Calebs Finger mit seinem Horn spielten.

„Und was ist mir dir? Musst du dich nicht auch noch umziehen?", hauchte Caleb atemlos und ließ Asterios' Horn los.

„Richtig." Widerwillig zog er sich zurück. Sein Verstand war immer noch ganz benebelt, aber er konnte das hier jetzt nicht tun. Er musste sich zusammenreißen. Kurz ließ er Krallen aus seinen Fingern hervorschießen und drückte sie sich ins Fleisch, um wieder Herr seiner Sinne zu werden.

„Soll ich dafür auch den Raum verlassen?" Asterios warf ihm einen neckischen Blick zu.

„Wie du willst." Caleb versuchte, sich mit einem Schulterzucken lässig zu geben, aber ihm entging nicht, wie sein Blick regelrecht an ihm klebte.

„Na dann." Asterios zog kurz seine Hörner ein, weil sie andernfalls an seinem Pullover hängen geblieben wären. Darunter trug er nichts. Er beobachtete Caleb ganz genau, dessen Blick gerade seinen nackten Oberkörper rauf und runter wanderte. Als er bemerkte, dass er ertappt worden war, wandte er sich rasch ab.

„So willst du aber nicht gehen, oder?" Caleb räusperte sich möglichst unauffällig, doch er konnte sich vor Asterios nicht verstecken. Sein Geruch signalisierte ihm eindeutig, woran er gerade dachte.

„Aber nicht doch. Ich will ja nicht, dass die Ladys reihenweise in Ohnmacht fallen." Provokant öffnete er den Reißverschluss seiner Jeans.

„Und das tun sie nicht, wenn du dich noch mehr ausziehst?", quetsche Caleb hervor, dessen Kehle gerade offensichtlich ziemlich eng geworden war.

„Ach, das?" Asterios hielt lässig seine Hose hoch, während er, nur noch in Boxershorts bekleidet, dastand. „Ich muss die Hose doch auch wechseln. Sonst passt sie nicht zu meinem Outfit."

Er konnte sich ein Auflachen gerade so verkneifen, sodass es bloß ein breites Grinsen wurde. Aber mal ernsthaft, Caleb tat so beschämt, dabei hatte er ihn schon mehr als einmal in diesem Aufzug gesehen. Sie hatten sogar, beide nur in Unterhose, eng nebeneinandergelegen. Seine Reaktion war allerdings wirklich süß.

„Dann sieh zu, dass du dir was anziehst und wir loskönnen." Damit wandte Caleb sich endgültig von ihm ab.

„Wie mein Herr befiehlt", meinte Asterios und zog sich seine dicke schwarze Lederhose an, die ein wenig an einen Cowboy erinnerte, und schlüpfte danach in eine blutrote Weste. Dann ließ er seine Hörner von Neuem erscheinen.

„Fertig", verkündete er und betrachtete begierig Calebs Reaktion, als der sich zu ihm umdrehte.

Seine Hose saß so tief, dass man meinen könnte, sie würde ihm jeden Moment von den Hüften rutschen, und die Weste verbarg auch nicht viel mehr, als wenn er ohne gegangen wäre. Die Farbe bildete dafür einen umso schöneren Kontrast zu seiner schwarzen Haut.

„Würdest du mir noch dieses Muster mit der roten Farbe aufmalen?", bat er Caleb, der den Mund fast nicht mehr zubekam und verzweifelt darum bemüht war, ihm ins Gesicht und nirgendwo anders hinzusehen. Allerdings lief er in dem Moment, da ihre Blicke sich trafen, puterrot an und sein Geruch breitete sich derart intensiv im Raum aus, dass Asterios sich kaum noch zurückhalten konnte.

„Ähm, klar. Womit?" Zögerlich trat Caleb näher.

Asterios hielt eine Farbtube und einen Kosmetikpinsel hoch. Er hatte extra rote Körperfarbe besorgt, diese spezielle, die Künstler fürs Bodypainting nutzten.

Asterios wollte ein Muster ähnlich eines verschlungenen Tribal Tattoos über seiner Brust haben, um die Blicke immer wieder darauf zu lenken. Von Stammeszeichnungen inspiriert, handelte es sich dabei um ornamental geschwungene Symbole, Flächen oder auch Linien, normalerweise immer in schwarzer Farbe ähnlich einem Scherenschnittmuster. Er hatte sich eine Vorlage ausgesucht, deren Zacken und geschwungene Linien an Feuer erinnerten.

Kritisch betrachtete Caleb die Zeichnung, die Asterios ihm zeigte.

„Ich werde es bestimmt nicht genauso hinbekommen“, gab er zu bedenken. „Und du solltest die Weste dafür lieber ausziehen, wenn ich sie nicht mit anmalen soll.“

„Nichts lieber als das“, flüsterte Asterios und Caleb biss sich auf die Unterlippe.

Die nächsten Minuten verbrachten sie schweigend, während Caleb hochkonzentriert das Muster auf seine Haut malte. Asterios bereute es, einen Pinsel mitgebracht zu haben, statt Caleb mit den Fingern malen zu lassen.

Allerdings wurde dieser jedes Mal feuerrot, wenn er aufblickte und bemerkte, dass Asterios ihn die ganze Zeit ungeniert anstarrte. Allein das war die Aktion wert. Hätte Caleb ihn dabei zusätzlich berührt, wäre er wohl wirklich nicht mehr zu bremsen gewesen.

„So, fertig.“ Caleb lehnte sich zurück und betrachtete sein Werk zufrieden. „Nicht perfekt, aber es sieht gut aus. Da die Farbe echt schnell trocknet, können wir eigentlich gleich losgehen.“

Er erhob sich rasch und räumte die Sachen weg. „Brauchst du den Pinsel noch? Dann wasche ich ihn aus. Die Farbe ist ja wasserlöslich.“ Caleb las die Rückseite der Farbtube.

„Nein, ich denke, so schnell werde ich das nicht wieder machen.“ Asterios lächelte und zog sich seine rote Weste über. Zufrieden bemerkte er, wie Caleb jede seiner Bewegungen verfolgte. Sein Muskelspiel schien ihm zu gefallen. Als er jedoch Asterios’ Blick bemerkte, wandte er sich rasch ab.

Asterios erfreute sich noch einen Moment an diesem Gesichtsausdruck, dann reichte er Caleb die Maske. „Wollen wir?"

Seine Wangen waren leicht gerötet, als er sie entgegennahm. „Ja."

Asterios beschloss in diesem Moment, die letzten Stunden zu nutzen. Nicht nur damit, sie an Calebs Seite zu verbringen, nein, jetzt wollte er zusätzlich noch das ein oder andere aus ihm herauskitzeln. Er hatte vor, Caleb noch viel öfter zum Erröten zu bringen, die Gefühle in ihm zu verstärken, noch mehr von diesem süßen Duft einzuatmen. Nichts davon war genug, er wollte immer mehr. Mehr. Noch viel mehr!

Kapitel 23

Asterios

Gemeinsam verließen sie das Wohnheim. Draußen zog bereits die Nacht auf und die letzten Sonnenstrahlen tauchten alles in glühend orangenes Licht.

„Perfekt." Asterios lief los. Wie vermutet, verliehen das schwindende Licht und die aufziehende Dunkelheit der Dekoration einen schaurigen Anblick.

Die Strohballen waren mit kleinen Laternen dekoriert worden, in denen nun künstliche Kerzen brannten. Ebenso in den ausgehöhlten Kürbissen. Die Lichter flackerten gruselig und schienen dabei zu lachen. Die Atmosphäre bescherte sogar ihm eine Gänsehaut. Allerdings nicht, weil er sich fürchtete, sondern aus Vorfreude. Er liebte das alles hier und es machte ihn total kribbelig. Am liebsten wäre er losgerannt, um so schnell wie möglich bei der Party anzukommen. Gleichzeitig wollte er diesen Moment so lange wie möglich auskosten. Er fühlte sich hin- und hergerissen.

Interessiert betrachtete er die Verkleidungen und Kostüme der Studenten, an denen sie vorbeigingen oder die ihnen entgegenliefen.

Plötzlich kam Asterios wieder in den Sinn, wodurch all das hier einst entstanden war. Das stimmte ihn mit einem Mal melancholisch.

„Es ist wirklich merkwürdig, wie sich dieser Halloween-Brauch bei euch entwickelt hat. Versteh mich nicht falsch, ich finde es toll, dass ihr euch verkleidet und von Tür zu Tür geht. Immerhin kann ich dann so herumlaufen.“ Er breitete seine Arme aus und drehte sich einmal um sich selbst. Dabei ließ er seine Augen aufleuchten und seinen Schwanz mit der Pfeilspitze durch die Luft peitschen. Er besaß ja eigentlich noch einen Trumpf, den er aber weiterhin verbarg. Es würde auch schwierig werden, das als Kostüm zu verkaufen. Er musste bereits aufpassen, seinen Schwanz nicht zu viel zu bewegen. Asterios setzte darauf, dass er im Dunkeln nicht mehr so echt wirkte, wie er es in Wahrheit war. Es durfte ihn nur niemand anfassen. Und zur Not ließ er ihn halt wieder verschwinden.

„Wusstest du, dass die Kürbisse ursprünglich Rüben gewesen sind und auch *Jack O'Lantern* genannt werden?“, begann Asterios die Legende zu erzählen. „Jack Oldfields schloss einen Pakt mit dem Teufel. Doch als dieser ihn holen kam, fing Jack den Teufel mit einem Trick und ließ ihn erst wieder frei, nachdem der versprochen hatte, seine Seele nicht mitzunehmen. Nachdem er gestorben war, wurde er vor den Himmelspforten abgewiesen, und auch in der Hölle gab es keinen Platz für ihn. Er war also gezwungen, im dunklen Nichts umherzuwandeln. Aus Mitleid gab der Teufel ihm eine Rübe und ein Stück Kohle aus dem Höllenfeuer, woraus er eine Laterne bastelte. Allerdings weiß ich nicht, warum man ihm überhaupt den Weg erhellen wollte, der führt ja sowieso nirgendwohin.“ Asterios hob die Schultern. „Na ja und aus den Rüben wurden

Kürbisse, in die man ein Licht stellte und irgendwann gruselige Gesichter hineinschnitzte."

„Das wusste ich gar nicht", staunte Caleb.

„Das, was inzwischen daraus geworden ist, dass kleine Monster umherlaufen und Süßigkeiten einfordern", fuhr Asterios fort, der nur allzu gern mit seinem Wissen angab, „kommt daher, dass man früher seinen verstorbenen Vorfahren Speisen und Getränke bereitgestellt hat, weil sie in dieser Nacht durch die Dimensionsfenster zurückkehren konnten. Ähnlich wie beim Tag der Toten, dem mexikanischen Fest Día de los Muertos. Der sagt dir bestimmt auch etwas. Na ja, aus Angst vor desorientierten Geistern, die als Poltergeister Schaden und Chaos hätten anrichten können, bekamen die anderen auch ein Licht und Nahrungsmittel."

„Wirklich interessant." Caleb sah sich um. „Wenn man das so bedenkt, dann ist es fast schon traurig, was daraus geworden ist. Mittlerweile ist es eher so wie Weihnachten einfach nur ein Fest, ein Feiertag, ohne dass es noch darum geht, was der Ursprung gewesen ist. An sich ja nichts Schlimmes, aber wenn man bedenkt, dass einige sich in dem Zusammenhang einfach nur einen Spaß daraus machen, Gärten zu verwüsten, Mülltonnen umzuwerfen, Briefkästen zu sprengen oder was diese Idioten sich sonst alles einfallen lassen ..." Er schüttelte traurig den Kopf.

„Ja, diesen Deppen würde ich gern mal ein paar der echten Dämonen vorstellen, die benehmen sich danach bestimmt wie Musterschüler." Asterios ließ seinen Schwanz wie eine angriffslustige Schlange zucken.

„Da wäre ich gern dabei. Wir könnten diesen Spinnendämon ja mal fragen. Danach trauen die sich bestimmt für mehrere Wochen nicht mal mehr auf die Straße." Caleb kicherte leise.

Für kurze Zeit gingen sie schweigend nebeneinanderher.

„Apropos, hast du die Geschichte von der einen Studentin gehört?" Caleb wirkte mit einem Mal ganz aufgeregt.

„Ähm, nein? Wahrscheinlich nicht." Caleb drückte sich ja wunderbar genau aus. Woher sollte Asterios etwas über irgendeine Studentin wissen?

„Vor ein paar Jahren ist eine Studentin im Gesundheitszentrum von Princeton aufgewacht und hat sich nur daran erinnert, dass eine große schwarze Gestalt aus den Büschen gestiegen ist und sie niedergeschlagen hat. Später hat sie gesagt, sie glaubt, dass es der Geist von Antoine le Blanc gewesen ist."

„Und wer genau soll das sein?", fragte Asterios ratlos.

„Antoine le Blanc war ein Mörder aus dem neunzehnten Jahrhundert. Ein Einwanderer aus Frankreich", fügte Caleb noch hinzu, was den Namen erklärte. „Angeblich wurde sein toter Körper zerlegt und aus seiner Haut haben sie Brieftaschen, Geldbörsen, Lampenschirme oder sogar Buchumschläge gemacht." Caleb hatte die Augen weit aufgerissen.

Asterios musterte ihn eine Weile, ehe er reagierte. „Du verarschst mich gerade, oder? Das ist eine dieser erfundenen Gruselgeschichten, die man sich zu Halloween erzählt, richtig?"

„Also ich nehme nicht an, dass die Studentin von seinem Geist niedergeschlagen worden ist. Den Typen hat es allerdings wirklich gegeben. Es könnte wahr sein."

Als Caleb ihm verschmitzt zuzwinkerte, erreichten sie ihr Ziel.

Die Banshee hatte ganze Arbeit geleistet. Sie hatte die Party in das Graduate College verlegt, das als Zentrum des Studentenlebens in Princeton galt. Neben dem riesigen Turm war ein nicht ganz so hohes, aber genauso gewaltiges Zelt aufgestellt worden, aus dem laute Musik dröhnte. Der Hauptteil der Party fand allerdings in der Procter Hall statt. Bei der Größenordnung war es mit Sicherheit nicht einfach, die Banshee ausfindig zu machen. Das hatte Asterios sich irgendwie leichter vorgestellt.

Der Eingang war mit haufenweise Polizeiabsperrband dekoriert. Das gelbgrüne Band mit der schwarzen Aufschrift *Crime Scene* leuchtete sogar ein wenig im Dunkeln. Etliche Studenten hatten sich draußen mit Pappbechern versammelt. Asterios und Caleb betraten nebeneinander das alte Gebäude, das ebenfalls seinen Teil zum gruseligen Ambiente beisteuerte. Die Procter Hall war noch größer als der Speisesaal des Whitman College und fasste normalerweise wohl an die zweihundertfünfzig Sitzplätze. Jetzt war der Saal abgedunkelt und auf den Tischen standen Getränke und Knabbereien, an denen sich bereits zahlreiche mehr oder weniger gruselige Gestalten gütig taten. Der Raum war gefüllt mit allen möglichen Kostümen.

Da gab es eine Katzenfrau, die Standardkostüme wie Vampir, Hexe, Zauberer, Pirat sowie Ritter, und eine Prinzessin konnte er auch entdecken, zudem noch ein Paar Teufelshörner und Engelsflügel. Gerade kam ihnen ein Skelett entgegen, dicht darauf folgte ein Geist. Doch so gut wie Asterios sah niemand aus.

Musik spielte und wurde beinahe vom Geschrei der tanzenden Menge übertönt. Überall war Halloween-Deko verteilt. In einer Ecke hing sogar ein ganzes Skelett von der Wand. Die Tische waren an den Rand geschoben und die Stühle verteilt worden. Die Kronleuchter waren mit Spinnweben behangen und hier und da baumelten weiße Laken herab, hinter denen man sich verstecken konnte. Heute Abend würde sicherlich der ein oder andere mit einem lauten „BUH" dahinter hervorspringen.

„Möchtest du etwas essen?", schlug Asterios vor, nachdem Caleb unschlüssig stehen geblieben war. Er war sich wohl nicht sicher, ob sie sich direkt auf die Suche nach der Banshee machen würden und wo sie damit beginnen sollten.

„Ähm, ja. Meinetwegen." Caleb folgte ihm zum Buffet.

Dort teilten sich Superman und Harry Potter einen Muffin, während der Teufel keine zwei Meter weiter versuchte, einen Engel zu verführen

„Na, das ist aber nicht appetitlich." Asterios hielt ein abgetrenntes Bein in der Hand.

„Sag mir, dass das aus Plastik ist." Caleb sah ihn ziemlich geschockt an.

„Ja, natürlich, du Dummie." Asterios schlug ihm damit liebevoll auf den Kopf. „Was haben wir denn sonst noch da?"

Asterios konnte im Dunklen besser sehen und so machte er als Erstes einige Spinnenmuffins aus, deren Beine fast bis auf den Teller reichten. Außerdem ekelige Wabbelwürmer in rot und grün, die Caleb für Wackelpudding oder Götterspeise hielt.

Sie suchten sich ein paar Leckereien aus und wandten sich danach wieder dem gut gefüllten Raum und den feiernden Studenten zu.

„Und wie gehen wir jetzt vor?“, wollte Caleb wissen, während sein Blick über die Menge glitt. Er schien sich etwas unwohl zu fühlen und das, obwohl ihn niemand unter seiner weißen Maske erkennen konnte. Doch Asterios wollte, dass er Spaß hatte.

„Ich würde vorschlagen, du isst auf und dann gehen wir etwas tanzen. Spaß haben.“ Asterios tippte ihn mit seinem Dämonenschwanz an.

„Sind wir nicht wegen etwas anderem hier?“ Caleb schob die goldene Pfeilspitze von sich.

„Das hat noch Zeit. Wir sind früh genug hier, um uns vorher ein wenig zu amüsieren“, beschwichtigte er ihn und sah sich um. „So wie alle anderen.“

„Gewagtes Outfit, Mann!“ Jemand schlug Asterios auf die Schulter. „Frierst du darin nicht total?“

Asterios' Lächeln war beinahe herablassend. „Ach was. Es ist doch warm hier und die Hose ist gut gefüttert. Außerdem habe ich jederzeit etwas zum Aufheizen.“

Er ließ Caleb keine Chance, auszuweichen, als er ihm einen Arm um die Mitte schlang und ihn damit eng an sich zog. Caleb kam gerade noch zum Luftholen, konnte jedoch nicht mehr protestieren, da küsste Asterios ihn bereits.

„Siehst du?“, wandte er sich danach an den Cowboy, der ihn angesprochen hatte.

„Ja, klar. Sollte ich auch so machen“, stotterte er vor sich hin und verschwand mit hochrotem Kopf in der Menge.

„Mann, was sollte das?“, fuhr Caleb ihn an und versuchte, Asterios wegzustoßen, doch der war stärker. Trotzdem ließ er ihn vorsichtig los. Seine Hände behielt er jedoch auf Calebs Hüfte.

„Entspann dich. Es weiß niemand, wer du bist. Nutz das doch einfach mal aus.“ Er lächelte und ließ seine Augen tiefrot aufblitzen. „Die Nacht der Nächte und so. Und jetzt gehen wir tanzen.“

Als er ihn mit sich auf die Tanzfläche zog, sträubte Caleb sich ein bisschen. In der Mitte angekommen, legte er seine Arme um ihn, woraufhin er sich unbehaglich umsah.

„Asterios, wirklich. Lass das. Ich will das nicht.“

Leider roch Asterios ganz genau, dass das momentan der Wahrheit entsprach. Doch genau das wollte er ändern. Er wollte, dass Caleb Spaß hatte. Und vor allem, dass er mit ihm Spaß hatte. Dass er sich fallen ließ und die Nähe zu ihm zuließ. Er wollte in seinem Duft ertrinken, ihn kosten und Caleb direkt schmecken. Doch Asterios hielt sich zurück. Der Kuss gerade eben schien Caleb ziemlich unangenehm gewesen zu sein. Wenn er ihn jetzt ein weiteres Mal küsste, ohne dass er das wollte, würde die Situation wahrscheinlich kippen. Und das wollte er nicht.

„Ach, komm schon. Immerhin ist es mein letzter Tag. Sei locker und hab ein bisschen Spaß mit mir.“ Asterios lächelte ihn breit an und hoffte, dass er nicht zu deutlich geworden war. Er hatte nicht daran gedacht, dass Caleb nach wie vor davon ausging, dass ihn das Ritual zu einem Menschen machen würde.

Nach dieser Nacht würden sie sich nicht wiedersehen, außer sein neues Dämonen-Ich entschied sich dazu, Caleb fest an sich zu binden. Da er als vollwertiger Dämon in der Lage sein würde, sich den Wünschen und Vorlieben seines Gegenübers anzupassen, würde Caleb ihm kaum widerstehen können. So wie es bei dem Kitsune der Fall gewesen war.

Momentan verursachte die Vorstellung Asterios noch Übelkeit. Er wollte Caleb nach wie vor nicht auf diese Art an sich binden. Die Abhängigkeit brachte nur Nachteile für das menschliche Opfer. Das lag nun mal in der Natur der Dämonen.

Einen Menschen vollkommen von sich abhängig machen, all seine Gefühle für sich beanspruchen und sich so lange von ihm nähren, bis er nichts mehr hergab.

„Versuch es wenigstens. Für mich?“ Für den Moment erreichte Asterios mit seinen Worten genau das, was er wollte.

„Also gut.“ Caleb seufzte und legte seine Arme seinerseits um ihn.

Er würde ihn vermissen. Obwohl er ihn erst seit knapp drei Wochen kannte, wünschte er in diesem Moment, es könnte für immer so bleiben.

Kapitel 24

Caleb

Caleb fiel es zunächst schwer, sich zu entspannen. Andauernd sah er sich um, ob ihn jemand erkannte oder beobachtete, während er noch immer etwas steif mit Asterios tanzte. Dabei war das albern. Asterios hatte recht. Niemand würde ihn unter diesem Kostüm erkennen, die Maske verbarg sein Gesicht bis auf den Mund, und nur anhand dessen würde niemand wissen, wer er war.

Unauffällig atmete er ein paar Mal tief durch und bemühte sich, das Drumherum auszublenden, sich auf die Musik und Asterios' Berührungen zu konzentrieren. Dessen Hände auf seinen Hüften, der sanfte Druck, die Wärme und sein Dämonenschwanz, der ihn wie zufällig immer wieder berührte. Nur Asterios erkannte das Lächeln auf seinen Lippen, als Caleb es endlich schaffte, den Tanz mit ihm zu genießen. Sofort zog der Halbdämon ihn mit einem herausfordernden Blick enger an sich. Caleb blieb fast die Luft weg vor Schreck und beinahe hätte er sich wieder verstohlen umgesehen. Der überraschende Kuss, so offen vor jemand anderem, hatte ihn verunsichert. Es war genau das, was er nie hatte tun wollen. Es allen zeigen. Diese kleinen Momente mit Asterios waren so wunderschön gewesen; hinter verschlossenen Türen. Er fühlte sich wie zerrissen, dabei riskierte er hier doch nichts.

Wenn schon nicht öffentlich, dann sollte er wenigstens unter dem Deckmantel seiner Verkleidung endlich einmal das tun, was sich tief in seinem Inneren richtig und gut anfühlte. Ohne Angst vor den Reaktionen der anderen oder seltsamen Blicken.

Und so machte er sich nicht von Asterios los und floh vor ihm und seinen Gefühlen für ihn, sondern ließ es zu. Nachdem er sich zusätzlich noch einen kräftigen Ruck gegeben hatte, schaffte er es sogar, sich an Asterios' Brust zu schmiegen, sobald das Lied wechselte und etwas Ruhigeres gespielt wurde.

Caleb schloss die Augen und genoss die Wärme und Nähe. Wenn er die Welt ausschloss, war es fast so wie sonst. Wenn es doch für immer so bleiben könnte.

Aus Angst hatte er es bisher vermieden, Asterios zu fragen, was er nach dieser Nacht plante. Wie würde es für ihn weitergehen, nachdem er zu einem ganz normalen Menschen geworden war? Würden sie sich weiterhin sehen? Caleb hoffte es so sehr, doch Asterios hatte dieses Thema kein einziges Mal angesprochen. Was auch immer das zu bedeuten hatte, doch genau deswegen hatte er sich nicht getraut, ihn danach zu fragen. Caleb wollte sich diese leise Hoffnung bewahren, dass nach dieser Nacht nicht alles vorbei war. Dass es für sie beide eine Zukunft gab.

Doch egal, was mit Asterios passierte, wichtig war, wie er selbst weitermachen wollte. Wünschte er sich, etwas zu ändern oder sollte er so tun, als wäre nie etwas gewesen?

Caleb wusste es nicht. Aber er würde es gern herausfinden. Daher löste er sich von Asterios, sah ihm kurz in die rotleuchtenden Augen, um sich ihm dann das kleine Stück entgegenzustrecken. Ihre Lippen berührten sich ganz sanft und nur kurz. Caleb lächelte amüsiert, als Asterios ihn anfunkelte. Dieser kam ihm langsam näher und wartete, wie Caleb reagieren würde. Als er nicht auswich, neigte Asterios den Kopf ein Stück und dieses Mal folgte ein sehr inniger Kuss. Sie hörten auf zu tanzen, standen da und konzentrierten sich ganz auf den Kuss, wodurch er noch intensiver wurde. Asterios' Hände fuhren unter dem Umhang über Calebs Rücken und hinab bis auf seinen Hintern. Caleb entfuhr ein leises Stöhnen, das Asterios mit seinem Mund aufsaugte. Beinahe war er froh über sein Kostüm, denn es bot Asterios keine Möglichkeit, sich bis auf seine Haut vorzuarbeiten. Ansonsten wäre es wohl vollends um ihn geschehen gewesen, konnte er doch seine eigenen Hände kaum bei sich behalten. Immer wieder fuhren sie über Asterios' nackte Brust und ertasteten die leichten Erhebungen, die durch die rote Farbe entstanden waren. Am liebsten hätte er seine Finger noch tiefer auf Wanderschaft geschickt. Wo er sich befand und was um ihn herum geschah, vergaß er dabei vollkommen.

Schließlich löste er sich von Asterios, weil er nach Luft ringen musste. Sein Herz schlug so schnell, dass es sogar die Musik zu übertönen schien, dazu kam ihr lauter, schneller Atem.

Caleb konnte nicht fassen, dass er all die Menschen um sich herum ausgeblendet hatte. Wie peinlich, hier solch eine Show abzuziehen!

Möglichst unauffällig sah er sich um. Durch die Schlitze seiner Maske bemerkte er das ein oder andere Gesicht, das ihn kurz neugierig musterte, doch dann richtete sich die Aufmerksamkeit wieder auf andere Dinge.

Es war tatsächlich gar nicht so schlimm, wie er befürchtet hatte. Ehe sein Kopf irgendwelche Horrorszenarien erbauen oder ihn in Für-und-Wider-Listen verstricken konnte, schloss Caleb die Augen und genoss einfach nur das Gefühl. Asterios hatte recht.

Die Musik wechselte erneut und es wurde ein richtig schnelles Lied gespielt. Asterios beugte sich vor und flüsterte ihm ins Ohr: „Na, dann beweg mal deinen hübschen Hintern."

Er lehnte sich zurück und grinste Caleb herausfordernd an. Da war wieder der provokante, überhebliche Halbdämon, der in ihm steckte. Nur machte der Caleb inzwischen keine Angst mehr oder schüchterte ihn ein, so wie es am Anfang der Fall gewesen war. Denn er kannte nun auch die anderen Seiten von Asterios.

„Davon wirst du aber nicht viel zu sehen kriegen." Dieses Mal ließ Caleb sich nicht so leicht aus der Reserve locken wie damals bei Asterios' aufreizendem Auftritt während ihrer zweiten Begegnung.

„Meinst du?" Asterios zog den rechten Mundwinkel so hoch, dass er einen ziemlich spitzen Eckzahn und ein paar perfekt weiße Zähne in dem dunklen Gesicht entblößte. Plötzlich zog er Caleb wieder enger an sich und der spürte, wie Asterios seine linke Hand zu seinem Bauch und weiter nach hinten gleiten ließ. Gleichzeitig berührte ihn von der anderen Seite etwas Schlangenähnliches und strich über seine linke Pobacke.

„Aber spüren kann ich es", flüsterte Asterios ihm ins Ohr und ließ ihn danach wieder etwas auf Abstand gehen. Mit einem herausfordernden Blick begann er sich zur Musik zu bewegen und Caleb zog mit.

***

„Ich brauch jetzt dringend etwas zu trinken." Caleb war in seinem Kostüm ganz schön warm geworden und auch auf Asterios' Brust glitzerte ein leichter Schweißfilm. Das verlieh seiner Haut den Eindruck, als bestünde sie aus Obsidian.

„Keine schlechte Idee." Asterios warf ihm einen letzten brennenden Blick zu, dann wandte er sich den Tischen mit den Getränken zu.

„Möchtest du?" Er hielt ihm einen Blutbeutel hin, in dem sich etwas zu trinken zu befinden schien. Die dunkelbraune Flüssigkeit erinnerte an Cola – oder wahrscheinlich eher Wodka Cola.

Caleb weigerte sich allerdings, einen der Infusionsbeutel in die Hand zu nehmen. Bei den Vampiren mochte das gut zum Kostüm passen, aber er würde damit bloß albern aussehen. Und nachdem er beinahe von einem echten Vampir gebissen worden war, schaute er sich lieber nach einer Alternative um. Das konnte schließlich nicht die einzige Trinkmöglichkeit sein. Mit Sicherheit konnte er auch einen Schluck direkt aus der Halsschlagader nehmen. Wäre er ein Vampir, verstand sich.

„Okay, das ist schon leicht gruselig." Caleb deutete auf die blutrote Bowle, in der eine weiße Hand schwamm. Er beugte sich ein Stück vor. Sie schien aus Eis zu sein.

Ah, wahrscheinlich hatte man einen Handschuh mit Wasser gefüllt und dann eingefroren. „Aber faszinierend."

„Nichts gegen die Augäpfel. Aus was die wohl sind?" Asterios zeigte, während er genüsslich aus dem Blutbeutel trank, auf eine zweite Bowle. Die besaß eine giftgrüne Farbe und große Glubschaugen, die einen anstarrten. „Soll ich mal einen probieren?"

Asterios streckte bereits eine Hand aus.

„Willst du dich daran verschlucken?" Die Dinger waren ziemlich groß. „Gibt es auch noch etwas normalere Getränke?" Caleb hätte einfach gern etwas zum Durstlöschen und Abkühlen gehabt. So langsam wurde ihm hinter der Maske nämlich etwas schwindelig. Die Menschenmenge heizte den Raum trotz der hohen Decken und der frischen Außentemperaturen ordentlich auf.

„Hier, das ist bloß Orangensaft mit Ginger Ale und Apfelsaft. Ich denke, die haben noch Farbe reingegeben." Eine junge Frau, die wohl als Cleopatra gekommen war, reichte Caleb einen Becher mit roter Flüssigkeit, den ein roter Zuckerrand sowie ein schwarzer Strohhalm zierten.

Er nahm ihn dankend an.

„Die haben sich dieses Jahr echt richtig Mühe gegeben und es dabei hier und da vielleicht ein bisschen übertrieben." Lächelnd nahm sie einen Schluck von ihrem eigenen roten Getränk. Sie sollte aufpassen, dass sie davon nichts auf ihr weißes Kleid bekam, schoss es Caleb durch den Kopf. Im selben Moment erinnerte er sich, dass er ebenfalls ein weißes Hemd trug und aufpassen sollte.

„Ich hoffe, ich finde noch eine Ecke mit weniger gruseligen Dingen zum Essen und Trinken. Wenn ich mir etwas in den Mund stecke, will ich nicht vorher darüber nachdenken, ob es lebendig werden könnte." Er überlegte kurz, ob sie womöglich mit ihm flirtete, als sie sein Lächeln erwiderte, ohne die Lippen von ihrem Strohhalm zu nehmen.

„Nein, in dem Fall nimmt man lieber gleich etwas lebendig Pulsierendes in den Mund." Asterios legte ihm einen Arm über die rechte Schulter und beugte sich über seine linke nach vorn. Es war jedoch weder sein Spruch noch seine plötzliche Nähe, die Caleb zu Eis gefrieren ließ, sondern dass er sich vorbeugte und von seinem Drink trank.

Die hübsche Cleopatra vor ihm wirkte auch mehr als nur vor den Kopf gestoßen und wandte sich blinzelnd ohne ein weiteres Wort ab.

„Was sollte das?" Caleb konnte echt nicht glauben, dass Asterios das gerade wirklich gesagt hatte. Etwas Pulsierendes? Noch mehr Anspielung ging wohl nicht?

Wütend stieß er den elenden Halbdämon von sich, wobei ein wenig Flüssigkeit über den Becherrand schwappte. Wie war das mit dem Aufpassen gewesen?

„Hey, ganz ruhig." Asterios nahm ihm das Getränk ab. Nicht um zu verhindern, dass er noch mehr verschüttete, nein. Er tat es, um danach jeden von Calebs Fingern sauber zu lecken.

Er brauchte ein paar Sekunden, ehe er ihm seine Hand entriss, so überrumpelt war er.

„Was ist denn mit einem Mal in dich gefahren?"

„Ganz ruhig. Das ist doch nur etwas Spaß. Caleb, du wolltest doch locker bleiben“, erinnerte Asterios ihn, doch er hätte ihm am liebsten eine reingehauen.

„Dann gilt dasselbe auch für dich. Warum musstest du sie so vergraulen? Warst du etwa eifersüchtig?“ Caleb holte sich seinen Drink zurück und trank gierig davon. Schließlich war er nach wie vor durstig. Dabei wurde ihm erst bewusst, was er da tat, als er Asterios' zufriedenes Grinsen sah. *Indirekter Kuss*, das dachte er gerade. Ach, sollte er doch!

„Wer weiß? Vielleicht? Und was wäre so schlimm daran?“ Asterios kniff die Augen ein Stück zusammen.

Caleb hätte sich fast verschluckt. Das Letzte, womit er gerechnet hatte, war ein solches Eingeständnis.

„Na ja, dann solltest du dich trotzdem nicht so danebenbenehmen. Das war echt unterste Schublade.“ Streng sah er ihn an.

„Ja, eventuell habe ich etwas überreagiert.“ Asterios hob entschuldigend die Hände. „Wird nicht wieder vorkommen. Versprochen.“

Caleb nickte und trank auch noch den letzten Schluck aus. Dann sah er sich nach etwas zu essen und einem neuen Drink um. Asterios begleitete ihn dabei wie ein kleiner – oder großer – Hund, behielt aber stets einen gewissen Abstand bei. Er wollte ihn damit wohl beschwichtigen.

Caleb nutzte die kleine Pause und besah sich die unterschiedlichen Kostüme einmal genauer. Gerade ging ein Sensenmann an ihm vorbei. Was für eine tolle Idee für ein Kostüm. Einfach ein langer schwarzer Umhang mit Kapuze und dazu eine Sense aus Plastik, Gummi oder Pappe, fertig. Wenige Meter entfernt küssten sich gerade Batman und Schneewittchen, was eine mehr als ungewöhnliche Mischung darstellte.

Daneben entdeckte er eine Frau mit einer Maske, wie sie zumeist an Karneval oder auf Maskenbällen verwendet wurden und die sie sich mit einem kleinen Stab vors Gesicht hielt.

Auch eine nette Idee, allerdings nicht so wirklich schauri-

In diesem Augenblick nahm sie die Maske ab, um etwas zu essen. Ihr Gesicht bestand einzig aus rotem rohem Fleisch. Blutige Reste schienen auch am Inneren der Maske zu kleben.

Caleb musste sich bei diesem Anblick schnell abwenden. Im ersten Moment und bei den eher dürftigen Lichtverhältnissen hatte es tatsächlich kurz so gewirkt, als hätte sie sich die Maske samt Haut vom Gesicht gerissen.

Kein Wunder, dass er das zuerst für echt gehalten hatte, nachdem er in den vergangenen Wochen etliche Dinge erlebt hatte, von denen er vorher behauptet hätte, dass es das gar nicht geben konnte.

Asterios neben ihm amüsierte sich währenddessen königlich. Es schien ihm einen Riesenspaß zu machen, die einzelnen Kostüme zu bewundern und regelmäßig zu bewerten. Zumal er selbst für seine „echtwirkende" Darbietung fortlaufend Lob einheimste.

Zum Glück ahnte niemand, dass er hier einem echten Dämon gegenüberstand. Na ja, einem halben echten Dämon.

Asterios und Caleb vergnügten sich noch eine ganze Weile auf der Party, tanzten, aßen, tranken. Nicht nur in der Bowle war ordentlich Alkohol, der Caleb so viel

Mut verlieh, dass er seine Maske irgendwann abnahm. Es wurde ihm ohnehin zu warm darunter, zudem drückte sie ein wenig und er sah ohne wesentlich besser.

Ohne Maske erkannten ihn natürlich einige seiner Kommilitonen und sprachen ihn an. Es entstanden sogar richtige Gespräche. Caleb konnte nicht sagen, woran es lag, aber irgendetwas war anders. War er wegen des Alkohols gelöster? Ließ er sich eher auf die Leute ein? Oder hatte er nur nicht mehr das Gefühl, etwas verbergen zu müssen? Und das, obwohl ein waschechter halber Dämon sich immer nur ein paar Schritte entfernt von ihm aufhielt.

Asterios blieb erstaunlicherweise die ganze Zeit über im Hintergrund. Wofür Caleb ihm unendlich dankbar war. Seine kleine Standpauke schien also etwas bewirkt zu haben. Schön.

Hätte er sich auch weiterhin Gedanken wegen unpassender Seitenhiebe und delikater Andeutungen machen müssen, wäre die Maske in jedem Fall dort geblieben, wo sie hingehörte. Ohne sie erkannten nur die wenigsten sein Kostüm. Viele hielten ihn wegen des Umhangs und des Anzugs für einen altmodischen Vampir, nur ohne Blut und spitze Zähne. Nachdem er aber leibhaftig einem echten gegenübergestanden hatte, würde Caleb sich nie wieder als Vampir verkleiden, so viel stand schon mal fest.

Irgendwann drehte er sich zu Asterios um, weil er fragen wollte, wann sie sich auf die Suche nach der Banshee machen würden. Immerhin waren sie schon ziemlich lange hier und sie mussten sie ja nicht nur finden, sondern auch noch den Schrei aus ihr herauskitzeln.

Doch Asterios war weg, wie er verblüfft feststellte. Er kramte sein Handy hervor, das er sicherheitshalber eingesteckt hatte.

Bin gleich zurück.

Der Mistkerl hatte ihm tatsächlich geschrieben. Aber was sollte das heißen? War er nur mal pinkeln? Das hätte er ihm genauso gut persönlich sagen können.

Nein, Caleb vermutete, dass er genau das tat, wonach er ihn soeben hatte fragen wollen. Also brauchte Asterios ihn dieses Mal gar nicht, andernfalls hätte er gefragt oder persönlich Bescheid gesagt. Dann wäre Caleb wahrscheinlich mitgegangen. Aus irgendeinem Grund schien er das aber nicht zu wollen. Diese Nachricht sollte nur so etwas wie eine Absicherung sein, damit Caleb sich nicht sorgte.

Also schön. Dann würde er genau das nicht tun. Sich zu viele Gedanken machen. Er würde einfach hierbleiben, sich weiter nett unterhalten und seinen Spaß haben. Asterios wusste schließlich, wo er ihn fand, wenn es ihn denn interessierte.

KAPITEL 25

Asterios

Asterios schob sich durch die feiernde Menge. Caleb schien sich gut zu amüsieren, womit der perfekte Zeitpunkt gekommen war, um sich allein auf die Suche nach der Banshee zu machen. Wenn alles gut lief, würde er seine Abwesenheit gar nicht bemerken. Allerdings ging Asterios eher vom Gegenteil aus, und damit Caleb ihn nicht suchte oder sich Sorgen machte, schickte er ihm sicherheitshalber eine Nachricht.

Sobald er den Schrei hatte, war ohnehin alles vorbei. Er hatte es so lange wie möglich hinausgezögert und so viel Spaß wie möglich mit Caleb gehabt. Am Ende hatte der sogar seine Maske abgenommen und sich fleißig mit anderen unterhalten.

Asterios schob sich weiter durch die Massen aus Monstern, Märchengestalten und Helden. Er wollte nach draußen. Hier drin war die Banshee offensichtlich nicht, obwohl er damit gerechnet hatte, dass sie im Laufe des Abends überall einmal vorbeischauen würde. Doch darauf hatte er vergeblich gehofft. Wahrscheinlich war das besser so, denn auf diese Art und Weise konnte er Caleb aus dem Spiel lassen und sich allein auf die Suche begeben.

Draußen angekommen atmete Asterios als Erstes begierig die frische Nachtluft ein. In der großen Halle war es doch recht stickig geworden.

Sobald er sich erholt hatte, sah er sich konzentriert um. Wenn sie nicht hier gewesen war, musste die Banshee draußen in dem Zelt sein. Viel mehr Möglichkeiten gab es nicht. Er ging darauf zu. Grabsteine waren rechts und links neben dem Eingang aufgestellt. Zusätzlich hingen kleine Kürbislichterketten an den Seiten, die orangenes Licht verteilten. Nachdem er kurz die Deko bewundert hatte, marschierte Asterios geradewegs hinein.

Sofort begrüßten ihn harte Gitarrenklänge. Das konnte doch nicht sein, oder?

Sein Blick fiel direkt auf eine Bühne, die mit bunten Strahlern ausgeleuchtet war und auf der eine Band in Lederkluft gerade einen Song performte.

Das fiel definitiv unter Metal, was sie da oben ablieferten. Dass es Asterios in den empfindlichen Ohren schmerzte, war jedoch nicht das, was ihn derart überraschte.

Die Sängerin der Band war eindeutig eine Banshee und sang mit einer Stimme, die schön und schrecklich zugleich klang.

Banshees wurden häufig als alte, runzelige Frauen mit rot geweinten Augen dargestellt. Wesentlich seltener sprach die Überlieferung von einer jungen, hübschen Frau. Zusätzlich war sie sich uneins, ob die Banshee nur von dem Sterbenden gesehen werden konnte oder gerade von dem nicht und stattdessen nur von den Familienangehörigen.

Soweit Asterios wusste, konnte sie jeder sehen, der halt hinsah.

Mit ihrer bleichen Haut und den langen weißen Haaren war sie zudem kaum zu übersehen. Dazu die rot geränderten Augen mit der dunkelroten Iris, die ganz besonders hervorstach. Diese Banshee betrauerte gerade jedoch niemanden. Zu ihrem Outfit als wilde Rockerbraut passten die roten Augen allerdings perfekt, zumal es Halloween war.

Sie stand auf der Bühne und performte inbrünstig ihren Song, der mit so viel Geschrei einherging, dass normalerweise alle Anwesenden tot umfallen müssten. Eine Oper hätte nicht schlimmer sein können.

Erneut sah sich Asterios irritiert um, während er sich näher an die Bühne heranschob. Er selbst war aufgrund seines Dämonenblutes geschützt, aber wenn die Menschen so vielen tödlichen Schreien am Stück ausgesetzt waren, war es unmöglich, dass sie nicht zumindest höllische Qualen litten. Was jedoch nicht der Fall war.

Sein Blick fiel auf die Todesfee, deren rot geschminkte Lippen bei ihrem nächsten Heavy-Metal-Schrei einen derart großen Mund entblößten, dass der auf jeden Fall größer war als bei Menschen üblich. Sein Blick wanderte tiefer zu einer Kette, deren Anhänger wild umherbaumelte. Trotzdem entging ihm der Zauber nicht, der die Kette für Asterios höchst interessant machte. Wenn er mit seiner Vermutung richtiglag, dann saugte sie die tatsächliche Wirkung ihrer Schreie auf und schloss sie ein.

Wie praktisch! In dem Fall musste er bloß an die Kette kommen.

Einfacher ging es ja gar nicht!

Also wartete Asterios geduldig, bis sie mit ihrer Performance fertig war. Ohrenbetäubender Applaus brandete auf, die Band verbeugte sich, winkte und ging von der Bühne ab. Hastig machte sich Asterios auf den Weg zu ihr hinter die Bühne. In provokanter Haltung stellte er sich an die Rückwand und wartete darauf, dass die Banshee ihn bemerkte. Was nicht lange dauerte, denn in seiner Zwischenform mit seinen Hörnern und dem Schwanz war seine dämonische Präsenz sehr viel größer und besser wahrzunehmen. Außerdem war er ja nicht zu übersehen.

„Du bist ein ...“ Misstrauisch betrachtete sie ihn, während sie die anderen Mitglieder nach draußen schickte. Dort befand sich ein weiteres Zelt, dass ihnen wohl als Umkleide, Lager und für alles Weitere diente.

„Hallo. Guter Bühnenauftritt.“ Ein Lob würde bestimmt helfen. Auch wenn er froh war, dass er dem Gekreische nicht länger zuhören musste. Seine Musikrichtung war das ohnehin nicht und ihre Stimme machte das nicht besser. Obwohl die Studenten ordentlich abgefeiert hatten.

„Wirklich? Danke schön!“ Und schon strahlte sie übers ganze Gesicht. Wobei das wortwörtlich zu nehmen war, denn ihr Lächeln war so breit, dass es von ihrer linken bis zu ihrer rechten Wange reichte.

„Wie machst du es, dass deine Stimme niemandem schadet?“ Er ahnte es zwar bereits, aber es war bestimmt besser, wenn sie es ihm stolz erklären konnte.

„Oh, das. Das ist eine wirklich tolle Sache. Diesen Anhänger habe ich von meiner Mutter bekommen, er absorbiert meine Schreie. Also den Teil, der allen anderen Probleme bereiten würde." Stolz hielt sie ihn hoch.

„Faszinierend." Also genau so, wie er es sich bereits gedacht hatte. „Darf ich ihn mir mal aus der Nähe ansehen?"

„Ähm, ja. In Ordnung."

Behutsam trat er näher. Er musste vorsichtig sein, denn sie durfte unter gar keinen Umständen Angst vor ihm bekommen.

Also machte er noch langsamer, als er ihren Anhänger in die Hand nahm. Es handelte sich um einen Stein in Tropfenform, der von einem tiefen, dunklen Blau war, beinahe Schwarz. In seinem Inneren glitzerten Tausende Sterne, die sich wie eine einzige große Galaxie bewegten und sich leicht im Kreis drehten.

„Wunderschön." Und das meinte er vollkommen ernst.

„Ja. Nicht nur nützlich, sondern auch noch schmückend." Sie grinste wieder und Asterios musste sich aus dieser Nähe sehr zusammenreißen, um nicht zurückzuschrecken. Ihr Mund war für seinen Geschmack nicht nur etwas zu groß, sondern auch etwas zu nahe.

„Wie viel kann dieser Anhänger aufnehmen?", fragte er interessiert und drehte ihn immer noch in der Hand.

„Es reicht für etwa fünf solcher Songs, dann muss ich ihn erst wieder leeren. Dadurch kann ich nie so viele Auftritte hinlegen, wie ich gern würde." Sie zog einen Schmollmund und Asterios' Verdacht, dass es sich hierbei um eine sehr junge Banshee handeln musste, verhärtete sich. Es war auch nicht jene Todesfee, die diese ganze Party organisiert hatte. Vielleicht ihre Tochter?

War ja am Ende nicht weiter wichtig. Ihm bot sich die perfekte Gelegenheit, da waren die Umstände vollkommen egal.

„Ich könnte dir helfen. Der Anhänger ist fast voll, richtig?“

Sie nahm ihn wieder selbst in die Hand und hielt ihn sich prüfend vor die Augen. „Hmm, ja. Noch einen Song schaffe ich, nur mit weniger Stellen, an denen ich schreien darf.“

„Wie wäre es, wenn ich ihn für dich ein wenig leere?“, schlug er mit samtig weicher Stimme vor.

Überrascht sah sie ihn an.

„Ich brauche zufällig so einen Todesschrei und habe daher etwas Ähnliches dabei.“ Asterios zog einen schwarzen Kristall aus seiner Tasche, in dem es ebenfalls glitzerte. Allerdings waren seine kleinen Sterne noch nicht in Bewegung. Das würde erst geschehen, sobald sich ein Schrei in ihm befand.

„Ach so.“ Nachdenklich betrachtete sie erst den Stein und dann ihre Kette. Er hatte eigentlich erwartet, dass sie sofort zustimmen würde. Deswegen überraschte ihr Zögern ihn.

„Also wenn ich dir einen Teil meiner Schreie gebe, was passiert dann damit? Du könntest sie immerhin auf die Menschen loslassen und das wäre gar nicht gut.“

Asterios blinzelte ein paar Mal. Daran hatte er überhaupt nicht gedacht. Aber natürlich! Mit einem solchen Schrei, in diesem Fall sogar mehreren, ließe sich ziemlich viel Unheil anrichten. Also genau das, was Dämonen eigentlich im Sinn haben sollten. Ihre Skepsis und ihr Zögern waren daher mehr als verständlich. Es war gut, dass sie sich solche Gedanken machte. Auch wenn es ihn in eine Zwickmühle brachte.

„Und?“, hakte sie misstrauisch nach.

„Ja, entschuldige. Daran hatte ich gar nicht gedacht, aber du hast natürlich vollkommen recht. Ich gebe dir einen bindenden Schwur, dass durch diese Schreie kein Mensch sterben oder körperlichen Schaden nehmen wird.“ Er schnitt sich die Hand auf. Die Banshee betrachtete sein blutendes Handgelenk eine Weile und Asterios befürchtete schon, dass sie ihm nicht vertraute und es nicht so einfach werden würde, wie er kurzzeitig gehofft hatte.

„Also schön, ein bindender Schwur und meine Schreie gehören dir.“

Dem Teufel zum Glück willigte sie ein! Asterios machte der Schwur nichts aus, schließlich brauchte er ihre Schreie lediglich für das Ritual und dabei würden sie wahrscheinlich nicht einmal zu hören sein. Aber das wollte er ihr nicht auf die Nase binden. Sie hätte bloß nachgehakt und das hätte unangenehm werden können. Nachher kam ihm noch etwas oder jemand dazwischen.

Aber zum Glück brauchte es das ja nicht, sondern nur einen kleinen Schwur.

***

Das war’s. Er hatte den Schrei, sogar mehrere. Asterios schob sich an den Menschen vorbei ins Innere der Procter Hall. Dort war es dunkel und Stroboskoplichter zuckten über die tanzende und johlende Menge.

Anscheinend war gerade so etwas wie die Happy Halloween Hour.

Er hielt inne, brauchte einen Moment, um das alles erst einmal richtig zu realisieren. Jetzt musste er nur noch Caleb betäuben und alles zu seiner Ritualstätte bringen, dann konnte es losgehen.

Asterios betrachtete den Stein in seiner Hand. Die Sterne in seinem Inneren hatten sich zu einer kleinen Galaxie angeordnet und sich in Bewegung gesetzt.

Er hätte nie gedacht, dass es so perfekt laufen würde. Wahrscheinlich als Ausgleich dafür, dass sich ihm zuvor so viele Probleme in den Weg gestellt hatten. Doch am Ende hatte er alles beisammen, was er brauchte. Und ein ganz wichtiger Punkt: Er hatte bis hierhin nichts verloren, was er bereuen oder vermissen würde. Eines würde er in dieser Nacht sehr wohl verlieren, was er womöglich bereuen könnte – seine Menschlichkeit.

Und noch etwas, was er vermissen würde – Caleb.

Asterios hob den Blick und suchte Caleb in der Menge. Kurz dachte er daran, alles hinzuschmeißen und die Dinge so weiterlaufen zu lassen, wie sie waren. Doch er fürchtete den Zorn seines Vaters.

Außerdem würde es Caleb auf Dauer schaden. Je stärker seine Gefühle wurden, desto mehr Energie bekäme Asterios von ihm und desto schwächer würde Caleb werden. Das hatte keine Zukunft.

Sein Griff um den Stein wurde fester, als er ihn endlich in der Masse ausmachte.

Nein. Er würde das Ritual durchziehen und danach vergessen, was gewesen war. Es abzubrechen, war keine Option.

Asterios lief los und steckte den Stein weg. Dabei holte er eine Phiole aus der Innentasche seiner Weste und träufelte deren Inhalt in einen dieser hässlichen roten Plastikbecher, die jemand auf einem Tablett herumtrug. Eine Krankenschwester, wie passend.

Den Becher gab er kurz darauf an Caleb weiter. Fragend sah dieser ihn an und wollte offensichtlich wissen, wohin er verschwunden war. Asterios hielt als Zeichen bloß den Daumen hoch. Daraufhin wirkte Caleb erleichtert, was ihm einen Stich versetzte. Ihm blieben etwa fünf bis zehn Minuten, nachdem Caleb getrunken hatte, bis die Wirkung einsetzte. Zunächst würde er leicht beeinflussbar sein und ihm widerstandslos zur Kapelle folgen.

Es war an der Zeit, seine Hauptzutat einzusammeln und mitzunehmen.

***

Asterios hatte sich Sorgen gemacht, auf dem Weg aufgehalten zu werden. Aber an Halloween achtete niemand darauf, wenn jemand unsicher auf den Beinen war, und zur Not musste man bloß einen Witz reißen und alle waren wieder beruhigt.

Wahrscheinlich hätte er Caleb wesentlich einfacher zum Ritualort bekommen, wenn er gesagt hätte, dass er den Schrei hatte und sie nun gehen konnten. Dann hätte er sich von seinen Freunden verabschiedet und sie hätten die Party verlassen, gemeinsam. Stattdessen hatte Asterios ihn entschuldigt, behauptet, dass Caleb schlecht wäre, und ihn in halb weggetretenem Zustand die ganze Strecke gestützt.

Ja, Variante eins wäre viel einfacher gewesen. Allerdings hätte er spätestens beim Anlegen der Ketten ein Problem bekommen. Denn Caleb hätte dabei niemals freiwillig mitgemacht, eher hätte er ihn bewusstlos schlagen müssen.

Asterios trug Caleb, der inzwischen das Bewusstsein verloren hatte, die Stufen in das Kellergewölbe hinab. Die Fackeln und Kerzen entzündeten sich bei seiner Anwesenheit selbst, sodass er sich nicht im Dunkeln dort hinabkämpfen musste. Unten angekommen legte er Caleb behutsam innerhalb des Sterns ab. Die Ketten, die ihn schon einmal an Ort und Stelle gefesselt hatten, waren noch da.

Weil er sie nämlich ursprünglich für diesen Tag hier unten platziert hatte. Mit einem Kloß im Hals legte Asterios die Fesseln um Calebs Hand- und Fußgelenke. Etwas in ihm sträubte sich dagegen, doch er machte trotzdem weiter. Er würde es sich nicht im letzten Moment anders überlegen, er würde keinen Rückzieher machen. Auch wenn er es jetzt schon bereute, wie das hier zu Ende ging, hatte er doch insgeheim die ganze Zeit diesem Tag entgegengefiebert. Sich zusammengerissen und gewartet, um diesen einen letzten Schritt heute tun zu können.

Vorher musste er aber noch alles vorbereiten.

Asterios nutzte die Utensilien, die er schon einmal gebraucht hatte, um Caleb Blut abzunehmen. Er desinfizierte seine linke Armbeuge und führte dann eine Kanüle in die Vene ein. Da Caleb betäubt war, traf er zum Glück gleich beim ersten Mal. Über einen Schlauch floss das Blut nun in eine Schale. Dasselbe wiederholte Asterios bei sich selbst. Er hätte sich natürlich auch wie im Film die Handinnenfläche aufschneiden können. Aber in den Filmen machte sich niemand Gedanken darüber, wie lange es dauerte, bis die Wunde verheilt war. Oder dass eine Narbe zurückblieb. Er besaß zwar eine schnellere Regeneration als Menschen, aber es würde trotzdem ein bis zwei Tage dauern. So war es bloß ein kleiner Stich.

Asterios beobachtete die Menge in der Schale ganz genau, damit er Caleb nicht zu viel Blut abnahm. Sobald er genug hatte, räumte er alles zur Seite und begann mit den weiteren Vorbereitungen.

Die einzelnen Zutaten befanden sich in den Schalen, mit dem Blut zog er die bereits vorgemalten Linien des achteckigen Sterns nach. Sobald er damit fertig war, trank er das restliche Blut bis auf den letzten Tropfen leer. Dann griff er nach dem Stein, in dem sich die Schreie der Banshee befanden. Er warf ihn neben Caleb auf den Boden, wo er zersprang, als bestünde er aus Glas. Der Schrei entwich und wurde von den Blutlinien aufgenommen, welche sich daraufhin schwarz verfärbten. Aus den Schalen schossen schwarze Flammen empor und erhellten die Umgebung mit ihrem unheimlichen Schein.

Asterios atmete tief durch und las den entsprechenden Spruch vor. Als das getan war, fehlte nur noch eines.

„Das wäre erledigt. Die Zutaten sind vereint. Die Zeichen aus Blut habe ich gemalt." Er betrachtete den achteckigen Stern, der zur Hälfte aus seinem Blut bestand und zur anderen Hälfte aus Calebs.

Dieser lag nach wie vor bewusstlos in der Mitte. Was Asterios ihm in den Drink gemischt hatte, war ein

Narkotikum gewesen. Er würde zeitnah aufwachen, sodass der letzte Teil des Rituals erfolgen konnte.

Asterios legte die Menschenhaut, auf der die Anweisungen geschrieben standen, zur Seite. Er brauchte sie nicht mehr. Es blieb nur noch ein letzter Schritt und den kannte er bereits auswendig.

Das Opfern der Jungfrau.

Er nahm das Getränk, das er aus unterschiedlichen Kräutern zubereitet hatte, zur Hand. Unter anderem waren darin Chiliflocken, Brennnesselsamen, Sellerie, Damian, etwas vom Catuaba-Strauch und Muskat. Und noch ein paar höllische Beigaben, um die Wirkung abzurunden und zu verstärken.

Asterios nahm es in den Mund und trat vorsichtig über die Linien zu Caleb heran. Er beugte sich vor, legte sanft seine Lippen auf die von Caleb und flößte ihm die Mischung ein. Immer nur nach und nach. Caleb schluckte sie brav. Asterios machte damit weiter, bis er alles getrunken hatte.

Nun musste er nur noch ein wenig warten, Caleb würde rechtzeitig aufwachen.

Sobald Halloween sich dem Ende neigte und ein neuer Tag begann ... war das der Moment. Der Augenblick, auf den er so lange gewartet hatte.

Asterios spürte die Aufregung, trotzdem konnte er sich nicht richtig freuen. Weil er Caleb hinterging.

Mit Sicherheit hätte er ihn problemlos dazu bekommen, diesen notwendigen letzten Schritt freiwillig zu tun. Doch wie hätte Caleb sich danach gefühlt, wenn er erkannte, dass Asterios ihn die ganze Zeit belogen hatte? Dass er nicht zum Menschen, sondern zum Dämon wurde und eine gemeinsame Zukunft, von der

Caleb sicherlich geträumt hatte, dadurch unmöglich war. Er würde sich selbst hassen und sich noch mehr zurückziehen. Und das, obwohl Asterios zuletzt so bemüht gewesen war, ihn offener für seine Umgebung zu machen. Er wollte, dass Caleb sein Leben nach dieser Nacht ohne ihn fortsetzte und das würde ihm am ehesten gelingen, wenn er die Sache mit Asterios schnell abhaken konnte. Und was eignete sich dafür besser als Hass und Wut? Wenn er ihn zu diesem letzten Schritt zwang, konnte Caleb ihm allein die Schuld für alles geben und musste sie nicht bei sich suchen.

Das war das Einzige, was er noch für ihn tun konnte. Es ihm so leicht wie möglich machen, indem er Asterios hassen durfte. Als bösen, intriganten Dämon, zu dem er ohnehin werden würde.

KAPITEL 26

Caleb

Caleb hatte das Gefühl, dass der Boden unter ihm schwankte. Sein Kopf dröhnte und fühlte sich gleichzeitig an, als wäre er in Watte gepackt. Seine Lider waren unglaublich schwer, als er versuchte, sie zu öffnen.

Was war passiert? Er konnte sich nicht erinnern und wusste nicht einmal, wo er sich derzeit befand. Für sein Bett fühlte sich der Untergrund zu hart an.

Als Caleb versuchte, seine Arme zu heben, erklang ein merkwürdiges Klirren. Er wollte sich aufsetzen, doch seine Beine und Arme gehorchten ihm nicht. Abermals klirrte es lautstark.

Als Caleb es endlich schaffte, die Augen zu öffnen, verschwamm zunächst alles innerhalb seines Blickfeldes, wie ineinanderlaufende Wasserfarben. Hastig schloss er die Lider wieder, kniff sie fest zusammen, weil sich jetzt erst recht alles in seinem Kopf zu drehen begann. Ihm wurde schlecht. Er wollte sich auf die Seite rollen, doch es gelang ihm nicht richtig. Den Kopf gegen den Boden zu drücken, verschaffte ihm zumindest ein bisschen Erleichterung.

„Du bist wach. Sehr gut. Alles ist gut." Eine warme Hand legte sich an seine Wange und strich ihm sanft die Haare aus dem Gesicht. Zunächst erkannte er die

Stimme nicht, atmete bloß hektisch durch den Mund ein und aus, um die Übelkeit zu vertreiben. Wenn er die Augen jetzt öffnete oder sich auf etwas anderes konzentrierte, würde er sich auf jeden Fall übergeben.

„Trink das, dann geht es dir gleich besser." Sein Kopf wurde ein Stück angehoben und etwas wurde an seinen Mund gehalten. Kühle Flüssigkeit benetzte seine Lippen, er öffnete sie und trank in vorsichtigen Schlucken. Das Wasser rann erfrischend seine Kehle hinab und beruhigte seinen rebellierenden Magen. Auch sein Kopf klärte sich.

Er trank alles aus. Danach wurde sein Kopf vorsichtig wieder abgelegt. Erst jetzt nahm Caleb wahr, dass er auf dem Boden lag. Seltsam. Wie war er hierhergekommen? Probehalber öffnete er seine Augen ein kleines Stück und blinzelte. Das Licht von verschiedenen Kerzen erhellte den Raum. Da er das problemlos erkennen konnte und sich die Welt nicht erneut um ihn zu drehen begann, wagte er es, die Augen vorsichtig ganz zu öffnen.

Er konnte alles scharf sehen und sein Kopf fühlte sich halbwegs klar an. Sein Körper war noch etwas träge und er hatte das Gefühl, leicht fiebrig zu sein, aber ansonsten ging es ihm wieder gut. Was war nur passiert?

Caleb wollte sich aufsetzen, doch als er die Arme dafür an den Körper zog, hielt etwas dagegen und abermals erklang dieses laute Klirren. Vorsichtig drehte er den Kopf, um keine erneute Schwindelattacke auszulösen, und erstarrte.

Fassungslos betrachtete er sein Handgelenk. Dann zog er einige Male daran, wie um sich zu vergewissern, dass das, was er da sah, auch wirklich echt war. Leider war genau das der Fall.

Er ließ den Blick durch den Raum schweifen und blieb an einer ihm bekannten Gestalt hängen.

Asterios.

Dieser kniete nur wenige Schritte von ihm entfernt und beobachtete ihn aufmerksam.

Caleb kniff die Augen zusammen. Seine Stimme war es gewesen, die er kurz zuvor gehört hatte, er hatte sie nur nicht zuordnen können. Und er war es sicherlich auch gewesen, der ihm etwas zu trinken gegeben hatte, denn außer ihnen war hier sonst niemand.

Jetzt erkannte Caleb auch, dass sie in den Kellergewölben der Kapelle waren, in die Asterios ihn zur Beschwörung des Geisterhundes gebracht hatte. Hier, wo das Ritual stattfinden sollte.

So weit, so gut. Nur warum war er abermals gefesselt? Und wieso konnte er sich an gar nichts erinnern? Da stimmte doch was nicht!

„Was soll das alles?“, fragte Caleb mit bedrohlich leiser Stimme. Sie hätte noch um einiges bedrohlicher geklungen, wenn sie nicht so gekratzt hätte und ihm zwei Mal beinahe weggebrochen wäre. Wie lange war er bewusstlos gewesen? Was war das Letzte, woran er sich erinnerte? Noch ehe Caleb sich darauf konzentrieren konnte, forderte Asterios seine Aufmerksamkeit.

„Das?“ Überrascht hob er die Augenbrauen und sah sich um. „Das ist das Ritual. Du wusstest doch, dass es heute stattfinden wird. Und wo.“

„Verarsch mich nicht!“, brüllte Caleb, dieses Mal mit kräftigerer und wesentlich lauterer Stimme. Er zerrte an den Ketten, die sowohl seine Arme als auch seine

Beine fixierten. Doch sie gaben kein Stück nach. Natürlich nicht. Sie hatten den Dämonenhund gehalten, also hatte er als einfacher Mensch nicht die leiseste Chance. Trotzdem konnte er nicht anders. Am liebsten hätte Caleb vor lauter Wut und Frustration noch mal geschrien!

„Das tue ich nicht. Es ist, wie ich sage. Du bist Teil des Rituals." Asterios' Stimme war ruhig und sein Blick ebenfalls. Ausdruckslos, neutral. Als würde er sich keine Regung, kein Gefühl erlauben. Dieser Anblick ließ Caleb frösteln. Plötzlich traute er Asterios alles zu. Hatte er ihn womöglich die ganze Zeit belogen? War der Pakt doch nichts wert? Das alles nur gespielt, damit er ihm vertraute?

„Du hast gesagt, dass mir nichts passiert." Caleb bemühte sich darum, dass seine Stimme nichts von der Angst und Unsicherheit preisgab, die ihn in eben diesem Moment überfielen. Doch er glaubte nicht, dass ihm das besonders gut gelang.

„Dir ist doch auch nichts passiert. Und falls du es vergessen hast, der Pakt hindert mich nach wie vor daran. Das bedeutet allerdings nicht, dass ich dich nicht fesseln oder betäuben und wegtragen darf." Asterios hob einen Mundwinkel und grinste schief. Caleb lief es dabei eiskalt den Rücken herunter und er begann am ganzen Körper zu zittern.

„Du hast mich betäubt? Mit Absicht?" Deswegen konnte er sich also an nichts mehr erinnern. Aber wieso? Mit dem Pakt konnte sich Asterios doch seiner Mitarbeit sicher sein. Wozu musste er ihn dann betäuben? Als Caleb sich allerdings die Ketten so ansah, verstand er. Es musste etwas sein, bei dem er trotz des

Paktes nicht freiwillig mitgemacht hätte. Er biss die Zähne zusammen und riss erneut an seinen Fesseln.

„Mach mich sofort los!", brüllte er Asterios an, obwohl er wusste, dass das nichts bringen würde.

„Tut mir leid, ich muss sichergehen, dass du nicht fliehen kannst", antwortete der, immer noch mit dieser ausdruckslosen Miene und Stimme.

„Bitte", flehte Caleb nun und wäre beinahe in Tränen ausgebrochen. Wie konnte Asterios ihm das nur antun? Bedeutete er ihm wirklich gar nichts?

„Sch, es ist doch gar nichts Schlimmes." Asterios beugte sich zu ihm hinunter und legte beruhigend eine Hand auf seine Wange.

„Ach, nicht?" Caleb blinzelte. Er verstand gar nichts mehr. Zusätzlich beunruhigte es ihn, dass die Hand auf seiner Haut ein heißes Brennen auslöste. Es war nicht unangenehm, breitete sich jedoch in seinem gesamten Körper aus.

Calebs Atmung beschleunigte sich. „Was ... was hast du mir da zu trinken gegeben?"

Panisch sah er sich um. Was passierte gerade mit ihm?

„Das war nur Wasser", beschwichtigte Asterios ihn. Jetzt war seine Miene zwar nicht mehr so ausdruckslos, aber das änderte nichts.

„Ich glaube dir nicht", stieß Caleb hervor. Die Hitze setzte nun seinen gesamten Körper in Brand.

„Es war wirklich nur Wasser." Asterios' Finger fuhr seine Kinnpartie entlang, dann legte er sie auf Calebs Lippen. Der drehte den Kopf weg.

„Aber vorher habe ich dir eine Mischung aus Kräutern gegeben, die aphrodisierend wirken. Dazu noch ein bisschen Magie, welche den Effekt verstärkt, und et voilà, das perfekte sexualanregende Mittel. Und glaube mir, wenn ich dir sage, dass du dich nicht dagegen wehren kannst." Asterios' Blick glitt vielsagend Calebs Körper hinab und als der ihm folgte, bemerkte er die Beule in seiner Hose. Jetzt spürte er auch den Druck.

„Das ... das ..." Angestrengt hob und senkte sich Calebs Brust. *Das kann nicht sein*, schaffte er nicht zu sagen, da die Realität seine Worte Lügen strafte.

„Aber wieso?", brachte er schließlich doch noch etwas heraus. Das alles ergab in seinen Augen keinen Sinn. Welches Ziel verfolgte Asterios hier eigentlich?

„Wieso? Ist das denn nicht offensichtlich?" Asterios positionierte sich mit den Knien rechts und links über ihm. Er zog seine rote Weste aus und ließ ihn dabei nicht einen Moment aus den Augen. „Weil ich dir nun deine Jungfräulichkeit stehlen werde."

Das verschlug ihm für mehrere Augenblicke die Sprache. Hatte er das gerade richtig verstanden?

Asterios betrachtete ihn eingehend. Seine roten Augen leuchteten, seine Hörner mit den goldenen Elementen glitzerten im Schein der Kerzen. Sein zuckender Schwanz war das Einzige, was sich bewegte.

„Meine Jungfräulichkeit? Du willst ...?"

„Mhm, mhm, hatte ich das nicht erwähnt? Nein, wahrscheinlich nicht." Asterios setzte ein diebisches Grinsen auf.

„Das ist jetzt nicht dein Ernst!" Caleb riss die Augen weit auf und schoss in die Höhe. Sofort wurde er wieder zu Boden geworfen. Verzweifelt zerrte er an den Ketten, die nach wie vor seine Handgelenke umschlossen und ihn zurück an Ort und Stelle befördert hatten.

„Das hättest du ja mal vorher sagen können!", schrie Caleb in wilder Verzweiflung.

„Du hättest früher fragen können." Das diebische Grinsen wurde breiter, zusätzlich leuchteten Asterios' rote Augen wie die Hölle selbst.

Calebs Mund wurde ganz trocken, während der Druck in seiner Hose wuchs. Es fiel ihm schwer, einen klaren Gedanken zu fassen, weil sie ständig abzudriften drohten. Aber er musste sich unter allen Umständen konzentrieren. Er würde das ganz bestimmt nicht mit sich machen lassen, was Asterios gerade offensichtlich plante.

Leider hatte er ihm nichts entgegenzusetzen. Nicht das Geringste.

„Du willst ..." Caleb schluckte, brachte die Worte nicht heraus. „Du willst ... hier? Jetzt?"

„Mach dir keine Sorgen, ich bin unglaublich gut. Es wird dir gefallen." Asterios beugte sich tiefer über ihn und legte erneut eine Hand an seine Wange. Jetzt konnte Caleb nicht einmal mehr schlucken. Er fühlte sich fiebrig und sein Kopf war wie benebelt. Dennoch spürte er die Kälte in seinen Gliedern.

Währenddessen wanderte Asterios' andere Hand langsam seinen Körper hinab, strich über seine Rippen, zum Bauchnabel und dann noch ein Stück tiefer.

Caleb zog zischend die Luft ein.

„Das ist doch jetzt nur ein blöder Scherz, oder?" Keuchend hob und senkte sich sein Brustkorb.

„Nein." Das Aufblitzen seiner spitzen Dämonenzähne war Antwort genug.

Der Teufel höchstselbst erhob sich über Caleb, dem Angst durch die Glieder fuhr.

„Du verarschst mich doch!“ In einem schwachen Versuch zerrte er erneut an den Ketten. Die Kraft verließ seinen Körper mehr und mehr.

„Deswegen brauchte ich eine Jungfrau. Ob männlich oder weiblich, spielt da nur eine untergeordnete Rolle. Du wirst die dir zugedachte Aufgabe perfekt ausfüllen, glaube mir. Oder eher ich dich.“ Unendlich langsam beugte sich Asterios über ihn und Caleb war außerstande, ihm auszuweichen. Er war ihm vollkommen ausgeliefert, weil er ihm vertraut hatte, und so wie es gerade stand, würde sein Körper für diese Dummheit bezahlen.

Asterios ließ seinen Zeigefinger an Calebs Kinnpartie entlanggleiten, bis zu seinen Lippen, die er nur ganz kurz berührte. Seine roten Augen fixierten ihn, während er an Calebs Körper hinabglitt und den Blickkontakt schließlich abbrach, um sich seinem Bauch zuzuwenden. Seine rechte Hand wanderte ein Stück mit, blieb dann aber auf Calebs linker Brust liegen.

Er hatte gar nicht gemerkt, dass Asterios ihm sein Hemd aufgeknöpft hatte. Hilflos biss er die Zähne aufeinander und hätte am liebsten losgebrüllt, als ihn die Verzweiflung wie eine Welle überrollte. Tränen der Wut und der Hilflosigkeit bildeten sich in seinen Augen. Aber er ahnte, dass weder das eine noch das andere sein Gegenüber von seinen Plänen abbringen würde.

„War das also alles bloß eine Lüge? Das ... zwischen uns?“ Seine Stimme zitterte. Er konnte es nicht begreifen. Hatte er sich so sehr in Asterios geirrt? Wie konnte das sein? Er hatte es doch gefühlt, es gesehen. Er war Asterios wichtig gewesen. Nicht wie eine wichtige Zutat, sondern als Mensch. Er hatte sich für ihn in Gefahr gebracht, ihn gerettet und beschützt, sich gesorgt. Wie konnte es sein, dass plötzlich ein vollkommen Fremder vor ihm stand? Was war in dieser kurzen Zeit passiert?

„Caleb“, setzte Asterios sanft an, sah hoch und ließ seine Finger durch dessen Haar gleiten. „Ich bin ein Dämon, der von den Gefühlen der Menschen lebt, sie verführt, um sich von ihnen zu nähren. Natürlich war …“ Er stockte, als Caleb nun doch Tränen über die Wangen liefen.

Es war ihm nicht länger möglich, diese zurückzuhalten. Es tat so weh. Mehr als das Brennen und das Verlangen in seinem Körper schmerzte ihn die Erkenntnis, dass er sich all das zwischen ihnen nur eingebildet hatte. Dass er sich hatte täuschen lassen.

„Nein, das glaube ich dir nicht“, hauchte er leise, während das Gesicht des Halbdämons wegen seiner Tränen verschwamm.

Weil Caleb nicht mehr klar sehen konnte, war er sich zunächst nicht sicher, ob er sich den Schmerz auf Asterios' Gesicht nur einbildete. Hektisch blinzelte er, um seine Sicht zu klären.

Doch Asterios wandte den Blick ab und Caleb sah nur, wie seine Kiefermuskulatur hervortrat.

„Verdammt, du machst es mir echt schwer, dafür zu sorgen, dass du mich hasst. Ich …“ Asterios verstummte und wich seinem Blick weiterhin aus. Caleb verstand nun gar nichts mehr. Wieso wollte Asterios, dass er ihn hasste?

Die Hitze in seinem Körper lenkte ihn von diesem Gedanken ab. Seine Atmung beschleunigte sich und es fiel ihm schwer, sich zu konzentrieren.

Als er begann, sich unruhig zu bewegen, drehte Asterios endlich den Kopf. Unter dem glühenden Blick, den er ihm nun zuwarf, erstarrte Caleb. Er versuchte, Luft zu holen, doch sie blieb auf halbem Weg stecken. Sein Körper schien jetzt endgültig in Flammen zu stehen. Asterios hatte ihn regelrecht entzündet. Das Rot seiner Augen glühte, doch alles, was ihn zuvor noch bedrohlich und böse hatte wirken lassen, war verschwunden. Mit einem Mal schien da wieder der Asterios vor ihm zu sein, den er kannte. Den er kannte und den er ...

Asterios schüttelte den Kopf und Schmerz huschte über seine Züge.

„Ach, Scheiße", stieß er mit einem Mal hervor. In seinen Augen lag eine solche Verzweiflung, dass es Caleb die Sprache verschlug. Er musste schlucken, doch sein Mund war ganz trocken. „Ich will das hier. Nicht nur, weil es nötig oder Teil des Rituals ist. Ich wollte es schon die ganze Zeit. Aber wenn du das wirklich nicht möchtest, höre ich auf. Ich mache dich los und du kannst gehen." Er musterte ihn eingehend und wartete.

Caleb wusste nicht, was er antworten sollte. Sein Verstand hatte sich bereits zur Hälfte verabschiedet, sodass es eine Weile dauerte, bis er begriff, was Asterios da soeben gesagt hatte. Er würde ihn gehen lassen? Jetzt? Aber wieso?

„Und dein ... Ritual?", brachte Caleb schließlich mühsam heraus. Er schluckte angestrengt, während die Hitze Schweiß auf seinem Körper entstehen ließ.

„Das wäre dann hinfällig." Ein schiefes Lächeln entstand auf Asterios' Gesicht.

„Wieso?" Das war die eine Frage, um die sich wohl alles drehte.

Asterios zögerte.

„Du kennst den Grund." Und mit diesen Worten machte er sich daran, die Fesseln zu lösen, obwohl Caleb ihm noch nicht geantwortet hatte.

Der Grund. Was war der Grund? Sein Verstand arbeitete viel zu langsam, sodass er immer noch darüber nachgrübelte, als Asterios bereits alle vier Ketten gelöst hatte.

„Was möchtest du jetzt tun?" Sein Gesicht tauchte wieder in Calebs Blickfeld auf und ihm waren der Grund und die Umstände vollkommen egal. Auch warum sie das hier taten oder warum sie es besser nicht tun sollten.

Sein Körper brannte, alles in ihm wollte von diesem Mann berührt werden, und er wünschte sich zumindest ein wenig Erlösung.

Und so streckte Caleb sich Asterios mit halb geöffnetem Mund regelrecht entgegen, seine Zunge begierig darauf, die seine zu schmecken. Als sie endlich aufeinandertrafen, war es, als explodierten Tausende Lichter in seinem Inneren.

Er schlang die Arme um Asterios und zog ihn näher zu sich heran, drängte seinen Körper gegen den seinen, während ihre Zungen in einem wilden Tanz verflochten waren. Da war kein behutsames Herantasten, kein neckisches Spielen. Das alles hatten sie hinter sich gelassen. Sie waren ganz und gar erfüllt von der heißen Begierde und dem überschäumenden Verlangen, den anderen zu schmecken und so viel Körpernähe wie nur möglich herzustellen.

Caleb wollte sich nicht länger um Fragen und Antworten kümmern, sich nicht mehr hinter irgendetwas verstecken. Sein Körper verlangte so eindeutig nach Asterios, dass er dem endlich nachgeben musste. Es wäre irrsinnig gewesen, länger dagegen anzukämpfen.

Er hielt Asterios nicht auf, als dieser fortfuhr, seinen Körper zu erkunden, neue lustvolle Stellen entdeckte und ihn dazu brachte, süße Tränen zu weinen. Kurz fragte sich Caleb, ob das alles nur dem Mittel geschuldet war. Wieso Asterios sich zuvor wie der größte Arsch aufgeführt und ob er ihm das alles bereits verziehen hatte. Doch sein Körper forderte seine ganze Aufmerksamkeit. All die Empfindungen schienen beinahe zu viel für ihn zu sein.

Gerade ließ Asterios seine Zungenspitze die Haut knapp neben Calebs Bauchnabel kosten. Wie ein Blitz durchfuhr es diesen, während sein Rücken sich ungewollt durchbog. Währenddessen arbeitete sich Asterios mit seinen Küssen immer tiefer. Calebs Atmung beschleunigte sich. Es war ganz sicher nicht nur diesem komischen Liebestrank zuzuschreiben, dass er so heftig auf diese Berührungen reagierte.

Er sog scharf zischend die Luft ein, als Asterios ihm die Hose öffnete, wodurch der stetig zunehmende Druck endlich ein wenig nachließ. Gleichzeitig wusste er aber auch, was Asterios in wenigen Augenblicken zu Gesicht bekommen würde. Schamesröte schoss in Calebs Wangen und am liebsten hätte er sein Gesicht in einem Kissen verborgen. Doch so etwas gab es hier nicht.

Er konnte sich nicht verstecken, nichts verbergen. Weder sein Gesicht noch seine Gefühle oder das, was er in Wahrheit wollte.

Dennoch kniff er die Augen fest zusammen, als Asterios ihn berührte. Als dieser ihn in den Mund nahm, hätte Caleb beinahe laut geschrien. Er wusste nicht mehr, ob er wegwollte oder bloß Erlösung von dieser sanften Folter.

Er wollte kommen, unbedingt! Und zwar jetzt!

Caleb wand sich, doch Asterios blieb dabei, ihn fortwährend zu necken.

Fest biss er die Zähne aufeinander, um zu verhindern, dass das Stöhnen über seine Lippen kam. Er vergrub sogar das Gesicht an seiner Schulter, sodass der Stoff das meiste an ungewollten Lauten erstickte, sobald er es nicht länger aushielt.

Er stand kurz davor, Asterios anzuflehen. Die Hitze, die sich in seinem Unterleib sammelte, war kaum noch zu ertragen. Seine Hüfte zuckte bereits und dennoch ließ die ersehnte Erlösung auf sich warten. Schließlich hielt Caleb es nicht länger aus.

„B-bitte." Tränen verschleierten seine Sicht.

Asterios hob den Kopf. „Was?"

Calebs Atmung ging so schnell, dass er glaubte, der ganze Raum würde sich um ihn drehen. „Bitte", mehr brachte er nicht über die Lippen.

Asterios legte nachdenklich den Kopf schief und plötzlich veränderte sich etwas in seinem Ausdruck. Als ob ihm neben dem Spaß, Caleb bis an den Rand der Klippe zu treiben und ihn dann doch nicht springen zu lassen, etwas klar geworden wäre.

„Caleb." Er sagte seinen Namen so sanft, dass Caleb kurz aufschluchzte. Er wusste nicht einmal, wieso. Aber konnte Asterios sich nicht erst mal um das da unten kümmern, ehe er mit ihm irgendein Gespräch anfing?

„Bist du dir wirklich ganz sicher?“

Caleb fand es ja süß, dass er sich mit einem Mal wieder um ihn sorgte, und dieser Asterios war ihm auch viel lieber als das Arschloch, als das er sich zuvor ausgegeben hatte. Aber wie konnte er ihm das gerade antun, ihn jetzt so hängen zu lassen?

„Ja, mach endlich“, hauchte er. Daraufhin streifte Asterios ihm die Reste seines Kostüms ab und ließ seine Finger ruhelos über die freigelegte Haut wandern.

In dem Moment, in dem sie sich endlich vereinten, erhellte ein greller Blitz den Raum. Das waren nicht nur Calebs Nervenenden, die in Flammen standen, sondern um sie herum zog eine echte Flammenwand hoch, welche sie einschloss, ohne sie zu verbrennen.

Caleb hätte sich normalerweise davon ablenken lassen und nach der Ursache gefragt, wenn Asterios nicht genau in dem Moment begonnen hätte, sich zu bewegen. Was jeden weiteren Gedanken aus seinem Kopf verbannte.

Er konnte weder seinen Körper noch seine Stimme länger kontrollieren. Seine Finger krallten sich in Asterios' Schulter und Rücken, aus dem mit einem Mal Flügel hervorbrachen.

Mit aufgerissenen Augen starrte Caleb die ledernen Schwingen an. Er blinzelte, doch bevor sich sein benebelter Kopf mit dieser neuen Entwicklung befassen konnte, eroberte Asterios gierig seinen Mund. Daraufhin ließ er die Flügel Flügel sein und gab sich ihm mit allem, was er hatte, hin. Zusammen erklommen sie

Stück für Stück den Höhepunkt. Und kamen schließlich gemeinsam oben an.

Vor Calebs Augen explodierten Blitze und seine Muskeln verkrampften sich fast schon schmerzhaft. Kurz darauf folgte die Entspannung. Kraftlos fiel sein Körper auf den Boden und die Welt versank in Dunkelheit.

KAPITEL 27

Asterios

Das Entfalten seiner Flügel hatte Asterios nicht geplant. Sie waren einfach so erschienen, aus ihm herausgebrochen. Nun lagen sie schlaff und kraftlos auf dem Boden links und rechts neben Asterios, der wiederum auf Caleb lag. Dieser hatte die Augen geschlossen und sein Bewusstsein schien sich verabschiedet zu haben. Es war wahrscheinlich sowieso besser, wenn er das, was als Nächstes folgte, nicht mitbekam.

Seine Flügel waren bestimmt nur der erste Schritt. Als Nächstes würden sich seine Finger zu Klauen bilden und seine Haut wie die von Irial werden.

Stöhnend erhob sich Asterios, um Caleb während seiner Verwandlung nicht zu verletzen. Vorsorglich zog er ihn wieder an, ehe er ein paar Meter von ihm wegkroch. Er sollte lieber noch weiter auf Abstand gehen, aber er fühlte sich so schwach.

Normalerweise hätte ihm solch eine Verbindung, wie die eben, unendlich viel Kraft schenken sollen. Doch all die Energie war in den Zauber für das Ritual geflossen. Deshalb auch die gleißend hellen Flammen. Sie hatten vermutlich all die Energie absorbiert. Und wie es schien, seine Kraft noch dazu.

Asterios zwang sich in eine aufrechte Position.

Als er keine Veränderung an sich wahrnahm, wuchs seine Sorge, dass diese plötzlich und mit unglaublichen Schmerzen über ihn hereinbrechen würde. Seine Atmung beschleunigte sich unkontrolliert und er musste sich zwingen, ruhig zu bleiben. Er sah zu Caleb und betrachtete sein Gesicht, das entspannte ihn etwas.

Irgendwann legte Asterios den Kopf in den Nacken. Er meinte, das Ticken der vorbeiziehenden Sekunden hören zu können. Und noch immer passierte ... nichts.

Ein Klatschen durchbrach die Stille und ließ ihn heftig zusammenzucken. Es wurde lauter und als Asterios sich umsah, trat eine große Gestalt aus dem Schatten einer Säule.

„Sehr gut, sehr gut. Wirklich sehr gut." Irial schritt in seiner menschlichen Gestalt in das Licht der Kerzenflammen.

Woran Asterios ihn erkannte? Weil er für ihn immer gleich, stets wie sein Bruder aussah. Irial hatte ebenfalls schwarze Haut, jedoch nicht so dunkel wie die von Asterios. Die Haare waren zu kleinen Zöpfen über seinen Kopf nach hinten geflochten und dann zu einem großen zusammengefasst. Seine Augen blitzten Asterios verschmitzt an. Das Blau stach aus dem dunklen Gesicht hervor wie zwei Juwelen. In einen edlen Anzug gekleidet, blieb er wenige Schritte von ihm entfernt im Staub stehen.

„Irial?" Asterios fielen bei seinem Anblick beinahe die Augen aus dem Kopf. Mit seinem Bruder hatte er nicht gerechnet. Wie war er hergekommen? Wollte er bei seiner Verwandlung in einen Dämon anwesend sein? „Was machst du hier?"

„Na, nach meinem kleinen Bruder sehen, was wohl sonst? Wie mir scheint, hast du die Wette gewonnen."

Diese Worte machten Asterios stutzig. Er musste unbedingt aufpassen, dass Irial Caleb nicht zu nahe kam und ihm womöglich etwas antat. „Wieso bist du hier?"

„Na, weil ich sichergehen wollte, dass bei dir alles geklappt hat. Und wie ich sehe ..." Er breitete die Arme aus. Sein Grinsen war dabei eindeutig dämonischer Natur. „... hast du nicht nur die Wette gewonnen, sondern auch noch das Ritual erfolgreich abgeschlossen. Glückwunsch."

„Was soll das?" Asterios war nun endgültig misstrauisch. Irial kam ihm merkwürdig vor und seine inneren Alarmglocken schlugen an.

Er hätte sich gern vom Boden hochgestemmt, um nicht weiter zu seinem Bruder aufblicken zu müssen. Nur befürchtete er, dass ihm dafür die Kraft fehlte. Und ein vergeblicher Versuch war definitiv schlimmer als gar keiner.

„Na, jetzt ist es ja auch schon egal." Irial ließ nachlässig die Arme sinken und Asterios wäre bei diesen zahllosen „Na"s beinahe die Hutschnur gerissen. Einzig das Wissen, dass er schon unter normalen Umständen keine Chance gegen seinen Bruder hatte, ließ ihn vorsichtig bleiben. Er hätte ohnehin nichts ausrichten können, und solange Caleb anwesend war, sollte er lieber keinen Streit provozieren.

Asterios wartete, doch aus irgendwelchen Gründen überließ Irial es ihm, Fragen zu stellen.

„Kann es sein, dass das Ritual gar nicht funktioniert hat?", wollte er als Erstes wissen. Nach wie vor spürte er keine Veränderung und das kam ihm seltsam vor.

„Oh, doch. Es hat funktioniert. Sogar ganz ausgezeichnet."

„Ach ja?" Er runzelte die Stirn und sein Verdacht, dass hier irgendetwas nicht stimmte, verstärkte sich.

„O ja!", erwiderte Irial noch einmal mit Nachdruck. „Jetzt dürfte es gar nicht mehr lange dauern und er taucht endlich hier auf."

„Er?" Asterios' Verwirrung stieg. Was meinte Irial damit? Sein Dämonen-Ich? Oder etwas vollkommen anderes?

Er bekam mehr und mehr das Gefühl, dass ihm ein wichtiges Puzzleteil fehlte, um das Gesamtbild zu sehen.

„Ja, *er*." Irial lächelte wissend und dazu noch absolut überheblich. Er fühlte sich mit Sicherheit überlegen, weil er etwas wusste, was er Asterios bis jetzt nicht gesagt hatte. Dieser ballte vor Wut die sandverkrusteten Hände zu Fäusten. Die Körner drückten in seine Haut. Er würde kein weiteres Mal nachfragen. Auch so war es Erniedrigung genug. Abermals dachte Asterios darüber nach, sich zu erheben. Inzwischen fühlte er sich schon wieder etwas stärker. Momentan würde Irial aber eher mit der Sprache herausrücken, wenn er geschlagen und gedemütigt am Boden kauerte. Also blieb er sitzen und schwieg.

Irial schien schließlich zu dem Schluss zu kommen, dass er ihn genug auf die Folter gespannt hatte, und klärte ihn endlich auf.

„Dieses Ritual diente nicht dazu, dich in einen Dämon oder irgendetwas anderes zu verwandeln. Sein einziger Zweck war es, den Dämon Samhain zu beschwören, was nur an Halloween, an seinem Tag, geschehen kann." Seine Stimme hatte einen tiefen, bedrohlichen Klang angenommen und Asterios gefror bei diesen Worten das Blut in den Adern.

Das alles sollte einem ganz anderen Zweck gedient haben? All die Risiken, die er eingegangen war, um die benötigten Zutaten zu besorgen, die Gedanken, die er sich gemacht hatte. All das hatte keinerlei Bedeutung, weil er damit in Wahrheit bloß einen Dämon hatte beschwören sollen?

„Wenn es von Anfang an darum ging, warum hast du es dann nicht einfach selbst gemacht? Oder Vater, er ist doch mächtig genug!" Bereitete es Irial wirklich so viel Freude, ihn zu ärgern, dass er ihm einzig aus dem Grund die Hoffnung eingeflößt hatte, seinem Leben zwischen zwei Welten ein Ende machen zu können? Wie grausam.

„Weil ich es nicht konnte. Teil des Rituals war es, dass ein Halbdämon es durchführt." Irials Gesichtsausdruck nach war das etwas, was ihm ganz und gar nicht gefiel.

„Was?"

„Was glaubst du denn, weswegen dich unser Vater überhaupt gezeugt hat? Einzig und allein für diesen Zweck." Irial betrachtete ihn nun voller Abscheu und für Asterios brach mehr und mehr eine Welt zusammen. Sein ganzes Leben hatte nur diesem einen Zweck gedient? Sollte das wirklich alles gewesen sein, wofür er existierte?

„Das alles gehörte zum Plan und du hast wie vorgesehen mitgespielt. Obwohl ich mir zwischendurch ein wenig Sorgen gemacht habe, weil du offensichtlich so etwas wie Zuneigung zu diesem dreckigen Menschen entwickelt hast. Damit hatte ich als Allerletztes gerechnet, hatte ich doch extra einen Ort gewählt, an dem du lediglich eine männliche Jungfrau finden würdest."

Asterios konnte es nicht glauben. Deswegen Princeton? Irial hatte das alles so geplant, um es ihm richtig schwer zu machen? Aber wieso? Damit arbeitete er doch gegen den Wunsch ihres Vaters.

„Asterios?", meldete sich eine schwache Stimme. Sofort fuhr er zusammen und wandte sich zur Seite. „Was ist hier los?"

Caleb hielt sich den Kopf und hatte die Augen zusammengekniffen. Er machte den Eindruck, als hätte er einen furchtbaren Kater und wüsste nicht, wo er aufgewacht war. Na ja, so ähnlich fühlte er sich wahrscheinlich gerade wirklich.

Asterios wusste jedoch nicht, wie er das Ganze und noch dazu Irials Anwesenheit erklären sollte. Er war durch das Ritual eindeutig nicht zum Menschen geworden. Sein Schwanz, seine Hörner und vor allem die Flügel, die er derzeit eng am Körper trug, bewiesen das eindrücklich. Doch Asterios wollte sie nicht zurückziehen, weil er seine Kräfte brauchte, sollte Irial zur Bedrohung werden. Er musste Caleb zumindest etwas Zeit verschaffen, um von hier zu verschwinden.

Sein Bruder warf Caleb einen dermaßen gierigen und gleichzeitig mörderischen Blick zu, dass Asterios sich am liebsten mit einem warnenden Knurren vor ihn gehockt hätte. Aber das würde es wohl nur schlimmer machen.

„Perfektes Timing. Du bist genau zum richtigen Zeitpunkt aufgewacht." Irial streifte eine freundliche

Maske über, doch Caleb musterte ihn nur misstrauisch, als er einen Schritt auf ihn zu machte.

Dieses Mal konnte Asterios sich nicht zurückhalten und rappelte sich auf, um im Notfall jederzeit dazwischengehen zu können.

„Oho!“ Irial betrachtete ihn mit gespielter Verwunderung. „Dein Interesse ist noch nicht verflogen, obwohl du bereits alles von ihm bekommen hast?“

Asterios wusste ganz genau, dass Irial damit auf den Sex anspielte. Er traute sich nicht, Caleb anzusehen, wollte nicht wissen, wie dieser darauf reagierte. Stattdessen behielt er seinen Bruder fest im Blick.

„Was soll das alles?“, brachte Caleb leise hervor. Asterios konnte sich vorstellen, dass er sich gerade am liebsten unter einer Decke versteckt hätte. Doch hier gab es nichts zum Verstecken und sie hatten so gut wie keine Chance auf eine Flucht. Also sollte er Caleb erst einmal auf den neuesten Stand bringen.

„So wie es aussieht, hat mein Bruder mich reingelegt und dieses Ritual diente in Wirklichkeit der Beschwörung von Samhain.“ Noch immer wagte Asterios es nicht, den Blick von seinem Bruder abzuwenden.

„Schuldig im Sinne der Anklage.“ Irial hob mit einem gewinnenden Lächeln die Hände. Er hatte seine smarte Gentleman-Seite hervorgeholt. Asterios glaubte allerdings nicht, dass die bei Caleb zog, während er gleichzeitig gestand, dass er sie ausgetrickst hatte.

„Na? Bist du schockiert?“ Irial trat noch einen Schritt näher an Caleb heran und Asterios fühlte sich hin- und hergerissen, ob er dazwischen gehen sollte oder nicht. Sein Einschreiten würde nur etwas bringen, wenn Irial es zuließe. Und wirklich nur dann. Der flammende

Blick seines Bruders, der ihn kurz darauf traf, ließ ihn jedoch wissen, dass er lieber nicht versuchen sollte, ihn aufzuhalten.

Asterios ballte abermals die Hände zu Fäusten und spürte dabei das Ziehen der Wunden, die er sich zuvor zugefügt hatte. Dennoch grub er zusätzlich seine Nägel in die Haut, weil er es anders nicht ausgehalten hätte, einfach nur zuzusehen.

„Dämonen tun so etwas, sie lügen und hintergehen. Das solltest du nie vergessen." Irial streckte eine Hand nach Calebs Gesicht aus und umfasste sein Kinn. Der versuchte sich loszumachen, doch Irials Griff ähnelte gerade höchstwahrscheinlich einem Schraubstock. Asterios kannte seine Kraft nur zu gut. Und so blieb Caleb nichts anderes übrig, als ihn mit seinen braunen Augen hasserfüllt anzufunkeln.

„So ein starker Kampfgeist. Jetzt weiß ich, was dir an ihm gefällt. Ich könnte durchaus auch Gefallen daran finden, diesem Gesicht einen ganz anderen Ausdruck zu verpassen." Irial drehte Calebs Kopf ein Stück zur Seite, so mühelos, als würde dieser keinerlei Widerstand leisten. Dabei traten die Sehnen an seinem Hals überdeutlich hervor.

„Irial", stieß Asterios in einem bedrohlichen Knurren aus. Was bloß ein schwacher Versuch war, ihn von dem abzuhalten, was er da gerade tat.

„Schon gut. Wir haben dafür gerade ohnehin keine Zeit." Irial ließ Calebs Kinn los, der daraufhin das Gleichgewicht verlor und sich mit der Hand abstützen musste. Rote Flecken prangten da, wo Irial ihn bis eben noch festgehalten hatte. Jetzt richtete er sich wieder auf. „Und später wird es keine Gelegenheit mehr geben."

Asterios wollte fragen, was er damit meinte, als die Erde unter ihren Füßen zu beben begann. Die Steine klackerten auf dem Boden.

„Endlich ist es so weit." Irial wich zurück und Asterios konnte gerade noch Calebs Hand ergreifen und ihn zur Seite ziehen, als sich im Inneren des achteckigen Sterns ein schwarzes Loch auftat. Wie ein Strudel. Allerdings ein Strudel, der nichts verschlang, sondern etwas ausspuckte. Ähnlich einem Fahrstuhl erschien Stück für Stück ein Mann, der nach oben gefahren wurde.

Zunächst schob sich ein Totenschädel über den Rand. Er war mit roter Haut überzogen und besaß stechend gelbe Augen, die tief in den Höhlen lagen. Als würde der Teufel selbst aus der Hölle emporsteigen.

Asterios spürte, wie Caleb neben ihm zitterte. Doch er war so gebannt von dem Anblick, dass er sich ihm nicht zuwenden konnte.

Sobald der Kopf aus dem Loch hervorguckte, sprossen mit einem Mal Haare aus der Kopfhaut. Schwarze Locken reichten ihm nun bis über die Ohren, seine Haut wurde blasser, das Gelb seiner Augen jedoch behielt er bei.

Der Beschworene richtete seine Krawatte und strich über seinen Anzug. Er wurde so lange weiter nach oben transportiert, bis er vollends aus dem Loch im Boden aufgetaucht war und sich dieses mit einem saugenden, schmatzenden Geräusch unter ihm schloss.

Da war er also. Der Dämon Samhain. Gefürchtet und in die Hölle verbannt, damit er die Erde nicht ins Chaos stürzen oder schlimmstenfalls vernichten konnte. Nun war er wieder hier und das alles nur, weil er, Asterios, so versessen darauf gewesen war, nicht länger das Dasein eines Halbdämons zu fristen.

Er war ja solch ein Idiot! Er hätte seine Gefühle für Caleb für wichtiger nehmen und sich gegen das Ritual entscheiden sollen, dann wäre es nie so weit gekommen!

Jetzt konnte er nur noch hoffen, dass er Caleb, der bloß seinetwegen in diese Situation geraten war, irgendwie heil hier herausbekam. Auf gar keinen Fall sollte er für seinen Fehler büßen.

„Irial", begrüßte Samhain als Erstes Asterios' Bruder, nachdem seine stechend gelben Augen sie alle einmal nacheinander gemustert hatten. Calebs Finger krallten sich inzwischen schmerzhaft in Asterios' Arm. Was er lediglich am Rande wahrnahm. Er war wie gelähmt und hatte keine Ahnung, was er tun sollte.

„Mein Herr." Irial fiel vor dem Dämon auf die Knie, was Asterios das Herz stillstehen ließ. Normalerweise hätte er sich darüber gefreut, seinen Bruder einmal in einer solch unterwürfigen Haltung zu sehen. Jetzt bedeutete das aber nur, dass sie richtig am Arsch waren, denn wenn Irial eine solche Geste für nötig erachtete, dann war Samhain sogar noch mächtiger als von Asterios befürchtet.

„Mein Anker?", wollte der Dämon gebieterisch wissen, während sein Blick über Asterios zu Caleb wanderte. Dieses Mal konnte er sich nicht davon abhalten, sich schützend vor Caleb zu stellen und ihn vor den bösartig gelben Augen abzuschirmen. Es war ohnehin klar, dass es sich bei Caleb um die menschliche

Jungfrau des Rituals handelte. Aber Anker? Was meinte er damit?

„Dort drüben, Herr." Mit nach wie vor gesenktem Kopf deutete Irial in ihre Richtung.

Innerhalb weniger Sekunden entschied Asterios, dass ihnen nur noch der Weg nach vorne blieb. Egal, wohin er führen würde.

„Was meint er mit Anker, Irial?" Er hoffte, dass Samhain sich von dieser Bemerkung provoziert fühlte, weil er ihn überging, und prahlend deswegen mit den Infos herausrückte. Natürlich könnte dieses Manöver auch nach hinten losgehen, schließlich kannte Asterios diesen Dämon nicht, doch die meisten von ihnen waren in ihrem Stolz superschnell gekränkt.

„Oh, weiß er es nicht?" Unbemerkt atmete Asterios auf. „Das ist also dein kleiner Bruder?" Die beiden schienen sich ja schon recht gut zu kennen.

„Ja." Irial hob endlich den Kopf und seine blauen Augen lagen frostig kalt auf Asterios. Die Verwandtschaft mit ihm musste ihn wirklich sehr quälen.

„Interessant. Nun, da er es war, der mich befreit hat, ist es doch das Mindeste, ihm im Nachhinein alles ganz genau zu erklären, denke ich." Ein kleines leises Lächeln schlich sich auf Samhains dünne Lippen. Gemein und hinterhältig und noch dazu so dermaßen von oben herab, dass Asterios sich am liebsten mit allem, was er hatte, auf ihn gestürzt hätte. Aber er hätte nicht die geringste Chance gegen ihn. Zunächst galt es, so viele Informationen wie möglich zu sammeln, um vielleicht ein Schlupfloch oder irgendetwas anderes zu finden.

Solange ein Ritual nicht vollständig abgeschlossen war, konnte der beschworene Dämon wieder in die

Hölle zurückgeschickt werden. Die Frage war nur, was in diesem Fall als Abschluss vorgesehen war. Zweifellos hatte es irgendetwas mit diesem Anker zu tun.

„Nun, mein Lieber. Ich finde es wirklich sehr freundlich von dir, dass du mich beschworen hast. Ohne deine Hilfe wäre das hier", er deutete auf sich, „nicht möglich gewesen."

Asterios hätte ihm bei all dem Hohn am liebsten vor die Füße gespuckt. Er spürte, wie Caleb sich gegen seinen Rücken presste, seine Beine zitterten, genauso wie der Rest seines Körpers, immer stärker.

„Nun, um meine unsterbliche mächtige Seele hier in dieser Welt halten zu können, brauche ich einen Anker. Derjenige, der mir Einlass gegeben hat, muss mein neues Gefäß werden, damit ich Teil dieser Welt werden kann. Ärgerlicherweise wurde ich verbannt und so kann ich diese Welt selbst nach einer Beschwörung nicht lange als ich selbst betreten. Würdest du mir also nun endlich den nötigen Respekt erweisen und mir mein Gefäß aushändigen?" Samhain hatte eine Hand ausgestreckt und sein Blick wanderte ... zu Caleb!

„Nein." Das Wort hatte seinen Mund verlassen, noch ehe er darüber nachgedacht hatte. Keine Chance, sein weiteres Vorgehen oder seine nächsten Schritte zu bedenken. Irgendetwas in ihm hatte längst die Entscheidung getroffen, Caleb nicht herzugeben, und diesen Wunsch über alles andere gestellt.

„Nein?", wiederholte Samhain mit bedrohlichem Unterton und Irial erhob sich in einer Geste, die eindeutig sagte: *Sei nicht dumm und tu, was er sagt.*

Aber Asterios konnte nicht. Er war sich durchaus bewusst, wie sinnlos seine Weigerung war und dass er nie gegen die beiden ankommen würde. Die ganze Situation war aussichtslos. Dennoch war er nicht dazu imstande, Caleb kampflos herzugeben.

Er breitete die Flügel aus, sodass Caleb hinter ihnen verschwand.

„Nein", wiederholte Asterios ein weiteres Mal mit so viel Nachdruck, wie er aufbringen konnte.

Caleb hatte bisher kein Wort gesagt und blieb auch jetzt stumm. Das alles hier musste sich für ihn wie ein einziger Alptraum anfühlen.

„Dann eben mit Gewalt", entschied Samhain. Noch ehe dieser den ersten Schritt machen konnte, ging Asterios bereits zum Angriff über.

„Caleb, renn!", brüllte er und stürzte sich auf sein Gegenüber. Er warf sich mit seinem gesamten Gewicht auf Samhain und schlug ihm im Fallen mitten ins Gesicht. Doch der lachte nur. Asterios kauerte über ihm und schlug immer wieder und wieder und wieder zu. Aber er konnte ihm nichts entgegensetzen. Samhain lachte und lachte. Dann hörte er auf. Asterios konnte gerade noch schlucken, da stieß sein Gegner ihn bereits von sich. Unkontrolliert wurde er durch den Raum geschleudert, ehe seine Flügel ihn abfingen. Er hätte gern nachgesehen, wie weit Caleb es geschafft hatte, aber er durfte seine Aufmerksamkeit nicht eine Sekunde auf etwas anderes richten.

In eben jenem Moment erreichte Samhain Asterios, der seinen Schlag nur knapp abfing. Es überraschte ihn, dass er es nicht mit übermenschlicher Stärke zu tun bekam. Das lag vermutlich daran, dass der größte Teil von Samhains Macht noch in der Hölle hing. Sie würde erst daraus aufsteigen, wenn er sein neues

Gefäß bezog. Und davon würde Asterios ihn mit all seiner Kraft abhalten.

Sie rangen miteinander und Asterios wich den Schlägen weiterhin geschickt aus, während er seinerseits austeilte, jedoch nach wie vor ohne Wirkung. Er brauchte irgendeine Waffe. Hatte er denn nichts außer den festgeketteten Handschellen und den Gefäßen, die nunmehr leer waren?

Er machte einen Satz zu den Ketten und riss daran. Dabei vergaß er, dass er sie so verstärkt hatte, dass sie sogar einem Dämonenhund standhielten. Um sie aus dem Boden zu reißen, würde er seine gesamte Kraft brauchen. Doch ehe ihm das gelang, traf ihn ein Schlag am Kopf, der ihn umhaute.

Asterios knallte seitlich auf eine der Handschellen und hörte ein unangenehmes Knacken. Als er sich benommen aufrichtete und an den Kopf fasste, spürte er einen Riss in seinem rechten Horn.

Besser sein Horn als sein Schädel. Wenn er die Überreste ganz entfernte, würde es sogar nachwachsen. Aber dafür war jetzt keine Zeit.

Ehe sich der Schwindel in seinem Kopf legte, wurde er schon wieder zu Boden gedrückt. Zwei Hände schlangen sich um seine Kehle und schnürten ihm die Luft ab. Asterios ließ die Fingernägel zu Klauen werden und versuchte damit, Samhains Hände von seinem Hals zu lösen. Doch die spitzen Krallen fuhren wirkungslos über seine Haut.

„Gib auf, du kannst nicht gewinnen. Du bist absolut machtlos und solltest dich mir lieber unterwerfen. Wer sich mir anschließt und mir hilft, wird reich belohnt werden. So wie dein Bruder.“

Gerade als Asterios' Blick zu verschwimmen drohte, bekam er wieder Luft. Er bemerkte erst, dass Samhain ihn losgelassen hatte, als dieser sich bereits ein paar Schritte entfernte. Der Mistkerl hatte recht, er konnte nicht gewinnen. Aber manchmal ging es gar nicht darum, zu gewinnen, sondern bloß darum, gekämpft zu haben.

Mühsam rappelte er sich auf und riss kurzerhand den angebrochenen Teil seines Horns ab. Und mit einem Mal hielt er eine Waffe in der Hand. Die Spitze konnte er durchaus wie einen Dolch verwenden.

Asterios nahm Anlauf, um Samhain mit voller Wucht sein Horn in die Seite zu bohren, doch noch ehe er traf, hielt ihn jemand auf.

„Stopp!" Nicht dass Asterios sich durch den Befehl seines Bruders von seinem Vorhaben hätte abhalten lassen. Nein, es war mehr die Szenerie, auf die er dadurch aufmerksam wurde und die ihn innehalten ließ.

„Wenn du nicht sofort aufhörst, werde ich diesem hübschen Jungen die Kehle aufreißen."

Asterios hätte Irial am liebsten selbst die Kehle aufgerissen. Sein Bruder hielt Caleb fest im Griff, die freie Hand mit langen, scharfen Klauen an dessen Hals.

„Irial", sagte Samhain mit leiser, drohender Stimme.

Asterios zögerte. Wenn sein Bruder Caleb umbrachte, war dieser dann nicht nutzlos für Samhain? Das Gefäß zerstört? Samhain musste ihn doch selbst töten, oder nicht? Oder ihn übernehmen und dadurch töten. Egal, es lief aufs selbe hinaus.

Wie ernst war Irials Drohung unter diesen Umständen also zu nehmen?

„Hast du mich nicht gehört?", knurrte sein Bruder und seine Krallen bohrten sich drohend in Calebs Haut. Asterios' Blick blieb an dessen panisch geweiteten Augen hängen. Wie gern hätte er ihm all das erspart. Leider gab es in dieser Situation nur wenig, was er noch tun konnte. In dem Moment, als Asterios sein Horn sinken ließ, tropfte das erste Blut von Calebs Hals.

„Pass doch auf, du Idiot!", fuhr Samhain Irial an, noch ehe Asterios ihn beschimpfen konnte. Als er daraufhin misstrauisch den gefürchteten Dämon ins Auge fasste, bemerkte er eine identisch blutende Wunde an dessen Hals, die dieser hastig hinter seiner Hand verbarg.

Asterios sah noch einmal zu Caleb hinüber. Tatsache, sie waren genau gleich.

Doch wie war das möglich?

Asterios hatte Samhain nichts antun können, wie fest er auch zugeschlagen hatte. Womöglich lag das gar nicht an Samhain selbst. Das würde bedeuten ...

Sein Blick glitt hinab zu dem Stern, den er aus seinem und Calebs Blut gemalt hatte. Damit wären sie ...

Um seine Theorie zu überprüfen, fuhr er sich mit der Spitze seines Horns über den Unterarm bis zu seinem Handrücken. Und tatsächlich, zeitgleich lief das Blut auch Samhains linken Arm hinab.

Erneut sah Asterios zu Caleb, doch dessen linker Arm blieb unverletzt. Sie teilten ihre Verletzungen mit Samhain, und nur mit ihm. Der hingegen konnte nicht von ihnen – oder egal wem? – verletzt werden. Dieser Zustand hielt höchstwahrscheinlich bis zu dem Moment an, da Samhain Calebs Körper übernahm und mit ihm eins wurde.

Das hieß also ...

„Zu dumm, du scheinst es verstanden zu haben." Samhain wischte sich das Blut von seinem Arm und warf gleichzeitig Irial einen tadelnden Blick zu. „Aber was bringt es dir, wenn du nicht selbst sterben willst?"

Tja, das war wohl der Schluss, zu dem auch Asterios immer wieder kommen würde. Einer von ihnen beiden musste sterben. Oder sie würden beide sterben.

Ein Stoß ins Herz, wodurch Dämonen zu Asche und zurück in die Hölle geschickt wurden. Töten konnten sie Samhain nicht, aber verhindern, dass er sie beide umbrachte und Abertausende Menschen nach ihnen.

Caleb würde ein Stoß ins Herz umbringen. Asterios war bisher noch nie gestorben und hatte keine Ahnung, ob er als Halbdämon ebenfalls zurück in die Hölle geschickt oder wie ein Mensch sterben würde. Im Vergleich hatte er allerdings definitiv die besseren Überlebenschancen. Und seine Wahl hatte er bereits vor all diesen Überlegungen getroffen. Niemals würde er Calebs Leben opfern, um etwas wiedergutzumachen, was er verbockt hatte. Wenn, dann verdiente er den Tod.

Blieb nur noch die Frage, wie er Caleb vor Irial schützen sollte. Denn für seinen Bruder hätte dieser keinerlei Wert mehr, sobald sein Meister fort war. Er würde Caleb töten, wenn auch nur aus dem Gefühl der Genugtuung heraus. Das konnte Asterios nicht zulassen. Er musste sich irgendwie absichern, irgendetwas unternehmen. Einen Deal aushandeln. Doch darauf würde Irial sich nie einlassen.

„Dann wollen wir mal." Samhain ging auf Irial zu, der seine Klauen endlich von Calebs Hals genommen hatte.

„Nicht so schnell!", fuhr Asterios dazwischen und grub sich seine spitzen Krallen tief in das rechte Bein. Er stöhnte auf vor Schmerz, doch Samhain fiel. Womit er erreicht hatte, was er hatte erreichen wollen.

Tränen sammelten sich in seinen Augen, während er Caleb ansah. Er konnte ihn nicht beschützen. Er konnte nur hoffen, dass Irial ihn verschonte. Und wenn nicht, dass Caleb ihm verzieh, die ganze Welt, aber nicht ihn gerettet zu haben.

„Bitte, lass es funktionieren", flüsterte Asterios. Er sah noch, wie Caleb begriff, was er vorhatte, ihn jedoch nicht aufhalten konnte.

Asterios bohrte sich die Spitze seines Horns mit voller Kraft in die Brust. Er verfehlte sein Herz, dennoch zerriss ihn der Schmerz beinahe. Er war nicht sofort tot. Asterios brach vornüber zusammen und sah noch, wie Samhain sich an die Brust fasste, ihn mit aufgerissenem Mund ansah und im nächsten Moment in Flammen aufging. Seine Haare verschwanden, die Haut über seinem Schädel verfärbte sich wieder rot. Er schrie, streckte eine Hand nach oben aus. Das Brüllen der Flammen übertönte ihn und schließlich zerfiel er zu Staub und das Feuer erlosch.

Es war vorbei.

KAPITEL 28

Caleb

Calebs Fluchtversucht war natürlich sofort von Asterios' Bruder gestoppt worden. Er war keine zwei Schritte weit gekommen, seine Beine fühlten sich wie Wackelpudding an, vollkommen kraftlos. So hatte er sich bisher maximal nach einem richtig anstrengenden Footballtraining gefühlt. In seinem Zustand war es nicht verwunderlich, dass er es nicht weit schaffte.

„Oh, es tut mir leid, aber ich kann dich nicht gehen lassen. Mein Meister braucht deinen Körper noch." Eine Hand ergriff Caleb am Arm und zog ihn mühelos zurück in den Raum. Angst packte sein Herz und drückte es so fest zusammen, dass er kaum noch Luft bekam. Gegen einen Dämon konnte er rein gar nichts ausrichten.

„Der Einfallspinsel ist wirklich so leichtgläubig und einfach zu manipulieren. Aber er scheint dich echt gern zu haben und das wundert mich." Irial beugte sich zu Caleb hinunter. „Du hingegen ..." Die blauen Augen musterten ihn mit einem kalten Ausdruck, interessiert, neugierig vielleicht, aber ohne jedes richtige Gefühl.

Er muss auch ein Inkubus sein, schoss es Caleb durch den Kopf. Ein Dämon, der sich wie Asterios von den Gefühlen der Menschen und Sex ernährte.

Die beiden Brüder mochten sich ähnlich sehen, aber mehr auch nicht. Ihre Ausstrahlung unterschied sich grundlegend. Asterios war positiv, lebensfroh, immer gut drauf und im Ernstfall beschützte er einen. Dieser Dämon hingegen war überheblich, gefühlskalt und grausam. Seine ganze Haltung spiegelte Arroganz wider.

„Es wäre so leicht, wenn du auch mir erliegen würdest", flüsterte Irial Caleb ins Ohr, dessen Magen rebellierte. Allein bei dem Gedanken, welche Bedeutung hinter diesen Worten steckte, wurde ihm speiübel.

„Lass mich sofort los", knurrte Caleb leise, obwohl er wusste, dass er machtlos gegen ihn war. Aber wenn dieser widerliche Mistkerl nicht damit aufhörte, ihn zu begrabschen, dann würden die dadurch hervorgerufenen Gefühle dafür sorgen, dass er ihm seine schicken lackschwarzen Schuhe ruinierte.

„So schade, dass der Geruch der Jungfrau nur noch schwach an dir klebt. Diesen neuen Geruch mag ich nämlich überhaupt nicht. Es riecht mir zu sehr nach *ihm.*"

Calebs Körper ging in Abwehrhaltung. Seine Muskeln spannten sich an. Hilfesuchend blickte er zu Asterios und Samhain. Doch die waren in einen heftigen Schlagabtausch verwickelt. Er war auf sich allein gestellt.

„Wenn mein Meister dich nicht bräuchte, wäre es mir ein riesiges Vergnügen, deinen Geruch zu ändern. Wie sehr du dich anfangs auch wehren würdest, am Ende würde es dir gefallen. Das verspreche ich dir. Genau wie bei meinem Bruder."

Schallendes Gelächter erfüllte den kleinen Raum und erzeugte Gänsehaut auf Calebs Armen. Wider besseres

Wissen holte er aus und schlug zu. Doch sein Angriff ging ins Leere. Stattdessen wurde er herum und an Irials Brust geschleudert.

„Ich mag zwar Kampfgeist, aber nur, weil es mir so viel Freude bereitet, ihn zu brechen. Du wirst nun also schön stillhalten, wenn du nicht willst, dass ich dir die Kehle aufreiße, um von deinem Blut zu trinken." Irial sagte das mit sanfter, melodischer Stimme, was seiner Drohung aber in keinem Moment die Schärfe nahm. Caleb spürte die kalten Spitzen, welche sich in seine Haut bohrten. Er wagte es nicht einmal zu schlucken, aus Angst, die Bewegung würde die Krallen in seine Haut treiben.

„Dann wollen wir doch mal gucken, wie wichtig du meinem Brüderchen tatsächlich bist. Wobei ich bezweifle, dass er dich und die Menschheit retten kann. Schade um das süße Festmahl, aber was soll's." Irial hob den Kopf und Caleb war froh, seinen Mund nun nicht mehr direkt an seinem Ohr zu haben.

„Stopp!", verkündete Irial kurz darauf mit schneidender Stimme, als Asterios sich befreien konnte und kurz davorstand, Samhain sein abgebrochenes Horn in die Seite zu rammen. Bei Irials Ausruf hielt er inne. Caleb hätte ihm gern gesagt, er solle auf ihn keine Rücksicht nehmen, aber er traute sich nicht, zu sprechen. Außerdem hatte er Angst vor dem, was Irial dann mit ihm tun würde.

„Wenn du nicht sofort aufhörst, werde ich diesem hübschen Jungen die Kehle aufreißen."

Caleb spürte den wachsenden Druck auf seiner Haut. Noch ein bisschen mehr und sie würde reißen. Wie eine Tomate oder Weintraube, auf die man biss, irgendwann platzte sie.

Asterios sah Caleb mit solch einer Hilflosigkeit im Blick an, dass er bereits wusste, er würde diese Nacht nicht überleben. Egal, wie sie weiter vorgingen, es gab keine Möglichkeit zu gewinnen. Gleichzeitig jedoch durchbohrten Asterios' rote Augen seinen Bruder mit einem solchen Hass, dass es Caleb wunderte, dass die beiden sich nicht schon viel früher an die Gurgel gegangen waren.

„Irial", mischte Samhain sich ein und Caleb kam es kurz so vor, als wollte er Irial von dem abhalten, was er da tat. Aber wieso sollte er?

„Hast du mich nicht gehört?", knurrte Irial, als Asterios nach wie vor einfach nur mit diesem mörderischen Funkeln in den Augen dastand. Irial erhöhte den Druck und Caleb verspürte ein Brennen. Kurz darauf fühlte er etwas Warmes seinen Hals hinabrinnen.

„Pass doch auf, du Idiot!", fuhr Samhain Irial mit wutverzerrter Miene an.

Im selben Moment, da Caleb das Blut spürte, sah er auch bei Samhain eine rote Spur den Hals hinablaufen. Wie war das möglich?

Asterios sah den Dämonenfürsten an und dieser verbarg die Wunde hastig mit seiner Hand, doch zu spät.

Wie ein Spiegel, fuhr es Caleb durch den Kopf. Aber konnte das sein?

Als Asterios sich mit seinem abgebrochenen Horn eine Wunde am Arm zufügte, war es eindeutig. Samhain konnte nur durch ihn oder Caleb verletzt werden. Als er in Asterios' entschlossenes Gesicht blickte, nachdem er sich seine Krallen ins Bein geschlagen hatte, um

Samhain daran zu hindern, zu Caleb zu gehen, ahnte er bereits, was kommen würde.

Asterios holte aus und rammte sich die Spitze seines Horns mitten in die Brust.

„Nicht!", schrie Caleb voller Verzweiflung und stürzte vor. Er wunderte sich nicht einmal, dass ihm das gelang. Stattdessen musste er sofort wieder zurückweichen, weil die Hitze der Flammen, die Samhain einschlossen, ihn zu verbrennen drohte.

Caleb starrte auf den brennenden Körper, der zu Asche zerfiel. Sobald die Flammen erloschen und er freie Bahn hatte, eilte er an Asterios' Seite.

„Du Idiot, wieso hast du das getan?" Schlitternd fiel er neben ihm auf die Knie und konnte nicht anders, als ihn zu beleidigen. Wenigstens war er noch da, im Gegensatz zu Samhain, an den nur das kleine Häufchen Asche erinnerte. Würde das Gleiche gleich mit Asterios passieren? Oder funktionierte das bei Halbdämonen nicht? Würde er stattdessen sterben?

Was sollte Caleb bloß tun?

Ein ohrenbetäubender Schrei ließ ihn herumfahren.

Irial brüllte und entfaltete seine mächtigen Schwingen. Seine Haut wurde dicker, Hörner erwuchsen aus seinem Schädel und seine Hände und Füße formten sich zu Klauen. Ein zischendes Knallen durchfuhr den Raum wie ein Peitschenhieb, als sein Schwanz auf den Boden niederfuhr.

Mit ausgebreiteten Schwingen wandte er sich ihnen bedrohlich zu. Caleb schob sich schützend vor Asterios, auch wenn er wusste, dass er nicht das Geringste würde ausrichten können.

„Oho, du rennst gar nicht um dein Leben, Menschlein? Hast du etwa Gefühle für meinen nichtsnutzigen Bruder entwickelt?“ Höhnisch musterte Irial ihn. Unter dem intensiven Blick wurde ihm heiß und kalt zugleich, und er begann zu zittern, was er verzweifelt zu unterdrücken versuchte. Caleb antwortete nicht, wusste ohnehin nicht, was er hätte sagen sollen.

Irial erhob sich drohend über ihm. Sie waren seinem Zorn schutzlos ausgeliefert, was wohl bedeutete, dass sie trotz Samhains Verschwinden der Tod ereilen würde.

„Glaubst du, er hat das getan, um dich zu beschützen? Er hätte natürlich auch dir das Ding in die Brust rammen können. Aber bist du sicher, dass er es nicht nur des Paktes wegen getan hat?“

Caleb starrte Irial mit großen Augen an. Woher wusste er von dem Pakt? Hatte Asterios es ihm erzählt? Nein, das konnte er sich nicht vorstellen. „Er hat dir immerhin zugesichert, dass du den nächsten Tag lebendig und bei guter Gesundheit erleben wirst. Dämonen halten sich an ihre Versprechen. Und du weißt bestimmt, was passiert, wenn nicht.“ Irial grinste böse und es sah so aus, als würde er Caleb gleich die Hand oder das Bein zerquetschen, nur um Asterios damit noch zusätzliche Schmerzen zuzufügen.

„Du schleimiger Idiot. Es ist bereits nach Mitternacht. Der Pakt ist längst aufgelöst“, brachte Asterios hinter ihm mit einem Röcheln hervor, gefolgt von einem furchtbaren Hustenanfall.

Caleb warf einen prüfenden Blick auf seinen Arm. Unter dem Hemd verbarg sich tatsächlich kein Tattoo mehr. Irial konnte ihn also nicht verletzen, um Asterios zusätzliche Schmerzen zuzufügen. Er atmete erleichtert auf.

Irial hingegen schnalzte missbilligend mit der Zunge. Ehe Caleb ihn aufhalten konnte – was ihm eh nie gelungen wäre –, machte er einen Schritt vor und zog das Horn aus Asterios' Brust. Dessen Körper bäumte sich unter einem lauten Schmerzensschrei auf, der in einem gurgelnden Röcheln endete.

„Leider scheinst du hierbei nicht sonderlich weit gedacht zu haben. Hast du wirklich angenommen, ich würde deinen Liebling verschonen?" Irial hielt Caleb die Spitze des Horns an den Hals und rief in ihm ein Déjà-vu hervor. Er war doch gerade erst aus solch einer Situation entkommen.

Der Sand unter Asterios färbte sich allmählich rot. Schwach drehte er den Kopf ein Stück. Blut lief ihm dabei aus dem linken Mundwinkel und tropfte herab.

„Nein." Das Rot seiner Augen flackerte, als stünde eine Kerze kurz vor dem Erlöschen.

„Dann macht es dir also nichts aus, wenn ich ihm hier und jetzt ebenfalls ein Ende setze?", fragte Irial noch einmal provozierend und sein Griff verstärkte sich.

„Samhain und du", Asterios holte angestrengt Luft, „mussten ... aufgehalten werden."

Caleb konnte den Blick nicht von ihm nehmen. Asterios hatte Irial angesehen, doch jetzt wanderte sein Blick zu Caleb und schien ihn um Verzeihung zu bitten. Für alles.

Caleb lächelte schwach. Ihm war bereits vor einer Weile klar geworden, dass er aus der Sache wohl nicht lebend herauskam, und Asterios musste das auch gewusst haben. Aber so starben wenigstens nicht noch mehr Menschen, weil ein böser Dämon in seinem Körper sein Unheil unter ihnen trieb.

Und Asterios hatte sich gewählt, obwohl er auch Caleb hätte töten können, um zumindest sich selbst zu retten. Denn Caleb war so oder so dem Tode geweiht.

„Und du findest das in Ordnung?"

Caleb blinzelte, als Irial die Frage dieses Mal an ihn richtete. Überrumpelt antwortete er einfach ehrlich mit einem Nicken, ohne weiter darüber nachzudenken.

„Das ist ja interessant." Irial ließ Caleb los und nahm das Horn von seiner Kehle. Er trat einen Schritt zurück und musterte sie beide einen Augenblick. Dann erschien ein fieses Grinsen auf seinem Gesicht, das Caleb nichts Gutes ahnen ließ. Mal abgesehen davon, dass die Zähne so spitz waren, dass es ihm kalt den Rücken runterlief.

Irial faltete seine Flügel zusammen und beugte sich neugierig ein Stück zu seinem Bruder hinunter. Der atmete angestrengt, erwiderte den Blick jedoch entschlossen.

„Ich glaube, ich töte euch nicht. Dir könnte ich ja leider ohnehin nichts antun. Du hast die Wette schließlich gewonnen." Er richtete sich wieder auf und nahm nun Caleb ins Visier, der daraufhin fast ein paar Schritte zurückgestolpert wäre. „Ich werde es dir überlassen. Denn weißt du, du beschützt gerade einen Dämon, der dich die ganze Zeit angelogen hat."

Caleb sah unsicher zu Asterios. Er verstand nicht, was Irial damit meinte. Der ließ seine Worte kurz wirken, ehe er fortfuhr: „Du könntest ihn retten. Mit deiner Energie. Ich will nicht wissen, wie viel Kraft es dich kosten würde und ob du das überlebst. Deine Gefühle müssten zudem absolut aufrichtig sein. Doch kannst du das alles wirklich für einen Dämon tun, der dich die ganze Zeit nur benutzt hat, um das zu bekommen, was er wollte?"

„Was er wollte?", wiederholte Caleb ungewollt. Er hätte ihn und seine Worte ignorieren sollen, anstatt darauf einzugehen. Aber er wusste überhaupt nicht, worauf Irial anspielte. Er war es doch gewesen, der Asterios benutzt hatte.

„Soll ich es ihm verraten?"

Caleb ließ den Blick von Irial zu Asterios wandern. Dessen mutloser Ausdruck, der absolute Schicksalsergebenheit zeigte, versetzte Caleb einen solchen Stich ... Er wünschte, er könnte irgendetwas tun. Noch ehe Irial mit seiner ganz persönlichen Folter fortfuhr, kniete Caleb neben Asterios nieder und drückte auf die nach wie vor blutende Wunde. Asterios sah ihn an, schien dabei jedoch bereits Schwierigkeiten zu haben, ihn richtig zu fokussieren. Kaum merklich schüttelte er den Kopf. Als wüsste er, dass Calebs Versuch auch nichts mehr brächte. Und das würde es wahrscheinlich auch nicht, aber er konnte ihn nicht einfach so hier liegen lassen und nichts tun.

„Oh, so rührend." Irial beugte sich über Calebs Schulter, wobei er Asterios mit seinen halbentfalteten Flügeln rechts und links einschloss, sodass ein Schatten über ihn fiel. Ähnlich wie der heranrückende Tod.

Ein Zittern durchlief Calebs Körper. Wäre er doch nur stärker.

„Er hat dir doch erzählt, dieses Ritual würde ihn zu einem Menschen machen, nicht wahr?" Irial legte den Kopf leicht schief und flüsterte ihm die Worte ins Ohr.

Gleichzeitig beobachtete er ganz genau Calebs Reaktion. Der verkrampfte sich ungewollt.

Irial wechselte die Position. Jetzt war er auf Calebs rechter Seite.

„Nun, das entsprach nicht der Wahrheit. Denn ich habe ihm erzählt, dieses Ritual würde ihn zu einem vollwertigen Dämon machen. Doch hättest du das gewusst, hättest du ihm nie so bereitwillig geholfen, nicht wahr?"

Jetzt erstarrte Caleb vollständig. Er hatte Angst, in Asterios' Gesicht zu blicken und darin die Wahrheit zu sehen. Nämlich, dass Irials Worte keine Lüge waren. Also hielt er den Blick stur auf seine Hände gerichtet, unter denen Asterios' warmes Blut stetig weiter hervorquoll. Er spürte den Herzschlag unter seinen Fingern schwächer werden. Etwas, was er nicht verhindern konnte. Er fühlte sich so machtlos.

Irial wechselte schon wieder die Position und schlich einmal halb um Asterios herum, sodass er nun auf seiner anderen Seite stand.

„Das hat er dir bis zum Schluss nicht gesagt, weil er Angst gehabt hat, dass du dich dann weigern würdest. Er hätte es einfach lassen können. Dann wären wir jetzt nicht hier. Aber nein, er wollte es und hat immer weitergemacht."

Caleb hielt es nicht länger aus und sah hoch in Irials Gesicht, dessen Augen ihn böse und heimtückisch anfunkelten.

„Er hätte mich fragen können, ob das Ritual auch andersherum funktioniert", fuhr er fort, sie beide mit seinen spitzen Bemerkungen zu quälen. „Aber das hat er nicht. Er wollte die ganze Zeit ein vollwertiger Dämon werden, selbst deine Gefühle für ihn haben ihn nicht davon abbringen können." Er machte wieder eine Pause, in der Calebs Hände zu zittern begannen. Dabei wollte er sich von den Worten nicht verunsichern lassen, denn genau das war ja Irials Absicht. Er wollte, dass Caleb zweifelte. Damit er Asterios nicht rettete, sondern ihn sterben ließ. Womit er sie beide bestrafte. Viel mehr, als würde er sie eigenhändig umbringen.

„Und das ist die Wahrheit." Irial richtete sich triumphierend auf und breitete die Schwingen aus. „Ich bin sehr gespannt, wie du dich entscheidest oder ob ihr beide ganz ohne mein Zutun sterben werdet."

Er grinste noch einmal breit und entblößte dabei seine spitzen Zähne, dann wandte er sich ab. Nur wenige Schritte hinter ihm bildete sich mitten in der Luft ein schwarzes Loch, um das Flammen wirbelten.

„Es hat mich wirklich gefreut, deine Bekanntschaft zu machen, Caleb. Wie schade, dass ich nun gehen muss. Aber eventuell sehen wir uns ja noch einmal wieder." Er klappte die Flügel ein und warf ihm einen letzten Blick über die Schulter zu, dann ging er. Sobald er hindurchgeschritten war, schloss sich der Zugang und sie beide waren allein.

Asterios stieß ein Röcheln aus und Blut quoll aus seinem Mund. Sein Atem ging rasselnd. Ihm blieb ganz offensichtlich nicht mehr viel Zeit.

„Geh einfach", brachte er mühsam hervor, wobei noch mehr Blut über seine Lippen sprudelte. Zitternd und begleitet von einem fiesen Pfeifton holte er Luft. „Ich will ... dieses Leben ohnehin ... nicht fortführen."

Caleb starrte ausdruckslos auf ihn hinab, verfolgte das mühsame Heben und Senken seiner Brust, das zuerst immer schneller und abgehackter wurde, dann langsamer und schwächer.

„Vergiss all das ... hier“, er holte noch einmal angestrengt Luft, „und werde ... glücklich.“ Er zwang sich zu einem Lächeln, ehe seine Muskeln verkrampften und sein Gesicht sich zu einer Grimasse verzog.

Caleb vermutete, dass sein Körper darum kämpfte, welcher Teil die Oberhand gewann. Sollte es der Menschliche sein, dann würde er sterben. Und wenn es der Dämonische war, dann würde er in die Hölle geschickt werden. Und falls Caleb sich irrte, war es in Wirklichkeit nur der Todeskampf von jemandem, der gleich sterben würde.

„Was muss ich tun, um dich zu retten?“, fragte er, ohne das geringste Zittern in der Stimme.

„Das kannst du ... nicht“, flüsterte Asterios so leise, dass Caleb sich ein Stück vorbeugen musste, um ihn zu verstehen.

„Irial hat gesagt, ich kann es“, widersprach er.

Asterios lächelte schwach, sagte jedoch nichts mehr.

„Es geht nicht darum, dass ich es nicht kann, sondern dass du es nicht willst, richtig?“ Wut kochte in ihm hoch. Wieso entschied dieser Idiot immer alles für sich allein? Am liebsten hätte Caleb ihn angeschrien, aber das hätte bestimmt nichts gebracht, denn Asterios war gerade dabei, seine Augen zu schließen. Die hatten sich inzwischen schwarz gefärbt. Kein rotes Dämonenleuchten mehr.

Caleb blieb keine Zeit. Ein Inkubus ernährte sich von Gefühlen und Sex. Letzteres fiel in Asterios' derzeitigem Zustand definitiv raus, aber es gab wenigstens eine Sache, die er auch so tun konnte.

Caleb beugte sich vor und küsste ihn. Er schmeckte den metallenen Geschmack von Blut. Caleb konnte keinen Unterschied zu dem eines Menschen feststellen. Kein schwefeliger Nachgeschmack.

Er musste sich davon abhalten, den Kuss zu beenden, als der Geschmack immer intensiver wurde. Vorsichtig strich er mit der Zunge über die von Asterios. Dieser rührte sich überhaupt nicht, reagierte kein bisschen.

Schließlich öffnete Caleb die Augen und zog sich ein Stück zurück, um Asterios ins Gesicht zu sehen. Seine Augen waren immer noch geschlossen, der Mund leicht geöffnet. Caleb sah auf seine Hände, die nach wie vor auf der blutenden Wunde lagen. Asterios' Brust bewegte sich nicht mehr. Aber das konnte doch nicht ...

„Nein", flüsterte er und hob die Hände. Dann legte er sie wieder auf Asterios' Brust. Tastete, fühlte, doch da war nichts. Kein Herzschlag mehr, nichts.

„Nein", wiederholte er, dieses Mal lauter.

Er packte Asterios an den Schultern und schüttelte ihn.

„Nein! Asterios!"

Doch er rührte sich nicht. Sein Kopf fiel nach hinten, als Caleb seinen Oberkörper ein Stück anhob, und er ließ ihn schnell wieder los, weil der Anblick ihn an eine leblose Puppe erinnerte.

„Nein." Er konnte nicht anders, als dieses Wort immer und immer wieder zu wiederholen. Tränen sammelten sich in seinen Augen.

„NEIN!" Wütend schlug er mit der Faust auf den Boden, seine Knöchel brannten, doch das war nichts gegen den Schmerz tief in seiner Brust. Er entließ ihn mit einem markerschütternden Schrei und einer Flut aus

Tränen. Er schluchzte und schrie, hämmerte mit den Fäusten auf den Boden, doch nichts davon konnte sein Leid lindern oder irgendetwas an dem ändern, was geschehen war.

„Irial hat gesagt, ich könnte dich retten, wenn meine Gefühle stark genug wären. Sie waren es offensichtlich nicht“, flüsterte Caleb, nachdem er sich etwas beruhigt hatte. Seine Stimme war erstickt, seine Nase zugeschwollen und sein Blick verschwamm immer wieder.

„Es tut mir leid.“ Es war seine Schuld, er hatte gezögert, zu lange gebraucht. Wenn er ihn gleich geküsst hätte, wenn er sich von Irials Worten nicht hätte ablenken lassen. Er hätte ihn ganz bestimmt retten können.

„Es tut mir so leid.“ Caleb streckte seine Hand aus und strich Asterios sanft über die Wange. Seine Haut war bereits eiskalt, sein Gesicht eingefallen und so furchtbar leblos. Er würde nicht wieder aufwachen, er war tot.

Plötzlich zerfiel Asterios' Körper unter der Berührung seiner Finger zu Staub.

Caleb starrte auf die Stelle, wo eben noch sein Gesicht gewesen war. Er konnte es sehen, ganz genau vor sich sehen. Doch es war nicht mehr da. Einfach weg. Als hätte er seine Finger in eine Seifenblase gesteckt und sie zum Platzen gebracht.

Er blinzelte, immer wieder, konnte nicht einmal mehr weinen, bloß dasitzen.

Der rationale Teil seines Gehirns dachte darüber nach, dass es besser so war. Was hätte er mit dem Leichnam denn tun sollen? Ihn hier liegen lassen? Beerdigen? Nichts davon wäre eine gute Lösung gewesen.

Doch auch das konnte die Leere in seinem Inneren nicht füllen. Als hätte Asterios all das, was vorher in ihm gewesen war, mit sich genommen.

Caleb hatte keine Ahnung, wie lange er so dasaß.

Er erinnerte sich, dass er irgendwann aufgestanden war, weil die ersten Kerzen niederbrannten und erloschen und er nicht warten wollte, bis es vollends dunkel um ihn herum wurde.

Wie betäubt war er die Stufen in die Kapelle hochgelaufen. Dann weiter über das Campusgelände. Hier und da hatte er noch andere Studenten getroffen, die ihn leicht lallend oder halb johlend für sein Kostüm lobten oder aufzogen, doch Caleb hatte sie ignoriert. Im Wohnheim war er direkt unter die Dusche gegangen. Mit seinen Klamotten.

Sobald das Wasser auf seinen Körper niederprasselte, war es, als ob es auch die Tränen wieder befreite. Sie rannen ihm die Wangen herab und wurden sogleich fortgespült. Nicht so der Schmerz, der darauf folgte und ihn von innen heraus zerfraß.

Er hatte die Schreie unterdrückt und das Schluchzen zurückgehalten. Er wollte nicht, dass jemand auf ihn aufmerksam wurde. Asterios' Blut war mit all dem Dreck im Abfluss verschwunden. Irgendwann war das Wasser, das an seinem Körper hinablief, klar geblieben, und Caleb hatte damit begonnen, sich aus den nassen Sachen zu schälen, wie aus einer zweiten Haut. Mit einem vernehmlichen Platschen landeten sie auf dem Boden und Caleb begann sich mit schweren, langsamen Bewegungen zu waschen.

An den Weg zurück zu seinem Zimmer und bis zu seinem Bett konnte er sich nicht erinnern. Jetzt lag er hier und starrte blicklos an die Decke. Sein Kopf weigerte sich, die Dinge zu verarbeiten und darüber nachzudenken, was passiert war. Jedes Mal, wenn seine Gedanken zu dem Kellergewölbe zurückglitten, wurden sie gestoppt. Und so dachte er eigentlich gar nichts, während er einfach nur unbewegt dalag.

Was sollte er jetzt tun? Wie den nächsten Tag begehen? Gab es überhaupt noch einen Grund, morgens aufzustehen? Sein Leben kam ihm mit einem Mal so leer vor. Als hätte er alles verloren, nicht nur einen Halbdämon, der ihn angelogen und lediglich als Zutat für ein Ritual gebraucht hatte.

Doch so fühlte es sich für Caleb nicht an. Es fühlte sich an, als hätte er einen langjährigen Kindheitsfreund verloren. Den Grund, am Morgen aufzustehen, das Licht und Lachen in seinem Leben.

Seine Liebe.

Wann war das passiert? Wann hatte er ihm nicht nur seinen Körper, sondern auch sein Herz geschenkt? Und wieso hatte er es mit sich nehmen müssen?

Caleb drehte sich auf die Seite und ein Zittern durchlief ihn. Er schlang die Arme um sich, trotzdem war ihm kalt. So kalt.

Er fror innerlich und glaubte nicht, dass ihm je wieder warm werden würde.

Caleb schloss die Augen und ertrank in dem Schmerz, der in Wellen über ihm zusammenschlug und ihn mit sich hinab in die Tiefe zog.

KAPITEL 29

Asterios

Asterios' ganzer Körper bestand aus Schmerz. Purem Schmerz. Sein Bewusstsein nahm nichts anderes wahr und schaltete sich immer wieder ab. Irgendwann ließen die Qualen etwas nach und wurden so erträglich, dass er nicht ständig wieder ohnmächtig wurde. Dennoch verging noch eine gefühlte Ewigkeit, bis er sich einigermaßen orientieren konnte.

Dem Geruch nach, der seine Nase reizte, war er nicht mehr auf der Erde. Aber wie war er in der Hölle gelandet? Hatte ihn seine dämonische Hälfte vor dem Tod bewahrt? Indem sie hierher zurückgekehrt war, wie es jeder vollwertige Dämon tat?

Ja, das musste es sein.

Er sollte sich beeilen und schnell aufstehen, denn die schwelende Erde, auf der er lag, verbrannte seine Haut. Asterios schaffte es zumindest in eine sitzende Position, als ein Schatten hinter einer rötlichen Rauchsäule erschien.

„Du hast es also tatsächlich wieder hierher zurück geschafft. Dann konnte dich dein kleiner Freund wohl nicht retten, was? Hm, ich hätte wetten können, dass du im Falle seines Versagens stirbst. Tja, so kann man sich irren. Dein Dämonenanteil in dir muss doch größer sein, als ich vermutet hatte."

Asterios rappelte sich mühsam auf und sah in Irials Gesicht, der vor ihm stehen geblieben war. Na toll. Er war zwar nicht gestorben, aber dafür würde Irial ihn hier nun foltern oder umbringen. Danke, Schicksal!

„Es war zu spät", meinte Asterios nur, während er sich krampfhaft zu erinnern versuchte, was zuletzt geschehen war.

„Na, dann wird er sich bestimmt trotzdem Vorwürfe machen. Ich würde schnell zu ihm zurückkehren und ihn beruhigen. Oder soll ich das übernehmen? Ihn ein wenig trösten und vergessen lassen?" Irial grinste heimtückisch und Asterios war sich nicht sicher, welches Ziel sein Bruder verfolgte.

„Als ob du mich gehen lassen würdest. Und Caleb hast du versprochen, ihn nicht zu töten." Das stimmte so zwar nicht, doch Asterios wusste nicht, wie er Caleb vor seinem Bruder schützen sollte.

„Versprechen würde ich das nicht nennen, ich habe so entschieden. Aber ich sagte ja auch trösten und nicht töten. Hast du etwa was an den Ohren?" Irial betrachtete ihn mit äußerstem Missfallen.

Asterios hielt es für klüger, wie früher die direkte Konfrontation zu meiden und einfach zu schweigen. Das brachte Irial zwar meist genauso auf die Palme, aber er war in dem Fall eher darum bemüht, Asterios irgendeine Reaktion zu entlocken und ging geschickt statt aggressiv vor.

„Wie auch immer. Du solltest dich hier nicht so lange aufhalten. Samhain erst zu beschwören und ihn dann wieder in die Hölle zu schicken ... uh, da dürfte jemand ziemlich angepisst sein."

Asterios musterte ihn misstrauisch. „Und du?"

„Ich?" Irial grinste.

Er machte einen bedrohlichen Schritt auf Asterios zu und beugte sich zu ihm hinunter. Sein Atem roch faulig.

„Ich muss zugeben, ich war beeindruckt. Ich hätte nie gedacht, dass man Samhain aufhalten könnte, nachdem er einmal einen Fuß auf die Erde gesetzt hat. Was für ein Glück, dass du darauf gekommen bist, dass Samhain mit dir und Caleb über das Blut verbunden und verletzlich ist. Wodurch es dir gelungen ist, ihn hierher zurückzuschicken. Und jetzt wird es ziemlich schwer bis unmöglich, ihn ein weiteres Mal zu beschwören. Halbdämonen gibt es schließlich nicht wie Sand am Meer, und ich weiß nicht, wo das Rezept mit den Anweisungen geblieben ist. Unser Vater wird wahrscheinlich einen neuen erschaffen, nachdem ich ihm erzählt habe, dass sein erster Versuch sich leider das Leben genommen hat. Zu dumm, dass es weitere zwanzig Jahre brauchen wird, bis dieser erwachsen ist."

„Warum solltest du das tun?" Asterios betrachtete ihn mit gerunzelter Stirn. Hier passten so einige Dinge nicht zusammen. Zuerst die Wette, die es Asterios viel schwerer gemacht hatte, die benötigte Jungfrau zu finden. Dann Irials jetziger Auftritt und diese merkwürdige Andeutung, was für ein „Glück" er gehabt hatte, die Blutverbindung entdeckt zu haben. Das hatte er im Grunde doch auch seinem Bruder zu verdanken gehabt. Hatte er selbst etwa gar nicht gewollt, dass Samhain beschworen wurde?

„Weißt du eigentlich, wie nervig es ist, wenn der eigene Vater sich nur um das dreckige Halbblut sorgt, welches für irgendein besonderes Ritual vorgesehen ist? Und dann mir, einem vollwertigen Dämon, die Aufgabe gibt, sich um alles zu kümmern? Weil er selbst sich für etwas Besseres hält und damit nichts zu tun haben will? Bloß am Ende die Lorbeeren einheimsen." Irials Augen loderten. „Hätte das mit Samhain geklappt, hätte er dich womöglich noch mehr gelobt. Ich wollte nie, dass dieses Ritual funktioniert, aber du musstest ja so eifrig unterwegs sein. Selbst die männliche Jungfrau konnte dich nicht abhalten. Ich hätte nie und nimmer gedacht, dass du dich für ihn sogar von dem Vampir würdest aussaugen lassen."

„Moment. Warte ... Woher weißt du das von dem Vampir?" Asterios war wütend, aber auch verwirrt. Das alles ging ihm zu schnell. Trotzdem entging ihm dieses Detail nicht. Steckte etwa noch mehr Manipulation dahinter?

„Na ja." Irial hob die Schultern und grinste diebisch. Er hatte also tatsächlich seine Finger im Spiel gehabt. Asterios blieb beinahe die Luft weg. „Irgendetwas musste ich ja tun. Die Harpyie hab ich gewarnt, dass sie in deiner Gegenwart vorsichtig sein soll. Wenn sie nicht so verdammt schlau wären, hätte ich ihr gleich gesagt, dass es um die Feder geht. Aber sie hätte mich ausgefragt und in meinen Augen womöglich zu viel gelesen. Beim Vampir wurde ich etwas deutlicher. Hab ihm verraten, wie dringend du das Blut brauchst und dass er mehr fordern soll. Du würdest sicherlich darauf eingehen. Allerdings wäre ich nie auf die Idee gekommen, du könntest dich an seiner Stelle anbieten", spuckte er verächtlich aus. „Der Arachne musste ich lediglich einflüstern, dass es da noch ein bisschen mehr an Beute gibt und schon ließ sie sich auf einen Deal mit dir ein."

Asterios konnte es nicht glauben. Sein Bruder hatte ihre Suche nach den Zutaten die ganze Zeit manipuliert?

„Das mit den Krallen und dem Blut ...", überlegte er halblaut.

„War reiner Zufall", unterbrach Irial ihn, warf ihm allerdings gleichzeitig einen bedeutungsvollen Blick zu. „Wie hätte ich denn ahnen können, dass ihr drei verbunden seid? Davon hätte ich unmöglich wissen können, nicht wahr? Und alles andere habe ich natürlich auch nur getan, damit ich meine Wette gewinne." Er hielt kurz inne und Asterios wusste wirklich nicht, was er dazu sagen sollte. Jetzt fehlte eigentlich nur noch das Augenzwinkern. Sein Bruder hatte das wirklich alles mit Absicht getan, aber wieso?

„Wenn Samhain über die Erde hergefallen wäre, hätte er alles zerstört, was bisher gut funktioniert hat. Niemand, außer die ganz alten Dämonen, wünscht sich, dass die Erde im Chaos versinkt." Irial schien damit genug gesagt zu haben, wandte sich mit gespielt gleichmütiger Miene ab und öffnete die Schwingen. „Sieh zu, dass du von hier verschwindest und so schnell nicht wiederkommst. Sonst kann ich für nichts mehr garantieren. Das ist die Belohnung dafür, dass du dieses eine Mal gegen mich gewonnen hast." Sein Blick durchbohrte ihn, dann schwang er sich hoch in die Lüfte und ließ ihn allein zurück.

Asterios wäre vor Erleichterung beinahe auf den Boden niedergesunken. Das war wirklich glimpflicher abgelaufen als gedacht. Er atmete ein paar Mal tief durch, wobei der Rauch des schwelenden Feuers in seiner Lunge brannte. Es kam ihm fast so vor, als würde er diese Umgebung noch schlechter vertragen als sonst.

Aber was sollte er jetzt tun? Zurück auf die Erde gehen, das stand wohl außer Frage. Hier wäre er in viel zu großer Gefahr, außerdem hielt er diese feindliche Umgebung kaum länger aus. Seine Füße verbrannten bereits.

Aber was dann? Für Caleb wäre es wohl am besten, wenn Asterios sich von ihm fernhielt und ihn nicht wieder in dämonische Gefahr brachte. Auch wenn es ihn innerlich förmlich zerriss. Andererseits musste Caleb glauben, er wäre tot. Wie viel Zeit würde es brauchen, bis er das überwunden hatte? Asterios wollte nicht, dass er diesen Schmerz sein Leben lang mit sich trug. Er sollte ihm zumindest zeigen, dass er am Leben war. Damit Caleb beruhigt war und danach ohne Schuldgefühle weitermachen konnte, das alles einfach vergessen ... ihn vergessen ...

Na ja, einfach würde das nicht werden, zumindest hoffte Asterios das insgeheim. Obwohl das besser für Caleb wäre. Er konnte nicht an seiner Seite bleiben, ohne ihn dadurch irgendwann ungewollt umzubringen. Für sie beide gab es keine Zukunft.

Trotzdem musste er sich ihm zeigen und ein letztes Mal Abschied nehmen.

Kapitel 30

Caleb

Caleb starrte mehrere Minuten lang auf das Foto, das sich neben seinen schönsten Werken an einer der Zimmerwände befand. Asterios, wie er ihn angrinste. Er sah nicht direkt in die Kamera, aber Caleb war einfach nur froh, dass sein schneller Schnappschuss scharf gewesen war und den Moment dazu noch so gut eingefangen hatte. Es war die richtige Entscheidung gewesen, das Foto in Schwarz-Weiß zu entwickeln. Anfangs hatte er befürchtet, ihm dadurch etwas von seiner Lebendigkeit zu nehmen. Doch jetzt passte die nostalgische Stimmung, die durch die fehlenden Farben erzeugt wurde, perfekt zu dieser besonderen und dennoch schmerzhaften Erinnerung.

Caleb legte einen Finger auf das Bild, verweilte eine Weile und wandte sich dann ab.

Wenigstens das Foto war ihm geblieben. Eine Erinnerung, die nicht mit der Zeit verblassen würde. Er wünschte nur, er hätte noch mehr machen können.

Jene Halloween-Nacht war bereits drei Wochen her und inzwischen hatte er sich an den Schmerz gewöhnt, der ihn seitdem begleitete. Es war ihm nichts anderes übrig geblieben. Er hatte sich niemandem anvertrauen können, wieso es ihm so schlecht ging. Ja, der viele

Alkohol und zu wenig Schlaf hatten die ersten beiden Tage bei vielen seiner Mitstudenten gezogen, da gut die Hälfte ähnlich mitgenommen ausgesehen hatte wie er. Aber danach hatte er sich zusammenreißen müssen. Sobald er dieses Zimmer verließ, streifte er eine Maske über und schaltete auf Autopilot. Er verbot sich jeden Gedanken an Asterios und setzte sein Studium fort, als wäre nichts gewesen. Nur in den Nächten, den Momenten, bevor er einschlief, konnte er die Bilder nicht länger verdrängen und sie überrannten ihn. Manchmal schlichen sie sich in seine Träume, sodass er schweißgebadet und mit zitternden Händen aufwachte, das Gefühl des kalten Körpers und warmen Blutes noch an den Fingern. Also hatte er begonnen, alle Erinnerungen und die damit verbundenen Gefühle in eine große Truhe zu sperren. Mit dem Ziel, sie nie wieder zu öffnen. Das rettete ihn meist über den Tag und durch die Nacht.

Caleb hatte sich an das Foto erinnert, als er irgendwann seine Kamera zur Hand genommen hatte. Zunächst war da die Angst gewesen, Asterios plötzlich wieder so direkt vor Augen zu haben. Was würde das mit ihm machen? Wenn er komplett zusammenbrach, stand er danach womöglich nicht wieder auf.

Am Ende war die Sehnsucht größer gewesen als die Angst. Er hatte ihn noch einmal sehen wollen. So normal und fröhlich, lebendig.

Seltsamerweise hatte das Foto ihm Kraft geschenkt. Was, wenn Asterios sich in Asche verwandelt hatte, weil er trotz seines Halbdämonendaseins in die Hölle zurückgeschickt worden war?

An diesen Gedanken hatte er sich fortan geklammert. Es war leichter mit dieser leisen, unbestätigten Hoffnung zu leben, als zu glauben, Asterios wäre unwiderruflich tot.

Caleb nahm seine Kamera und ging hinaus. Es war früh am Morgen und über Nacht hatte sich der erste Frost gebildet. Im November waren die Temperaturen deutlich gesunken und je näher der Dezember rückte, desto kälter wurde es. Dass es Frost geben würde, war angesagt worden, und Caleb hatte sich extra den Wecker gestellt, um die ersten Sonnenstrahlen zu nutzen.

Das alte Gemäuer war von Raureif überzogen, sodass alles grau und weiß wirkte. Nur mit der goldenen Sonne als Farbtupfer bot sich ein atemberaubender Anblick. Zudem genoss er die Stille und Ruhe, weil so früh nur selten jemand über den Campus lief.

Caleb sah durch die Linse seiner Kamera und war wie in einem Rausch. Wohin er sich auch drehte, er fand immer neue Motive, die ihn inspirierten. Er hielt erst inne, als eine menschliche Gestalt die Szenerie betrat.

Erstaunt ließ er die Kamera sinken. Er hatte gar nicht gemerkt, dass jemand näher gekommen war.

Als er jedoch erkannte, um wen es sich handelte, stockte ihm der Atem, der zuvor immer wieder kleine Wölkchen in der kalten Luft gebildet hatte.

Da stand er. Perfekt in Szene gesetzt von den goldenen Sonnenstrahlen.

Caleb konnte nicht anders und schoss ein Foto. Als er es sich ansah, war Asterios darauf noch immer zu sehen.

„Kein Traum?" Caleb konnte nicht fassen, dass er einfach so hier auftauchte. Ohne Ankündigung, ohne ... irgendetwas.

„Nein, es ist kein Traum." Asterios trat langsam auf ihn zu, fast schon zögerlich. Als würde man sich einem wilden Tier nähern und darauf achten, es nicht zu erschrecken.

Caleb hingegen stand einfach nur da und konnte sich nicht bewegen. Das war alles so unwirklich.

„Du bist es tatsächlich?" Er konnte die Sorge, dass es sich lediglich um Einbildung handelte, nicht ganz abschütteln.

„Ja, ich bin es tatsächlich." Asterios blieb genau vor ihm stehen und legte eine Hand an Calebs Wange. Der schmiegte sich sofort in die Berührung und schloss kurz die Augen, genoss die Wärme auf seiner kalten Haut. Am liebsten wäre er für immer so stehen geblieben.

Er war es wirklich.

Sein Herz schlug kräftiger, als hätte es sich die vergangenen Wochen nicht richtig angestrengt ihn am Leben zu erhalten und seinen Job lediglich halbherzig ausgeführt.

Doch jetzt gab es wieder alles.

Er war zurück. Er war hier!

KAPITEL 31

Asterios

Asterios hatte Caleb so vermisst. Wie sehr, hatte er erst realisiert, als er ihn vollkommen in Gedanken versunken mit seiner Kamera gesehen hatte. Das war sein Element. Er war derart fokussiert gewesen, dass Asterios ihn für mehr als zehn Minuten unbemerkt hatte beobachten können. Schlussendlich hatte er es jedoch nicht länger ausgehalten.

Auch wenn er ein wenig Angst vor Calebs Reaktion verspürte. Es war während dieses Rituals und danach so viel passiert, worüber sie unbedingt sprechen mussten.

Caleb sah ihn unsicher wie ungläubig an. Nicht wütend oder misstrauisch, und als Asterios die Hand an seine Wange legte, schloss er die Augen und schien die Berührung zu genießen.

„Was ist passiert?“, wollte Caleb schließlich wissen und hob die Lider. Gleichzeitig legte er seinerseits eine Hand an Asterios’ Wange. Woraufhin der für einen kurzen Moment ebenfalls die Augen schloss und die Berührung genoss. Die Geste diente ihm zudem, etwas Zeit zu gewinnen, um sich zu sammeln, bevor er Caleb von den Hintergründen berichtete.

„Ich erinnere mich nur dunkel daran, was passiert ist. Nach meinem Tod bin ich in der Hölle aufgewacht. Irial ist aufgetaucht, als hätte er dort auf mich gewartet. Er hat mir, anstatt mich umzubringen oder zu Tode zu foltern, geraten, zu dir zu gehen. Und hier bin ich." Er schaffte ein schiefes Lächeln, von dem er wusste, dass Caleb es ihm nicht abkaufen würde.

„Und? Wirst du bleiben?", fragte der auch sogleich nach. Asterios seufzte.

„Na ja, ich werde nicht drum herumkommen, immer mal wieder in die Hölle zurückzukehren. Vor allem wenn ich hier nicht genug Nahrung bekomme."

„Dann bleib doch einfach bei mir, mir macht das nichts aus." Caleb krallte sich in Asterios' Jacke und der schmunzelte. Wusste er überhaupt, was seine Worte bedeuteten? Im nächsten Moment lief Caleb rot an, was wohl hieß, dass die Bedeutung bei ihm angekommen war. Trotzdem machte er keinen Rückzieher. Stattdessen sah er ihn geradeheraus aus seinen treuen braunen Augen an.

„Das Angebot ist wirklich reizvoll." Asterios fuhr mit dem Daumen über seine Unterlippe und hätte ihn nur zu gern geküsst. Aber er wusste, wenn er erst einmal damit anfing, würde er es nicht schaffen, aufzuhören. Und ihn zurückzulassen, wäre dann sicherlich unmöglich. Doch genau das musste er tun. Dafür war er hier.

Also durfte er diese Grenze nicht überschreiten. Er musste stark bleiben, widerstehen und Calebs Angebot ablehnen. So verlockend es auch klang. „Du weißt ja gar nicht, worauf du dich damit einlassen würdest."

Asterios machte einen Schritt zurück, damit Caleb ihn nicht doch in Versuchung führte.

„Nein, das geht schon in Ordnung. Wenn du Nahrung brauchst, dann gebe ich sie dir. Ernähre dich von mir, das macht mir nichts aus“, wiederholte er. Doch Asterios sah, dass er zitterte. So sehr Caleb auch entschlossen auftreten wollte, dieser Gedanke machte ihm dennoch Angst.

Und genau das war der Punkt, weswegen Asterios ihm das unter gar keinen Umständen zumuten würde. Ein müdes Lächeln schlich sich auf sein Gesicht.

„Lass gut sein, du musst das nicht tun. Ich wollte dir nur mitteilen, dass du dir keine Vorwürfe machen musst, weil du mich nicht retten konntest. Ich bin nicht gestorben. Es war nicht deine Schuld. Du schuldest mir gar nichts.“ Mit einem letzten wehmütigen Blick wandte er sich ab und ging. Er kam keine zwei Schritte weit, da hielt ihn etwas zurück. Als er sich umsah, erblickte er Caleb, der ihn am Arm gepackt hatte.

„Ich tue das nicht, weil ich dir etwas schulde.“ Er atmete tief durch und stellte sich aufrecht neben Asterios. „Ich tue das, weil ich nicht will, dass du gehst.“ Durch seine langen Wimpern sah er unsicher zu Asterios auf. Bei diesem Anblick durchflutete ihn eine unglaubliche Wärme und das Schlucken fiel ihm mit einem Mal furchtbar schwer.

„Du weißt nicht, worauf du dich da einlässt“, brachte er mühsam und mit rauer Stimme hervor. Er hätte sich räuspern sollen, doch sein Mund war dafür viel zu trocken. So hatte er sich noch nie gefühlt, was war los mit ihm?

„Du meinst jede Menge heißer Sex? Denkst du, dafür bin ich noch nicht bereit?“ Calebs Stimme klang dunkel und die Hitze in Asterios’ Körper nahm zu. Gleichzeitig spürte er, wie die gleiche Hitze von Caleb ausging. Sein Geruch veränderte sich. Er verführte Asterios zusätzlich.

„Das vielleicht auch, aber es ist nicht nur das." Asterios widerstand dem Verlangen seines Körpers, obwohl es so einfach gewesen wäre, und löste sich entschieden von Caleb. Der sah derart verletzt drein, dass Asterios nicht anders konnte, als sogleich wieder die Nähe zu ihm zu suchen, indem er ihm eine Hand an die Wange legte.

„Es ist nicht nur der ... Sex", brachte er mühsam schluckend heraus. Caleb musste ebenfalls schlucken und fasziniert verfolgte Asterios die Bewegung seines Adamsapfels.

Kurzzeitig wurde sein komplettes Denken von dem Wunsch beherrscht, ihn zu küssen. Ihn an seinen harten Körper zu ziehen und der Lust nachzugeben. Seine Zunge in seinem Mund zu versenken und seinen Körper zum Beben zu bringen, bis er in seinen Armen hart und weich gleichermaßen wurde.

„Es ist nicht nur das", wiederholte er, um sich daran zu erinnern, was er ursprünglich hatte sagen wollen. Sein heißer Atem traf dabei direkt auf Calebs Gesicht. „Ich entziehe dir Energie, ich nähre mich von dir. Schwäche dich dadurch. Du müsstest deine eigene Lebensenergie mit mir teilen und das kannst du auf Dauer nicht. Wenn ich mich einzig und allein nur von dir ernähre, wird dich das umbringen." Und deswegen konnte er das hier unter gar keinen Umständen zulassen. Deswegen hatte er das Ritual trotz allem durchgezogen. Weil es nie eine Zukunft mit Caleb gegeben hatte.

Er ließ die Hand von Calebs Wange gleiten und trat demonstrativ einen Schritt zurück. Es gab nichts, was ihn dazu bewegen könnte, sein Wohl über das von Caleb zu stellen.

„Wir sind doch jetzt auch wochenlang zusammen gewesen. Oder hast du dich da von jemand anderem genährt?" Caleb war immer noch nicht bereit, ihn loszulassen.

„Nein, das nicht ..." Versucht hatte er es zwar, das würde er jedoch nie zugeben. „Wenn ich bleibe und mich nur von dir nähre, dann wirst du irgendwann nicht mehr genug Kraft für dich selbst haben. Einmal Sex mit einem Inkubus oder Sukkubus macht den Menschen nichts aus. Sie erholen sich in wenigen Tagen wieder und merken kaum etwas von dem Energieverlust. Es ist, als hätten sie sich beim Sport etwas zu sehr verausgabt. Das geht vorbei. Aber wenn man jeden Tag oder auch nur alle zwei Tage so über seine Grenzen geht und dem Körper nicht genug Zeit gibt, die Reserven aufzufüllen und sich ausreichend zu erholen, dann bricht man irgendwann zusammen. Und deswegen ..." Asterios löste Calebs klammernden Griff. „Deswegen werde ich dir das nicht antun. Du musstest schon genug meinetwegen leiden."

Asterios lächelte traurig. Er war nur hier, damit Caleb wegen seines „Todes" keine Schuldgefühle hatte und um ihn noch ein letztes Mal zu sehen.

„Ich tue das hier nur, um dich zu schützen", flüsterte er und trat bereits zum dritten oder vierten Mal einige Schritte zurück.

Calebs Duft hatte sich leicht verändert. Der Teil, der ihn eindeutig als Jungfrau identifiziert und so süßlich verführerisch gerochen hatte, war einem herberen Geruch gewichen. Irgendwie erwachsener und männlicher. Leider hatte Asterios das Gefühl, diesem neuen Duft sogar noch mehr zu erliegen als dem alten. Er wollte ihn kosten, ihn mit weiteren Düften mischen, intensivieren und seine Kehle hinuntergleiten lassen.

Asterios musste schlucken und ballte die Hände zu Fäusten, ehe sie Caleb zu sich heranziehen konnten. Das hier wurde langsam gefährlich, er musste gehen. Sofort!

Kapitel 32

Caleb

Caleb spürte eine zunehmende Enge um seinen Brustkorb und Verzweiflung stieg in ihm auf, weil all seine Versuche, Asterios festzuhalten, scheiterten. Er bekam das Gefühl, Asterios war nur gekommen, um kurz Hallo und auf Nimmerwiedersehen zu sagen. Das würde er nicht zulassen. Er hatte geglaubt, ihn für immer verloren zu haben! Nun, da er ihn endlich wiederhatte, würde er ihn für nichts in der Welt noch einmal hergeben. Er würde ihn mit allem festhalten, was er zu geben hatte.

Caleb war nicht stark genug, um diesen Verlust ein weiteres Mal zu überstehen. Das konnte Asterios nicht von ihm verlangen!

Ihm würde schon etwas einfallen, um ihn an sich zu binden. Es war unmöglich, dass sie zusammenblieben? Das konnte gar nicht sein!

Außerdem ... Asterios wollte es, das sah er ihm deutlich an. Er verweigerte sich dem bloß, weil er Caleb nicht schaden wollte. Also musste er eine Lösung für das Problem finden.

Die musste es doch geben!

Nur waren es wahrscheinlich nicht Enthaltsamkeit und Zurückhaltung.

Sie mussten es irgendwie schaffen, dass Asterios ihm nicht jedes Mal all seine Energie raubte, wenn sie allzu intim miteinander wurden; und das regelmäßig.

„Wenn ich das richtig verstanden habe, dann ist das Maß das Problem“, sprach Caleb seine angefangenen Gedanken laut aus. „Du bräuchtest so etwas wie eine Begrenzung. Damit du nicht mehr nimmst, als du unbedingt brauchst.“

„Was? Ja, kann sein.“ Asterios legte seine Hand in den Nacken und Caleb konnte sehen, wie er sich anspannte. Er kämpfte offensichtlich dagegen an, ihm wieder näher zu kommen. Na schön. Solange er dort stehen blieb und noch mit ihm redete, würde Caleb ihn nicht bedrängen. Wahrscheinlich führte das momentan ohnehin nur dazu, dass Asterios Reißaus nahm. Aber Caleb würde ihn auf keinen Fall gehen lassen. Und wenn er ihn in seinem Zimmer anketten und einsperren musste. Nachdem er die letzten Tage ohne ihn hatte verbringen müssen, war ihm erst jetzt so richtig klar geworden, wie sehr er Asterios vermisst hatte. Und das würde er kein zweites Mal durchmachen. Seit sie diesen Pakt geschlossen hatten, waren sie ständig zusammen gewesen.

Moment mal, der Pakt? Könnte so etwas ihnen nicht vielleicht helfen?

„Ich hätte da eine Idee. Es ist euch doch nicht möglich, einen Pakt zu brechen, richtig?“ Wenn sie es richtig anstellten, könnte das die Lösung des Problems sein.

„Ja?“, antwortete Asterios skeptisch, weil er offenbar nicht wusste, worauf Caleb hinauswollte.

„Dann lass uns doch einen Pakt schließen, der es dir nicht erlaubt, mich zu töten oder mich zu sehr zu schwächen. Das würde meinem Schutz dienen und vielleicht reicht die restliche Energie für dich aus. Es muss ja nur so lange halten, bis wir einen Weg gefunden haben, dass du deinen dämonischen Teil loswirst."

Asterios sah nicht gerade überzeugt drein.

„Das mit dem menschlich Werden mal dahingestellt, ich kann mir nicht vorstellen, dass solch ein Pakt funktioniert."

„Wieso nicht?", hakte Caleb nach. Wenn Asterios sich nicht darüber hinwegsetzen konnte, dann sollte das doch eigentlich die Lösung sein.

„Ich meine, ja, es wird dich schützen. Damit hast du recht. Aber was ist, wenn die Energie, die ich bis zu dieser Grenze erhalte, nicht ausreicht? Oder wenn ich jedes Mal höllische Schmerzen erleide, sollte ich zu viel nehmen?"

„Kann man das nicht regulieren? So etwas wie eine abgeschwächte Version des Paktes, den wir vorher geschlossen haben?"

Asterios rieb sich über den Nacken. Er schien angestrengt nachzudenken.

„Wäre es für dich denn okay, wenn ich mich bei Nahrungsmangel an jemand anderen wende?" Caleb erstarrte. Daran hatte er nicht gedacht. Doch Asterios hatte recht. Sie sollten nicht vergessen, dass das passieren könnte, wenn Caleb mit dieser Einschränkung nicht genug für ihn war.

„Aber du hast es doch in der Zeit, die wir bis Halloween zusammen gewesen sind, auch geschafft. Wie oft musst du denn sonst Nahrung zu dir nehmen?"

„Das lässt sich schlecht sagen, weil es von der Intensität der Gefühle abhängt und wie nahrhaft diese sind", antwortete Asterios nachdenklich. „Ab wann genau hast du Gefühle für mich entwickelt?"

Bei dieser direkten Frage stieg Caleb sofort die Hitze in die Wangen. Zweifellos bemerkte Asterios, dass er rot anlief, denn er beugte sich mit einem verschmitzten Lächeln zu ihm herüber. Das erste Mal, dass er ihm wieder etwas näher kam.

„Deinem Gesicht nach zu urteilen, sehr viel früher, als ich es vermutet hätte." Er wartete, doch Caleb schwieg geflissentlich. Es war ihm einfach zu peinlich, laut auszusprechen, dass es eigentlich seit ihrer ersten Begegnung in seinem Inneren rumort hatte. Nach ihrem ersten Kuss war es unbestreitbar geworden, aber schon davor ...

„Das würde dann erklären, warum ich hier unten so gut klargekommen bin. Wir speisen unsere Energie aus den Gefühlen der Menschen, die sie uns entgegenbringen. Normalerweise verführt meine Art sein Gegenüber und schläft dann mit ihm. Oftmals besuchen sie ihre Opfer in etwas größeren Abständen immer wieder, weil man bereits eine gewisse Beziehung aufgebaut hat und es das leichter macht. Eine unerschöpfliche Energiequelle. Aber dabei sind nie echte Gefühle im Spiel, es ist so etwas wie ... eine Sexfreundschaft, wenn man so will. Es geht nur um das Verlangen, Leidenschaft, das Befriedigen von körperlichen Bedürfnissen. Solch eine Nahrung ist sehr nahrhaft, hält aber nicht lange vor. Echte Gefühle hingegen ..." Er holte tief Luft. „Wenn das andere Bedeutungsloser-Sex-Fastfood ist, dann ist das hier ein Fünf-Gänge-Sterne-Menü."

Caleb spürte, wie er feuerrot anlief. Er hielt es kaum noch aus, Asterios nicht zu berühren.

„Also ...?“, setzte er an und sah, wie Asterios sich geschlagen gab.

„In Ordnung, wir können es versuchen. Sollte es nicht funktionieren, bist du wenigstens nicht in Gefahr.“ Er lächelte traurig und Caleb erkannte, dass ihm das am wichtigsten war. Sollte es nicht funktionieren, würde er darunter leiden und nicht Caleb. Der Gedanke gefiel ihm nicht, aber wenn es der einzige Weg war, wie er Asterios an seiner Seite behalten konnte, dann würde er das in Kauf nehmen.

„Tun wir es.“ Caleb nickte entschlossen und ergriff Asterios’ Arme, damit dieser ihm nicht entwischen konnte. Ihn endlich wieder zu berühren, fühlte sich so gut an! „Dieses Mal besiegeln wir es aber definitiv mit einem Kuss.“

„Dagegen habe ich nichts einzuwenden.“ Asterios schenkte ihm ein echtes Lächeln.

Calebs Wangen glühten mittlerweile förmlich, jetzt war jedoch der falsche Moment, sich in Zurückhaltung zu üben. Er beugte sich Asterios ein Stück entgegen und als ihre Lippen aufeinandertrafen, verspürte er ein Hoch der Gefühle.

Sein Körper entflammte regelrecht, als hätte jemand über ein bis dahin nur schwelendes Feuer einen ganzen Benzinkanister gekippt. Caleb schlang seine Arme fest um Asterios’ Schultern und drückte auch den Rest seines Körpers eng an ihn.

Er verlor vollkommen das Zeitgefühl, während sie die Wochen, die sie voneinander getrennt gewesen waren, mit nur einem Kuss nachzuholen versuchten. Als sie sich schließlich schwer atmend und nach Luft schnappend voneinander lösten, umhüllten sie dichte

Atemwolken. Caleb keuchte. Zum Schluss war es doch recht wild zur Sache gegangen. Zum Glück hatte seine Kamera keinen Schaden genommen. Sie war zwar einige Male an seine Seite geschlagen, aber es war ihm nicht möglich gewesen, den Kuss zu unterbrechen.

Asterios legte seine Stirn an die von Caleb und sah ihn aus rotglühenden Augen an. Es war, als würde Caleb die Gefühle und die Leidenschaft in seinem Inneren brodeln sehen. Zeitgleich stand in seinen Augen der pure Hunger geschrieben. Er wollte mehr. Und Caleb auch.

„Das war äußerst ... delikat." Asterios leckte sich genießerisch über die Lippen. „Allerdings hatte das noch nichts mit dem eigentlichen Pakt zu tun. Wir müssen dafür erst die Bedingungen festhalten."

Caleb spürte, wie er schon wieder rot anlief. Richtig, da war ja was gewesen. Er hatte es so eilig gehabt, Asterios endlich zu küssen, dass er daran gar nicht gedacht hatte. Der Kuss war alles, was seine Gedanken zu dem Zeitpunkt beherrscht hatte.

„Gib mir deine Hände", forderte Asterios ihn auf, als er seine Stirn von Calebs löste. Er reichte sie ihm bereitwillig. „Das wird jetzt kurz etwas wehtun, ist aber nötig, damit der Pakt gültig ist. Ich werde versuchen, ihn so zu formulieren, dass dadurch meine Fähigkeit, mich zu nähren, blockiert wird. Sobald ich eine Gefahr für dich werde, ist es mir nicht länger möglich, Energie aus deinen Gefühlen oder sexuellen Handlungen mit dir zu ziehen."

Caleb starrte auf seine Hände, die mit den Innenseiten nach oben in denen von Asterios lagen. Der schob nun seinen Daumen darüber und bohrte die Kralle, die an seiner Fingerspitze erwuchs, in Calebs Haut. Er zuckte kurz zusammen, als der Schmerz ihn durchfuhr.

„Es werde ein Pakt geschmiedet, welcher gelten soll bis zum Tod oder bis zur Auslöschung des dämonischen Anteils. Er diene dem Wohle des Menschen, auf dass er vor mir beschützt wird. Seine Lebensenergie darf nicht verlöschen. Nähre den Hunger und stille das Verlangen, doch beschütze gleichzeitig das Leben. Blut verbindet, Blut beschützt. Dies sei ein bindender Eid des Lebens." Asterios sah von ihren Händen hoch, und für einen kurzen Moment kam es Caleb so vor, als würden sie gerade heiraten und ihre Ehegelübde vortragen.

„Das war jetzt aber wesentlich geschwollener als beim ersten Mal", merkte er an, sobald Asterios fertig war.

„Ja, mag sein. Das hier war aber auch etwas komplizierter und auch eine andere Form von Pakt. So, jetzt fehlt nur noch der bindende ..."

„Kuss", beendete Caleb seinen Satz. Asterios lächelte voller Vorfreude.

„Und auf ein Neues", murmelte er und beugte sich vor, überbrückte die kurze Distanz zwischen ihnen.

Dieser Kuss war anders. Caleb hatte das Gefühl, etwas von Asterios würde auf ihn übergehen. Hitze brannte sich durch seinen Körper, doch sie war nicht unangenehm, sie setzte lediglich all seine Nervenenden in Flammen. Die Energie sammelte sich in seinem Nacken und trieb ihm kurz den Schweiß auf die Stirn, dann zog sie in seine Haut ein. Was dazu führte, dass eine Welle der Erregung ihn aufkeuchen ließ. Asterios vertiefte den Kuss daraufhin und seine Finger wanderten sachte über Calebs Haut, der sie wie eisige Küsse wahrnahm, so heiß war sein Körper.

Je länger der Kuss andauerte, desto mehr schaltete sich Calebs Kopf ab. Er fühlte sich wie benebelt, hätte sich am liebsten nur noch treiben lassen. Er wollte, dass Asterios weitermachte, weiterging. Er wollte dem Verlangen seines Körpers nachgeben.

„Wir sollten jetzt besser eine Pause einlegen. Das Siegel dürfte dich ziemlich mitgenommen haben. Immerhin ist es ein sehr umfangreicher bindender Pakt." Asterios löste sich vorsichtig von ihm, woraufhin Caleb protestierend knurrte.

„Glaub mir, warte, bis du wieder klar im Kopf bist." Asterios drückte seiner Hände nieder, die ein Eigenleben entwickelt hatten und zu einer ganz bestimmten Stelle hinabgewandert waren.

Caleb blinzelte ihn unter schweren Lidern an. Er erinnerte sich an dieses Gefühl. Es war wie während des Rituals, als Asterios ihm das Aphrodisiakum gegeben hatte. Sein Körper war ähnlich fiebrig und unruhig. Er rutschte und zappelte in Asterios' Griff und wollte dem in sich aufbauenden Druck ein Ventil geben.

„Atme tief ein und aus, dann wird es etwas besser." Caleb hätte gern widersprochen und war kurz davor, Asterios' Lippen mit den seinen zu verschließen, um ihn von dem dummen Gerede abzubringen und mit sich in die wohlige Hitze des Verlangens zu ziehen. Aber irgendwie schaffte der Halbdämon es, außerhalb von Calebs Reichweite zu bleiben. Also konzentrierte er sich widerwillig darauf, seine Atmung, die viel zu schnell und flach ging, mit tiefen Zügen zu beruhigen. Tatsächlich dämpfte das auch die Hitze und das

Verlangen in seinem Inneren. Er fühlte sich nach wie vor erhitzt, aber war zumindest wieder in der Lage, klar zu denken.

„Ist das immer so heftig bei der Besiegelung durch einen Kuss?“, wollte Caleb schließlich mit schwacher Stimme wissen.

„Nicht so heftig, aber es erzeugt meistens ein Gefühl der Ekstase. Liegt an unserer Natur.“ Asterios hob eine Schulter und ließ vorsichtig Calebs Hände los. Der war insgeheim froh darüber, dass er beim ersten Mal auf den Kuss verzichtet hatte. Das wäre ja superpeinlich gewesen, wenn er sich damals schon so aufgeführt hätte.

„Dreh dich bitte mal um. Ich will mir das Siegel ansehen. Es müsste sich in deinem Nacken manifestiert haben.“ Daraufhin hob Caleb unbewusst seine Hand zum Nacken und fuhr über die Haut. Sie fühlte sich nicht so empfindlich an wie sein Unterarm damals und er spürte auch kein Jucken. Aber er erinnerte sich an die Hitze, die von Asterios zu ihm herüber gewandert war und von der er geglaubt hatte, dass sie sich in seinem Nacken festsetzte. Er ließ die Hand sinken und drehte sich bereitwillig um.

Asterios strich ihm die Haare zur Seite. „Ja, da ist es. Es ist wirklich sehr schön geworden.“ Seine Finger fuhren sanft über Calebs Haut, der sofort auf die Berührung reagierte und zurück in den vorherigen Zustand zu geraten drohte. Er musste schlucken.

„Schade, dass ich es nicht sehen kann. Du musst ein Foto davon machen“, sagte Caleb und drehte sich zu Asterios um, nachdem dieser die Finger von seinem Nacken genommen hatte.

„Nicht nötig." Er wandte ihm den Rücken zu und in seinem Nacken leuchtete Caleb ein goldenes Tattoo entgegen. Es war wie ein keltischer Knoten aufgebaut, als würden zwei auf dem Kopf stehende Herzen sich umschlingen und eine Verbindung mit einem Unendlichkeitssymbol einnehmen, miteinander verschmelzen. Eingeschlossen wurde das Ganze von dem bereits vertrauten achteckigen Stern und den Zeichen und Schriftmustern, die er nicht lesen konnte.

„Ist meins auch golden?", fragte Caleb, nachdem er das Tattoo lange genug betrachtet hatte.

„Eher kupferfarben mit einem deutlichen Rotstich", antwortete Asterios, als er sich ihm wieder zuwandte.

„Partnerlook?"

Asterios nickte. „Die Zeichen sind identisch, sie bestimmen lediglich, wer welchen Teil des Paktes einzuhalten hat. Das heißt, wir sind nun aneinander gebunden, bis entweder einer von uns stirbt oder ich zum Menschen werde."

„Viel besser als Eheringe", scherzte Caleb und Asterios zog ihn daraufhin an sich.

„Fühlt sich dein Körper noch fiebrig an?", wollte er wissen, während seine Finger über das Tattoo in Calebs Nacken fuhren und dabei eine Gänsehaut bei ihm erzeugten. Ein Schauer rann Calebs Rücken hinab.

„Ja", brachte er zitternd heraus, verschwieg jedoch, dass ihn in erster Linie Asterios' Nähe wieder dermaßen anheizte.

„Ich denke, dann sollten wir dringend etwas dagegen unternehmen. Außerdem habe ich Hunger. Der kleine Snack von eben reicht mir nach der langen Abstinenz nicht." Er sah ihm in die Augen und grinste spitzbübisch.

„Mir auch nicht", gab Caleb zu, beugte sich vor und knabberte ein bisschen an Asterios' Unterlippe. Daraufhin blitzte kurz das Rot in seinen Augen auf.

„Dann lass uns keine Zeit verlieren und unseren Hunger stillen." Er hob Caleb kurzerhand hoch, der erwartete, dass Asterios unter seinem Gewicht halb zusammenbrach. Doch da hatte er die Rechnung ohne den Halbdämon gemacht, der ihn beinahe mühelos die ganze Strecke bis zu Calebs Zimmer trug. Etliche Studenten starrten ihnen überrascht oder fassungslos hinterher. Noch vor wenigen Tagen wäre Caleb im Erdboden versunken vor Scham und hätte sich entschieden dagegen gewehrt, so zur Schau gestellt zu werden. Doch in diesem Moment war er so glücklich darüber, Asterios wieder so nahe zu sein, seine Wärme zu spüren und seinen Geruch einzuatmen, dass es ihn nicht kümmerte, was um ihn herum geschah. Erst am Bett angekommen ließ er ihn wieder runter.

„Oh, über die Schwelle tragen und dann ..." Caleb biss sich auf die Unterlippe und blinzelte übertrieben zu Asterios hoch. „Folgt jetzt etwa die Hochzeitsnacht?"

„Das ist eine ausgezeichnete Idee." Asterios setzte ein Knie auf die Bettkante und zog sich dabei die Jacke aus. „Wie wäre es, wenn wir dafür den Tag zur Nacht machen? Du wirst heute nicht viel Schlaf bekommen, mach dich darauf gefasst", flüsterte er Caleb heiser ins Ohr.

„Nichts anderes habe ich von einem Dämon erwartet." Und damit zog Caleb ihn zu sich aufs Bett. Er würde sich jedenfalls nicht zurückhalten. Und Asterios musste das nun auch nicht mehr.

EPILOG

Ein Jahr später, Halloween

„Wir sollten langsam los. Es ist schon spät und sonst bekommen wir von der Party gar nichts mehr mit." Caleb schob Asterios ein Stück von sich, doch der wechselte von seinem Mund – den er bis eben noch geküsst hatte – einfach zu seinem Bauch. „Wir können wirklich nicht ...", setzte er erneut an, unterbrach sich jedoch, weil sonst ganz andere Laute über seine Lippen gekommen wären.

Asterios stoppte.

„Du hast recht. Wenn wir jetzt weitermachen, verpasse ich die einzige Gelegenheit im Jahr, mich in meiner dämonischen Form vor anderen zu zeigen." Also erhob er sich und stand auf. Caleb hätte beinahe protestiert, weil Asterios hier etwas begonnen und dann nicht zu Ende geführt hatte. Ihn so mittendrin hängen zu lassen, war nicht die feine Art. Aber das war ja sicherlich genau sein Plan gewesen.

Und so zog er einfach nur sein Shirt nach unten und richtete sich auf.

Mithilfe seiner dämonischen Seite hatte sich Asterios nicht nur einen offiziellen Ausweis und Führerschein besorgt – was er vorher schon besessen hatte –, es war ihm zudem irgendwie gelungen, einen Studienplatz an der Princeton zu bekommen. Was selbst mit einem sehr guten Schulabschluss einem Lottogewinn glich. Und Asterios besaß ja nicht einmal den! Außerdem wohnten sie jetzt zusammen. Caleb hatte dafür sogar sein Einzelzimmer aufgegeben, was er sich vorher nie hätte vorstellen können. Nicht gegen alles Geld der Welt – na gut, bei einer gewissen Anzahl an Nullen wäre er dann doch schwach geworden.

Der Pakt zwischen ihnen hielt und erfüllte seinen Zweck. Der Sex erschöpfte Caleb zwar, aber mit etwas Schlaf waren seine Kraftreserven ganz schnell wieder aufgefüllt. Womöglich war seine Erschöpfung auch bloß auf Asterios' übermenschliches Durchhaltevermögen zurückzuführen. Ansonsten hatte er bisher keinerlei negative Einschränkungen gespürt und Asterios war bislang nicht verhungert.

Also lief alles nahezu perfekt. Das einzige Thema, das sie bisher stets mieden, war die weitere Zukunft. Es kam, wie es kommen musste. Sich darüber jetzt schon den Kopf zu zerbrechen, obwohl es momentan doch so wunderbar harmonisch lief, war seiner Meinung nach unnötig und würde nur alles kaputt machen.

„Dann wollen wir mal." Asterios drehte sich und es war, als würden Schatten ihm folgen. Noch in der Drehung nahmen sie Form an und als er wieder vor Caleb stand, trug er Hörner, Schwanz und hatte leuchtend rote Augen. „Sie sollten einen Wettbewerb veranstalten, wie schnell man sein Kostüm an- und ausziehen kann. Ich würde definitiv gewinnen."

„Ja, das würdest du", stimmte Caleb ihm lachend zu. „Nur dass du dein Kostüm nachher nicht mehr vorzeigen könntest."

„Wenn ich mir nicht gerade wieder ein Horn abbrechen will, wird das schwierig, richtig." Asterios strich gedankenverloren darüber. Besagtes Horn war nachgewachsen und dass es mal abgebrochen war, ließ sich nicht einmal mehr erahnen. Doch die Erinnerung, wie Asterios es sich in die Brust gerammt hatte, blieb.

„Wollen wir dann?" Asterios schien dieselben Gedanken wie Caleb gehabt zu haben und setzte ein viel zu breites Lächeln auf.

„Klar." Er ergriff seine Hand, was sich immer noch irgendwie komisch anfühlte, auch wenn er sich mehr und mehr daran gewöhnte, draußen Händchen haltend herumzulaufen. Gemeinsam verließen sie das Wohnheim und gingen zur Halloween-Party.

Dieses Jahr war sie nicht ganz so prunkvoll und übertrieben wie das Jahr davor, als die Banshee sie ausgerichtet hatte. Doch Asterios hatte fleißig mitgewirkt, um trotzdem eine grandiose Party auf die Beine zu stellen. Neben der ausgefallenen Deko waren einige höchst beeindruckende Kostüme vertreten. Auch wenn selbstverständlich niemand Asterios das Wasser reichen konnte. Caleb hatte ihn allerdings überzeugt, etwas mehr als im vergangenen Jahr anzuziehen.

„Mann, ihr beide gehört echt zusammen!", wurden sie mit lauten Pfiffen und begeistertem Applaus begrüßt. Sie trafen sich mit ihrer kleinen Clique und verspeisten allerlei gruselige Süßigkeiten und hübsch dekorierte Getränke.

„Ich sagte doch, das kommt gut an." Asterios stieß Caleb in die Seite.

„Dem hab ich nie widersprochen. Aber dass ich mir die Haare gefärbt habe, war das erste und einzige Mal."

Sie begrüßten sich reihum mit Umarmungen und Handschlägen. Auch die Kostüme der anderen sahen richtig gut aus, aber sie beide stachen definitiv heraus.

Caleb hatte unbedingt in einer Art Partnerlook mit Asterios gehen wollen – auch wenn er das nie laut ausgesprochen hätte. Aber sich ebenfalls als Dämon zu verkleiden, war nicht in Frage gekommen. Neben Asterios hätte er einfach nur albern und künstlich ausgesehen.

Also musste ein Kostüm her, das irgendwie in Verbindung mit einem Dämon stand. Als sein Hündchen hatte er allerdings auch nicht gehen wollen, mit Halsband und Leine. Asterios hätte das definitiv gefallen, keine Frage.

Irgendwann war er auf die Idee gekommen, sich auf die Gegensätze zu konzentrieren. Also war Asterios wie geplant als Dämon gegangen, passend zu seiner Hautfarbe und dem Image ganz in schwarz gekleidet. Schwarze Lederhose und schwarzes Hemd, das er allerdings halb aufgeknöpft trug.

Caleb hingegen hatte sich als Engel verkleidet, inklusive weißer Federflügel, auf die er ein wenig aufpassen musste. Dazu passend trug er eine weiße Hose und ein weißes Hemd. Seine Haare hatte er sich wegen des eher unpassenden Brauntons spontan blondiert. Eine blonde Lockenperücke war für ihn nicht in Frage gekommen. Probehalber hatte er eine aufgesetzt, damit jedoch absolut albern ausgesehen. Mit den gefärbten Haaren wirkte sein Kostüm hingegen ganz anders. Blaue Augen dazu und er wäre für jeden unwiderstehlich gewesen. Dass sie nach wie vor braun waren, war wohl der einzige Grund, wieso Asterios ihn in dem

Aufzug überhaupt vor die Tür gelassen hatte. Das und das artig bis oben zugeknöpfte Hemd.

„Schicke neue Frisur." Edward – von allen nur Ed genannt – wuschelte Caleb durchs Haar. Wegen seines Namens hatte er sich als Vampir verkleidet, mit Blut im Mundwinkel, spitzen Zähnen und Anzug. „Sag bloß, die sind echt."

„Ja, das sind meine und die bleiben erst einmal so, bis ich sie mir radikal abschneide, um sie wieder rein braun zu bekommen." Caleb schob seine Hand weg. Asterios, der Ed gerade noch mit roten Augen warnend angefunkelt hatte, sah ihn nun schockiert an.

„Was? Davon weiß ich ja noch gar nichts. Du kannst sie doch nicht einfach abrasieren."

„Von Abrasieren war ja auch keine Rede. Aber ich laufe bestimmt nicht mit Haaren herum, bei denen monatelang die Farbe rauswächst und der dunkle Ansatz immer länger wird. Das sieht doch sch...sch...schrecklich aus." Scheiße hatte er irgendwie nicht über die Lippen gebracht.

„Dann lass sie blond, mir gefällt es." Asterios nahm eine Strähne zwischen die Finger.

„Bist du sicher, dass du das willst? Caleb zieht mit den blonden Haaren ziemlich viel Aufmerksamkeit auf sich", merkte Sam an. Bedeutungsvoll sah er sich durch die runden Brillengläser seines Kostüms um. Als er sich die schwarzen Haare aus der Stirn strich, sah man die aufgemalte Blitznarbe darunter.

Asterios musterte die verkleideten Studenten um sie herum nur mit zusammengekniffenen Augen.

„Vor allem die Frauen scheinen ein Auge auf den hübschen Engel geworfen zu haben", mischte sich nun auch Susan ein. Sie trug einen blutbefleckten Kittel und Caleb fragte sich schon die ganze Zeit, ob sie eine Ärztin oder so etwas wie ein Vampiropfer darstellen sollte, schließlich war sie Eds Freundin. Möglicherweise auch keins von beidem und insgeheim war sie eine Serienmörderin. Aus dem Grund hatte er es bisher vermieden, nachzufragen. Sollte sich ein Serienmörder unter ihnen befinden, wollte er es lieber nicht wissen.

„Susan, hör auf, ihn eifersüchtig zu machen", ermahnte Caleb sie mit finsterer Miene.

„Außerdem wissen wir doch alle, dass Frauen unseren lieben Caleb kalt lassen." Sam schlang ihm einen Arm um die Schultern, was mit den Engelsflügeln gar nicht so leicht war.

Asterios' rote Augen funkelten inzwischen feuerrot, doch Sam wich kein Stück zurück. Er hatte sich noch nie von Asterios einschüchtern lassen, genauso wenig wie von Calebs abweisender Art in der Vergangenheit.

„Das ist doch albern." Energisch schüttelte er Sams Arm ab, verfing sich dabei allerdings in dem langen schwarzen Umhang seines Kostüms. „Asterios ist der Einzige, der mich interessiert. Ich stehe nur auf ihn."

Das war seine Standardantwort, wenn es um dieses Thema ging. In erster Linie, weil es Asterios jedes Mal regelrecht zum Schnurren brachte. Außerdem entsprach es der Wahrheit. „Die Haare sind nur für diesen Abend. Also solltet ihr die Gelegenheit für Fotos nutzen. Und wenn jemand heute mit einer Entscheidung ringt, können wir uns auf seine Schultern setzen und böses Teufelchen und liebes Engelchen spielen." Caleb legte Asterios einen Arm um die Schulter und zog ihn zu sich heran.

„Ich werde mir Mühe geben, haufenweise Zweifel in euch allen zu wecken“, spielte der bereitwillig mit und setzte ein dämonisches Grinsen auf. Eifersuchtsdrama abgewendet.

„Uh, und du wärst bestimmt auch noch wunderbar überzeugend.“ Ed wischte sich über die rechte Schulter, als würde er ein Mini-Asterios-Teufelchen vertreiben.

„Ich hätte Caleb gern auf meiner Schulter sitzen.“ Susan klammerte sich an Calebs linken Arm.

„Also ich hab nichts gegen einen kleinen Teufel.“ Tessa, die in Lumpen verkleidet als Zombie ging, klammerte sich nun ihrerseits an Asterios' freien Arm.

Caleb und Asterios grinsten sich bloß an. Wenn die beiden wüssten, dass Asterios tatsächlich zur Hälfte Dämon war und seine Hörner sowie der Schwanz echt, dann wäre Tessa bestimmt nicht mehr so enthusiastisch.

***

Der Abend war bereits ein gutes Stück vorangeschritten und sie hatten sich etwas abseits in eine kleine dunkle Ecke verzogen. Caleb war vertieft in einen sehr innigen Kuss mit Asterios, als dessen wandernde Finger auf seinem Bauch innehielten.

„Was ist?“ flüsterte er an Asterios' Lippen.

„Gar nichts“, murmelte der und küsste ihn weiter. Doch Caleb hatte das Gefühl, als wäre sein Freund nicht mehr ganz bei der Sache. Er öffnete die Augen, als er ihren Kuss unterbrach und die Hände unter Calebs Hemd hervorzog.

„Alles in Ordnung?", wollte er besorgt wissen, als er sah, wie Asterios das Gesicht verzog. Ungewollt machte er sich immer wieder Sorgen, dass der Pakt vielleicht doch negative Auswirkungen auf Asterios haben könnte.

„Ja, mir war nur kurz schwindelig. Irgendetwas ist ... komisch." Asterios runzelte die Stirn, doch Caleb konnte ihn nur fassungslos mit offenem Mund anstarren. Was war denn jetzt los?

„Asterios ..." Calebs Stimme war nicht mehr als ein Raunen. „Du ..."

Er brachte es schlicht nicht heraus. Hatte Asterios das mit Absicht getan? Aber das fiel doch auf, also warum sollte er?

„Was ist denn?"

Wusste er es wirklich nicht?

Caleb fuhr mit der Hand durch sein Haar. „Weg."

„Was?" Asterios musterte ihn für einen Moment verständnislos, dann fuhr er sich selbst über den Kopf und seine Augen wurden groß. Er drehte sich halb herum, doch auch sein Schwanz war verschwunden. Ebenso die Flügel.

„Wie kann das denn ...?" Er hob den Kopf, doch niemandem schien etwas aufgefallen zu sein. Es war dunkel und die meisten waren mit Tanzen oder Herumknutschen beschäftigt, sodass ihnen kaum jemand Beachtung schenkte.

Asterios schloss die Augen, öffnete sie wieder.

„Es hat nicht funktioniert, oder?"

„Keine Hörner", bestätigte Caleb, da er annahm, Asterios hatte versucht, sich zu wandeln.

„Wie spät ist es?"

„Ähm, keine Ahnung. Ziemlich spät. Wir waren ja erst so gegen elf hier." Caleb holte sein Handy aus der Tasche. „Halb zwei."

„Dann ist es jetzt wahrscheinlich genau ein Jahr her ...", murmelte Asterios und griff nach Calebs Schulter. Der verstand gar nichts mehr und unterdrückte einen leisen Aufschrei, als Asterios ihn ohne Vorwarnung herumwirbelte, die Flügel zur Seite drückte und Calebs Haare aus dem Nacken strich.

„Asterios, was ...?" Caleb versuchte, sich zu befreien.

„Es ist weg." Asterios ließ ihn los und er konnte sich endlich zu ihm umdrehen.

„Was ist ...?" Doch er musste die Frage nicht beenden, fuhr nur mit der Hand kurz in seinen Nacken. Asterios drehte sich mit dem Rücken zu ihm. Doch auch in seinem Nacken war nichts mehr von dem goldenen Zeichen ihres Paktes zu sehen.

„Aber wieso?" Caleb verstand es nicht. Wieso war das Zeichen zusammen mit Asterios' Dämonenerscheinung verschwunden?

„Ich kann es nicht mit Sicherheit sagen, aber es ist wahrscheinlich ganz genau ein Jahr her, dass ich ... gestorben und in die Hölle zurückgekehrt bin. Mein dämonisches Ich wurde getötet. Vielleicht haben sich jetzt die Reste endgültig aufgelöst? Oder der Dämon hat all diese ehrlichen Gefühle von Zuneigung und Liebe nicht länger ausgehalten." Asterios drehte sich mit einem Lächeln auf den Lippen zu Caleb herum.

„Ist ... ist das jetzt gut oder schlecht? Müssen wir uns Sorgen machen? Was wenn ... wenn du ..."

„Sch", beschwichtigte Asterios ihn und schloss Caleb in die Arme. „Ich denke nicht, dass wir uns Sorgen machen müssen. Es ist vielmehr ein Grund zum Feiern. Immerhin scheine ich nun ein ganz normaler Mensch zu sein. Aber wehe, du probierst das aus, indem du mir etwas ins Herz rammst."

„Jetzt mach keine blöden Scherze", rügte Caleb ihn und boxte ihm dabei so energisch in die Seite, dass Asterios aufkeuchte.

„Okay, das tut definitiv mehr weh als früher. Oder hast du fester zugeschlagen als sonst?"

„Keine Ahnung, soll ich es noch mal probieren?"

„Hab Erbarmen." Asterios löste sich von ihm. Er grinste, wurde dann jedoch wieder ernst. „Ich kann dich aber auch nicht mehr so gut riechen und ich spüre dieses ... Hungergefühl nicht länger. Es wirkt tatsächlich so, als wäre ich jetzt ein ganz normaler Mensch."

„Wir sollten vielleicht lieber in ein Krankenhaus fahren und das überprüfen lassen." Caleb befürchtete die ganze Zeit, Asterios könnte mit einem Mal vor ihm zusammenbrechen. Als ob der Verlust seiner dämonischen Hälfte bloß so etwas wie ein Vorbote war.

Er hatte wirklich Angst. Nach all dem konnte er ihn jetzt nicht doch noch verlieren.

„Caleb, ganz ruhig." Asterios schien ihm seine Angst angesehen zu haben und legte ihm die Hände auf die Schultern. „Ich fühle mich nicht krank oder so. Und ich glaube nicht, dass das Siegel verschwunden wäre ..."

„Es löst sich auch beim Tod. Nicht nur, wenn du menschlich wirst", unterbrach Caleb ihn mit leiser, zittriger Stimme.

„Aber erst nach meinem Tod und nicht davor." Asterios legte eine Hand an seine Wange. „Ich denke wirklich, wir haben es geschafft. Wir brauchen uns keine

Gedanken mehr darum machen, wie es später weitergeht. Das ist ein Grund zum Feiern und nicht, um vor Sorge und Angst zu vergehen."

Caleb biss sich auf die Unterlippe, als Asterios ihn tröstend in die Arme schloss. Er verstand es einfach nicht. Caleb wollte unter gar keinen Umständen noch einmal erleben, was er vor einem Jahr hatte durchmachen müssen. Dieser Schmerz, als Asterios' Brustkorb stillgestanden, seine Augen leblos, und er sich direkt vor ihm in ein Häufchen Asche verwandelt hatte ... Was, wenn Asterios sich bei seiner Berührung erneut einfach so auflöste? Zerfiel. Und dieses Mal würde er nicht in der Hölle aufwachen und nach ein paar Wochen zu ihm zurückkehren. Dann wäre er endgültig ... tot.

Bei diesem Gedanken begann Caleb zu zittern, obwohl er es nicht wollte.

„Hey, hey. Wir gehen jetzt erst einmal in unser Zimmer und dort überlegen wir uns in Ruhe, was wir als Nächstes tun, ja?" Asterios sah ihm in die Augen und Caleb nickte. Es war seltsam, dass die ihn nicht länger rot anfunkelten.

Er nahm ihn bei der Hand und führte ihn durch die Menge an Partygästen nach draußen. Dabei verabschiedeten sie sich noch kurz von ihren Freunden, denen sie unterwegs begegneten, wobei Asterios den kurzen, fröhlichen Smalltalk übernahm. Caleb konnte das gerade einfach nicht. Es kostete ihn bereits alles an Willenskraft, dass man ihm seinen drohenden Nervenzusammenbruch nicht ansah.

Draußen begrüßte sie eine kühle, etwas stürmische Oktobernacht. Oder nein, eigentlich war es ja bereits

November. Caleb fröstelte, oder es war nach wie vor das Zittern, er konnte es nicht genau sagen. Er erinnerte sich wieder, wie er mit Asterios' Blut an den Händen über den Campus gelaufen war. Wie das Blut im Abfluss der Dusche verschwunden war. Er schloss die Augen, doch die Bilder verschwanden nicht. Im nächsten Moment rannte er in Asterios hinein, der stehen geblieben war.

„Autsch." Caleb öffnete die Augen und wollte gerade fragen, was los war – sein Herz hatte vor lauter Panik einen riesigen Satz gemacht –, da erkannte er den Grund für ihren plötzlichen Halt.

„Irial", sagte Asterios leise. Seine Finger um Calebs Hand verkrampften sich.

„Hey, Brüderchen. Gar nicht als Dämon unterwegs heute Nacht?" Irials Augen leuchteten. Nicht blau, sondern rot. Und seine Hörner und sein Schwanz waren zu sehen. Davon abgesehen besaß er dasselbe menschliche Äußere wie damals im Kellergewölbe. Bei diesem Anblick und den dadurch hervorgerufenen Erinnerungen überlief es Caleb eiskalt.

Asterios ging nicht darauf ein. Leider bedeuteten Irials Worte, dass er bereits Bescheid wusste. Doch was wusste er genau?

„Was willst du hier?", wollte Asterios herausfordernd wissen.

„Sei doch mal etwas freundlicher. Immerhin bin ich extra hergekommen, um dich zu besuchen", erwiderte Irial mit einem nachlässigen Lächeln.

„Warum?"

Caleb hätte seinen Freund am liebsten zurückgezogen, damit er nicht weiter wie ein bellender Hund auf seinen Bruder losging. Warum provozierte er ihn so?

„Na ja, ich habe mal gehört, dass ein Halbdämon nur einmal sterben kann. Ein dämonischer Tod tötet den dämonischen Teil in ihm. Allerdings ist das eher selten. Trotzdem war ich neugierig. Hat ganz schön lange bei dir gedauert. Aber wie es scheint ..." Er machte eine kurze Pause und betrachtete Asterios eingehend. „... hat es sich wohl gelohnt, dich so lange im Auge zu behalten."

Asterios antwortete nicht, Caleb hingegen vollführte innerlich bereits einen Freudentanz. Bis er daran erinnert wurde, wer ihnen diese Info gerade gegeben hatte. Irial führte doch mit Sicherheit irgendetwas im Schilde.

„Herzlichen Glückwunsch, dann könnt ihr euer perfektes kleines Leben jetzt ja so richtig bis zum Ende durchziehen. Ein Happy End." Für einen Moment glaubte Caleb, Neid aus seinen Worten herauszuhören. War es möglich, dass Irial das alles bloß getan hatte, damit sein kleiner Bruder glücklich sein konnte? All die Sticheleien damals, die Worte, die Caleb verunsichern sollten. War das lediglich seine Art gewesen, um seine Gefühle zu Asterios zu überprüfen?

Als Irials Augen jedoch bei seinen nächsten Worten gefährlich rot aufleuchteten, verwarf er diese Gedanken sofort wieder. „Ich bin ja eigentlich kein Fan davon." Caleb verkrampfte sich, weil er jederzeit mit einem Angriff rechnete. „Aber so kannst du mir wenigstens nicht mehr in die Quere kommen und für unseren Vater bist du endgültig nutzlos. Selbst wenn er herausfinden sollte, dass du gar nicht tot bist. Und da du die Wette gewonnen hast, kann ich dir ohnehin nichts mehr antun."

Er wusste echt nicht, wie er diesen Dämon einschätzen sollte. War er nun durch und durch böse oder tat er manchmal einfach nur so?

„Ein kleiner Hinweis meinerseits: An eurer Stelle würde ich mich von dämonischen Dingen fernhalten." Er bleckte kurz die Zähne und zeigte ihnen seine langen Fänge, dann lächelte er und drehte sich um. Wie vor einem Jahr verschwand er in einem schwarzen, von Flammen umwirbelten Loch.

Asterios und er standen noch für eine ganze Weile einfach nur fassungslos da. Sie waren mit dem Leben davongekommen. Schon wieder, und außerdem ...

„Du bist ein Mensch!" Caleb hielt es irgendwann nicht mehr aus und musste es laut hinausbrüllen.

„Ich bin kein Dämon mehr!", schloss Asterios sich Calebs Freude an. Als er ihm in die Arme sprang, erlebte Asterios seine Menschlichkeit erst so richtig, weil er Caleb nicht mehr so leicht halten konnte.

„Gib es zu, du hast heimlich zugenommen." Er stöhnte leise, während Caleb sich mit seinen Beinen an ihn klammerte und auf seinen Schultern abstützte.

„Ich schätze, das bedeutet fortan regelmäßiges Fitnessstudio", erwiderte Caleb, wobei er damit natürlich nicht sich, sondern Asterios meinte.

„Wie schwach man sich als Mensch fühlt. Unglaublich." Asterios veränderte seinen Griff, um ihn besser halten zu können. Dann stahl sich dieses typische verschmitzte Lächeln auf sein Gesicht.

„Ich bin echt gespannt, wie sich menschlicher Sex anfühlt. Allerdings fürchte ich, dass mir dieser gewisse dämonische Touch fehlen wird."

„Finden wir es heraus", meinte Caleb und küsste ihn. „Schließlich haben wir jetzt ein ganzes Leben vor uns, um ihn zu verbessern."

Danksagung

Da ist sie, meine allererste Gay Romance, und dazu noch jede Menge Dämonen!
Die Recherche war wirklich aufwendig! Wusstet ihr, dass es außer Sukkubus und Inkubus keine weiteren offiziellen Dämonenarten gibt? Zumindest konnte ich keine finden. Also habe ich „dämonenähnliche Wesen" für meine Zutatenliste zusammengesucht. Aber am aufwendigsten war es, das Setting mit Princeton so gut wie möglich hinzubekommen, und alles auf Englisch zu recherchieren, hat mich zwischendurch fast wahnsinnig gemacht. Trotzdem danke, Internet, ohne dich hätte ich das nie geschafft. ^^
Am Ende zählt sowieso nur das Ergebnis, und Asterios und Caleb sind so süß zusammen, dass sie all die Arbeit mehr als wettgemacht haben! Ich hoffe, sie konnten euch genauso begeistern wie mich!
Ganz besonders dankbar bin ich meinen Testlesern für ihren Zuspruch und ihre Begeisterung. Sie waren immerhin die Ersten, denen ich diese Geschichte zu lesen gegeben habe, und ich war wirklich nervös. Wenn es ihnen nicht gefallen hätte, wären die beiden nie auf Verlagssuche gegangen!
Elisa durfte sich meine spontane Überlegung mit der Dämonenbeschwörung übrigens auf einem Ausritt

anhören und wusste daher schon vor dem Lesen in der Testleserunde Bescheid.
Genauso nervös, oder eigentlich noch viel schlimmer, war ich vor der Veröffentlichung! Daher danke ich hier schon mal jedem Leser, der für die beiden einen Platz in seinem Herzen freigeräumt hat!
Natürlich gilt mein Dank auch dem Verlag, der den beiden ein Zuhause geben hat. Mit einem wunderschönen Cover! Vielen Dank, dass ihr der Geschichte mit seinem Epilog eine Chance gegeben habt! Ohne hätte etwas gefehlt!

Ich fand die Geschichte ja vorher schon toll, aber dank meiner Lektorin Mareike ist sie noch runder und schöner geworden! Obwohl es zwischendurch wirklich anstrengend war, weil sie immer wieder nachgebohrt und „nervige" Fragen gestellt hat. Wegen ihr habe ich sogar ein ganzes Kapitel von Asterios' auf Calebs Sicht umgeändert (erratet ihr, welches?). Wenn ich gewusst hätte, wie viel Arbeit das macht, hätte ich es nie freiwillig getan. xD
Es war ein wunderschöner, humorvoller Austausch mit vielen lustigen Kommentaren und hat total Spaß gemacht! Ich hoffe, sie hat noch lange das Bild vor Augen, wie ich als Rumpelstilzchen ums Feuer tanze und mir die Hände reibe. Flüssigkeitsaufnahmemöglichkeit ist im Übrigen kein zu langes Wort!
Und ich muss jetzt endlich Good Omens gucken. ^^
Wie ihr vielleicht gemerkt habt, hat es mir unglaublich viel Spaß gemacht, in diesem Genre zu schreiben!

Deswegen werdet ihr in Zukunft auf jeden Fall noch mehr in der Richtung von mir lesen. Versprochen!

Happy Halloween!
Eure Pia